학교를
접수하라!

학교를 접수하라! 1

초판 1쇄 찍은 날 § 2010년 3월 26일
초판 1쇄 펴낸 날 § 2010년 4월 2일

지은이 § 이조영
펴낸이 § 서경석

편집장 § 문혜영
편집책임 § 유경화
편집 § 조수희

펴낸곳 § 도서출판 청어람
등록번호 § 제1081-1-89호
등록일자 § 1999. 5. 31
어람번호 § 제5-0255호

주소 § 경기도 부천시 원미구 심곡 2동 163-2 서경B/D 3F (우) 420-822
전화 § 032-656-4452 팩스 § 032-656-4453
http://www.chungeoram.com
E-mail § chungeoram@chungeoram.com

ⓒ 이조영, 2010

ISBN 978-89-251-2136-9 04810
ISBN 978-89-251-2135-2 (SET)

hungeoram romance novel

학교를
접수하라!

이조영 지음

1

도서출판 청어람

*차례

Intro

    스크린 속에 검은색 비니를 푹 눌러쓴 한 남학생이 떠올랐다.

    비니 때문에 얼굴의 윤곽은 정확치 않지만 V 라인의 갸름한 턱과 얼굴을 균형있게 잡아주는 오뚝한 콧날이 꽤 미남이었다. 비니에 가려 희미하게 보이는 눈빛은 사뭇 우수에 어려 있고 안개를 연상케 하는 눈빛 때문인지 몰라도 소년과 어른의 경계선에 걸친 전형적인 열아홉 살 느낌이다.

    열아홉.

    참 긍정적인 나이임에도 사안이 사안인지라 부정적인 느낌이 강한 얼굴.

    우리는 어둠 속에서 일렁이는 남학생의 사진을 주의 깊게 바라보았다.

"마태오. XX고등학교 3학년에 재학 중입니다. 학교 재단 이 사장이 아버지이고, 마태오가 그 학교 짱이랍니다."

"그게 마약 조직을 일망타진하는 것과 무슨 연관이 있나?"

대장님의 질문에 브리핑하던 마약 1팀의 박 팀장님이 급히 설명했다.

"얼마 전에 익명의 제보자로부터 전화가 한 통 걸려왔습니다. XX고등학교 내에 '온 세계파' 마약 조직원이 있다고 말입니다."

'온 세계파'는 국내 최대의 마약 조직으로 우리 마약 1팀에서 몇 개월간 은밀히 추적 중이었다.

신성한 고등학교와 마약 조직으로 악명 높은 '온 세계파'의 부조리한 연관성에 놀란 듯 대장님의 근엄한 음성이 약간 높게 튀었다.

"학생 중에 마약 조직원이 있다는 말인가?"

"그런 거 같습니다. 최근 고등학생을 상대로 마약 범죄가 늘어나는 추세라서 저희도 조사 중이었습니다. 그러던 중에 제보 전화를 받고 그 고등학교를 조사해 보면 뭔가 나오겠다는 생각을 하게 된 겁니다."

"흠. 계속해 보게."

"우선 그 학교에 저희 팀원 중에서 두 명이 잠입할 예정입니다."

"잠입? 학생으로 말인가?"

"예, 그렇습니다."

"너무 위험하지 않나? 게다가 팀원 중에 누가 고등학생으로 변신할 수 있단 말인가?"

대장님의 회의 섞인 질문에 여기저기서 웃음소리가 들렸다. 호탕하게 껄껄 웃고 난 대장님이 손을 들어 계속하라고 재촉했다.

팀장님이 스크린 속의 마태오를 가리키며 진지하게 설명을 이었다.

"우선 잠입조가 마태오에게 접근하여 학교 내의 정보를 캐낼 생각입니다. 학교 짱이니 누구보다 학교 내에서 일어나는 일을 잘 알 테고, 마태오가 마약 조직과 관련이 있는지 알아보면 답은 쉽게 나올 겁니다."

"누가 가기로 했는지 결정은 했나?"

"차신비와 이혁이 가기로 했습니다."

"차신비와 이혁?"

대장님이 맨 뒷자리에 앉은 나와 혁이 선배를 흘끗 돌아보았다.

네. 바로 저흽니다, 대장님.

억지로 미소를 짓느라 얼굴이 어색하게 찌푸려졌다. 나야말로 이런 작전은 70년대에 써도 안 먹힐 거라며 팀원들에게 이 작전이 안 되는 이유를 스무 가지 정도 열파했지만, 팀 내에서 제일 말단인 처지인지라 앉은자리에서 코 펜 케이스였다. 팀장님 이하 팀원들 모두 영화 '잠복근무' 의 열혈 팬이었는지 영화와 현실을 너무 혼동하는 경향이 있었다. 경찰이 고등학생으로 학교에 잠입한다는 게 영화에서나 가능하지 실제로 효과가 얼마나 있겠느냐고 해도 모두 그렇기에 가능하다는 주장을 펼쳤던 것이다.

"알았네. 바닥부터 들쑤시려면 그 방법도 괜찮긴 하겠지. 만에 하나 위험하다 싶으면 눈치 못 채도록 빨리 철수해."

이런! 대장님도 '잠복근무' 팬이신가? 아니면 우릴 너무 믿으시는 건가?

검토해 보겠다고 하실 줄 알았는데 곧바로 승인이 떨어지자 어안이 벙벙했다.

"예, 알겠습니다. 수시로 보고 올리겠습니다."

팀장님의 흐뭇한 미소에 나는 더 이상 '썩소' 도 지을 힘이 없었다.

"잘할 수 있겠어?"

2년 선배인 혁이 걱정스럽게 묻는다. 우린 대학 시절부터 각별히 친하게 지낸 사이라 서열이 깍듯한 경찰 계급이 무감할 만큼 허물이 없었다.

문제는 그거였다. 너무 친하다는 거. 그래서 죽이 척척 맞는다는 거. 이번 작전만 빼고.

이번 작전에 선배는 적극 찬성이었고, 난 결사반대를 외쳤다. 선배만 내 편이 되어줬어도 재검토할 기회가 있었을지 모르는데.

경찰이란 원래 명령에 의해 움직이는 집단이다. 설사 그것이 상관의 잘못된 판단과 오류에 의한 작전 실패율 100%라 하더라도.

그리고 난 상관의 명령에 충실하고 나라에 충성하는 모범 경찰관이므로 여하를 막론하고 임무를 수행해야 할 처지였다.

"글쎄."

나는 씁쓸하게 웃었다. 지시가 떨어졌으니 우린 내일부터 당장 바쁘게 움직여야 하리라. 고등학생처럼 머리를 바꿔야 하고, 교복을 사야 하며, 그 외 필요한 학용품들도 죄다 우리 손으로 직접 준비해야만 한다. 말투와 행동을 그 나이대의 학생처럼 꾸며야 하고, 마태오에 대해서도 좀 더 자세히 알아두어야 한다. 왜냐하면 나와 선배는 녀석의 친구가 되어야 했으니까.

친구.

선배는 같은 남자이니 그렇다 치고 내가 맡은 임무는 아무리 생각해도 난감하기 이를 데 없었다. 마태오의 마음을 사로잡을 특별한 여자친구가 되어야 한다는 게 아닌가.

고로 나는 여성 스파이 하면 대명사로 떠오르는 마타하리가 되어야 할 운명에 처해 있었다. 고등학생으로 변신하는 것도 모자라 겨우 열아홉 살인 남학생을 꼬셔서 필요한 정보를 빼내는 팜므파탈이 되어야 한다니.

내가 아무리 미모가 뛰어나고 기지와 재치가 남다르고 게다가 안젤리나 졸리도 위기의식을 느낄 만큼 섹시한 분위기를 갖추었다고 하더라도 하필 상대가 고등학생이란 것에 나는 암울 그 자체였다.

그런 내 기분을 아는지 선배가 끝내 웃음을 참지 못하고 터뜨린다.

"하하하하! 정말 기대된다, 차신비."

"그러게."

나라고 아주 기대가 없는 건 아니었다. 본디 사람의 능력이란 최악의 조건에서 더 빛을 발하는 법이니까.

내가 그렇게 능력없는 경찰관은 아니잖아? 영화처럼만 시나리오대로 착착 진행되어 준다면 나쁘지도 않다. 조금 더 여유롭게 생각한다면 모두가 기대하는 것처럼 충분히 재미있는 작전이 될 것도 같았다.

피하지 못할 일이라면 즐기라는 말. 사람을 긍정적으로 바꾸게 하는 데는 가장 적합하고 용이하지 않은가.

"기운 내. 내일 머리하러 같이 갈까?"

"그러든지. 난 머리를 어떻게 바꿔야 할지도 모르겠어."

선배가 하나로 대충 묶어 올린 내 머리를 이리저리 살폈다.

"앞머리 뱅으로 내린 보브 스타일 어때? 대단히 어려 보일 거 같은데."

뺑 아니라 뺑 할아비를 한대도 1, 2년도 아니고 자그마치 7년을 접고 들어가는 일이었다. 나와 같이 다니면 혁이 선배를 내 남동생으로 아는 마당이다.

"정말 걱정돼. 선생님이나 학생들이 내가 열아홉 살이란 걸 믿어주기나 하겠어? 선배는 절대 동안이니 머리 모양만 조금 바꾸면 통할 것도 같지만, 난 고등학교 때도 사복 입으면 대학생인 줄 알았다고."

"뭐, 조숙한 여학생도 많으니까. 내일 몇 시에 만날까? 종일 뛰어다니려면 아침 일찍 만나는 게 낫지 않겠어?"

역시나 나와는 달리 선배는 무척 신이 난 표정이었다. 스물여덟 살에 열아홉 살이 된다는 게 회춘 정도로 아는 건 아니겠지? 실은 나도 선배처럼 마냥 신나고 싶다. 평생에 한 번 있을까 말까 한 특별 체험 기간이라고 생각하고 평소 때처럼 즐겁고 활기차게 일하고 싶다. 헌데, 이번 작전만큼 께름칙하고 불안한 적이 없었다. 단순히 고등학교에 잠입하는 작전 때문만이 아닌 내 감정이 문제였다. 더 나아가서는 가치관의 혼동이었다.

왜 이럴까? 왜 이런 거지?

성인보다 십대 아이들을 상대하기가 여간 까다로운 게 아니라서 더 그런지도 모르겠다. 머릿속에 십대들은 무조건 보호해야 할 대상이라는 생각이 강하게 박혀 있어서일지도. 마태오처럼 온몸에 불량기가 철철 흘러넘치는 녀석을 꼬셔야 한다는 건 내 고고한 도덕성에 흠집이 나는 일 같고, 또 이성적으로 받아들여지지도 않는다. 차라리 우리가 잡고자 하는 '온 세계파' 두 목을 꼬시라면 잘할 자신이 있건만, 이건 뭐 동생보다 어린 놈을 상대해야 하니.

"머리부터 해야겠지?"

"아홉 시에 경찰서 앞에서 만나서 같이 움직이자. 강남에 아는 친구가 유명한 헤어숍에서 일하거든."

"알았어."

"힘내라니까."

선배는 내가 기운없어하자 어깨를 툭 쳐주며 격려했다. 나는 스크린으로 보았던 마태오를 떠올리며 울적하게 고개를 끄덕였다.

다음날 아침 헤어숍이 문을 열자마자 첫 손님으로 간 우리는 나란히 앉아 머리를 잘랐다. 혁이 선배는 나와는 다르게 대학 다닐 때도 고등학생이냐고 물을 만큼 동안인지라 머리를 샤기 컷으로 자르고 갈색으로 염색하자 영락없는 고등학생이었다.

나는 선배의 친구인 헤어디자이너가 조언하는 대로 최대한 소녀 필이 나도록 레이어드 보브컷으로 머리 모양을 바꿨다. 학생 때도 내려본 적 없는 앞머리를 자르자 익숙지 않아 어색하긴 해도 생각 외로 어울려 우리는 모두 깜짝 놀랐다. 열아홉 살까진 아니더라도 대학교 1, 2학년이라면 누구라도 믿을 만큼 변신은 완벽했다.

헤어비가 지나치게 비싸다고 늘 불만이었는데 거울 속의 내 모습을 보는 순간 생각이 바뀌었다. 머리 모양 좀 바뀌었기로 나이가 5, 6년은 삭감됐는데 비싼 게 다 이유가 있다고 바로 긍정적이 되었다. 머리 모양을 바꿔서인지 내 미모가 더욱 잘 드러나는 것 같다. 이래서 예쁜 사람은 뭘 해도 예쁘다는 말이 나온 걸까?

사람들은 내 눈을 흔히 고양이 눈이라고 한다. 덕분에 중학교 때부터 단골로 들었던 얘기가 섹시하다는 거였다. 그런 말이 듣기 싫어서 항상 선머슴처럼 머리고 옷이고 대충 꾸미고 다녔다. 친구들은 엄청 부러워하던데 나는 왜 그리 섹시하다는 말이 싫던지. 아이러니하게도 내 유전인자 중 타고난 섹시함이 경찰이 되고서야 빛을 발할 줄 어찌 알았으랴. 이렇게 예쁠 줄 알았으면 감추지 말고 떳떳하게 드러낼걸. 내가 그동안 너무 겸손하게 살았나 보다.

선배와 그의 친구가 거울 속의 날 보며 '굿!'과 '최고!'를 연발하고 있는 그때, 거울 속으로 비니를 꾹 눌러쓴 남자가 지나갔다. 키가 커서인지 팔다리가 쭉쭉 길어 보기에도 시원시원했다. 남자의 옆모습을 본 순간, 내 눈동자에 어제 스크린에서 보았던 마태오의 얼굴이 슬로비디오로 스쳤다.

'어!'

깜짝 놀라 나도 모르게 곁눈으로 남자를 좇았다. 남자는 우리 라인 맨 끝자리로 가서 앉았는데 얼굴 옆 라인이 분명히 마태오였다. 하필 녀석이 온 헤어숍이 이곳이라니, 나는 이게 무슨 운명의 장난인가 했다. 놀라서 심장이 벌렁거렸다.

아마도 이곳이 단골 헤어숍인 듯 녀석에게 다가간 다른 헤어디자이너가 녀석과 잘 아는 것처럼 인사말을 건넸다. 그러고는 녀석이 하는 주문에 귀 기울였다. 녀석이 드디어 비니를 벗자 비니 속에 감춰졌던 오렌지색 머리칼이 우수수 녀석의 목과 어깨로 쏟아졌다. 혁이 선배가 단정한 샤기컷이라면 녀석은 하드록 밴드에서 튀어나온 듯한 긴 머리의 샤기였다.

세상에나!

비니 안에 저런 휘황찬란한 오렌지색 긴 머리칼이 감춰져 있을 줄 상상을 못했던 탓에 나는 어느덧 입을 쩍 벌리고 녀석을 보고 있었다.

그 요란함이라니. 그 화려함이라니!

징 박힌 가죽옷으로 갈아입히고 쇠사슬을 온몸에 휘감아놓으면 당장 광란의 무대 위로 올려 보내도 손색이 없겠다.

선배도 녀석을 알아봤는지 내게 따라오라는 손짓을 했다. 나는 얼른 자리에서 일어나 녀석이 눈치 못 채도록 벽 뒤로 가서 몸을 숨겼다.

선배가 친구인 헤어디자이너에게 녀석이 이곳 단골인지, 단골이면 얼마나 오랜 단골인지, 녀석에 대해 아는 게 없는지 묻는 동안 나는 벽 뒤에서 녀석을 몰래 훔쳐보았다. 비스듬히 거울 속으로 보이는 녀석의 얼굴은 스크린에서보다 훨씬 우수에 차 있었다. 눈빛이 짙은 안개 같다고 느꼈는데 지금은 분위기 자체가 안개에 휩싸인 듯 몽롱했다.

녀석의 긴 머리가 헤어디자이너의 능숙한 가위질에 썩둑썩둑 잘려 나가고, 얼마 후 짧은 모히칸 스타일로 바뀌었을 때 우리 못지않은 변신에 새삼 놀랐다. 풍기는 인상이 범상치 않은데다 헤어스타일까지 짧고 검게 바꾸니 한결 인상이 강하고 거칠었다. 긴 헤어스타일일 때보단 좀 더 소년 같은 모습이랄까. 허나, 녀석이 거울 속의 자신을 보고 살짝 인상을 쓰자 소년 같던 이미지는 온데간데없이 사라지고 어른도 능멸하고 쌈 싸 먹고 찜쪄 먹을 불량 청소년의 본모습이 고대로 살아났다.

멀리서 녀석을 지켜보는 내내 오만 가지 생각이 머릿속에 교차했다. 내가 저 녀석의 여자친구가 되어야 한다는 부담감과 압박감이 확 몰려왔던 것이다. 여자애가 살랑거리며 꼬신다고 쉽게 넘어오지도 않겠거니와 사흘 밤낮을 협박하고 얼러도 정보는커녕 입도 벙긋 안 할 것 같은 고집스러운 인상에 나는 녀석을 보자마자 기가 질려 버렸다. 우리가 우려했던 대로 녀석이 마약 조직과 밀접한 관계가 있다면 내 임무는 더욱 위험의 기로에 놓이게 될 것이었다. 만에 하나 들켰다간 스파이 노릇하다 붙잡혀 총살형에 처한 마타하리 신세를 면치 못하리라.

'저 자식은 뭘 먹고 인상이 저따위야?'

사람에겐 기(氣)가 있어 보기만 해도 절로 위압감이 느껴지는 사람이 있다. 눈빛 하나로도 상대를 제압하는 건 그런 이유다.

무시 못할 포스를 녀석은 갖고 있었다. 억지로 만들어진 것이 아닌 타고난 그 무엇. 그것만 보더라도 아버지가 재단 이사장이라서 학교 짱이 된 건 결코 아님을 입증한다.

녀석에게서 내뿜어지는 거침없는 아우라에 잔뜩 기가 질려 있을 때 친구와 얘기를 끝낸 혁이 선배가 내 뒤로 다가왔다.

"시간 없으니까 그만 가자."

"뭐 좀 알아낸 거 있어?"

"별로. 우리가 아는 것과 비슷해. 여기 단골이긴 해도 워낙 말이 없는 편이라 자기 얘길 통 안 하나 봐."

"그래? 기분이 이상해."

"왜?"

"내 미래의 남자친구를 우연히 만나다니. 운명 아닐까?"

내 싱거운 농담에 선배가 크게 웃음을 터뜨렸다.

"푸하하하하!"

그 소리에 마태오가 고개를 돌려 쳐다보는 게 내 눈에 포착됐다. 재빨리 선배의 팔을 잡아끌어 밖으로 나갔다. 계단을 내려가면서 그렇게 크게 웃으면 어떡하느냐며 등짝을 후려치자 그가 웃음이 선연한 얼굴로 물었다.

"참! 너 연하남 좋아했지?"

연하남도 연하남 나름이다. 두세 살도 아니고 마태오는 일곱 살이나 어린 고삐리에다 내가 학교 다닐 때만 해도 학교의 암적인 존재로 여겼던 학교 짱이었다. 뿐이랴. 아직 밝혀지진 않았지만 녀석은 교내 마약 조직의 우두머리일지도 모른다.

"후후. 그렇긴 한데 저 녀석 보니까 그동안 연하남 좋아했던 마음이 싹 가시려고 해."

내가 연하남을 좋아하는 건 사회의 암적인 마약사범들을 소탕하러 쫓아다니느라 연애할 시간이 없어 연애를 못하는 내 청춘에 대한 작은 배려였다. 전국의 수많은 누나, 이모, 심지어 어머니뻘 되는 여성들의 심장에 마구마구 불을 싸질러 대는 훈남 연예인들을 흠모하는 심정과 비슷한 거다.

그렇게 해서라도 젊은 기를 충족하겠다는데, 왜? 아니꼽나?

허나, 동경과 현실의 차이는 극명하게 갈리는 법.

헤어숍에서 우연히 내 미래의 남자친구, 아니, 가상 남자친구임과 동시에 알짜배기 정보원이 될 마태오를 만난 순간, 나는 동경의 한계와 뼈아픈 현실 사이에서 비관했다. 녀석은 그저 바라만 보아도 귀엽고 훈훈한 연하남이 아니라 살벌한 기운을 울산공단의 굴뚝처럼 내뿜는 조직 스카우트 1순위인 학교 짱이라는 사실. 어쩌면 이미 조직원일 가능성도 크다. 남자친구는 고사하고 머지않아 내 손으로 녀석의 손목에 은팔찌를 채워야 할지도 모르는 비정한 현실에 매우 마음이 쓰라리다. 그런 녀석에게 거짓이라도 연애 감정이 생길 리 없으니, 오호통재라!

차라리 오늘 우연히 만나지 않았더라면 더 나았을 것을. 오히려 녀석에 대한 반감만 커졌다.

"하하하! 기대돼. 신비 니가 저 맹수 같은 녀석을 어떻게 얌전하게 만들지 말야."

원래 실망이란 건 높은 기대치 때문에 생겨나는 거다. 그러니 나에 대한 기대치를 낮추란 말이다!

선배와 늦은 아침을 먹기 위해 식당으로 향하며 나는 과연 이 작전이 제대로 먹힐 것인지에 대해 다시 한 번 진지하게 고민했다. 서점에 가 맹수 조련법이라도 사서 통달해야 하려나? 아아, 이제 와서 이건 절대 아니라고 뒤엎을 수만 있다면 좋겠다. 허나, 이미 하늘 같은 팀장님의 지시는 떨어졌고, 팀장님이 작전상 죽으라면 죽는시늉이라도 해야 할 우리는 그저 '나 죽었소'를 복창하며 임무에 충실할 일만 남아 있었다.

1

3학년 3반.

혁이 선배와 내가 이 고등학교에 와서 배정받은 반이다. 당연히 그 반에 마태오가 있고 우린 녀석에게 쉬이 접근하고자 한 반으로 배정받게끔 미리 조작을 해놓았다. 우리가 경찰이란 걸 아는 사람은 경찰청에 이종사촌 동생이 근무하는 3학년 학주 선생님 한 분뿐이었다. 우리가 한 반에 배정받도록 한 것도 그 선생님의 도움을 받아서였다.

그 외의 모든 사람들에게 우리의 정체는 한마디로, 쉿!

각자 등교한 나와 선배는 교실로 가기 전 교무실에서 만났다. 우린 아직 서로 모르는 사이이므로 가벼운 목례만 하고 담임선생님을 따라 교실로 향했다. 긴장감에 가슴이 두근거렸지만 나는 의연해지려 애썼다. 나만 그런가 싶어 담임선생님 뒤를 따라가며 흘끗 쳐다보니 선배의 얼굴에선 긴장감을 찾아볼 수 없었다. 자연스럽고 여유가 넘쳐 나는 모습에 이래서 경력을 무시 못하는 거구나, 새삼 깨달았다.

담임선생님과 함께 들어간 교실은 그야말로 난장판을 허무하게 만드는 개판이었다. 선생님이 들어오든 말든 제 할 짓 하기에 여념 없는 아이들을 보자 나도 모르게 관자놀이에 불끈 핏줄이 불거진다.

복도를 지나오면서 다른 반은 전부 조용하던데 어째서 이 반만 이 모양일까. 정녕 이것이 고3 반이란 말이냐? 아니면 이 반은 구제불능의 문제아들만 모아놓은 것이냐?

오늘이 3월 4일. 개학한 지 며칠 되지도 않았는데, 그런 심각한 이유가 아니라면 고3 수험생 교실이 이따위일 순 없었다.

나는 제일 먼저 마태오를 찾았다. 학교 짱이 앉는 자리는 대개 고정석이 따로 있게 마련이다. 창가 측 맨 뒷자리.

내 예측이 맞았는지 자리는 비어 있었고, 다른 자리를 둘러보아도 마태오는 없었다.

'아직 등교 전인가?'

선생님이 손에 든 엄지손가락 굵기의 막대기로 교탁을 탁탁 쳐서야 잠시 조용해졌던 교실이 금세 왁자지껄해졌다. 새로 온

학생들 앞에서 완전히 무시당한 선생님은 그만 얼굴이 사색이 되어버린다. 반쯤은 포기 상태인 선생님의 표정에 내 얼굴에서 핏기가 싹 가셨다.

'이런 버르장머리없는 것들을 봤나.'

"조용히 안 해!"

혁이 선배가 버럭 호통을 쳐서야 교실이 찬물을 끼얹은 듯이 일순 적막이 깔렸다. 마룻바닥에 개미가 기어가는 것까지 귀에 들릴 지경이었다.

"선생님 말씀하시는 거 안 들리냐?"

살벌하게 노려보는 선배의 눈빛에 아이들이 기가 눌린 듯, 하나둘 의자에 앉기 시작했다. 선제공격이 이럴 때 필요하다는 걸 몸소 보여준 그에게 나는 눈짓으로 '잘했어' 하고 칭찬했다. 누군가 투덜대는 소리가 들렸지만, 이내 그럴 분위기가 아니라 느꼈던지 여기저기서 터져 나온 불만도 어느덧 말끔히 사라졌다.

그때,

휙!

내가 저 뒷자리에서 날아오는 뭔가를 감지했을 때 내 시선은 날아오는 물체가 아니라 그걸 집어 던진 놈에게로 향해 있었다. 꽤 비대한 덩치로 널따란 이마빡에 '나 불량학생이요' 하고 큼지막하게 써 붙인 놈.

선배의 귀밑을 살짝 스치고 지나간 야구공이 텅 소리를 내며

칠판에 튕겨 날아가고, 공을 피하려 선생님과 내가 급히 몸을 낮춘 순간,

"씹새끼!"

선배의 입에서 상스러운 욕이 튀어나옴과 동시에 그의 몸도 날았다. 독수리가 땅을 박차고 날아오르듯 순식간에 책상을 딛고 뛰어올라 그에게 야구공을 집어 던진 맨 뒷자리의 놈 턱을 발로 갈겨 버렸다. 그것은, 아이들이 꺅 비명을 지르기도 전에 벌어진 일로써 반 아이들에게 그의 존재를 강하게 각인시키는 효과로는 최고였다. 의자와 함께 벌러덩 나자빠졌던 놈의 입에서 시뻘건 피가 퍽 솟구쳤다.

이크, 좀 아프겠다. 쯧쯧.

"죽고 싶구나, 니가?"

선배는 날라리보다 더 개 날라리 같은 폼으로 자빠진 놈의 가슴을 발끝으로 꾹 짓누르며 싸늘하게 뇌까렸다. 쿨럭, 기침을 내뱉던 놈이 주르륵 흘러내리는 피를 손등으로 닦더니 선배를 무섭게 노려보았다.

히죽, 선배가 웃자 놈이 움찔했다. 하지만 이내 놈의 입가가 사납게 비틀려 올라갔다. 넌 오늘부로 끝이야, 하는 눈빛이다.

선배가, 놈의 등골이 한겨울에 등목하는 기분이 들도록 싸하게 마주 웃어주었다.

오늘부로 이 학교는 우리가 접수한다.

그가 이 학교에 투입되면서 맡은 임무는 바로 이것이었다.
이에는 이, 개에겐 개!

*

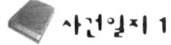 사건일지 1

점심시간이 되자마자 우르르 놈들이 몰려왔다. 그때까지도 마태오
는 교실에 나타나지 않았다. 혁은 순순히 놈들의 손에 붙들려 어디론
가 끌려갔다. 신비가 걱정스럽게 혁을 쳐다봤지만, 그는 눈짓으로 괜
찮다고 말해주었다. 아침의 소란으로 어느 정도는 예상했던 일이었
다.

혁이 끌려간 곳은 뒷산에 있는 자그마한 폐가였다. 앞마당이 좀 휑
한 것만 빼곤 제법 울창한 숲 속에 덩그러니 있는 폐가라 분위기가
더욱 을씨년스러웠다. 산지기라도 살았던 모양인데 비운 지가 꽤 오
래되었는지 집 주위에 잡초가 무성했다.

다른 놈들을 밖에 세워둔 채 조회시간에 기선 제압하느라 혁에게
야구공을 던졌다가 얻어맞은 종만이 그의 등을 밀어 현관문 안으로
들여보냈다. 반쯤 떨어져 나간 현관문 사이로 들어가자 좁은 마루를
지나 훤히 뚫린 안방이 보였다. 방 안엔 어디서 구해다 놨는지 침대
매트리스가 바닥에 깔려 있었다.

그리고 그 위에 벽에 기대앉아 담배를 피우는 마태오가 보였다.

"뭐야?"

태오는 담배를 피우다 말고 귀찮다는 듯 인상을 그렸다.

"오늘 새로 온 놈인데 너한테 보여주려고."

놈이 고개를 들고 쳐다보았다. 쳐다보는 눈빛이 예사롭지 않았다. 마치 이 폐가가 그의 우리인 것처럼 느껴져 혁은 순간 등골이 오싹했다.

공허와 슬픔, 그리고 증오.

놈의 눈빛엔 오래도록 방치된 짐승의 냄새가 났다.

'여기가 놈들의 아지트일까?'

혁은 머릿속으로 생각하다가 여기는 아니라고 판단했다. 그러기엔 장소가 너무 협소했다. 놈이 매우 피로한 표정으로 두 번째 담배에 불을 붙였다.

"여기까지 데려온 이유는?"

"이 새끼가 날 발로 찼어."

"그래?"

태오는 관심없는 투로 말하고는 담배 연기가 눈에 들어갔는지 인상을 찡그렸다. 하지만 그게 담배 연기 때문인지 혁을 여기까지 데리고 온 종만이 때문인지는 알 수 없었다.

"너 이름이 뭐냐?"

"이혁."

종만이 대신 대답하자 태오가 가래침을 재떨이에 퉤 뱉고는 코를 한 번 훌쩍였다.

"난 마태오다. 학교에서 무슨 일 생기면 나한테 연락해라."

꽤나 거만하고 무심한 어조였다. 태오의 말에 종만이 입에 거품을 물었다.

"태오야!"

"시끄럽게 하지 말고 가라. 난 좀 쉬어야겠다."

태오가 매트리스에 홀러덩 드러눕자 종만은 혼자 씩씩거리다 횅하니 밖으로 나가 버렸다. 현관에 혼자 어정쩡하게 서 있던 혁은 더 있어봤자 나올 게 없을 것 같아 몸을 돌렸다. 오늘은 이 정도만으로도 제 할 일을 다한 것 같았다.

"어이!"

혁이 한 걸음 떼었을 때 태오가 그를 불렀다. 혁이 뒤돌아보자 매트리스에 누운 채로 그가 물었다.

"싸움 좀 하나 봐?"

"조금."

"킥. 근데 말야, 우리 어디서 본 적 있지 않나?"

태오의 말에 혁은 등줄기에 쫘악 식은땀이 흘렀다.

헤어숍에서 얼굴을 봤을까?

신비와 함께 있었던 걸 놈이 알면 작전은 시작부터 엉키게 된다. 마른침을 꿀꺽 삼킨 혁은 무조건 잡아떼기로 했다.

"아니. 본 적 없는데."

"킥. 그래? 어쨌든 환영한다. 내 왕국에 온 걸."

*

　오전 내내 보이지 않더니 점심시간이 끝날 무렵이나 돼서 나타난 태오는 햇볕이 잘 드는 창가 쪽 맨 뒤의 자기 자리로 가다가 옆줄 맨 뒷자리에 앉은 날 보더니 흠칫 놀랐다. 좀 더 자세히 상황을 설명하자면, 갑자기 나타난 녀석을 보고 내가 먼저 흠칫 놀란 덕에 녀석은 이유도 없이 덩달아 흠칫 놀랐다는 게 맞다. 녀석은 저도 모르게 반응하고선 머쓱했는지 금세 사나운 눈빛으로 날 노려보았다. 그러더니 언제 날 봤냐 싶게 쌀쌀맞도록 시선을 거두고 자기 자리로 가서 주저앉았다. 녀석이 나타남과 동시에 아침 조회시간과는 비교도 안 되게 조용해진 교실에 나는 어안이 벙벙해졌고, 비로소 고3 수험생 반이라는 게 실감났다.

　찰칵!

　익숙하게 들리는 소리와 이윽고 풍기는 냄새에 무심코 고개를 돌렸을 때였다.

　'응?

　나는 내가 보고 있는 모습이 환상이 아닐까 싶을 만큼 놀랐다. 여기가 제 안방도 아니건만 녀석이 교실에서 버젓이 담배를 피우는 게 아닌가!

　어라? 이거 환상 아니지? 진짜로 피우는 거 맞지?

　교실에서 태연히 담배를 피우는 녀석을 황당해서 쳐다보자,

녀석이 있는 대로 인상을 그리며 담배를 피우다가 사느란 눈매로 날 흘긋 쳐다보았다. 뭘 보냐는 시건방지고 가소로운 눈초리에 어이가 없었다. 이걸 대담하다고 해야 할지 간이 배 밖에 나왔다고 해야 할지 모르겠다. 교실에서 아무렇지도 않게 담배를 피우는 녀석을 보자 학교 화장실에 몰래 숨어서 피우는 학생들이 되레 모범생으로 느껴질 정도다.

'뭐 저런 녀석이 다 있어?'

애석하게도 내가 녀석에 대해 아는 건 수사대에서 준 자료가 다였다. 아버지가 이 학교 재단 이사장이라는 것. 녀석이 이 학교 짱이라는 것. 그리고 엄마가 안 계시다는 것. 생각보다 그 외의 사생활은 밝혀진 게 없었다.

내가 너무 빤히 쳐다봤는지 날 마주 쳐다보는 녀석의 안개 같은 눈빛이 한층 짙어졌다. 녀석의 몽롱하면서도 슬픈 눈빛 탓인지는 모르겠지만, 나는 녀석이 뭔가 이번 사건에 대해 알고 있으리라는 확신이 들었고 베일에 싸인 녀석의 사생활에 대해서도 무척 궁금해졌다. 그리고 어떻게 하면 교실에서 아무렇지도 않게 담배를 피울 수 있는지 그 정신 상태가 너무나도 의심스러웠다.

"왜? 너도 줄까?"

듣기 좋은 중저음의 목소리가 생각 외로 부드러워서 가뜩이나 낯선 풍경 속의 녀석이 더 이질적이고 엉뚱해 보였다.

녀석이 내게 처음 건 말. 아니, 날 떠보는 말? 아니, 아니. 피올 수 있으면 피워보라는 조롱과 같은 언사에 나는 심히도 불쾌해졌다.

이 녀석은 대체 학교, 그리고 날 뭐로 보는 걸까? 내가 자기처럼 교실에서 대놓고 담배나 피우는 불량학생처럼 보이는 걸까? 아니면 첫 대면에 놀려도 그만인 만만한 여학생으로 보이는 걸까?

불량학생이든 만만한 여학생이든 평소 나와는 거리가 멀어도 한참 먼 이미지가 아니던가?

보는 눈 좀 키우렴, 아가야.

기가 차서 녀석을 멀거니 쳐다보고는 5교시 수업 준비를 하느라 책상 위에 책들과 공책을 주섬주섬 펼쳤다.

"난 담배 안 피워."

새치름하게 말하는 날 녀석이 멀뚱멀뚱 쳐다보더니 담배를 힘껏 쭉 빨아들였다. 비록 불량스럽긴 해도 담배를 빨아들이는 입술선만큼은 꽤 관능적이라고 느끼던 찰나,

"후우—"

녀석이 상체까지 숙인 채 작정하고 내뿜는 담배 연기에 나는 쿨럭쿨럭 기침을 했다. 이건 설정이나 연기가 아니다. 설마 내얼굴에 담배 연기를 내뿜으리라곤 생각을 못한 나의 작은 불찰이었다.

킥 웃던 녀석이 눈물까지 찔끔거리는 날 보더니 교실 바닥에 담배를 툭 내던져 운동화 밑창으로 꾹꾹 짓이겨 껐다.

'이 자식이!'

울컥한 나는 인상이 써지려는 얼굴을 억지로 펴느라 어설피 웃고 말았다. 마음 같아선 교실에서 담배를 피우는 것도 모자라 감히 내 얼굴에 담배 연기를 내뿜는 녀석의 양쪽 뺨따귀를 연거푸 날려주고 싶었으나 인내심을 발휘하여 꾹 참았다. 내가 이 학교에 투입되면서 맡은 임무에 충실하려면 필요없는 감정 분출은 자제해야 했으므로. 어떻게든 마태오의 마음을 사로잡아 녀석의 여자친구가 되기 위해선 이 정도 담배 연기쯤은 거뜬히 참아내야 하는 것이다. 여기서 불쾌감을 고스란히 드러냈다간 신상이 위험해질 수도 있었다.

'제기랄.'

허나 서로 면상을 마주한 순간부터 얼굴에 담배 연기나 내뿜는 녀석의 여자친구가 된다는 건, 내가 본 2m 장신의 마약사범에 엽기 살인마가 개과천선하여 목사님이 되겠다는 것만큼이나 어려워 보였다. 이미 한 차례 녀석 앞에 끌려갔다 온 혁이 선배의 말에 의하자면, 마태오는 이 학교를 자신의 왕국이라고 여길 정도로 강하고 튀는 녀석이었다. 실제로도 이 학교에서 녀석을 건드릴 만한 강심장, 그 이상의 강자는 없었다. 이런 타입은 녀석을 머리 위에서 완전히 깔아뭉개고 군림할 수 있는 인물이든지 아니면 절대적으로 굴복하지 않으면 가까이 지내기 어려웠다.

고로, 선배가 군림 쪽을 선택했으니 난 울며 겨자 먹기로 굴복 쪽을 택해야 했다. 굴복이란 말이 어폐가 있을지 모르겠으나, 다시 말하면 난 녀석이 언제든 기댈 수 있는 포근한 안식처, 녀석이 무슨 짓을 해도 이해하고 품어주는 넉넉한 품성의 소유자가 되어야 하는 것이다. 그래야 녀석도 내게 마음을 열어 보일 테니까.

그렇게 녀석과의 첫 만남은 무례하게도 담배 연기를 내 얼굴에 내뿜는 것으로 시작되었다.

나는 녀석의 이름을 알고 있었지만, 모른 척 녀석의 명찰을 내려다봤다.

"마태오. 이름이 성직자랑 똑같네. 반가워. 앞으로 잘 부탁해."

니가 내게 불친절하고 못되게 군대도 난 마음이 태평양만큼 넓으니 너그러이 이해하겠다는 뜻으로 쿨하게 악수를 청하자 살짝 당황한 눈빛이 녀석의 안광에 스쳤다. 이게 어디에 쓰는 물건인고 하듯, 내민 손을 잠시 내려다보던 녀석이 갑자기 교실이 떠나가라 크하하하 웃음을 터뜨렸다. 녀석의 웃음소리에 반 아이들이 이제껏 이런 괴이한 소리는 처음 듣는다는 듯이 놀란 얼굴로 일제히 돌아보았다. 그럼에도 반 아이들은 안중에도 없이 녀석은 웃느라 정신을 못 차렸다.

'뭐가 웃긴 거지?'

내민 손이 머쓱하여 도로 거두고는 배꼽을 잡고 웃는 녀석을 어이없게 쳐다보았다. 녀석은 웃다가 하마터면 의자에서 떨어질 뻔했다. 아무리 웃으면 복이 오고 웃는 얼굴에 침 못 뱉는다지만, 너무 웃으니 머리통을 갈겨주고 싶은 마음이 솟구친다.

"왜 웃는데?"

기분 나쁘게 묻자 녀석이 간신히 웃음을 갈무리하고는 웃다가 흘린 침을 손으로 아무렇게나 쓱쓱 닦았다.

"마태복음의 그 마태 말하는 거냐?"

"응. 마태오, 마태. 같은 이름이야. 예수님의 열두 제자 중 한 사람이란 건 알지?"

'예수님' 얘기가 나오자 녀석은 금세 관심이 식은 듯 시들한 표정을 지었다. 본디 악의 무리란 '예수님'을 무서워하거나 싫어하거나 둘 중 하나는 꼭 하게 되어 있다.

언제 웃었던가 싶게 정색한 녀석은 상당히 어이없다는 투로 중얼거렸다.

"좆나 웃기는 기집애네. 내 이름이 성직자랑 똑같다니. 킥."

젠장. 호감은커녕 한 대 안 맞은 게 다행이다 싶다. 성직자와 이름이 같다는데 싫다는 내색이 어찌 그리도 확연한지 말한 내가 무안할 지경이었다. 정말로 이름이 같기도 하거니와 이왕이면 녀석을 좋은 이미지로 봤다는 걸 강조하고 싶었건만, 아무래도 역효과가 난 듯했다.

희대의 살인마 히틀러 같다는 것보단 낫잖아. 짜식이 좋게 말하면 곱게 알아들을 것이지. 삐딱하긴.

별로 효율적이지 못한 잠깐의 대화를 끝으로 녀석은 5교시가 끝나고 6교시가 끝나갈 때까지 내 쪽으론 시선도 주지 않았다. 자고로 첫인상이란 인간관계의 지속을 결정짓는 매우 중요한 요소다. 헌데 나란 인간은 첫 대면부터 담배 연기로 무시당하고, 녀석의 관점에선 성직자와 동명이라는 망발(?)을 서슴지 않은 셈이었다. 나의 어디에 그리 하찮은 구석이 있었던 걸까?

"후우―"

시작부터 조짐이 심상치 않아 나는 약간 조바심을 내며 고민에 휩싸였다. 무시당하고 끝나기엔 내 자존심이 허락지 않았다.

비호감을 호감으로 바꿀 기회를 찾아야 할 텐데 어쩐다?

어떻게 하면 녀석의 관심을 끌까 계속 머리를 굴리다가 쪽지를 써서 선생님 눈을 피해 녀석의 책상 위로 쓱 밀어놔 주었다. 이런 녀석일수록 의외로 적극적인 여성을 좋아할 수도 있잖은가.

[수업 마치고 뭐 하니?]

"죽을래?"

헉!

적극적인 여성 싫어하나?

학생들 반 이상이 수면 상태인 수업 시간에 불쑥 '죽을래?'라고 살벌하게 뇌까리는 녀석 때문에 몇몇이 자다가 뒤를 돌아보았다. 한창 수업에 열중하시던 국사 선생님―유일하게 나와 혁이 선배의 정체를 알고 계신 학주 선생님—이 안경 너머로 힐끗 우리 쪽을 쳐다보았다. 미처 녀석의 까칠한 응대를 예견하지 못한 나는 창피하고 놀란 나머지 딸꾹질이 딸꾹! 나왔다. 저런 뭐 같은 놈 때문에 이게 웬 망신이란 말인가.

탁!

선생님이 책을 소리나게 탁 접더니 내게 손짓을 하셨다. 내 정체를 모르시는 선생님이었으면 '한 대 맞자'의 의미로 알아들었으리라.

"거기 새로 온 학생, 앞으로 나오지."

날 왜 부르시나 싶어 어정쩡하게 자리에서 일어나 앞으로 나갔다. 몇 발짝 되지도 않는 교탁 앞으로 걸어나가는 동안 머릿속이 와글와글, 복닥복닥, 여러 가지 생각으로 한꺼번에 뒤엉켰다.

잠입경찰이란 걸 아이들 앞에서 숨기기 위해 학생 신분으로 똑같이 대하시려는 건가? 손바닥이라도 때리시려는 걸까? 녀석과 같이 불러내야지 왜 나만 불러내는 걸까?

그렇담 무지 억울해진다. 난 단지 녀석에게 수업 끝나고 뭐 하느냐고 쪽지를 건넸을 뿐, '죽을래?' 하고 떠든 건 녀석인데 말이다. 난 적어도 수업 중에 떠들진 않았다. 잠시 딴짓을 했을 뿐.

학생 때 장난이 좀 심한 편이긴 했지만 대체로 모범생이었던 나였다. 그런 내가 수업 중에 선생님께 걸려서 불려 나가다니

무지하게 창피했다.

"죄, 죄송합니다, 선생님."

얼굴까지 빨개져 용서를 비는 내게 선생님이 인자한 미소를 지으셨다.

"아직 신고식 안 했지?"

"신고…… 식이라뇨?"

"노래해."

"예?"

뜬금없이 신고식으로 노래하라는 선생님에게 눈빛으로 무언의 항의를 보냈다. 비록 겉은 여고생으로 변신 중이나 난 엄연한 경찰인데 아이들 앞에서 신고식이라니 너무하다.

이건 시나리오에 없던 건데.

난처하여 어쩔 줄 몰라 하고 있자니, 아이들이 언제 다들 합심하여 졸았나 싶게 먼저 박수를 치고 난리도 아니었다. 이렇게 생생한 정신, 초롱초롱한 눈빛으로 공부하면 다들 대학을 척척 붙으련만.

'가뜩이나 적응 안 돼 죽겠구만.'

속으로 구시렁대며 저 맨 뒷자리에 앉아 무심한 시선으로 날 보고 있는 녀석을 난감하게 쳐다보았다. 녀석은 애초에 자비라곤 없는 얼굴로 무표정했지만, 난 알 수 있었다. 녀석의 눈빛 속에 어른거리는 나에 대한 무한한 호기심을.

……그랬으면 좋겠다는 거다.

'어쩌지?'

구원 요청을 하듯 혁이 선배를 쳐다봤다. 그런데 이게 웬일? 그는 매우 흥분한 얼굴로 샛별처럼 눈빛을 반짝, 반짝, 반짝이며 날 보고 있었다. 어째 그가 제일 좋아하는 것 같다.

그랬다. 해마다 열리는 경찰 문화의 밤―말이 문화의 밤이지 우리끼리 놀고먹는 판이다―에서 선보였던 원더걸스의 '노바디'를 그는 간절히 원하고 있는 눈빛이었다. 그때 그가 부른 앙코르 수만 몇이더냐.

아는 놈이 더 무섭다더니.

'모두가 원한다면 어쩔 수 없지.'

나는 곧 긍정적인 사고로 돌아와 녀석의 시선을 사로잡기엔 섹시만 한 게 없다는 걸 자각했다.

죽기 아니면 까무러치기!

녀석을 꼬실 수만 있다면 무슨 짓이든 못하겠는가. 비호감을 호감으로 바꿔놓을 기회를 노렸으니, 이 기회에 섹시 댄스로 확실히 이미지 쇄신을 하는 거다. 섹시한 여자 싫어하는 남학생은 거의 못 봤으니까.

"선생님, 노래 대신 춤춰도 돼요?"

내가 적극적으로 나올 줄 몰랐던지 다소 놀라워하시던 선생님도 기대에 찬 눈빛으로 고개를 끄덕였다. 수업이 거의 끝날 무렵이라 다른 반에서도 양해를 해주리라 믿으시는 눈치다.

나는 씩씩하게 교복 치마 주머니에서 핸드폰을 꺼내 '노바디' 음악을 찾아 틀었다.

'나의 멋들어진 춤을 보고도 감정에 아무런 반응이 없을지 두고 보겠어. 그러고도 아무 반응이 없다면 넌 남자도 아니야.'

드디어 음악의 전주 부분이 시작되고 내가 자신만만하게 섹시한 포즈로 춤을 출 준비를 하자 아이들이 모두 책상을 치고 손뼉을 치고 몸부림을 치며 열광의 아우성을 쳐댔다. 곁눈으로 슬쩍 녀석을 쳐다보니 녀석도 처음과는 달리 약간 호기심을 띤 눈으로 날 보고 있었다.

'훗. 그럼 그렇지.'

녀석이 날 보고 반할 생각을 하니까 흥분되어 두근두근 심장이 박동하기 시작한다. 비록 작년 문화의 밤에서 입었던 반짝이 원피스가 아닌 단정한 교복 차림이긴 하지만 나의 섹시한 자태야 어디 가겠는가.

혁이 선배가 개 날라리 포스로 아이들에게 각인되었다면, 난 섹시 포스로 녀석의 눈에 각인될 순간이었다.

마음껏 반하려무나, 아가야.

원더걸스가 니가 아닌 다른 사람은 다 싫다며 애타게 부르는 노래에 맞춰 무려 한 달 동안 틈만 나면 연습했던 춤을 추었을 때, 나는 보았다. 녀석을 위시한 아이들의 눈빛이 일동 단결하여 날 새롭게 보기 시작한 걸.

역시 노바디, 아니, 섹시의 힘은 위대했다.

"왜?"

"어?"

녀석의 뒤를 쫄래쫄래 따라가다가 녀석이 갑자기 홱 돌아보며 짜증스럽게 왜냐고 묻자 대답할 말이 궁했다. 너에 대해 많은 걸 알고 싶다고 대놓고 말할 순 없지 않나 말이다. 그렇다고 너는 니 갈 길 가렴, 난 내 갈 길 가련다, 하고 아무런 성과도 없이 방과 후 학생처럼 집으로 돌아갈 수도 없는 노릇이었다. 하여, 어떻게 하면 녀석에게 말을 걸까 고민하며 쫓아가다 보니, 그게 녀석의 심기를 건드린 모양이었다.

"왜 쫓아와?"

내가 예상한 바로는 나의 섹시 댄스에 반해 녀석이 먼저 내게 터프하게 대시할 줄 알았다. 헌데, 이 녀석 보소. 대시는커녕 떨거지 보듯 하는 눈초리에 빈정이 확 상했다.

허 참, 심장이 돌로 만들어진 것도 아닐 텐데 어떻게 그 춤을 보고 아무렇지 않을 수가 있지? 나 같으면 노력이 가상해서라도 예뻐 보일 거 같구만. 무정한 놈.

"아니, 뭐 그냥……."

할 말이 없어 우물거리자 녀석이 인상을 우그러뜨렸다. 내가 생각해도 어이가 없긴 해도 그렇게 인상을 쓰면 무섭잖아……요.

"가."

녀석은 날 집도 없고 절도 없는 개새끼 취급이었다. 단순하게 '가'라고 하는 말에 나도 모르게 울컥했다.

나도 좋아서 쫓아가는 건 아니거든!

용의자로 지목된 놈을 앞에 두고도 이리 막막한 기분일 땐 어떻게 해야 하는 걸까?

"배고프지 않니?"

나야말로 십대 남학생을 어떻게 꼬셔야 할지 막상 실전에 닥치니 이리 허둥거리게 될 줄은 정말 몰랐다. 매번 예상을 뒤엎는 녀석 때문이기도 하지만, 역시 녀석에 대한 정보가 너무나 부족한 나로선 허접한 지도 나부랭이 하나 던져 주고 보물섬을 찾아내라는 것과 진배없었다.

"안 고파."

대답 한 번 간단하고 명료하구나.

이 방법도 통하지 않자 나는 실망한 표정을 감출 수 없었다.

춤도 싫다, 밥도 싫다. 어쩌란 거야?

"미안해. 너만 괜찮다면 맛있는 거 사주려고 그랬지."

"뭣 때문에?"

그거야 널 꼬셔서 정보를 캐내려…….

"니가 나한테 제일 처음 말 걸어줬으니까."

"뭐라고?"

"나한테 말 걸어준 사람이 니가 처음이었다고."

비록 교실에서 너도 담배 줄까, 하고 묻는 말이긴 했지만, 처음 말 걸어준 건 엄연한 사실이었다. 유독 그 반만 그런 건지 요즘 고3 애들이 죄다 그런 건지 당최 누구 하나 내게 다정히 말 붙이는 애가 없었다. 혁이 선배에게는 보이는 관심을 왜 내겐 아무도 보이질 않는 건지 모를 일이었다. 남녀 차별하는 건가, 뭔가? 내 존재감이 그리 약하거나 무시당할 정도는 아닌데 상당히 곤혹스러웠다. 창피를 무릅쓰고 노바디 춤까지 보여줬건만 예의 없는 것들!

남자들은 '처음' 이란 단어에 본능적으로 약한 거 같다. 녀석이 한풀 꺾인 모습으로 날 물끄러미 쳐다보았다. 측은한 눈빛은 아니었고 약간 마음이 동한…….

"그래서 어쩌라고?"

"……!"

낚였다.

녀석의 알 수 없는 눈빛에 낚였다.

이럴 땐 조금 쑥스러워하면서 '뭐가 먹고 싶은데?' 하고 물어봐 줘야 정상 아냐? 녀석은 엄청나게 무뚝뚝하고 싸가지가 바가지로 없는 학교 짱이었다.

"아냐. 됐어."

남자라면 다들 혼이 쏙 빠진다는 섹시 춤, 건강한 십대 남학생이라면 자다가도 벌떡 일어난다는 밥, 남자의 가장 취약점인 감정에 호소도 해보았으나 죄다 실패였다.

자존심 상하지만 어쩔 수 없다. 첫날부터 들이대려니 더 이상 **빼**도 박도 못할 비호감으로 낙인찍힐 것 같아 이쯤에서 작전상 후퇴하기로 마음먹었다. 녀석에게도 조금은 아쉬움을 남겨주어야 다음을 기약할 수 있기에.

마음에 상처 입은 여학생인 양 살짝 삐친 척 뒤돌아서 가버렸다. 나도 니가 마음에 들어 여기까지 쫓아오긴 했지만 퇴짜 맞고도 아무렇지 않을 정도로 자존심이 없진 않다는 걸 몸소 보여주듯.

알고 보면 내가 얼마나 매력 덩어리인데. 사람 보는 눈이 저리도 없나? 흥이다!

털레털레 걸음을 옮기다 생각하니 슬그머니 걱정이 밀려왔다.

'내가 정말 싫은 거면 어쩌지?'

그럴 수도 있다는 걸 왜 생각 못했을까? 이제껏 날 무조건 싫어하는 사람이 없어서 몰랐을까? 어디 가나 인기 많은 날 몰라본 저놈이 눈이 삔 거지.

녀석이 날 정말로 싫어해서 내가 무슨 짓을 해도 녀석의 눈에 예뻐 보이지 않으면 작전이 다 무슨 소용이란 말인가.

그런 생각에 울적하고 암담하다 못해 하늘이 온통 노랬다.

"야!"

엇!

녀석이 불렀다. 날 불렀어! 앗싸!

씨익, 회심의 미소를 지은 나는 눈가까지 촉촉해져 비련의 여인처럼 살며시 뒤돌아봤다. 때맞춰 바람이 불어 내 단발머리를 살짝 훑으며 달아났다. 그러자 녀석이 교실에서 처음 날 봤을 때 흠칫 놀란 것처럼 움찔하더니 기다란 팔을 들어 손가락을 까닥까닥했다.

"이리 와봐."

녀석이 오라고 하니 나는 냉큼 녀석의 앞으로 갔다. 강아지처럼 좋다구나 쪼르르 달려간 건 아니고, 서운함이 가시지 않은 얼굴로, 그러나 조금은 기대감이 드러난 얼굴로 녀석에게 천천히 다가갔다. 그러고 보니 헤어숍에서 봤던 것보다 훨씬 더 키가 크다. 떡 벌어진 어깨며 튼실한 허벅지. 농구 선수를 해도 될 것 같은 우월한 기장에 마주 서자 저절로 고개가 뒤로 젖혀졌다. 오! 게다가 꽤 훌륭한 비주얼까지. 생김새는 미소년인데 퇴폐적이고 음산한 분위기가 묘하게 시선을 잡아끄는 구석이 있었다. 특히, 그 뽕 맞은 것처럼 몽롱하고 짙은 안개 같은 눈빛엔 나조차도 오금이 저릿저릿해질 지경이었다. 타고난 미모는 선천적이지만 아우라와 포스는 후천적이듯이, 녀석은 선천적인 요소와 후천적인 요소가 골고루 잘 어우러져 누가 봐도 탁월한 외모의 소유자였다. 살면서 이런 비주얼을 만나기도 흔하지 않았다.

내심 감탄하며 뚫어져라 쳐다보자 불편한 듯 날 마주 빤히 쳐다보던 녀석이 퉁명스럽게 혀를 놀렸다.

"너 돈 가진 거 있나?"

돈이라굽쇼?

황당해서 두 눈을 끔벅끔벅거렸다. 학교 짱답게 내게 삥 뜯으려나 보다.

"어, 얼마나 필요한데?"

없다고 우기다가 뒤져서 나오면 십 원에 한 대, 이런 말 듣기 전에 알아서 자진납세할 생각으로 어깨에 멘 가방을 끌어내렸다. 미인계는 내가 녀석에게 써야 하건만, 오히려 내 쪽에서 녀석의 출중한 외모에 홀려서는 녀석이 학교 짱이라는 사실을 망각하고 있었다. 결국 그게 다 내게 삥 뜯으려는 수작이었다니. 이놈, 완전 지능적이다.

"따라와."

녀석의 입에서 '따라와'라는 말이 나왔지만, 나는 쉽사리 녀석을 따라가기가 어려웠다. 어디 구석으로 데려가 돈을 빼앗고 또 내게 수상한 짓―뭔 짓인지는 여러분의 상상에 맡긴다. 흠흠!―을 하는 녀석을 상상하니 작전에 또 혼동이 오기 시작했다. 만일 내가 짐작하는 대로 녀석이 내게 못된 수작을 부린다면 난 녀석의 어딘가를 분질러 놔야 하지 않는가 말이다. 그렇게 되면 첫날부터 작전은 수포로 돌아간다는 건데…….

가뜩이나 내게 호감이 없는 녀석을 신체의 한 부분까지 작살 내 버린다면 그다음 일이야 불 보듯 알 수 있었다.

어허, 이거 어쩐다?

고민할 틈도 주지 않고 녀석은 먼저 몸을 돌렸다. 날렵한 등판을 노려보다가 두 눈을 질끈 감았다.

에라, 모르겠다. 갈 데까지 가보자.

"같이 가."

나는 성큼성큼 앞서 걸어가는 녀석의 뒤를 잽싸게 쫓아갔다.

녀석이 날 데리고 간 곳은 뜻밖에도 학교 앞에 있는 분식집이었다. 분식집에 들어갔을 때에도 교실에서의 반응과 별반 차이가 없었다. 마치 오면 안 될 곳에 온 짱을 본 아이들처럼 북적이던 실내가 녀석의 등장으로 일순 고요해졌다. 분위기 씨히게 만드는 데는 타고난 녀석이었다.

나도 녀석이 분식집에 온 게 참으로 의외이긴 하다만 한창 즐겁게 군것질을 하던 아이들에게 괜히 미안하고 무안했다. 아이들의 소중한 시간을 이렇게 빼앗고 싶진 않았는데.

녀석은 아이들의 반응은 아랑곳없이 안으로 들어가 빈자리를 찾아 앉았다. 쭈뼛거리며 녀석을 따라가 식탁 맞은편에 앉자 녀석이 물었다.

"뭐 먹을래?"

벽에 붙은 메뉴를 쭉 훑다가 제일 만만한 걸로 골랐다.

"즉석 떡볶이. 넌?"

"아줌마, 여기 즉석 떡볶이 2인분이요. 어묵 국물 많이요."

우리는 마주 앉아 즉석 떡볶이를 먹었다. 다행히 끝까지 물리치지 않고 분식집에 데리고 온 걸 보면 날 싫어하는 것 같진 않다. 학교 짱이 싫은 여자애와 분식집에서 즉석 떡볶이를 먹는다는 말은 들어본 적이 없었으므로.

허나, 떡볶이와 녀석의 이미지가 어울리지 않아 난감하게 녀석을 쳐다보았다. 분위기는 교복 입고 바에 앉아 위스키를 들이켜도 손색이 없을 듯하건만, 기껏 떡볶이라니 좀 생뚱맞다.

녀석은 배가 안 고프다더니 순 구라였는지 거의 테러 수준으로 떡볶이를 집어삼켰다.

"맛있어?"

"맛없어?"

"맛있어."

"나도."

대화, 참 찐 맛 없게도 하네.

"난 돈 없으니까 니가 내라."

그래서 돈 있느냐고 물어봤던 건가? 어쩌면 배 안 고프다고 한 것도 사줄 돈이 없어서인지도 모르겠다. 무슨 놈의 학교 짱이 돈도 없는지. 재단 이사장이 친아버지가 맞긴 한 건지 의문이다.

"그래, 사줄 테니까 많이 먹어."

나는 하는 수 없어 대답했다. 명색이 경찰인데 나의 남자친구, 아니, 소중한 정보원이 될 녀석에게 이까짓 떡볶이 한 냄비 못 사랴. 내가 원하는 만큼의 정보만 빼낼 수 있다면 이 분식집의 메뉴를 골고루 맛보게 해줄 수도 있었다.

녀석이 킥 웃더니 뜨거운 떡볶이를 한꺼번에 두세 개씩 입안에 밀어 넣고는 우걱우걱 씹어댔다.

"아, 좆나 매워. 물."

녀석이 혀까지 빼물고 손부채질을 하며 물을 찾기에, 얼른 '셀프'라고 붙여놓은 정수기로 가서 물 두 잔을 떠왔다. 한 잔을 녀석의 앞에 놓아주니 한 컵을 다 마시고 내 물까지 연거푸 마셔 버렸다. 떡볶이를 반이나 먹어치우고서야 맵다고 물을 찾다니 할 말이 없다.

"그렇게 매우면서 왜 떡볶이 먹자고 했어?"

내가 핀잔을 주자 녀석이 매워서 씁씁거리며 짜증을 부렸다. 진짜 맵긴 했는지 입술이 벌겋다. 그리고 묘하게 예쁘다. 여자보다 더 예쁜 입술을 보고 있자니 야릇한 기운이 가슴속에서 스멀스멀 피어올랐다. 늘 우락부락한 사내들 틈에 지내서 그런지 내가 예쁘장한 남자를 좀 선호한다마는, 녀석의 정체를 파악하기도 전에 우호적인 감정이 드는 건 지양해야 할 일이었다.

"니가 먹자고 했잖아."

"……"

나는 또 아리송해졌다. 다른 걸 시키든지 안 먹으면 될 걸 왜 같이 시켜서는 짜증인지 모르겠다.

내가 그리 만만하냐? 하긴 이 녀석 정도라면 세상 모두가 만만할 것 같다만.

'성격도 참 이상한 녀석일세.'

연신 맵다고 불평이면서도 녀석은 떡볶이 국물까지 바닥이 보이도록 싹싹 긁어먹었다.

분식집을 나와서는 아이스크림 전문 매장을 보더니 아이스크림을 사먹자고 했다. 분식집에 이어 이번에도 내가 계산했다. 내가 원하는 대로 먹을 거 먹었으니 그만 가라고 하지 않아 다행이긴 한데, 녀석이 왜 가지 않고 내게 이것저것 사달라고 하는지 너무너무 궁금했다. 설마하니 떡볶이 먹는 모습에 반한 건 아닐 테고.

"또 먹고 싶은 거 있어?"

"어."

"뭔데?"

"갑자기 커피가 마시고 싶어졌어."

300원짜리 커피 자판기를 보고도 별다방에 들어가 눈 튀어나오게 비싼 커피를 내 돈 주고 사 마셔야 한다니.

쓰린 가슴을 부여안고 별다방으로 들어가 구석 자리에 가서 앉았다. 나보다 먼저 소파 안쪽에 자리 잡고 앉은 녀석이 내 손목을 확 끌어당기더니만 자기 옆자리에 주저앉혔다. 그리고 저는 몸을 옆으로 돌려 벽에 기댄 채 나를 관찰하듯 물끄러미 쳐다보았다. 할 말이 무진장 많은 눈초리였다. 자꾸 쳐다보니 몸이 근질거렸다. 절로 거부반응이 일었다. 이래서 어떻게 이 녀석의 여자친구가 되려는지 답이 안 나왔다.

허헉, 숨 막혀.

"너 어디서 왔냐?"

취조하듯 어디서 왔냐고 묻는 녀석의 눈빛이 사뭇 예리했다. 녀석의 질문 의도가 무엇인지 몰라 나는 약 5초간 생각에 잠겨야 했다.

"호주에서."

"호주?"

"어."

"열이홉 살 맞아?"

"왜? 아닌 거 같아?"

나는 뻔뻔하게 물었다.

"조숙해 보여서."

노티난다는 말인가? 어제 자기 전 알로에 팩까지 했건만. 피부가 고우면 10년은 먹고 들어간다고, 나는 피부 하나는 타고난 편이다. 그러니 그 고된 형사 생활에도 피부가 탱탱하지.

'역시 나이는 못 속이는 건가?'

나는 애꿎은 앞머리를 쥐어뜯으며 암울하게 대꾸했다.

"그런 말 많이 들어."

녀석은 주머니에서 꺼낸 담배를 입에 물더니 담뱃갑을 테이블 위에 툭 던졌다.

"키스해 봤어?"

"뭐라고?"

녀석의 얼굴 주위로 아스라이 피어오르는 담배 연기. 그 사이로 가늘게 뜬 녀석의 눈빛이 묘한 광채를 내뿜었다. 요즘 아이들 대화 수준이 이 정도일까 싶어 속으로 놀라움을 금치 못했다. 설마하니 이 나이에 키스를 안 해봤겠느냐만 나는 순진해서 아무것도 모르는 양 설레설레 고개를 저었다.

"아니. 안 해봤는데."

이럴 땐 불행히도 난 정직한 인간형이었다. 입술에 침도 안 바르고 거짓말을 하고 나니 얼굴이 붉게 달아올라 저절로 시선이 녀석을 피해 옆으로 돌아갔다. 그러자 녀석이 그럴 줄 알았다는 듯이 킥 웃었다.

"나랑 해볼래?"

장난인지 진심인지 모를 녀석의 물음에 나는 하도 어이가 없어 녀석을 빤히 쳐다보았다. 아무리 내 임무가 녀석의 여자친구가 되는 거라고 해도 만난 첫날, 녀석과 키스를 할 순 없는 노릇이었다. 오늘, 녀석의 요구를 들어주는 건 이것저것 사달라고 하는 녀석에게 내 피 같은 돈을 투자하는 것뿐이다. 요즘 애들이 힘든 과정 싫어하고 쉬운 결과만 원한다는 건 알겠으나, 녀석은 고등학생이고 난 엄연한 성인이다. 내 성격상 녀석의 황당무계하고 버르장머리를 상실한 요구를 아무 조건도 없이 들어줄 리 없잖은가.

"장난치지 마."

나는 딱 잘라 거절했다. 작전상 녀석 앞에서 순한 양처럼 굴고 있지만 나도 성격이 호락호락한 편은 아니다. 이 미모로, 이 나이에, 그 많은 직업을 놔두고 마약수사대에 몸담고 있는 것만 봐도 알겠지? 녀석이 이 학교 짱이건 학교 마약 조직의 우두머리건 상관없이 열아홉 철딱서니 없는 녀석과 키스부터 한 뒤 친해지고 싶진 않다. 녀석이 키스한 후 마약 조직에 대해 술술 정보를 얘기해 준다는 보장도 없고.

"싫으면 말고."

녀석은 의외로 쉽게 포기한다.

놀린 건가? 아니면 내가 어떤 애인지 떠본 건가?

눈빛이 뭐랄까. 전체적으로 퇴폐적이고 음산한 기운이 느껴지지만, 어느 땐 딱 그 나이의 소년다운 눈빛이다. 순수하다기보단 장난스럽고 한껏 되바라진 불량소년 같은 느낌이 강했다.

학교 짱 = 학교 마약 조직 우두머리.

그리하여 내 머릿속에 잠재적으로 성립되어 있던 위의 공식이 서서히 깨지고 있었다.

"난 어린데 어른인 척하는 애들 싫어. 너처럼 차라리 조숙한 애들이 낫지."

그러는 너도 어린데 어른인 척하는 애들 중 하나란다, 하고 말하고 싶었지만 나는 커피만 홀짝 들이켰다. 괜한 말로 녀석을 자극하면 안 되겠기에.

"넌 니가 조숙하다고 생각해?"

내가 진지하게 묻자 녀석이 담배 연기를 폐부 깊숙이 빨아들이며 대답했다.

"아니."

음. 생각보다는 솔직담백한 녀석이로군.

학교 짱 정도 되면 자신을 겉치레로 포장하기 바쁠 텐데 나는 녀석의 솔직함에 조금 감동했다.

"난 니가 마음에 들어. 교실에서 담배 피우는 것만 빼면."

내가 대담하게 고백과 충고를 동시에 하자 녀석의 눈빛이 밤하늘의 뭇 별처럼 잔잔하게 떨렸다. 그리고 새벽녘 어둠처럼 좀 더 짙고 깊어졌다. 별안간 생각이 한꺼번에 머릿속을 점령해서 정리가 안 되는 얼굴이었다.

"내가…… 마음에 들어?"

녀석은 심각한 얼굴이었다가 금세 또 배꼽을 잡고 웃으려는 폼을 잡았다. 녀석의 입가에 서서히 웃음기가 번지더니 어느 순간 딱딱하게 굳어졌다. 표정이 변덕스러운 날씨처럼 휙휙 변하니 나로서도 녀석의 심리를 따라가기가 힘들다. 휴우.

"너 내가 누군지 알아?"

그건 내가 근무하는 경찰서에서 대개 자기가 대단한 위인이라도 되는 양 고개를 뒤로 제끼고 내가 누군지 아느냐고 협박하는 덜떨어진 인간들에게서 자주 듣는 얘기다. 헌데, 이 녀석의 질문은 그런 얄팍한 위협이 아니라 내가 저에 대해 몰라 불쌍하다는 동정 어린 뉘앙스를 풍긴다.

"아니. 왜?"

나는 아무것도 모르는 양, 하지만 너무나 알고 싶은 양 순진 무구하다 못해 백지 상태로 되물었다.

"내가 누군지 알면 내가 마음에 든다는 말이 안 나올 거거든."

자기 자신에 대해 저리 잘 아는 놈이 왜 엉망으로 사는지 의문이었다. 소크라테스가 '자기 자신을 알라'라고만 하고는 그다음 어떻게 살아야 하는지 일일이 알려주지 않더라도, 애당초 우리는 각자 살아가는 법을 터득할 능력이 있는 인산이 아니던가. 그런데 사람들은 왜 자신의 능력을 계발하지도 믿지도 않은 채 방황부터 하려 드는 걸까?

"이 세상에 완벽한 사람은 없어. 완벽해지려고 노력하는 사람들은 있어도."

"킥. 철학적인 말은 좀 재수없다."

말하는 싸가지하곤. 달리 학교 짱이겠냐만. 하긴 철학을 좋아하는 학교 짱은 본 적이 없기도.

"어쨌든 난 이 학교에서 잘해볼 거야. 호주에서 와서 친구가 한 명도 없거든."

난 녀석의 숨겨진 감성과 동정을 사기 위해 잔뜩 새침을 떨었다. 녀석은 내 말을 들었는지 못 들었는지 벽에 머리를 기댄 채 세상 짐은 혼자 다 진 얼굴로 담배만 뻑뻑 피웠다. 그러더

니 꽁초만 남은 담배를 재떨이에 비벼 끄며 심산하게 중얼거
렸다.

"나도 친구가 없어."

학교 짱에게 친구가 없다는 말은 어떤 의미에선 '난 외로운
인간이다' 라는 걸 증명한다. 본디 영웅이나 고수는 외로운 법이
듯. 그리고 그건 내가 녀석에게 접근하는 데 있어 굉장히 유리
한 점이기도 했다. 외로운 사람일수록 정(情)이 그립기 마련이므
로.

녀석과 별다방을 나와 길을 걷던 중 녀석이 무슨 생각이 났는
지 문득 걸음을 멈췄다. 그리고 별다방 옆의 옆 건물 앞에 세워
진 커다란 볼링 핀을 바라보았다.

나는 무슨 일인가 싶어 녀석과 볼링 핀을 번갈아 쳐다보았다.
녀석이 왜 시비 걸 듯 볼링 핀을 뚫어져라 쳐다보는 걸까, 하면
서.

"너 볼링 할 줄 알아?"

"어?"

내가 못하는 것 중 하나가 볼링이었다. 혁이 선배가 가르쳐
줘서 두어 번 쳐본 적은 있지만 실력은 형편없었다. 난데없이
녀석이 왜 나와 볼링을 치자고 하는지는 모르겠으나, 녀석과 어
떻게든 친해져야 할 나로서는 거절하기가 난감했다.

"볼링 하려고?"

녀석이 씩 웃더니 고개를 끄덕였다.

"당구는 못 칠 거 아냐?"

녀석은 당연히 내가 당구를 못 친다고 생각한 모양이다. 허나, 난 볼링보다 당구를 더 잘 친다. 그렇다고 내가 잘하는 종목으로 하자고 할 수도 없었다. 왜냐하면 난 녀석과 같은 과가 아니어야 하니까. 녀석의 앞에서 요염하게 당구 전문 용어로 '맛세이'를 찍어댄다면 녀석이 날 어떻게 보겠는가.

"볼링 잘해?"

"조금."

녀석은 거만하게 뇌까리고는 내 의향은 묻지도 않고 앞서 볼링장으로 향했다. 포즈가 엉망일 게 뻔해서 불안했다. 볼링은 포즈가 생명인데 말이다. 차라리 당구를 치자고 할 걸 그랬나 고민하며 녀석을 따라 볼링장으로 들어갔다.

신발을 갈아 신고 적당한 공을 고른 후 3번 레인으로 가자, 녀석은 어디서 가져왔는지 커다란 볼링 가방을 들고 왔다. 그리고 그 안에서 전문가들이나 한다는 손목 보호대를 꺼내 익숙하게 손목에 찼다. 볼링 신발과 손목 보호대만 찼는데도 녀석은 단연 우월했다.

"이거, 니 거야?"

"어."

녀석의 무심한 대답에 나는 눈을 빠르게 깜박였다. 이제 봤더니 볼링장에 볼링 세트까지 맡겨놓고 전문적으로 볼링을 치러

다니는 녀석이 아닌가. 그러니 실력도 선수급일 것은 뻔한 일. 싸한 기운이 뒷골을 훑어 내렸다. 녀석 앞에서 망신을 당할 걸 생각하니 눈앞이 캄캄했다.

녀석에게 잘 보여도 시원찮을 판에 그동안의 노력이 볼링장에서 무너지는구나.

아니나 다를까, 첫 게임을 치르며 결과는 참담했다. 녀석이 줄곧 스트라이크, 아니면 완벽한 스페어 처리로 주위의 탄성을 자아내는 동안 나는 초보도 그런 초보가 없었다. 마지막으로 볼링을 한 지가 1년이 넘으니 볼링공을 처음 쥐어본 사람과 뭐가 다르랴.

스텝이 엉망으로 꼬이질 않나, 두 번에 한 번은 공이 거터(gutter)로 빠져 버리질 않나. 게다가 폼까지 엉성하여 주위의 비웃음을 사기에 딱 알맞았다. 볼링 초보자에겐 최악이라는 앞으로 보내야 할 공을 뒤로 날리기까지 하니 이건 볼링이 아니라 쇼였다, 쇼!

그런가 하면 녀석은 맵시있게 잘 빠진 몸매로 자유자재의 볼을 구사하니, 이 또한 쇼에 가까웠다. 파워풀하고 정교한 기술에는 사람들에게 기립박수까지 받을 정도였다. 똑같은 쇼인데 극과 극의 차이를 보여, 그것도 재주다 싶다.

허나, 내가 정작 녀석에게 감동했던 건 녀석이 볼링을 뛰어나게 잘해서가 아니었다. 비록 친절하진 않아도 매번 자세도 교정해 주고 올바른 스텝도 알려주는 진지한 자세에 녀석을 약간 새롭게 봤다. 내내 퉁명스럽던 녀석이 그리 친절하게 나올 줄은 몰랐던 것이다. 틈만 나면 구박을 일삼는 팥쥐가 콩쥐에게 잘 차린 밥상에 숟가락 하나 얹어주며 같이 먹자고 하는 것과 비슷한, 다소 어리둥절하지만 나름 감동적인 장면이랄까.

매번 녀석이 강도 높은 훅 볼을 던질 때의 휘어지는 허리와 쭉 뻗은 다리 라인에 감탄도 했으나, 정말로 감탄스러웠던 건 스칠 듯 말 듯 아슬아슬한 녀석과의 스킨십이었다.

녀석이 뭘 안다. 어떻게 하면 여자 마음을 흔들고 울렁거리게 만드는지.

나 또한 여자인지라 아무리 녀석이 머리에 피도 안 마른 고삐리라 해도 녀석의 가슴이 내 등 뒤에 와 닿자 살짜쿵 가슴이 뛰었다. 아마도 녀석이 친절하거나 상냥한 성격이었다면 난 좀 더 녀석에게 호감을 느끼며 귀여운 남동생 대하듯 했을지도 모른다. 그랬다면 녀석에게 접근하는 게 이리 부담스럽진 않을 테지.

허나 불친절하고 까칠한 성격의 녀석에게 신경이 예민해져 있어서 안타깝게도 귀엽다거나 멋있다거나 하는 느낌은 좀처럼 없었다. 그보다는 어떻게 하면 볼링을 좀 더 잘 칠 수 있을지 때 아닌 승부욕이 발동해서 고민이었다.

그렇게 10프레임이 전부 끝나 녀석이 200에서 조금 빠지는 점수가 나오고 내가 50이 간신히 넘는 점수를 받았을 때 별안간 옆 라인이 왁자지껄해졌다. 녀석이 제 전용 수건으로 윤기가 반

지르르 나도록 공을 닦으며 흘끗 옆 라인을 쳐다보았다. 옆 라인은 세 명의 남자가 와서 게임 준비를 하고 있다가 시선을 느끼고 우리 쪽을 쳐다봤다. 그중 한 명이 히죽 웃으며 녀석에게 알은체를 했다.

"여어, 마태오!"

요란한 셔츠와 육중한 몸매. 경찰의 육감으로도 옆 라인의 남자들은 조직의 냄새가 물씬 풍겼다. 쭉 찢어진 눈 아래 길게 팬 흉터는 칼에 벤 자국이요, 모르긴 몰라도 놈들은 '온 세계파' 조직원일 가능성이 크다. 일단 학생은 아니니 놈들이 녀석과 어떻게 아는 사이인지 나는 촉각을 곤두세웠다.

녀석이 본체만체 공만 닦고 있자 녀석에게 알은체했던 놈이 내게 시선을 돌렸다. 다행이라고 해야 할지 나와 안면이 있는 놈은 한 명도 없었다. 하여 나는 겁 많은 여고생 흉내를 내느라 무서운 척 슬그머니 녀석의 등 뒤로 가서 숨었다.

"야! 여친이랑 놀러 왔냐? 못 보던 애다?"

"신경 꺼."

녀석의 입에서 흘러나오는 침착한 음성에 가슴이 다 철렁 내려앉았다. 건방이 뚝뚝 묻어나는 어조였기 때문이다. 분명히 녀석보다는 두어 살 더 많은 나이일 텐데 겁도 없이 반말에다 시 건방진 태도라니.

분위기로 봐선 친한 사이는 아니지만, 또 그렇다고 아주 모르는 사이도 아닌 것 같단 말이지. 아리송해.

"여어, 이쁜이. 이리 좀 와봐라. 나, 태오랑 아는 형인데 인사는 해야지."

공을 닦다 말고 턱을 치켜든 녀석의 시선이 방금 내게 농담을 던진 놈에게 가서 꽂혔다. 그리 사납게 쳐다본 것도 아닌데 녀석의 포스가 남달라서인지 놈이 저도 모르게 움찔했다. 덩칫값도 못하는 놈에게 나는 속으로 히죽 비웃었다.

녀석이 아가리 닥치라는 듯 놈을 노려보던 시선을 쓱 내려 다시 공을 닦기 시작했기에 불안하게 녀석의 옷을 슬쩍 잡아당겼다.

"데오야, 계속 있이도 괜찮을까?"

내가 자그맣게 속삭이자 녀석이 아랑곳없이 손에 파우더를 묻혔다.

"괜찮아."

"어이, 마태오. 그러지 말고 우리, 같이 게임하는 거 어때?"

피식, 웃고 난 녀석이 금세 군침이 동한 눈빛으로 놈을 쳐다보았다.

"한 프레임당 만 원씩."

허걱!

나는 진정으로 놀라 눈을 휘둥그렇게 떴다.

한 프레임당 만 원이면 한 게임에 십만 원? 십만 원이 어느 집 개 이름이더냐? 내 한 달 월급이 얼만데 십만 원이나 게임비로 탕진…….

아니지. 녀석이라면 충분히 이길 수 있을지도 몰라. 자기도 자신이 있으니까 판돈을 건 거 아니겠어?

놈이 녀석의 술수를 알아챘는지 히죽 웃었다.

"대신 니 여친도 같이 하는 거다."

놈은 진즉부터 날 지켜보고 있었던 게 틀림없다. 그렇지 않고서야 저리 만만하게 날 지목할 리 없을 테니.

"저, 저요?"

나는 당황해서 손목이 떨어져라 손을 내저었다.

"저, 저는 볼링 잘 못하는데요."

"그래야 게임이 되지. 우리가 태오 실력을 좀 알걸랑. 각자 점수 내서 평균 내는 걸로 하자. 킥킥."

"씨발……."

녀석이 나직이 읊조리는 욕설에 암울한 기운이 날 뒤덮었다. 나 때문에 게임에서 지면 녀석이 날 원망하며 다시는 쫓아다니지 말라고 엄포를 놓을 것 같았기 때문이다. 더군다나 녀석에겐 돈이 한 푼도 없다는 사실!

'젠장.'

그제야 그걸 깨달은 난 머릿속으로 지갑 속에 현금이 얼마나 있는지 기억을 더듬었다. 현금이 모자라다면 현금지급기에서 빼와야 하는데 한숨이 푹 나왔다.

후우. 이번 작전은 출혈이 너무 심하다.

'돌아버려.'

분위기 좋다가 난데없이 나타난 양아치들 덕분에 한순간에 상황이 역전되자 아쉽기도 하거니와 돈 잃을 생각에 아까워 나도 모르게 울상이 되었다. 녀석 또한 자기가 판돈을 걸어버렸으니 도로 무를 수도 없고 난감한 얼굴이었다. 그러게 왜 겁도 없이 덥석 미끼를 무냐고! 이럴 땐 순진한 건지 멍청한 건지 모르겠다.

나와 의논 한마디 없이 제멋대로 내기에 응해 버린 녀석을 원망스럽게 흘겼다. 내가 지금 내 돈으로 용의자랑 편먹고 양아치들과 내기하게 생겼어?

"150, 130. 아무리 잘해봐야 300이야. 넌 무소선 100 넘겨야 해."

녀석이 눈에 핏발을 세우고 주문을 외듯 중얼거리는 말에 기함했다.

"뭐?"

"100 밑으로 점수 내면 알아서 해. 돈은 니가 물어야 할 테니까."

허! 이 녀석이 날로 먹으려고 드네.

그런 게 어디 있어? 판돈은 니가 걸었잖니! 하고 따지고 싶었지만, 녀석이 정말로 내가 점수를 100 이하로 내면 죽여 버릴 것 같은 얼굴이라 혀끝에서 맴돌던 말이 목구멍 안으로 쏙 들어가 버렸다.

이런 개 같은 경우가!

내가 갑자기 원더우먼이 되지 않는 이상, 50도 겨우 넘는 사람이 어떻게 100 이상의 점수를 낸단 거야?

망했다, 망했어!

2

"킥킥킥."

"큭큭큭."

'온 세계파' 조직원인지 단순히 동네 아는 형들인지 몰라도 놈들은 내가 공을 굴릴 때마다 웃느라 정신이 없었다. 참 이상도 한 것이, 나는 분명히 공을 정면으로 굴리고자 했는데 왜 공은 나의 의도와는 상관없이 중간쯤만 가면 제멋대로 굴러가는지 알다가도 모를 일이었다. 더군다나 판돈까지 걸려 너무 긴장한 탓에 4프레임까지 한 프레임당 볼링 핀 다섯 개 이상을 넘어뜨리지 못하니 결국엔 이성까지 상실할 지경에 왔다.

내 피 같은 돈이 차곡차곡 낯선 형아들의 주머니에 들어갈 생각을 하니 가슴이 쓰라리다. 스물여섯 살에 교복을 입고 노바디까지 춘 것도 눈물이 날 지경인데 생면부지의 정체불명인 놈들에게 돈까지 뜯길 생각을 하자 억울하다 못해 분이 차올랐다.

'왜 안 되냐고!'

안 되면 연장 탓한다고 내가 지독스레 못하는 건 순전히 손에 맞지도 않는 볼 탓이라며 구시렁대자, 녀석이 한숨을 푹푹 내쉬더니 가뜩이나 좋지도 않은 인상을 팍팍 썼다.

참 내, 내가 내기하자고 했나? 그리고 돈이 내 주머니에서 나와야 한다는 사실 좀 알아주길!

똑같이 뒤로 자빠져도 나만 코가 깨질 기막힌 상황에 입이 한 주먹은 나와 무언의 항의를 해봤지만, 녀석은 게임에서 지는 것만 억울하고 분한지 자기 차례가 되자 이를 박박 갈며 자기 머리통보다 더 큰 볼링공을 당구공 집어 들 듯 홱 집어 들었다.

'그래. 너 잘났다, 너 잘났어!'

잘난 건 맞는데, 그 잘난 게 못난 나 때문에 빛을 발휘하지 못한다는 게 문제였다. 녀석이 선수도 어렵다는 네 번 연속 스트라이크인 포 베기를 하면 뭘 하나? 매번 내가 점수를 왕창 까먹어 버리는데. 그러니 녀석이 내게 성질을 부려도 할 말이 없긴 하다.

쉬이이익!

쿠르르릉!

녀석이 굴린 공이 핀 가까이 다가가면서 크게 휘더니 정확히

1번 핀과 3번 핀 사이를 파고들며 엄청난 소리와 함께 와그르르 무너뜨려 버렸다.

에고, 아까워라.

7번과 10번 핀이 넘어질 듯 말 듯 끝내 넘어지지 않고 버틴다. 프로도 하기 어렵다는 7번과 10번 스페어 처리를 녀석은 어떻게 할 것인지 매우 궁금했다.

심기일전하듯 이를 질끈 악문 녀석은 투구 자세로 잠시 핀을 지그시 노려보더니 10번 핀 바깥쪽을 세게 때려서 10번 핀이 튕겨 7번 핀을 맞추는 방법으로 스페어 처리를 했다. 대부분 그 방법을 쓰긴 하지만, 밀이 쉽지 그세 마음먹은 대로 살뇌신 않는다는 것쯤 나도 알고 있었다.

"호오!"

녀석의 경이로운 스페어 처리에 진심으로 놀라고 만족스러웠다. 이전에도 저런 방법으로 스페어 처리를 한 사람을 딱 한 번 봤다. 바로 혁이 선배.

녀석의 깔끔한 스페어 처리에 어디선가 휘익 휘파람 소리가 들려왔고, 녀석은 손목보호대를 착용한 손으로 주먹을 불끈 쥐며 자신의 스페어 처리를 자축했다. 혹시 볼링 선수가 아닐까, 혼자 생각하며 하이파이브를 해주기 위해 두 손을 번쩍 치켜들었을 때였다. 녀석이 내 옆에 털썩 주저앉으며 불만 가득한 얼굴로 윽박질렀다.

"제발 정신 똑바로 차리고 해."

나는 냉큼 두 손을 내려 얌전히 무릎 위에 올려놓았다.

그때 상대편 육중한 몸매의 형아가 일어나 레인에 올라섰다. 녀석이 말한 애버리지 150. 육중한 몸매의 형아는 내 실력이 바닥이란 걸 알자 자신감이 팽배하여 자신의 평소 실력보다 훨씬 우위의 실력을 뽐내고 있었다. 허나, 또 다른 올챙이 배 형아는 나처럼 그다지 컨디션이 좋지 않은지 녀석이 말한 애버리지 130보다 하향세를 이루었다. 하여, 생각 외로 점수는 거의 비슷비슷하게 나아가는 형국이었다. 점수 차가 많으면 포기나 하련만 간당간당한 점수에 속만 더욱 타 들어갔다.

육중한 몸매의 형아는 이번에도 스페어 처리까지 가볍게 했고, 드디어 내 차례가 되었다. 나는 슬금슬금 녀석의 눈치를 보며 후들거리는 다리를 이끌고 레인에 올라섰다. 그리고 맞추려면 맞춰봐, 호기를 부리듯 으스대며 서 있는 볼링 핀들을 힘껏 노려보았다.

'제발 미친 척하고 스트라이크 한 번만 맞아다오! 아니면 내가 원하는 대로 가주기라도 하든지!'

잔뜩 긴장한 채 어정쩡하게 스텝을 밟아 볼을 사뿐히 내려놓았다.

쿵!

엄지가 묵직하게 구멍에서 빠지는가 싶더니 볼이 저만치 앞에 가서 뚝 떨어진다. 어김없이 중간쯤에서 거터로 빠져 버리는 볼.

으윽, 내 손가락.

"푸하하하!"

여지없이 들려오는 비웃음 소리.

'미치겠네. 오늘 최악이다, 최악.'

입술을 질끈 깨문 난 차마 녀석을 돌아보지도 못하고 얼굴이 새빨개진 채 볼이 돌아오기만을 기다렸다. 그리고 두 번째 스페어 프레임.

돌돌돌.

이번엔 너무 얌전히 볼을 내려놓아서 탈이었다. 세월아, 네월아 굴러간 공이 6번과 10번 핀을 힘없이 지너니 노인네저럼 두 핀만 픽 쓰러뜨리고는 사라져 버리는 게 아닌가.

그리하여 점수는 달랑 2점.

상대편 올챙이 배 형아가 아무리 컨디션이 꽝이기로 나만 할까 보냐.

아, 하기 싫어라.

내 의도를 깨끗이 무시한 볼링공에 대한 배신감과 망신스러운 저질 컨디션과 잃을 돈에 대한 분통함으로 나는 허탈하게 돌아와 자리에 앉았다.

"너 운동신경이 왜 이렇게 둔하냐?"

녀석은 분노가 머리끝까지 찼는지 끝내 비아냥거렸다. 위로하고 달래도 모자랄 판에 같은 편이 맞긴 한 건지? 가뜩이나 심신이 괴로운데 같은 편에게 구박까지 덤으로 받자 서러워서 눈물이 핑 돌았다. 나라고 이런 형편없는 경기를 하고 싶겠는가?

솔직히 말해서 난 운동신경이 절대 둔하지 않다. 이래 봬도 태권도, 합기도 유단자에 검도가 3단인 실력이다. 학교 다닐 때 여자부 반 대항 계주의 마지막 주자는 단연 나였고, 경찰대학을 졸업할 때까지 여자부 팔씨름에서 져본 적이 없는 통뼈란 말씀.

대학에 들어가선 혁이 선배의 꼬임에 빠져 당구를 열심히 친 죄밖에 없었다. 검도의 영향 때문인지 몰라도 막대기 들고 하는 당구가 무거운 볼을 들고 해야 하는 볼링보다 좀 더 적성에 맞았을 뿐이다. 1년도 넘어 연습게임 한 번에 두 번째로 하는 경기에서 잘해봐야 얼마나 잘하겠는가. 바랄 걸 바라야지.

그렇게 6번 프레임, 7번 프레임, 8번 프레임이 불안, 불안하게 이어졌다. 프레임마다 내가 아주 죽을 쒀주는 바람에 녀석은 마지막 프레임이 끝나자 마침내 손으로 자기 머리를 쥐어뜯을 듯 감싸 안았고, 나는 주섬주섬 가방 안에서 지갑을 꺼내 들었다.

그렇다! 나 때문에 경기는 완전히 패배했다. 꼭 져도 분하게 1점 차로 지냐. 내가 경기에서 이토록 무참하게 져본 적은 처음이라고 해도 과언이 아니었으니, 나는 졸지에 십만 원을 빼앗기고 눈물이 앞을 가렸다. 저 돈이면 내 동생 신성이와 돼지고기를 부위별로 포식할 수 있을 텐데.

'아읔! 열받아.'

"큭큭. 마태오, 아쉬운 모양인데 한 게임 더 할까?"

육중한 몸매의 형아가 실실 웃으며 도발을 일삼는다. 저 주둥이를 볼링공으로 확 쳐주면 좋으련만.

속이 부글부글 끓어올라 이를 빠드득 가는데, 녀석이 해보나 마나 질 게 뻔하다 싶었는지 단박에 거절의 의사를 내비쳤다.

"됐어."

그러자 형아들이 더욱 깐죽거리며 녀석의 부아를 살살 건드렸다.

"이번엔 당구 어때? 어이, 이쁜이. 당구는 좀 칠 줄 아나?"

당연히 잘 친다고 해야겠지만 나는 수줍음 타는 소녀처럼 조신하게 대답했다.

"조금요."

얼레. 어째 형아들보다 녀석이 더 놀란 눈으로 날 돌아본다. 볼링 실력이 바닥이라 당구도 기대를 안 한 줄은 알겠다만, 무시하는 것 같아 기분이 좀 나빠지려 했다.

녀석은 좀처럼 믿기 어려운지 재차 확인했다.

"정말 당구 칠 줄 알아?"

"잘은 못하고 흉내만. 그래도 볼링보단 잘해."

"몇 치는데?"

거의 프로 수준이라고 말 못한다. 왜냐? 놈들에게 전세(戰勢)가 새나가면 안 되니까.

나는 머리칼을 쓱 쓸어 올리며 천연덕스럽게 대답했다.

"글쎄. 그건 몰라."

"진짜 칠 줄 안단 말이지?"

녀석은 볼링에서 진 게 아무래도 아쉬웠는지 슬슬 또 발동하기 시작했다. 이 녀석도 나만큼 승부욕이 강한 모양이었다. 나도 잃은 돈을 되찾고 싶은 마음에 무리수를 두고 말았다.

"큰 기대는 하지 마."

사악하게 웃는 놈들을 따라 2층 당구장으로 자리를 옮겼다. 녀석은 약간 불안한 얼굴이었으나, 이왕지사 이렇게 된 거 끝까지 해보자는 심산인 듯했다. 하긴, 자기 돈 나갈 거 아니니 뭐.

놈들의 당구 실력이 어느 정도일지 모르겠으나, 세 놈이 한꺼번에 덤벼도 안 질 자신 있다. 아마도 내가 경찰이 되지 않았다면 당구계의 여신이 되었을 거라고 혁이 선배가 그랬거든. 이제 한풀이 좀 해보실까? 후훗.

그로부터 한 시간 후.

이제 그리 낯설지 않은 형아들과 녀석은 입을 쩍 벌리고 내가 당구대에 살짝 엉덩이만 걸친 채 우아하게 당구 큐대를 등 뒤로 돌려 맵시있게 쓰리쿠션을 넣는 장면을 지켜보고 있었다. 당구가 가만히 보면 꽤 섹시한 스포츠다. 온갖 교태와 다양한 몸짓을 구사할 수 있잖아? 볼링처럼 힘들게 무거운 공을 들어 집어던지지 않아도 되고, 집중력과 정확도만 갖추면 당구만큼 정직한 게임이 없었다.

이럴 때 또 복장이 순진한 교복이라는 게 조금 마음에 걸리지만, 나는 게임에 열중하느라, 솔직히 말해서 녀석의 시선을 사로잡느라 혈안이 되어 있어 어느새 교복 차림이란 걸 새까맣게 잊어버렸다. 내가 너무 과하게 실력을 보여줬는지 당구장 내의 모든 남자들이 흥미진진하게 우리 경기를 주목하고 있었다.

올챙이 배 형아는 볼링에 이어 당구에도 컨디션이 좋지 않은지 빠지고 볼링장에서 구경만 하고 있던 야자수 머리 형아가 육중한 몸매 형아랑 팀을 먹고 경기를 치렀다. 대충 실력을 보아하니 육중한 몸매 형아와 녀석이 500점대, 야자수 머리 형아가 300점대다.

나? 말했잖아. 시간날 때마다 당구 치느니 볼링 힐 시간이 없었다고.

처음엔 실력이 들통나지 않으려 헛치기까지 몇 번 했다. 안다, 사기 당구라는 거. 돈 잃어봐라. 경찰도 사람인데 동네 형아들 상대로 사기 당구 칠 수도 있지, 뭘! 그리고 이 정도의 술책은 전쟁(?)에서 필수다.

두 게임 정도 돈을 잃어주던 나는 드디어 예상한 대로 놈들이 마지막 게임에서 판돈을 두 배로 올리자 속으로 회심의 미소를 씩 날렸다. 나는 벌써 볼링, 당구 합쳐 돈 이십만 원을 잃었다. 이게 다 저 돈 없는 학교 짱 마태오 때문에 벌어진 일이다.

"그러지 말고 볼링 해서 딴 돈까지 다 걸고 하면 어때요?"

내가 막가자는 식으로 배포 크게 제안하자 놈들이 오호, 하는 눈빛으로 넙죽 내 제안을 받아들였다.

"좋았어! 볼링 한 돈까지 이십만 원 다 걸고 하지. 그럼 전부 사십만 원이 되는 건가?"

장난하냐?

"아니죠. 그럼 순전히 내 돈 갖고 논 것밖에 안 되잖아요. 한 사람당 이십만 원이에요."

"뭐? 한 사람당 이십만 원?"

"네. 그 정도는 해야 한 번 해볼 만하지 않겠어요?"

내가 이판사판으로 보였는지 녀석이 곁으로 다가와 은근슬쩍 눈치를 줬다.

"야, 너 어쩌려고 그래? 지금도 많이 잃었잖아."

그러니까 되찾겠다고, 이 녀석아. 되찾기만 해? 더 받아내야 지. 난 지고는 못 견디는 성미다. 알겠니? 나중에라도 양아치와 내기 붙어서 진 경찰이라고 비웃음 사면 얼마나 망신이겠어? 다 른 사람이라면 몰라도 조폭이나 양아치들과 싸워서 지는 건 용 납 못해.

"허허. 그래, 어디 해봐. 나중에 돈 잃고 울지나 마라."

그렇게 날 무시하던 놈들과 녀석은 지금 나의 환상적인 실력 을 똑똑히 두 눈으로 지켜보고 있었다. 놈들이 나중에 딴소리 안 하도록 돈 팔십만 원은 이미 당구장 주인에게 맡겨놓은 후였 다(녀석 돈까지 죄다 현금지급기로 뽑아온 덕에 저 중에서 내 돈만 육 십만 원이다. 알고 보면 겨우 이십만 원 따려고 내가 뻘짓을 하고 있었 던 셈이다).

마침내 가뿐히 놈들을 이긴 내가 당구장 주인이 내민 돈을 받으려는 순간,

"잠깐만."

갑자기 육중한 몸매의 형아가 내 손목을 탁 잡아챘다. 야자수 머리 형아도 매우 미심쩍은 눈으로 날 아래위로 훑어보았다.

"이거 사기 당구 같은데?"

나는 어림 반 푼어치 없다는 듯이 다른 손으로 당구장 주인의 손에서 퍼런 지폐 스무 장과 수표 여섯 장을 낚아채며 콧방귀를 풍 뀌었다.

"사기요? 저 지금 고3이거든요."

"그러니까! 고3이 뭐 이렇게 잘해? 볼링은 지지리도 못하더니."

이 형아가 또 울컥하게 만드네. 볼링 못하면 당구도 못해야 하나? 그런 선입견을 버려!

"저희 삼촌이 당구장 하시거든요. 작년까지 거의 거기 가서 살았어요."

녀석이 고개를 갸웃하는 걸 보고 아차 싶었지만 나는 거짓말도 태연하게 했다.

"호주에서요."

녀석이 금세 고개를 끄덕끄덕하는 걸 보고서야 속으로 크게 안도의 한숨을 내쉬었다.

이리저리 태클 들어오는 거 막으려니 힘들구나. 휴우.

"야, 다시 해."

야자수 머리 형아가 치사하게 나온다. 다시 하자고 하는 사람 하나도 안 무섭지만, 이젠 좀 지겨워지려 해서 그만.

"마지막 게임이라고 아까 말했잖아요."

"이년 수상한데. 야, 너 선수지?"

"네? 선수라뇨?"

"프로 선수 아냐? 학생이 무슨 당구를 프로처럼 쳐?"

"프로 선수 아닌데요."

그래. 난 프로 당구 선수가 아니라 경찰이란다, 애들아.

"안 돼. 못 가. 한 판 더 해!"

나이가 가장 어린 야자수 머리 형아가 하는 말에 육중한 몸매의 형아도 그냥은 못 보내주겠는지 험악하게 인상을 그렸다.

"야, 마태오. 한 판 더 하자."

그때까지 별말 없던 녀석이 어깨를 으쓱하더니 귀찮은 듯 당구 큐대를 당구대에 툭 내던졌다.

"피곤해."

"씨발! 한 판 더 해!"

돈 딸 땐 좋았지, 욘석들아?

놈들의 강짜에 나는 속으로 혀를 끌끌 차곤 심드렁하게 대꾸했다.

"그만 하죠. 해 졌는데."

"허! 요년 보게. 남의 돈 날름 집어먹고 고이 가시겠다고? 누구 맘대로?"

허 참, 고놈들. 작작 좀 엉겨 붙어라. 성질 나오기 전에.

나도 모르게 성질이 튀어나올까 봐 얼른 본래의 참한 여학생으로 돌아간 나는 무서운 척 녀석의 뒤로 몸을 숨겼다.

"태오야, 우리 빨리 가자. 저 아저씨들 너무 무섭다."

"무서워? 난 니가 더 무섭다. 저 기집애 이제 봤더니 완전 불여우네."

육중한 몸매의 형아가 후덜덜한 목소리로 뇌까리고는 당구 큐대로 살벌하게 당구대를 탁탁 내리쳤다. 큐대로 맞기 전에 곱게 다시 하자는 듯.

녀석은 중간에 끼어서 매우 성가시고 피곤한 얼굴로 얼마 있지도 않은 모히칸 머리를 손으로 벅벅 긁었다.

"씨발. 그만 해!"

녀석이 잔뜩 짜증스러운 투로 소리를 지르자, 놈들이 더 열이 받은 듯 콧김을 쌕쌕 내쉬었다.

"뭘 그만 해, 새끼야! 맞고 할래, 그냥 할래?"

"안 맞고 안 해."

녀석이 짜증이 폭발할 것처럼 으르렁대더니 내 손목을 우악스럽게 끌어당겼다. 그러고는 소파 위에 있던 가방과 교복 윗도리를 챙겨 당구장 입구로 성큼성큼 걸어갔다. 허나, 고이 보내줄 리 절대 없는 몽매한 형아들이 우리 앞을 턱 가로막았다.

"어디 가?"

"어디 가든 말든?"

"돈 내놓고 가, 새끼야."

"우리 돈이야."

"그게 어떻게 니네 돈이야, 우리 돈이지!"

"정정당당히 게임해서 땄잖아."

"정정당당히? 씨발, 누구 맘대로 정정당당이야?"

"내. 맘.대.로."

이를 악문 채 말을 꾹꾹 짓이겨 씹듯 하던 녀석이 긴 다리를 뻗어 앞에서 거치적거리는 육중한 몸매의 배를 사정없이 걷어 찼다.

"윽!"

육중한 몸매의 형아가 단발마의 비명과 함께 뒤로 벌렁 나가 떨어지자, 야자수 머리 형아를 비롯하여 내내 의자에 앉아 관망만 하고 있던 올챙이 배까지 합세해서 덤벼들었다.

"너, 가."

가방과 교복 윗도리를 제 것까지 몽땅 내 품에 안기고는 날문 쪽으로 홱 밀친 녀석이 달려드는 야자수 머리를 옆차기로 날렸다. 그리고 움찔한 올챙이 배의 턱을 연달아 힘껏 주먹으로 갈겼다.

퍽!

"으흑!"

빡!

"컥!"

"빨리 가라니까!"

그래도 그렇지 이 적진 속에 어찌 녀석만 혼자 두고 나만 살겠다고 내빼겠는가. 나, 그렇게 의리없는 여자 아니다.

내가 그럴 수 없다며 도리도리 고개를 젓자 당황한 듯 살짝 미간을 찌푸린 녀석이 내 팔을 덥석 움켜잡고 질질 끌고 나갔다. 끌려 나가는 모양새가 볼썽사나웠지만 품에 한 아름 안은 짐 때문에 속수무책이었다.

"어어! 태, 태오야. 잠깐만."

녀석은 대꾸조차 없이 억지로 널 당구장 밖에 내몰고 매몰차게 문을 탁 닫아버렸다.

그렇다고 내가 갈까 보냐. 재빨리 교복 윗도리를 입고 가방을 앞뒤로 멘 채 녀석의 교복 윗도리만 한 손에 들고서 유리문 틈으로 안을 들여다봤다. 안에서는 싸움깨나 하는지 형아들이 단체로 우르르 일어나 녀석 한 놈을 에워싸고 덤빌 참이었다.

잽싸게 당구대로 뛰어올라 간 녀석이 당구대 위에 던져 놓았던 큐대를 발로 차서 기술적으로 들어 올리더니 달려드는 형아들의 머리통을 당구공 후려치듯 후려쳤다.

으흠. 3대 1의 형아들과 고삐리의 싸움이라······.

흥미로웠다. 녀석의 싸움 실력이 어느 정도의 수준인지 궁금했다. 또한, 만일 저 세 놈의 양아치 새끼들이 '온 세계파' 조직원이 맞는다면, 녀석이 저들과 싸우는 까닭도 난해했기에 지켜보지 않을 수 없었다. 그건 곧 '온 세계파'와 녀석은 무관하다는 결론과 같았으니까.

여하튼 관계가 모호한 녀석과 양아치들의 싸움은 치열하게 계속되고 있었다.

녀석은 상상 이상으로 싸움의 고수인 면모가 드러났는데, 한동안 세 사람을 상대로 압도적이고도 일방적인 싸움을 이어나갔다. 큐대로 얻어맞고 발로 얻어맞고 주먹으로 얻어맞던 형아들은 도저히 안 되겠는지 어느덧 손에 큐대를 하나씩 집어 들고 창처럼 휘둘러 댔다. 세 명이 한꺼번에 큐대를 휘두르니 훨훨 날던 녀석도 안 되겠는지 따닥, 딱, 딱! 큐대로 형아들의 머리통을 인정사정없이 후려친 뒤, 큐대를 내팽개치고 쏜살같이 당구장 밖으로 튀어나왔다.

그때까지 유리문 틈새로 구경하고 있던 나는 녀석이 뛰쳐나오는 바람에 깜짝 놀라서 후닥닥 뒤로 물러섰다. 녀석은 내가 간 줄 알고 있다가 벽에 등을 대고 찰싹 달라붙어 있자 흠칫 놀라 끼이이익 소리가 나도록 그 자리에 멈췄다. 눈빛이 지금쯤 집에 가는 버스에 있어야 할 니가 왜 아직도 여기 죽치고 있느냐고 묻는 듯했다.

"잡아!"

"개새끼, 잡히면 죽었어!"

안에서 형아들이 잡아 죽이겠다고 난리를 부리는 바람에 녀석은 내가 아직 왜 여기 남아 있는지 묻지도 못한 채 다짜고짜 내 손을 잡아 뛰기 시작했다. 엘리베이터를 기다릴 시간보다 계단을 이용하는 게 나을 것 같아서 우린 바람보다 더 빠르게 계단을 뛰어내려 가 거리로 나갔다. 용케도 재빨리 뒤쫓아온 형아들이 죽어라고 우리를 따라왔다. 내가 달리기를 좀 잘하긴 해도 녀석이 내 손을 잡고 뛰는 통에 녀석의 보폭을 따라잡지 못해 점점 힘에 부쳤다. 더욱이 난 가방을 돌연변이 거북이처럼 앞뒤로 멘 데다 녀석의 교복 윗도리까지 손에 들고 있었다. 녀석이 이토록 생동감있게 잘 뛰는 건, 보이지 않는 나의 희생 덕이라고 해도 과언이 아니었으니.

"손, 손 좀 놓고 가."

급기야 뒤도 안 돌아보고 뛰는 녀석에게 사정했다. 녀석이 날 흘끗 돌아보더니 숨을 헉헉대며 실신 일보 직전인 내 손을 놓아주었다. 그리고 교복과 앞으로 멘 제 가방까지 챙겨갔다.

가방과 교복이 없기로 이리도 몸이 가벼울 수가! 이럴 줄 알았으면 진작 줄걸. 도망가기 바빠 그 생각을 못한 게 천추의 한이로구나.

그렇게 우린 또다시 전속력으로 뛰어 형아들이 더는 쫓아오지 못할 곳까지 내뺐다.

"헉, 헉, 헉, 헉!"

녀석과 함께 골목 안으로 숨어들어 간 나는 마지막으로 꼴까닥 숨이 넘어갈 것처럼 가쁘게 숨을 몰아쉬며 차디찬 담벼락에 지친 몸을 기댔다. 전력질주한 탓에 옆구리 근육과 내장이 죄다 당겨서 너무나 아팠다.

"아이고, 힘들어. 쿨럭, 쿨럭!"

마른기침까지 해가며 그 자리에 쪼그려 앉자 녀석도 거친 숨을 내뿜으며 내 옆에 털썩 주저앉았다. 그러더니 무슨 생각이 들었는지 킥킥 웃었다.

"왜?"

지금이 웃을 타임인가 싶어 어리벙벙하게 묻자 녀석이 웃음기가 가득한 얼굴로 반문했다.

"너 프로지?"

어라? 이젠 이 녀석까지 날 의심하네. 내가 너무 오버했나?

녀석이 나에 대해 뭔가 알아챈 게 아닐지 걱정스러웠던 나는 생긋 웃으며 절대 그렇지 않다는 듯 고개를 살랑살랑 저었다.

"아냐. 호주에서 학교 다닐 때 당구 클럽에 있긴 했지만 프로는 아냐."

"엄청 놀랐네. 난 여자애가 맛세이 치는 거 처음 봐. 킥."

우리나라에서 여고생이 당구를 잘 치기는 좀 힘들지. 그래서 나의 맛세이에 반한 거니? 그런 거야?

"진작 당구 치자 그럴걸."

녀석이 아쉽다는 듯 하는 말에 한숨 돌리고는 흐흐 웃었다.

"그러게. 근데 좀 쑥스러워서."

"왜? 그렇게 잘하면서."

"니가 날 이상하게 볼까 봐."

"왜 이상하게 봐?"

"노는 애로 볼 거 아냐."

"뭐?"

녀석은 이게 무슨 소린가 잠시 생각하는 눈치더니 잠시 후, 골목이 떠나가라 캐 폭소했다.

"크하하하하하하하!"

대체 뭐가 웃긴 거냐고?

노는 놈 앞에서 노는 애로 볼까 봐 그랬다는 게 웃긴 걸까?

난감하게 녀석을 바라보다가 주머니에서 주섬주섬 돈을 꺼냈다. 그 와중에 돈까지 챙기느라 얼미니 힘들있는지 모른나.

"자, 이건 니 돈."

내가 놈들에게 딴 이십만 원을 건네자 녀석이 웃음을 그치고는 나 한 번, 돈 한 번 쳐다봤다. 받을까 말까 고민하는 건 아니었고, 이걸 자기한테 왜 주나 하는 의아한 눈초리였다.

노동의 대가라고 설명하려는데 녀석이 엉덩이를 툴툴 털며 자리에서 일어나더니 성의없게 툭 말을 던졌다.

"너 가져. 떡볶이 값이다."

떡볶이, 아이스크림, 커피 값이 이십만 원? 괜찮은 장사네. 짜식이 양심은 있어가지고.

씩 웃고는 녀석이 내민 손을 잡고 자리에서 일어났다.

"나한테 당구 배울래?"

"뭐?"

당구 500 치는 놈에게 당구 배울래, 하고 묻자 기가 차는지 녀석이 웃었다.

"대신 넌 볼링 가르쳐 주면 되잖아."

"됐다. 넌 볼링보단 당구가 더 잘 어울려."

"그럼 같이 당구 치러 다닐래?"

"공부 안 하냐?"

어머, 고3은 저면서 누굴 걱정하는 거야? 수업도 마구 제끼는 녀석이.

"나 공부 잘해."

"엄친딸이냐? 공부도 잘하고 잡기에도 능하다는."

"푸홋! 그럴지도. 좋지?"

"뭐가?"

"엄친딸을 친구로 둬서."

녀석이 걸어가다가 황당하게 날 내려다봤다.

왜 또 그런 눈으로 보시나?

"친구?"

"어. 우리 친구 아니었어?"

"웃기시네."

"왜? 난 너랑 친구 하고 싶은데."

난 너의 여자친구가 될 역사적 사명을 띤 몸…….

녀석이 콧구멍이 간지러운지 손가락으로 머쓱하게 코를 쓱쓱 문지르더니 그 손으로 내 머리를 툭 쳤다. 성질만 더러운 줄 알았더니 실제로도 더러운 녀석인가 보다.

"이상한 소리 말고 가기나 해."

친구 하자는 게 뭐가 이상한 소리지? 정말 이상한 녀석은 저면서.

"아까 그 사람들이랑 어떻게 아는 사이야?"

집으로 가기 위해 버스정류장에서 버스를 기다리며 슬쩍 운을 띄웠다. 녀석은 샤프한 턱 선을 약간 추어올리며 무감하게 대답했다.

"왜? 또 만날까 봐 건나? 넌 괜찮으니까 걱정 안 해도 돼."

"그 말인즉, 난 괜찮으니까 걱정 안 해도 되고 넌 안 괜찮으니까 걱정해야 한다는 뜻이야?"

"당구 좀 졌기로 허구한 날 나타나 괴롭힐 놈들은 아니라는 뜻이야. 됐냐?"

질답도 참 난해하다. 질문은 그놈들과 어떻게 아는 사이인가였는데, 대답은 당구 좀 졌기로 허구한 날 나타나 괴롭힐 놈들이 아니라니. 그래서 그놈들이 '온 세계파'가 맞단 거야, 아니란 거야?

피곤하니까 오늘은 여기까지. 간만에 볼링에 당구에 달리기까지 죽자고 했더니 삭신이 쑤시네.

"내일은 아침 일찍 학교에 와."

녀석은 남의 애길 듣는 듯 시큰둥한 얼굴로 버스가 오나 안 오나만 보고 있었다. 대답을 회피한 채 딴청인 녀석에게 얼굴을 턱밑에 들이밀며 채근했다.

"일찍 올 거지?"

흠칫한 녀석은 고개를 뒤로 쑥 빼어 날 빤히 쳐다보더니 마지못해 대답했다.

"아침에 일어나 보고."

"깨워줄까?"

"니가?"

"핸드폰 줘 봐."

웬일로 녀석이 손에 들고 있던 핸드폰을 순순히 내게 건네준다. 나는 녀석의 핸드폰에 내 전화번호를 입력하곤 이름을 뭐로 할까 잠시 고민했다. 정직하게 본명으로 해놓자니 십대로서의 감이 떨어져 보이고, 뭐라고 하지?

"아하!"

불현듯 떠오른 참신한 아이디어에 내심 뿌듯해하며 핸드폰에 이름을 입력했다.

띵똥땡.

글자를 칠 때마다 들리는 피아노 반주 소리가 발랄하고 경쾌했다. 이름을 다 입력한 후 보란 듯이 녀석에게 건네자, 녀석이 뭐라고 해놨는지 자못 궁금한 얼굴로 핸드폰을 들여다봤다.

[여왕님]

녀석이 닭살이 쫙 오르는 표정으로 날 쳐다보기에 싱긋 웃으며 녀석의 핸드폰 통화 버튼을 꾹 눌렀다. 곧장 내 핸드폰으로 걸려오는 전화.

나는 내 핸드폰에도 녀석의 전화번호를 저장하고는 이렇게 명명했다.

[대왕님]

녀석이 학교를 자기 왕국으로 안다니 일단 띄워주고 시작하는 거다. 덕분에 나도 여왕님 되는 거지 뭐.

"버스 온다! 잘 가! 내일 보자."

버스가 서기를 기다려 재빨리 주머니에서 수표 두 장을 꺼내 녀석의 손에 꼭 쥐어주었다. 그러고는 후닥닥 버스에 올랐다.

"어! 야, 야!"

녀석이 뒤늦게 내가 손에 쥐어준 게 돈이라는 걸 알자 당황해하면서 날 불렀지만, 이미 때는 늦었다. 나는 창문을 열고 녀석에게 경쾌하게 소리쳐 주었다.

"아침에 전화할게! 안녕!"

밝게 웃으며 손을 흔드는 날 녀석이 멍하니 쳐다보고 있었다.

저런. 한창 돈 쓸 나이에 돈 한 푼 없는 녀석이 불쌍해서 용돈 좀 줬기로, 녀석이 너무 감동한 눈치다. 돈 안 줬으면 큰일 날 뻔했다. 그 때문인지 녀석의 모습이 보이지 않을 때까지 지켜보다가 빈자리로 가서 앉으며 나도 기분이 이상했다. 혼자 길거리에 서서 멀어져 가는 날 바라보던 녀석을 떠올리자 가슴 한 켠이 바람 든 것처럼 저릿저릿한 게…….

'정말 남친이랑 헤어지는 거 같잖아.'

내가 임무에 충실한 나머지 여고생 연기에 너무 몰입한 모양이다. 이런 괴상한 기분이 들다니.

멋쩍은 마음에 손에 든 핸드폰을 열어 녀석의 핸드폰 전화번호와 닉네임을 새삼스레 들여다보았다. 핸드폰 안에서 반짝이는 세 글자가 내 눈에 또렷이 박혀왔다.

대왕님.

"대왕님."

대왕님.

"대왕님……."

그렇게 녀석은 내게 와서 꽃이 아닌 '대왕님' 이 되었다.

다음날, 아침부터 전화해서 깨운 덕분에 정상적인 시간에 교실에서 녀석을 만날 수 있었다. 정말로 일찍 올 줄은 몰랐는데.

내 말을 잘 들어준 녀석이 반갑고 기특해 빙그레 웃으며 "안녕?" 하고 명랑하게 인사했다. 그러자 녀석이 내 뒤를 지나쳐 자기 자리로 가며 머리를 쓱 쓰다듬는 게 아닌가.

순간 가슴이 철렁했다. 마치 집에서 키우는 강아지 쓰다듬듯하는 녀석의 돌발 행동에 적이 당황한 탓이었다.

'저 자식이 지금 누구 머리를 함부로 쓰다듬는 거야?'

아무래도 이번 작전은 무한한 인내심이 필요할 것 같다. 아무리 어제 녀석과 내가 돈독한 우정을 나누었기로 머리를 쓰다듬다니!

처음부터 설정이 잘못되었다고 내가 누누이 얘기를 했는데도 혁이 선배가 끝끝내 일단 해보자고 벅벅 우기는 바람에 아침부터 난 별짓을 다 당했다.

봉변당한 사람처럼 얼굴까지 벌게져 앉아 있자니, 아이들이 아침 일찍 학교에 온 녀석이 신기한 듯 창가 쪽 맨 뒷자리에 앉는 녀석을 흘끔거렸다. 어제 오전 시간을 왕창 제낀 녀석이고 보면 저희끼리 쑥덕쑥덕, 소곤소곤, 녀석의 얘기로 바쁜 것도 이해는 간다. 그 와중에 어떤 여학생들은 날 가엾다는 얼굴로 쳐다보았다. 한마디로 잘못 걸렸다는 동정의 눈초리다. 그렇다고 그런 눈으로 볼 것까지야.

어쨌거나 봉변은 봉변이고 임무는 임무이므로 나는 애들이 그러든지 말든지 방실방실 웃으며 녀석에게 말을 걸었다. 어제 녀석과 늦게까지 붙어 다니다 보니 조금 자신감이 붙었다.

그래, 무시무시한 마약사범도 눈 하나 깜짝 않고 때려잡는 내가 어른 흉내를 못 내 안달난 열아홉 고삐리 한 놈 못 다뤄서야 어디 경찰이라고 할 수 있겠는가.

"밥은 먹었어?"

녀석은 배가 고파 죽을상을 하며 고개를 휘휘 젓는다.

"아니. 넌?"

"난 먹었지. 밥 안 먹었으면 배고프겠다. 나한테 샌드위치랑 우유 있는데 먹을래?"

나는 가방을 열어 그 안에서 샌드위치와 우유를 꺼내 녀석의 책상에 살포시 올려놔 주었다.

녀석을 꼬시는 방법, 2단계. 녀석을 감동시켜라.

녀석은 잠시 자기 앞에 놓인 샌드위치와 우유에 독이 들어 있지나 않을까 생각하는 듯 가만히 보기만 했다.

아그야, 주면 의심 말고 곱게 처먹으렴.

"선생님 들어오시기 전에 어서 먹어."

상냥하게 웃으며 직접 샌드위치 포장을 뜯고 마시기 좋게 우유 뚜껑을 열어 녀석에게 건넸다.

"자."

"넌…… 안 먹어?"

"난 아침 먹고 왔다니까. 오면서 니 생각이 나서 샀어. 왠지 밥을 안 먹고 올 거 같더라니."

"그래?"

녀석의 입가가 희미하게 위로 말려 올라가는 걸 보며 속으로 회심의 미소를 지었다. 녀석이 내 술수에 말려든 게 빤히 보인다. 저럴 땐 영락없이 순진한 남학생인데 어쩌다 학교 짱이 됐을까. 아버지가 학교 재단 이사장이면 굳이 학교 짱을 하지 않더라도 어디 가나 대우해 줄 텐데.

우적우적 샌드위치를 먹고 우유를 꿀꺽꿀꺽 마시는 녀석의 얼굴이 조금은 행복해 보여 나도 모르게 빙그레 미소가 지어졌다. 학교 짱 아니라 마약 조직 우두머리라도 내겐 아직 아가 같은 녀석이었다.

그래, 많이 먹고 무럭무럭 크렴. 몸은 다 컸으니 그 어딘가 부족하고 불안해 보이는 정신만 좀 성숙하게 자라다오.

"이거……."

1교시가 끝나자 녀석이 내 앞으로 뭔가를 불쑥 내밀었다. 뭔가 하고 봤더니 크림빵과 커피우유다.

갑자기 이건 어디서 났을까?

"이거 어디서 났어?"

"종만이한테 뺏어왔어."

그놈도 나처럼 아침을 굶고 온 모양이다.

"먹어. 배고플 텐데."

녀석은 내가 굶은 걸 알았는지 머쓱해했다. 녀석이 그래도 주고받는 미덕을 안다. 녀석의 마음이 갸륵하여 피식 웃고는 물었다.

"굶었는지 어떻게 알았어?"

"내가 바본 줄 알아?"

먹어보란 소리도 없이 혼자 잘만 먹더니.

"이건 그냥 돌려줘. 걔도 배고플 거잖아."

내가 돌려주려고 하자 녀석이 날 곁눈으로 홱 노려보았다. 자기 성의를 무시하느냐는 듯. 남의 것을 빼앗아오는 것도 성의라면 성의겠지.

"그 자식은 살 좀 빼야 해서 안 먹어도 돼."

"아, 그래? 그럼 잘 먹을게."

부스럭부스럭 빵 봉지를 뜯어 커피우유와 먹는데 녀석은 아예 팔로 머리를 괴고는 구경하고 있었다. 먹는 걸 빤히 쳐다보고 있으니 조금 부끄러워진 난 새치름하게 녀석을 흘겼다.

"그렇게 쳐다보면 어떻게 먹니?"

먹는 거 쳐다볼 때만큼 무안한 게 없다, 이 녀석아.

"보통은 여자들이 빵 먹을 땐 조심조심 먹는데 넌 아니다? 난 너처럼 빵을 우악스럽게 먹는 여잔 처음 봐. 참 신기하네."

별게 다 신기하다. 나도 모르는 새 습관대로 한 모양이라 민망하게 웃고는 입가에 묻은 빵 부스러기를 손으로 대충 털었다. 그 모습에 녀석이 빙긋이 웃었다.

크림이 입술에 묻어 혀로 싹 핥아먹으니 방금까지 웃고 있던 녀석의 얼굴이 벌집 쏘인 것마냥 벌겋게 달아올랐다. 어디 그뿐이랴. 뿅 맞은 강아지처럼 사지를 뒤틀며 자리에서 벌떡 일어나 교실을 뛰어나가 버리는 게 아닌가.

얼라리요.

나는 빵을 먹다가 말고 어안이 벙벙해서 뒷문으로 뛰어나가는 녀석을 바라보았다.

'왜 저래?'

황당하게 녀석에게서 시선을 거두다가 혁이 선배와 시선이 부딪쳤다. 선배는 뭐가 웃긴지 혼자 쿡쿡 웃더니 손가락으로 내 입술에 묻은 크림을 가리켰다.

'이게 뭐 어쨌다고?'

나는 그렇게 녀석이 종만이에게 빼앗아온 크림빵과 커피우유
를 맛있게 먹었고, 느닷없이 사지를 뒤틀다 나가 버린 녀석은
두 시간이 지나도록 교실에 돌아오지 않았다.

"넌 수업도 안 받고 어디 있다 이제 오니?"

넷째 시간인 체육 시간이 되어서야 어디선가 나타난 녀석은
운동복 차림이었다. 이 학교는 체육복이 자율이라 교복보단 운
동복을 입었을 때 속된 말로 더 간지가 좔좔 흐른다. 게다가 축
구화까지. 수업 시간에 녀석의 생기 넘치는 모습을 보게 되다니
나는 또 어안이 벙벙해졌다. 이 녀석만 그런 건지 요즘 애들이
죄다 그런 건지 산만 그 자체에 정말이지 적응이 안 되었다.

"오늘 축구 시합한댔거든."

아! 축구 때문에 납시었단 건가?

축구를 좋아하는 걸 보니 녀석과 좀 더 친해지기 위해선 축구
를 같이 보러 가는 것도 괜찮겠다 싶다. 이번 달 K 리그가 언제
하더라?

"남학생 여학생, 같이?"

"아니. 남학생만. 니넨 응원해야 해. 진 팀이 이긴 팀한테 음
료수 사기야."

음료수에 목숨 건 애처럼 신나서 얘기한다.

"그래? 잘됐네."

"어? 뭐가 잘돼?"

이 나이에 고삐리들 속에 끼어 운동할 생각을 하니 암담했는데 가만히 앉아서 응원만 해도 된다니 잘됐다고 하는 소리에 녀석이 어리둥절해했다.

"운동 안 해도 되잖아."

"킥. 너 운동 싫어하는구나?"

당구도 엄연한 스포츠이거늘. 무식한 녀석. 게다가 난 무술 유단자라고!

허나, 정체가 들통나지 않으려면 그마저도 숨기는 게 상책이었다. 키 크고 늘씬한 신체구조상 절대 연약해 보일 리는 없지만, 운동보단 의류나 몸매에 관심이 많은 섹시한 여학생이 되어야 하는 것이다. 거기다 지적이기까지 하다면. 대개 지적인 것과는 거리가 먼 애들이 그런 애들에게 환상을 품고 있는 경우가 많으므로 나는 점점 복합적인 인물로 승화하려 노력 중이었다.

연약하진 않지만 건강하고, 운동을 그다지 좋아하지 않으면서 지적이고 섹시한…… 아, 머리 아파.

"공부하느라 힘들어 죽겠는데 운동까지 어떻게 하니? 난 그저 당구 정도면 충분해."

녀석이 어제 한 당구 생각이 났는지 씩 웃었다.

아이고, 고 녀석 참. 웃는 얼굴이 백만 불짜리일세. 하얗고 가지런한 치아를 드러내며 씩 웃는 모습이 어쩜 저리 예쁠꼬……

응? 이게 무슨 소리야? 방금 내 뒤편에서 가슴 녹아내리듯 앓는 소리가 분명히 들렸는데.

뒤를 돌아보자 저만치에서 우리 반 몇몇 여학생들이 녀석을 보며 가슴 무너지는 얼굴을 하고 있었다. 저 아이들은 분명 아침에 날 불쌍한 동정의 눈초리로 보던 여학생들이었는데 지금은 왜 저런 표정으로 나와 녀석을 보고 있는 거지?

가만. 저건 동정의 눈초리가 아니라 동경의 눈초리?

오호라. 내가 착각했구나.

학교 짱 좋아하는 여학생들이 부지기수라더니 단순히 녀석이 마야사범 용익자라는 생각만 하고 여학생들 가슴 녹아내리게 하는 비주얼의 소유자란 걸 깜빡 잊고 있었다.

이럼 곤란한데.

생각지도 못한 경쟁 구도에 긴한 긴장감이 등줄기를 타고 흘렀다.

"응원 열심히 해."

"여학생도 편 가르나?"

"넌 무조건 내 편이야."

녀석은 내가 자기편을 안 들면 운동장에 파묻어 버릴 것처럼 살기등등하게 얘기했다. 그런데도 기분이 나쁘지 않은 건 '무조건 내 편'이라는 말의 오묘한 뉘앙스 때문이었다. 역으로 말하면, 녀석 또한 앞으로는 무조건 내 편을 들어주겠다는 뜻과 상통하기에. 곧 여학생들 간의 경쟁 구도를 의식하지 않아도 된다는 뜻이 아닐는지.

부러움에 몸서리치는 여학생들 덕에 뒤통수가 좀 따갑긴 하지만, 하루 만에 이리 전세가 역전되다니 감격이어라. 역시 애들은 먹여주고 놀아주고 용돈을 줘야 좋아한다.

한껏 고무된 나는 녀석에게 두 주먹을 불끈 쥐며 힘을 불어넣어 주었다.

"오늘 꼭 이겨. 파이팅!"

그때까지만 해도 그 말이 저주가 될 줄 정말 몰랐다. 혁이 선배와 녀석이 서로 편이 갈리는 바람에 축구는 점점 신성한 운동 경기가 아닌 살벌한 전쟁으로 변질되어 갔던 것이다. 처음엔 녀석을 열심히 응원하던 나도 선배가 너무 몰아붙이자 슬슬 걱정이 되었다. 선배는 처음엔 많이 봐주다가 계속 밀리자 본분을 망각한 게 분명했다. 선배가 적극적으로 녀석을 마크하는 통에 녀석은 몇 번이고 땅바닥을 제 침대마냥 나뒹굴었다. 몸이 유연하기에 망정이지 다른 녀석들 같았으면 어디가 부러져도 부러졌을 태클이었다(혁이 선배의 거친 태클은 경찰청에서도 유명하다). 그때마다 녀석은 탄력 좋은 고무공처럼 일어나긴 했으나 거의 발에 축구공을 매달고 다니는 듯한 선배 때문에 분이 나서 어쩔 줄 몰랐다.

선배의 노련한 공차기는 호날두가 와서 봐도 '형님!' 할 지경이라 상대편 선수들도 그의 화려한 개인기에 공 찰 생각보다 넋을 잃고 구경하기 바빴다. 하기야 그는 서울경찰청 축구 대표 선수로도 뛰는 실력이니 고등학생과 비교나 되겠는가.

그리하여 처음 녀석의 활약으로 두 점이나 앞서던 우리 팀은 점차 선배의 공세에 밀리더니 그가 연거푸 찬 공에 동점을 허용하고 말았다. 녀석도 계속 선배에게 집중 마크당하자 동점이 되었을 때는 열이 받아 머리에서 뽁뽁 김이 올라오는 게 보였다. 나는 수시로 선배에게 살살 하라고 눈치를 줬지만, 선배가 경기에 몰두하는 통에 내가 그 자리에 있다는 것조차 까마득하게 잊어버린 듯했다. 아니, 그는 자신이 경찰이란 것도 잊어버렸을지 모른다.

답답한 마음에 발을 구르고 가슴을 쳤지만, 내가 그럴 때마다 오히려 날 쳐다보는 녀석은 폭탄 장전 준비 완료인 낯빛이었다.

녀석의 분투에도 불구하고 끝내 경기는 선배의 팀이 승리했다. 그리고 녀석은 발작을 일으킬 것처럼 분노하며 운동장에서 사라져 버렸다. 그때 선배의 표정은 승부의 세계란 이런 것이라며 녀석에게 한 수 가르치려는 듯 오만하기 짝이 없었다.

'으이구, 못살아.'

나도 지는 건 딱 질색이지만, 남자들은 본능적으로 지기를 싫어하는 동물이다. 오죽하면 운동 경기를 보다가 살인까지 나겠는가.

오늘 한 축구를 봐도 그렇다. 얼마든지 져줄 수도 있는 경기였는데 선배는 일부러 그러는 것처럼 다혈질인 녀석의 성미를 교묘히 이용하여 여러 번 실수를 유도했다. 녀석이 제 분을 못

이겨 가버린 건 순전히 그의 의도적인 태클 때문이었다. 선배가 너무 녀석을 마크해서 두 사람은 경기 중에 몸싸움까지 한 차례 날 뻔했었다. 그 조마조마하고 위태함이라니.

나는 선배의 극단적인 태도가 불안하고 또 걱정스러웠다. 녀석과 친해져야 함에도 불구하고 자극하는 까닭을 알 수 없었다. 녀석은 경기에 진 게 분하고 화가 났는지 오후엔 교실로 들어오지도 않았다.

이 학교는 체육복뿐 아니라 야자도 자율이므로 나는 종례가 끝나자마자 부리나케 교실을 나섰다. 운동장을 걸어가는데 뒤따라 나온 선배가 내 옆에 나란히 걸어왔다. 그는 축구에서 이겨서인지 녀석을 열받게 해서인지 만면에 흐뭇한 표정을 짓고 있었다. 대학 때부터 친하긴 해도 가끔 그는 대한민국 경찰이 아닌 안드로메다 경찰인 것 같을 때가 있다.

도대체 이 상황에 웃음이 나오나? 난 단단히 열받은 녀석 때문에 초조하고 불안해서 간이 자작자작 졸아 붙는구만.

"왜 그랬어?"

체육 시간에 있었던 일로 그를 매섭게 추궁했다. 그러자 선배는 하얀 이를 드러내며 씩 웃었다.

"질 이유가 없잖아."

"그래도 애들이잖아. 애들에 비하면 선배는 너무 프로야."

"남자들은 경쟁자가 없는 것보단 있는 게 더 효과적이지."

"일부러 그랬단 말야?"

"난 태오 같은 놈을 잘 알아. 이기적이고 안하무인이고 지기 싫어하고 뭐든 자기 마음대로 해야 직성이 풀리지. 져본 적도 없고 져줄 줄도 모르고 진다는 것 자체를 용납 못해."

"하아, 어렵네. 그래서 태오를 자극하겠다는 건 알겠는데 우린 그 애 친구가 되어야 한다고."

"남자는 여자랑 달라. 싸우면서 친구가 되기도 해. 놈도 느끼고 있을 거야. 저 같은 놈이 이 학교에 또 한 명 나타났구나. 어제 폐가에서 만났을 때 놈은 이미 그걸 느꼈어."

"정면으로 맞붙을 참이야? 잘못하다간……."

"접근 방법은 네기 정해."

고집이 세고 남에게 지는 걸 싫어하는 선배의 성미는 알지만 어디까지나 우린 작전 수행 중이었다. 나는 그가 너무 앞서 가지 않도록 따끔하게 일렀다.

"선배나 나나 태오와 적이 되면 끝장이야. 태오가 우리에게 마음을 터놓기 전까진 조심해야 해. 눈 밖에 나는 짓, 자꾸 하면 곤란해."

"축구 한 번 이겼기로 내가 놈의 눈 밖에 났을 거라고 생각해? 그 정도로 옹졸한 놈 같았으면 학교 짱이 되지도 못했어."

"글쎄. 프로 선수도 아니고 아직 애들이니 무슨 생각을 할지는 나도 모르지. 더욱이 태오는 극단적인 사고방식을 가진 애야. 그 녀석 머리엔 어중간이란 게 없어. 백이면 백, 흑이면 흑. 걔 머릿속엔 여과장치가 없는 것 같아. 생각나는 대로 말하고,

하고 싶은 대로 하는 애야. 그러니 필요 이상으로 자극하면 오히려 튕겨 나가. 난 녀석을 좀 찾아봐야겠어."

"지금?"

"어."

"그럼 난?"

"집에 가든지 일을 보든지 해."

"연락할 거지?"

"그래야지. 나중에 통화해."

나는 그보다 앞서 교문을 뛰어나갔다.

교문을 나와 녀석에게 전화를 걸었다. 호소력 짙은 남자 가수의 노랫소리가 울려 퍼지고 노래가 끝날 무렵 녀석이 전화를 받았다.

—어.

"어디니?"

—집.

"집에 있었어?"

—어.

"난 또. 걱정했잖아."

—축구 지는 바람에 좀 짜증나서.

"그래도 잘했어. 니가 제일 잘하더라. 되게 근사했어."

나는 녀석의 분한 마음을 달래주기 위해 한껏 추켜세웠다. 우리 팀에선 제일 잘했으니 틀린 말은 아니었다. 혁이 선배만 아니었으면 녀석이 단연코 VIP 감이었을 테니까. 녀석의 분전은 훌륭했고 칭찬받아 마땅했다.

—킥. 아, 씨발. 눈물 나네.

이럴 땐 '고마워' 내지는 '진짜?' 하고 묻는 게 정상 아닌가? 생긴 건 미소년인 놈 입이 이렇게 거칠어서야. 옆에 있었으면 나도 모르게 손이 올라갔으리라.

"집에 있을 거야?"

나는 녀석을 밖으로 불러내기로 했다. 녀석과 얘기하려면 전화보단 만나서 하는 게 낫기에.

—어딘데?

"지하철 타러 가고 있어."

—집으로 와.

"니네 집에?"

—집에 아무도 없어.

녀석이 쉽게 자기네 집으로 오라고 한 것도 놀라웠지만, 집에 혼자 있는 녀석을 상대한다는 건 나로서도 매우 긴장되는 일이었다. 요즘 애들 중에는 어른보다 더 문란한 애들도 많고, 어른도 상상하지 못할 혼합 섹스를 즐기는 애들도 있었다. 그런 경우 대개 마약과 관련되어 있으니 더욱 문제였다.

나는 아직 녀석의 성향을 제대로 파악하지 못했으므로 이럴 땐 당연히 몸을 사려야 옳았다. 괜히 잘난 척 혼자 집으로 찾아갔다가 낭패를 당할 수도 있었으므로.

"집에 어른들 안 계시면 방문하지 말아야 한다고 부모님이 그러셨어."

녀석의 집을 혼자서 방문하는 것만은 피하려고 조신한 여학생처럼 또박또박 얘기하자 한동안 정적이 깔리던 전화기 안에서 갑자기 파안대소하는 소리가 들렸다. 말을 실수했나 싶은 마음에 방금 한 말을 되새겨 보고 있노라니 녀석의 퉁명스러운 음성이 들렸다.

─야, 씨발. 하여간 좆나 웃기는 기집애야. 야, 삽질하지 말고 당장 튀어와.

이 자식이!

성질이 욱하고 올라온 나는 지금 경찰이 아니고 열아홉 살 소녀라는 점을 거듭 상기하며 부아를 꾹 내리눌렀다.

작전만 끝나봐라. 넌 내 손에 죽었어!

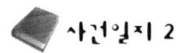 사건일지 2

놈 2 : 태오가 좀 이상하지 않아?

놈 3 : 이상하다니 뭐가?

놈 2 : 오늘 아침에 일찍 등교한 것도 그렇고, 체육 시간에 축구 할 때 자꾸 신비 쳐다보는 것도 그렇고, 암튼 뭔가 달라진 거 같아서.

놈 1 : 차신비? 새로 전학 왔다는 기집애 말이야?

놈 2 : 너도 알고 있었나?

놈 1 : 애들이 얘기하는 거 들었어. 어젯밤에 형님들 만났는데 태오가 어떤 여자애랑 같이 있었다고 하더라고. 형님들 말이 당구를 엄청 잘 치는 기집애였대. 어제 태오랑 같이 있었다는 기집애가 차신비 맞지?

놈 2 : 맞는 거 같은데. 어제 하교할 때 신비가 태오 따라가는 거 봤거든. 근데 당구는 언제 배웠지?

놈 3 : 와, 대박! 나도 보고 싶디!

놈 2 : 지랄하네, 새끼. 지금 신비 당구 솜씨 구경할 때냐?

놈 3 : 자식, 자기는 어제 신비가 노바디 춤추는 거 보고 침 질질 흘렸으면서.

놈 2 : 내, 내가 언제?

놈 3 : 아니라고? 섹시하니 어쩌니 그랬잖아, 인마.

놈 1 : 시끄럽고. 태오가 또 형님들 심기를 건드린 모양이야. 왜 그렇게 사사건건 삐딱하게 구는지. 우리까지 불안하게.

놈 3 : 짱이 누구 말은 듣는 사람이야?

놈 1 : 그러니 문제지. 혁이 그 새긴 어떤 거 같아?

놈 2 : 몰라, 나도. 태오가 신경 안 쓰는데 우리라고 별수 있어? 좀 더 지켜보자.

놈 1 : 계속 나대면 우리라도 본때를 보여줘야지.

놈 3 : 그러다 짱이 뭐라고 하면 어쩌려고 그래? 짱은 학교에서 짱 지시 없이 함부로 움직이는 거 싫어하잖아.

놈 2 : 넌 태오가 그렇게 무섭냐?

놈 3 : 넌 안 무서운 것처럼 말한다?

놈 2 : 이 새끼가 걸핏하면 날 걸고넘어지네. 내가 태오 무서워하는 거 니 눈으로 봤냐, 봤어?

놈 1 : 야, 그만 해! 형님들이 태오 잘 지키라니까 니들끼리 싸우지만 말고 태오한테 신경 좀 써.

놈 2 : 아, 알았어.

놈 3 : 알았어.

3

녀석이 사는 집은 서민이라면 누구나 선망하는 최고급 아파트였다. 나는 몇 평인지 눈으로는 가늠도 하기 어려운 집 안으로 조심스럽게 발을 디뎠다.

여기가 그 말로만 듣던 펜트하우스인가? 학교 잠입 이틀 만에 녀석의 집에 입성이라니 이런 쾌거가!

어제만 해도 큰 난관을 예상했건만 뜻밖의 수확에 나는 한껏 고무된 상태였다.

"태오야."

입구에서부터 몇 번이나 불렀으나 녀석은 어디에 있는지 보이지 않았다.

"태오야!"

좀 더 큰소리로 부르며 소파가 보이는 곳으로 슬금슬금 걸어가자, 저 안쪽에서 마루를 탁탁 스치는 슬리퍼 소리가 들렸다.

"태오니?"

복도 쪽에서 모습을 드러낸 녀석은 웃통을 벗은 채였다. 헐렁하게 입은 바지가 녀석의 골반에 아슬아슬하게 걸쳐져 있었다. 급히 입고 나온 표가 난다. 머리칼도 젖어 있고 피부도 뽀샤시한 게…….

'샤워했나?'

열아홉 살 남자애 몸치고는 상당히 훌륭한 몸매여서 나도 모르게 멍하니 녀석의 몸을 바라보았다. 경찰대 출신 중엔 무술유단자가 많아 몸짱도 많지만, 지금 내 앞에 있는 육체처럼 아름답고 멋지게 느껴진 적은 없었다. 과하지도 모자라지도 않는 근육질. 실팍하기도 하지.

'초콜릿 복근이라더니, 딱 저 복근을 두고 하는 말이었구나.'

오밀조밀한 근육도 근육이지만 허리에서 골반으로 떨어지는 선이 예뻐서 마치 움직이는 화보를 보는 듯했다. 배꼽 부위로 몽글몽글 피어난 잔털들. 윤기가 자르르 흐르는 데다 참으로 가지런한 것이…….

하마터면 입안에 고인 침을 뚝 떨어뜨릴 뻔했다.

비웃지 마라. 경찰도 여자는 여자다. 길 가다 괜찮은 남자 보면 절로 눈이 돌아가는 청춘이란 말씀. 내 앞에 있는 이 녀석이 내 나이와 비슷한 남자였다면 나는 더 대담하게 대놓고 감상했을지 모른다. 허나, 녀석은 어디까지나 열아홉, 나한텐 겁나게 몸매가 훌륭한 아가였다.

퍼뜩 정신을 차리고는 녀석의 몸매를 전혀 감상 안 한 것처럼 시치미를 뚝 떼고 서 있었다. 녀석이 손에 들고 나온 후드티를 머리에서부터 꿰입으며 걸어왔다.

"왔냐?"

"어? 어. 찾기가 쉬워서 금방 왔어."

"앉아."

"어."

소파로 가 조심스럽게 엉덩이를 걸쳤다. 18평 빌라인 우리 집보다 더 큰 거실에 앉아 집과 걸맞게 으리으리한 가구와 샹들리에를 보고 있자니 녀석이 내 옆에 털썩 주저앉았다.

"왜 왔어?"

녀석이 왜 왔냐고 대뜸 묻기에 황당해서 녀석을 뚫어져라 쳐다보았다. 가만히 생각하니 집으로 오라고 한 건 녀석이었지만, 애초에 녀석에게 전화를 건 건 나였다. 널 취조하러 왔다고 사실대로 말할 수는 없었으므로 나는 에둘러 대답했다.

"걱정돼서."

"뭐가 걱정되는데?"

"수업 끝나도록 안 오니까. 어디서 뭘 하는지 궁금했지."

"간만에 축구 시합을 했더니 피곤해서 집에 와 잤어."

축구 진 것 때문에 화가 나서 수업에 안 들어온 게 아니고 잠을 자느라 못 왔다고?

"너무한다. 그래도 수업은 받아야지. 학생이 그러면 돼?"

아차! 나도 모르게 훈계조가 되어버렸다. 속으로 뜨끔하여 녀석의 눈치를 살피자 눈동자가 한동안 정지되었던 녀석이 금세 홍조를 띠기 시작했다. 아니나 다를까, 녀석의 입에서 풋, 하는 조소가 터져 나왔다. 하여간 내가 무슨 말만 하면 웃음이 터지니 개그 코드가 희한한 쪽으로 꽂힌 녀석이었다.

"푸하하! 너 나한테 훈계하는 거냐, 지금?"

내가 무슨 말만 하면 웃어대는 녀석이 얄미워 조금 기분 나쁘게 대답했다.

"그래, 훈계하는 거다. 친구 사이에 이 정도는 얘기할 수 있는 거잖아. 아냐?"

"아, 씨발. 미치겠네. 야, 차신비."

"왜?"

"너 어쩌려고 이러냐?"

그렇게 말하면서 녀석은 손끝으로 내 볼을 툭툭 쳤다. 귀엽다는 건지 기분 나쁘다는 건지 모호한 행동에 딱히 어떻게 반응해야 할지 난감했다. 아침엔 내 머리를 집에서 키우는 강아지인 양 쓰다듬더니 이젠 볼까지. 어처구니가 없다.

어처구니가 없어도 할 말은 해야겠다.

"하지 마."

녀석의 팔을 꺾어버릴 수는 없기에 약간 신경질을 내면서 녀석의 손을 탁 쳤다. 녀석이 '어!' 하는 눈빛으로 날 보더니 좀 더 가까이 다가와 앉았다.

"왜 이래?"

나도 모르게 눈에 쌍심지를 켰다. 나이가 어려도 남자는 남자인 거다. 내 반응이 민감하게 느껴졌는지 녀석이 뻔뻔한 얼굴로 엉덩이를 들썩하더니 거머리처럼 착 달라붙어 앉았다.

'어머, 애 봐라.'

소파 구석자리로 뚝 떨어져 앉았다. 다가오는 녀석의 눈빛이 예사롭지 않았기 때문이다. 다시 한 번 말하지만 녀석의 눈빛은 짙은 안개와 비슷하여 보고 있으면 절로 혼미해지는 경향이 있었다. 혼탁한 영혼이라 눈빛도 그 모양인지 모르겠지만, 녀석이 은근한 눈빛으로 쳐다보니 몹시 어색하고 불편하고 방금까지 멀쩡하던 등이 별안간 근질거리는 느낌을 주체하기 어려웠다. 등으로 식은땀이 주르륵 흘렀다. 녀석과 나 사이에 흐르는 미묘하고 팽팽한 긴장감에 신경이 날카롭게 곤두섰다.

녀석이 내게 허튼수작을 부리면 나는 그간 닦은 무술 실력을 발휘할 수밖에 없다. 나는 최대한 그런 경우가 생기지 않도록 조심해야 하고, 만에 하나 그런 일이 벌어질까 봐 솔직히 겁난다. 이제 슬슬 녀석이 내게 넘어오고 있는데 초장에 작전이 실패하면 얼마나 억울하랴. 그간 노바디 춤, 볼링 생 쇼, 사기 당구 치느라 진땀 뺀 건 누구에게 보상받는단 말인가.

나의 노력과 희생에 보상받을 길은 이번 작전을 성공시키는 것 외에는 없었다. 그렇다고 날 잡아드쇼, 하고 넋 놓고 녀석이 하는 대로 내버려 둘 수도 없는 노릇.

"너야말로 왜 이러는데?"

내가 바짝 긴장한 눈치이자 녀석은 날 놀리기로 작정했는지 아니면 겁을 주기로 작정했는지 빙글빙글 웃으며 느물거렸다.

허, 그 녀석 참. 저 몹쓸 놈의 인상 속에 어디 저런 못된 느물스러움이 감춰져 있었던고.

녀석은 느물거리며 웃을 때마저 왠지 경계해야 할 포스이므로 이럴 때일수록 어색한 분위기를 요령껏 무마할 재치가 필요했다.

이런 분위기에 익숙지 않은 순진한 소녀라는 걸 강조하듯 나는 음흉한 늑대 앞에 가녀리게 몸을 떨고 있는 빨간 모자 아가씨처럼 울먹였다.

"떨어져서 얘기해도 되잖아."

"보험 상품 팔러 온 아줌마처럼 그게 뭐냐? 가까이 와."

가까이 오란 말에 더욱 경계한 낯빛으로 녀석을 응시했다.

"싫어."

"그럼 왜 왔는데?"

리바이벌을 원해?

"걱정돼서 왔다고 했잖아! 에잇, 내가 괜히 왔나 보다. 이만 갈게."

더 있다간 아무래도 녀석을 마룻바닥에 메다꽂는 일이 벌어질 것 같아 자리에서 발딱 일어났다. 그때 녀석이 느긋하게 앉아 있다가 빛의 속도에 버금가는 속도로 내게 손을 뻗쳤다.

"알았어, 알았어. 장난 좀 친 걸 갖고 기집애가 성깔은."

너도 장난이란 걸 칠 줄 아는 녀석이었구나. 몰라봐서 미안하다.

나는 새로운 사실을 하나 터득한 도인 같은 표정이 되어 사부자기 엉덩이를 소파에 주저앉혔다.

그때부터 녀석은 다리를 길게 뻗고 소파에 반쯤 드러누워 있고, 나는 꿰다 놓은 보릿자루처럼 소파 끄트머리에 웅크리고 앉은 채 얘기를 나눴다. 녀석이 알려준 주소 하나 달랑 들고 집을 찾아오느라—집 찾는 거, 우리 전문이긴 하다만—무척이나 목이 말랐으나 녀석은 집에 온 손님에게 뭔가를 대접해야 한다는 걸 모르는 듯했다. 내 입으로 달라고 하기도 그래서 목이 마른 걸 꾹 참았다. 다른 사람 같았으면 아무 생각 없이 달라고 말했을 터인데 이런 사소한 부탁마저 녀석에겐 왠지 하기가 부담스러웠다. 내가 본의 아니게 소심해진 이유는 집에 오자마자 못된 장난질로 간담을 서늘하게 한 저 호랑말코 같은 녀석 때문이다.

"너도 내가 무섭냐?"

녀석이 갑자기 이상한 질문을 한다. 호랑말코 같다고 했지 호랑이 같다고 하진 않았는데 말이다. 그것도 속으로 한 얘기를 어찌 알고? 귀신같은 놈이로세.

경찰이 열아홉 살짜리 남자애를 무서워하면 어떻게 경찰을 하겠는가. 그리고 녀석을 무서워한다는 인상을 주면 어떻게 여자친구가 되겠는가. 나는 짐승보다 못한 마약사범도 안 무서운 여자다. 개네들은 몽땅 내 밥이라고 생각하는 강심장이다. 녀석을 부담스러워하는 것과 무서운 것과는 분명히 차이가 있었다.

"아니. 하나도 안 무서워."

"너 좀 전에 내가 이상한 짓 할까 봐 무서워한 거 아니었어?"

"그건 무서워서가 아니라 징그러워서 그런 거지."

"징그러워? 키스하고 섹스하는 게 징그러워?"

헉! 이놈의 여과없는 언어 표현에 골이 띵할 지경이다. 학교 짱에게 바람직한 언어 구사를 바라는 내가 이상한 걸까?

"키스와 섹스가 무조건 징그럽다는 게 아니야. 그건 숭고한 거지."

"또 개통철학 나오시네. 키스하고 섹스에 뭔 놈의 철학이 필요하냐? 그걸 머리로 하냐? 몸으로 하지."

도대체 이 녀석 머릿속엔 남녀 간의 키스와 섹스가 어떻게 정립된 걸까? 어릴 때부터 너무 포르노에 길들여져서 사랑이라는 가치관에 문제가 생긴 걸까?

"어쨌든 그건 니가 사랑하는 여자가 생기면 자연스럽게 알게 돼."

집에서 남동생에게 하던 성교육을 여기 와서 또 하게 될 줄이야. 그리고 내년이면 성인이 될 녀석에게 성교육이 웬 말인가.

참으로 멜랑꼴리한 상황이 아닐 수 없다.

"우리 부모님은 사랑 안 해도 잘만 애새끼 퍼질러 놓고 살더라."

그건 비정상인 거고!

나는 녀석에게 엄마가 없다는 걸 기억해 내곤 그 말을 꾹 삼켰다. 이걸 어떻게 설명해야 할지 모르겠다.

"키스와 섹스는 원래 사랑하는 사람끼리 해야 정상인 거야. 사랑이 결여된 키스와 섹스는 서로를 파괴시킬 뿐이야."

"파괴?"

녀석은 또 생각에 잠긴 얼굴이너니 금세 우울한 표정을 짓는다. 혼란과 무료함이 녀석의 눈 속에 불꽃처럼 일렁였다. 인생이 따분해서 미칠 것 같은 표정, 사는 게 의미없어 죽을 것 같은 눈빛, 공허와 슬픔만이 가득 서린 녀석의 눈동자에 나도 모르게 기분이 착 가라앉았다.

"태오야."

"어?"

"내가 지난번에도 말했지만 학교에 처음 왔을 때 제일 먼저 말 걸어준 사람이 너야. 그래서 굉장히 고마웠어."

나는 그게 엄청난 의미나 되는 듯이 재삼 강조했다. 녀석과 나 사이에 이번 사건 말고는 딱히 의미라고 둘러댈 게 있어야 말이지.

"나한테 잘해주는 이유가 그거 때문이야?"

미세하게 흔들리는 녀석의 눈동자를 보자 나는 묘한 죄책감을 느낀다.

"아니. 다른 이유 있는데 지금은 말해줄 수 없어."

그 이유를 녀석이 알게 될 때쯤 우린 어떻게 변해 있을까?

이번 작전이 끝날 무렵이 몹시도 궁금해진다. 그때가 비로소 녀석의 미래를 가르는 주요한 갈림길이 될 것이기에. 평범한 학교 짱인지 사회를 떠들썩하게 할 고교 마약 우두머리인지.

"왜?"

"그건 우리가 진짜 친구가 된 다음에."

"지금은 진짜 친구가 아니란 얘기야?"

"너 아직 대답 안 했잖아. 친구는 나 혼자 되는 게 아니야."

"혼자 되는 게 아니라고?"

"어. 서로 통해야 친구지."

"어떻게 통해야 하는데?"

"지금처럼 이렇게 얘기도 나누고, 서로 힘든 일 있으면 털어놓기도 하고. 서로 이해하고 위해주면 친구인 거지 뭐."

친구가 없다던 녀석의 말이 내내 마음에 박혀 나는 어쩌면 그때 정말로 녀석에게 친구 같은 존재가 되고 싶었는지도 모른다. 녀석이 어떤 사람이건 아직 학생이고 어리므로 내 손으로 인생의 오류를 바로잡아 주고 싶었는지도.

경찰로서의 직업의식일 수도 있지만, 불우한 환경 속에 사는 녀석에게 나는 막연히 동정심을 느끼고 있었다. 마약사범이라기엔 앞길이 구만 리인 녀석의 인생이 안타까웠기 때문이다.

"난 그런 거 잘 몰라. 뭐든 깊이 들어가면 복잡해져서 딱 질색이거든."

심드렁한 녀석의 태도에 맥이 쭉 빠졌다.

단순한 녀석과 심오한 대화를 기대한 내가 잘못이지.

"됐으니까 물이나 한 잔 떠 와."

내가 짜증을 못 참고 내뱉은 말에 녀석의 얼굴에서 한순간 핏기가 싹 가셨다. 방금 내가 한 말이 머리에 입력이 안 되는 표정이었다. 예상치 못한 반응에 속으로 흠칫 놀랐지만, 모른 척 앉아 있었다.

설마 물 떠 오란다고 죽이기야 하겠어?

지옥과 같은 침묵이 흐른 뒤 송장처럼 뻣뻣하게 굳어 있던 녀석이 부스스 자리에서 일어나 복도 쪽으로 사라졌다. 그러더니 잠시 후에 유리잔에 담긴 물을 들고 나왔다.

녀석이 가만히 내 물 마시는 모습을 지켜보고 있다가 물었다.

"더 줄까?"

그 음성이 어찌나 다정다감하던지 꿀꺽 삼켰던 물이 역류해 켁! 사레가 들려 버렸다. 어쩜 이리도 반응이 극과 극인지 당혹감을 감출 수 없었다. 차가울 땐 동장군 같다가 다정할 땐 서방 가슴팍처럼 나긋나긋하니.

간신히 기침을 갈무리한 나는 서둘러 대답했다.

"아, 아냐. 됐어. 잘 마셨다."

"목마르면 진작 달라고 하지. 병신."

졸지에 나보다 일곱 살이나 어린놈에게 '병신' 소리까지 듣게 된 나는 또다시 놈의 머리통을 후려쳐 주고 싶은 걸 참으며 배시시 웃었다.

"넌 니 친구가 병신이었음 좋겠니?"

"뭐?"

요즘 애들에겐 안 통하는 구닥다리 유머였던 모양인지 어느별 외계어냐는 투로 녀석이 날 황망하게 쳐다보았다. 이런 게세대 차이라는 걸까?

"농담이야."

나는 그만 멋쩍게 웃고 말았다.

"어! 듀스네."

거실에 있는 음악 앨범을 구경하다가 듀스를 발견한 나는 반가움에 소리쳤다. 총 4장의 정규 음반(1집, 2집, 2.5집, 3집)과 마지막 콘서트 라이브 앨범 1장, 그리고 이현도가 듀스 팬들을 위해서 내놓은 CD 2장으로 구성이 된 'Deux Forver', 김성재의유작 앨범까지.

나도 오래전에 듀스의 열혈팬이었던지라 앨범을 보자 감회가새로웠다. 아마도 국내 힙합 그룹으로는 듀스가 최초가 아닐까싶은데, 녀석의 집에도 듀스의 앨범이 있을 줄이야. 하긴 진정한 힙합 마니아치고 듀스 모르면 간첩이지.

"너도 듀스 알아?"

"그럼. 내가 김성재 팬이었어. 듀스 해체하고 김성재가 솔로로 처음 데뷔한 무대도……."

가만. 이게 아니잖아.

김성재가 솔로로 처음 데뷔했던 그날 고인이 된 걸 나는 똑똑히 기억하고 있지만, 열아홉의 나이와는 맞지 않는 이야기였다. 아차, 싶어 입을 다물자 녀석은 내가 듀스에 대해 상세히 안다는 게 뜻밖이라는 듯 날 물끄러미 쳐다보았다. 등 뒤로 식은땀이 주르륵 흘렀다.

"……나중에 TV에서 보고 좋아하게 됐지."

"그래? 나도 듀스 좋아해. 앨범은 엄마가 사다 모은 건데 우연히 듣고 좋아하게 됐어. 나만 나이에 안 맞게 옛날 취향인가 했더니 너도 그렇구나?"

다행히 녀석은 내 취향이 독특하다고 생각했는지 별 의심 없이 내 말을 믿어주었다. 나는 속으로 길게 한숨을 내쉬곤 녀석과 취향이 비슷하다는 걸 강조했다.

"우리 좀 통한다, 그치?"

"후후. 그런가?"

녀석과 나는 소파에 나란히 앉아 오랜만에 김성재 유작 앨범을 들었다.

한 시간가량 음악을 듣다가 녀석이 컴퓨터실이라며 안내하기에 서재 비슷한 방이겠거니 했다가 얼마나 놀랐는지 모른다. 신상 초호화 컴퓨터가 세 대나 갖춰져 있으니 오래된 컴퓨터로 근 5년을 버티고 있는 내가 어찌 안 놀라고 배길쏜가. 더군다나 그 옆엔 내가 평소 갖고 싶어하던 포켓 사이즈의 노트북까지.

이것이야말로 진정한 부르주아의 산실?

"와아, 컴퓨터실 되게 근사하다."

깜박 녀석의 집을 방문한 목적도 망각하고 감탄사를 쏟아내자 녀석이 픽 웃었다.

"촌스럽긴."

나도 내가 이토록 촌스러운 줄 몰랐으니까. 시골 영감님이 삼백구 년 만에 처음 서울구경 와서 63빌딩을 보고 나처럼 감탄했을 테지.

"앉아."

나는 녀석이 시키는 대로 TV 화면만 한 컴퓨터 앞에 앉았다. 그리고 녀석과 나란히 앉아 게임에 임했다. 태평하게 게임이나 하고 있을 때가 아니었지만 이것도 녀석과 친해지는 방편 중 하나려니 건실하게 생각하기로 했다. 내가 원래 긍정적이지 않은가.

게임을 시작한 지 얼마간의 시간이 흘렀을 때였다. 모처럼 하는 게임이라 즐겁긴 한데 자꾸만 녀석의 시선이 얼굴에 와 닿는 게 느껴져 신경이 쓰인 탓에 좀처럼 게임에 몰두할 수가 없었다. 할 말이 있으면 하면 될 것이지 왜 자꾸 흘끔흘끔 쳐다보는지.

몇 번이나 참고 있다가 녀석의 시선이 다시 느껴졌을 때 홱 고개를 돌렸다. 몰래 날 보고 있다가 녀석은 화들짝 놀랐다.

옳거니! 얼굴까지 빨개지고.

"왜?"

장난기가 발동해 생긋 웃으며 물으니, 녀석은 몰래 보고 있었던 걸 들킨 게 무안한지 되레 퉁명스럽게 반문했다.

"뭐가?"

그러더니 절대로 안 본 것처럼 시치미를 뚝 떼고 컴퓨터로 다시 고개를 돌렸다. 키스니 섹스니 어파없이 말하는 걸로 봐선 이제 와서 내외할 리도 없을 터인데 안 어울리게 부끄러워하기는.

녀석 하는 짓이 귀여워서 나도 모르게 쿡 웃음이 나왔다.

'나한테 관심있는 거 다 알거든.'

아닌 게 아니라 그 후로도 녀석은 날 보면 나쁜 짓 하다 들킨 사람처럼 머쓱하게 얼굴을 붉히다가, 게임을 하고 있나 싶어 쳐다보면 손을 턱에 괴고 골똘히 상념에 사로잡혀 있기 일쑤였다. 당최 무슨 생각을 하고 있기에 저 모양인지 녀석의 머릿속에 들어가 볼 수도 없고 어찌나 답답하던지.

내내 게임만 하다가 저녁 여덟 시쯤, 녀석이 시켜주는 자장면을 먹고 집을 나섰다. 아직은 쌀쌀한 3월 초순. 두꺼운 점퍼 차림인데도 녀석은 한 데 내놓은 어린애처럼 왠지 모르게 추워 보였다. 차디찬 바람에 귓불이 빨간 게 모자라도 좀 쓰고 나오지.

버스정류장을 향해 천천히 걷다가 아까부터 궁금하던 걸 질문했다.

"나한테 할 말 있어?"

녀석은 말없이 내 옆을 따라 걷고 있다가 무슨 말이냐는 듯 물끄러미 날 쳐다봤다.

"아까 컴퓨터실에서 말야. 생각이 많은 얼굴이기에 나한테 할 말이 있나 해서."

녀석은 당황한 듯 후다닥 내게서 시선을 떼어 딴 데를 쳐다봤다. 허둥대는 거 다 보이는데…….

"할 말 없어."

"없어?"

난 신비 니가 마음에 든다. 난 신비 니가 좋아. 우리 사귈래?

이런 말을 기대했는데 내가 너무 앞서 간 건가?

그러더니 녀석은 버스정류장에 거의 다다라 불쑥 말을 던졌다.

"집에 데려다 줄게."

방금 내게 한 세 어절이 녀석의 입에서 나온 갸륵한 문장이 맞나 싶어 내심 놀랐다. 이건 뭐 날로 발전하는 에티켓이라 몸둘 바를 모르겠다. 진작 좀 이렇게 친절했으면 내가 그토록 우왕좌왕하지는 않았으련만.

집에 데려다 주겠다는 건 고마우나, 난 그럴 수 없었다. 녀석에게 우리 집이 어딘지 알려줄 순 없었으니까. 집이 학교와 좀 거리가 있는 편이라 오다 가다 들킬 염려도 없고 하여 일부러 임시거처를 마련하지 않았더니 이런 불편함이 있다.

"됐어! 혼자 가도 돼."

나도 모르게 거절의사가 너무 강하게 나와 버리는 바람에 녀석의 안색이 조금 어둡게 가라앉았다.

"내가 데려다 주는 거 싫어?"

"어? 아니, 싫다기보다 집이 여기서 멀거든. 돌아올 때 너 혼자 와야 하잖아. 그럼 내가 너무 미안해서."

"괜찮은데."

"아냐. 편하게 혼자 갈게."

"……."

녀석이 별안간 말이 없어져 슬그머니 녀석의 눈치를 봤다.

바래다주겠다는 거 거절해서 화났나?

"화났어?"

"아니. 몇 번 타야 한다고 했지?"

"2004번."

"저기 오네."

녀석의 말처럼 2004번 버스가 날 구조하듯 달려와 정확히 우리 앞에 멈춰 섰다.

"그럼 가라."

녀석은 무뚝뚝하게 인사하고는 내가 버스에 오르는 걸 지켜보았다. 빈자리로 가며 창밖을 내다보니 녀석은 이전처럼 우두커니 서서 날 바라보고 있었다. 창밖의 녀석을 보자 기분이 또 이상해졌다.

왜 자꾸 쓸쓸해 보이는 거지, 저 녀석은? 심란하게.

인도 쪽 자리에 가서 앉았을 때 녀석이 조금 웃으며 손을 들어 보였다. 화가 난 건 아닌지 걱정하고 있다가 녀석의 미소에 안도의 한숨이 쉬어졌다. 나도 따라 미소를 지으며 살며시 손을 흔들었다. 가슴 한복판에서 민들레 홀씨 하나가 자라나는 것 같은 기분이었다. 간지럽고 야릇하며 감기 기운이 있을 때처럼 얼굴에 자꾸 열이 올랐다.

나로서는 생소한 열감이라 멍하니 녀석을 보는 사이 버스는 정류장을 떠났다. 고개가 뒤로 꺾이도록 녀석이 멀어져 가는 걸 바라보다가 긴장했던 몸을 풀고 의자에 털썩 기댔다.

"별일이네."

아마 열아홉 살 즈음에 내게도 남자친구가 있었다면 이런 비슷한 감정이 들지 않았을까 한다. 오늘처럼 함께 컴퓨터 게임을 하고 자장면을 시켜먹고 사소한 이야기에도 낄낄거리며 웃었을 테지.

녀석의 벗은 몸매에 나도 모르게 군침 흘리며 감상하던 걸 떠올리곤 피식 웃음이 나왔다. 어제와는 다르게 한층 녀석에게 다가선 느낌. 그게 다 내 노력 덕분이라 생각하니 가슴이 뿌듯했다.

녀석이 좀 더 밝고 건전하다면 얼마나 좋을까. 그럼 내가 녀석을 대하기가 훨씬 편할 텐데, 살짝 아쉽다.

"난 열아홉 살이잖아. 이런 기분 드는 거 당연해."

세뇌하듯 입속으로 낮게 중얼거리는데 앞자리에 앉았던 여학생이 휙 돌아보았다. 교복을 보니 우리 학교 학생이었다. 녀석에게 정신이 팔려 누가 앞자리에 앉았는지도 모르고 있다가 화들짝 놀라 입을 다물었다. 여학생은 창밖으로 녀석과 내가 함께 있는 걸 보았으리라. 그 때문인지 날 보는 눈초리가 가히 곱지만은 않았다.

여학생은 날 기분 나쁘게 쳐다보고는 다시 원상대로 고개를 돌렸다. 그리고 두어 정거장 후에 버스에서 내렸다.

여학생이 내린 후에도 날 보던 시선이 자꾸 생각나 께름칙했다. 신경 탓이려니 무시해 버리려 해도 찜찜한 기분은 좀처럼 가시지 않고 집요하게 날 따라다녔다.

＊

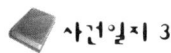 사건일지 3

"어젠 어디 갔었냐?"

다음날 학교에 나타난 태오가 화장실에 들어갔을 때 슬그머니 그 옆으로 다가간 혁이 물었다. 어제 전화로 신비에게 놈의 집에 다녀온 내용을 듣긴 했었다. 아직은 별다른 낌새를 챌 수 없었다는 신비의 말에도 혁은 자신의 직감을 믿었다. 놈은 분명 마약 사건과 연관이 있으리라는 확신이 들었다.

나란히 서서 오줌을 누던 혁은 힐끗 태오를 쳐다보았다. 태오의 얼굴을 본 게 아니라 정확히 놈의 물건을.

교복 바지 바깥으로 튀어나온 태오의 거대한 물건에 놀란 듯 혁이 자기 걸 슬쩍 내려다보더니 그제야 놈을 아니꼽게 흘겼다. 열아홉이면 영글 대로 영글었고 여물 대로 여물었다지만, 자신과는 비교도 안 되게 큰 거물(巨物)에 그는 약간 위축감을 느꼈다.

남자들에겐 이상한 자존심이 있다. 한창 2차 성징이 활기를 띨 때 괜히 자로 크기를 재보는 게 아닌 것이다. 짐승들에게도 힘은 권력의 상징이듯이 남자들에게 물건의 크기는 암묵적인 힘의 상징이라는 걸 아시는지?

혁이 자신의 물건 크기에 놀란 걸 안 태오가 짐짓 우쭐해하며 되물었다.

"나한테 관심 많나 봐?"

"조금."

"뭣 땜에?"

"니가 이 학교 짱이니까."

혁은 슬슬 태오를 도발했다. 미간이 움찔하던 태오는 이내 피식 웃는 여유를 보였다.

"그래서 어제 축구 하면서 그렇게 악착같이 덤볐냐?"

"악착같이 덤빈 건 너 아냐?"

"뭐?"

흘끗 쳐다보는 태오의 눈길이 매서웠다. 혁은 느긋하게 바지를 추스르고 태오에게 싱긋 웃었다.

"어때? 한 번 더 할까?"

어제 시합에서 진 생각에 놈이 열이 받는지 귀밑이 시뻘겋게 달아오르다가 킥 조소하고 만다. 니까짓 게 그래 봤자 여긴 내 왕국이다, 라는 걸 일깨워 주듯. 태오의 건방지고 거만한 태도에 혁은 자기도 모르게 주춤했다.

태오는 바지를 추슬러 입고 화장실을 나가기 전에 타이르듯 말했다.

"조용히 있어라. 나대지 말고."

많이 봐주는 것 같은 뉘앙스에 혁은 속으로 비웃으며 끝까지 놈의 부아를 돋웠다.

"조용히 지내고 싶었는데 그러기엔 학교가 너무 개판이라서. 아버지가 재단 이사장인데 아들은 학교 짱이라니, 뭔가 짜고 치는 고스톱 같다?"

화장실을 나가다 말고 우뚝 멈춰 선 태오가 뒤도 안 돌아본 채 뇌까렸다. 웃음기가 싹 사라져 차분해서 오히려 섬뜩한 음성으로.

"이혁. 경고했다. 좋게 말할 때 나대지 말고 조용히 있어. 그게 니가 이 학교에서 오래 버티는 길이야."

놈은 진심으로 충고하는 듯하다. 협박하는 건지도 모르겠다.

혁은 화장실을 나가는 태오의 등을 쳐다보다가 심산하게 혼잣말로 중얼거렸다.

"별로 오래 버티고 싶은 마음도 없다."

✱

어제 버스에서 보았던 그 여학생 탓일까.

오늘은 학교에서 누군가 날 계속 지켜보는 것 같은 섬뜩한 기분에 휩싸였다. 복도를 지날 때나 점심시간에 급식실로 이동할 때나 급식실에서 식사를 할 때에도 이전에는 몰랐던 강한 시선이 줄곧 느껴졌다. 녀석 때문에 늘 신경이 곤두서 있는 상태에다가 정체불명의 시선까지 따라붙자 찜찜함을 넘어 불안감이 점점 가슴 깊숙이 자리 잡았다.

'누구기에 날 숨어서 지켜보는 거지? 어제 그 여학생인가?'

이름표를 보지 못해서 몇 학년 몇 반의 누구인지도 모르는데 어떻게 확인한담?

무심히 지나칠 일이 아닌 것 같아 혁이 선배에게 알렸더니 자기도 누군지 알아보겠다고 했다. 선배의 말을 듣자 불안했던 마음이 조금 가셨다. 이럴 땐 선배가 곁에 있다는 게 얼마나 큰 위안이 되는지 모르겠다.

"무슨 걱정 있어?"

모든 수업이 끝나 책과 공책들을 챙기고 있을 때였다. 녀석이 목소리를 낮춰 다정히 물어왔다.

"어?"

다른 생각에 빠져 있다가 녀석의 음성을 듣고 퍼뜩 정신을 차렸다. 나도 모르게 멍 때리고 있었던 모양이라 녀석의 시선에 얼굴이 화끈 달아올랐다.

"무슨 생각을 하길래 종일 멍 때리고 있냐?"

그걸 또 직설적으로 말할 건 뭐람. 솔직하다고 다 용서되는 건 아닌데 말이다.

"학교에 저음이 잘 안 돼서."

"언젠 잘해보겠다더니?"

"원래 이상과 현실은 부딪치게 되어 있잖아. 아, 참. 너 철학적인 거 싫어했지? 머리 복잡해서."

녀석이 피식 웃더니 자리에서 일어나 가방을 어깨에 멨다.

"가자."

"어딜?"

"집에 안 가?"

나랑 같이 집엘 가자고?

책상에 엎드려 자긴 해도 어제에 이어 오늘도 아침 일찍 학교에 왔고 수업 시간도 땡땡이치지 않아 웬일인가 했더니 이젠 집엘 같이 가잔다. 너무 좋으니 말이 안 나왔다.

'애가 의외로 스펀지 같은 데가 있네.'

갖다 붓는 족족 빨아들이는 스펀지처럼 첫날과는 달리 내 말을 상당히 잘 들어, 오히려 다른 꿍꿍이가 있는 건 아닌지 의심스러웠다. 이따금 은연중에 나타나는 해맑은 웃음이나 순진하고 귀여운 표정이 의구심을 자아내긴 했지만.

"집에 가야지."

나는 이게 웬 횡재인가 하고는 벌떡 일어나 녀석을 따라나섰다.

"짱, 오늘도 일찍 집에 가?"

교실을 나서는데 어느 틈엔가 뒤따라 나온 사람은 같은 반의 현무암이었다. 학주 선생님이 준 정보에 의하면 교내 블랙리스트 중 한 명이었다. 블랙리스트로 올라온 학생이라고 해봐야 죄다 녀석과 어울리는 놈들이라 나는 주의 깊게 무암을 살폈다. 살이 뒤룩뒤룩 찌고 무식하게 생긴 종만이와는 달라서 키가 작고 똘똘하게 생긴 무암은 꽤나 귀여운 생김새였다. 아직까진 녀석과 어울리는 거 외에 특별한 점이라곤 없는 평범한 아이였다. 무암이 곧바로 우릴 뒤따라 나온 걸 봐선 녀석에게 할 말이 있는 것 같았지만, 녀석은 대수롭지 않게 대답했다.

"어. 석장이한테 오늘은 일이 있어서 먼저 간다고 전해."

석장이라면 9반의 채석장을 말하는 것이리라. 무암과 같이 블랙리스트 중 한 명. 학주 선생님 말로는 종만이 다음으로 요주의 인물이라고 했다.

"알았어. 그럼 내일 봐."

"그래."

무암이와 짧은 대화를 주고받던 녀석은 눈짓으로 내게 따라 오라는 시늉을 했다. 무암이 내게 어색하게 눈인사를 하고는 반 대편 복도로 걸어갔다.

"약속되어 있었던 거 아냐?"

그때서야 녀석은 주춤 걸음을 멈추더니 다소 경직된 음성으로 말했다.

"아냐. 어서 가자."

녀석이라면 나의 지나친 간섭이나 궁금증이 불편하고 귀찮을 수도 있었다. 이럴 땐 재빨리 화제를 돌려 버리는 게 상수다.

"오늘 시간 어때?"

"왜?"

"가고 싶은 곳이 있어서. 같이 갈래?"

녀석은 별 망설임도 없이 고개를 끄덕였다.

"그래."

"그럼 이렇게 하자. 넌 집에 가서 옷 갈아입고 장갑 챙겨서 나 와. 난 장갑 있으니까 체육복 바지만 챙기면 돼."

"어디기에 그래?"

"가보면 알아. 아주 재미있는 곳이야."

"니가 오고 싶다던 곳이 여기였어?"

녀석은 롯데월드 실내 아이스링크 앞에 다다르자 어이없다는 듯 웃었다. 스케이트를 타자고 할 줄은 몰랐던 모양이었다.

"재밌겠지?"

교복 치마 안에 껴입은 체육복 바지 덕에 추위는 덜했지만, 녀석은 내 복장이 좀 염려스러운 기색이었다.

"오려던 곳이 여긴 줄 알았으면 일요일에 오자고 하는 건데 잘못했네. 치마 입고 괜찮겠냐?"

"안 넘어지면 되지. 내가 스케이트는 좀 타거든. 넌?"

"나? 난 잘 못 타."

오호, 듣던 중 반가운 소리.

"정말 못 타?"

"어. 초등학교 때 학교에서 단체로 간 거 빼곤 안 타봤어."

볼링 잘해, 당구 잘 쳐, 스케이트도 기본 실력은 되는 줄 알았더니 잘못 짚었다. 나는 속으로 음흉한 미소를 지었다.

"내가 가르쳐 줄게."

"여기까지 왔는데 어쩔 수 없지. 들어가자."

녀석과 급속도로 가까워지기 위해선 자연스럽게 스킨십을 할 수 있는 스케이트장이 나을 거 같아 왔는데, 스케이트를 못 탄다는 녀석의 말에 나는 쾌재를 불렀다. 가르쳐 주는 척하면서 스킨십을 유도하면 녀석도 내게 마음을 온전히 빼앗기지 않을까?

잔뜩 기대감에 부풀어 스케이트화로 갈아 신기 위해 녀석과 함께 간이 의자에 앉았다. TV에서 보니 이런 건 보통 남자가 여자의 신발 끈을 묶어주는 화기애애함을 연출하더라만.

녀석을 흘끗 보자 녀석은 내겐 신경도 안 쓰고 신발을 갈아 신기에 여념이 없었다.

그럼 그렇지.

너무 무리한 걸 바랐구나 싶어 금세 포기하고 나도 신발을 갈아 신었다. 스케이트 타는 것도 오랜만이라 스케이트화를 발에 꿰신자 감회가 새로웠다.

요즘 대세는 빙상 아니겠어? 후후.

신발 끈을 묶고 있자니 먼저 갈아 신은 녀석이 내 앞에 한쪽 무릎을 꿇고 앉았다. 별 기대 않고 있다가 녀석의 느닷없는 친절에 가슴이 쿵 내려앉았다.

두근두근. 두근두근.

"……?"

단지 신발 끈을 묶어주는 것뿐인데 가슴이 두근대다니 별일이었다. 고개를 숙이고 진지하게 신발 끈을 묶어주는 녀석의 모습이 참으로 낯설었다. 녀석이 아닌 다른 사람이 아닐까 착각이 일 정도로.

"신발 끈 이렇게 묶는 거 맞지?"

끈이 풀어지지 않도록 꽁꽁 묶은 녀석이 고개를 들어 날 쳐다보았다. 녀석이 하는 모양을 멍하니 보고 있다가 녀석의 눈과 마주쳐서야 나는 잠깐의 감상에서 빠져나왔다. 이런 걸 두고 내 꾀에 내가 빠진다고 하는 걸까?

TV에서 봤을 때는 손발이 오글거릴 뿐 이 정도의 충격까진 아닐 거라 생각했는데 말이다.

그래도 좋구나. 스케이트 신발 끈도 묶어주고 제대로 데이트 하는 기분 나는걸.

"어, 맞아. 처음 타는 거라더니 신발 끈은 잘 묶네."

"끈 묶는 거야 어렵진 않으니까. 다 신었으면 가자."

스케이트화를 신고 걷기가 어려운지 녀석은 걸음을 옮길 때마다 연신 비틀거렸다. 딴에는 넘어지지 않으려 무진 애를 쓰는 것 같은데 여간해선 중심 잡기가 쉽지 않을 터였다. 뒤뚱대는 녀석의 모습이 우스워서 깔깔 웃다가 손을 내밀었다.

"내 손 잡아."

녀석이 씩 웃더니 기다렸다는 듯이 내 손을 잡았다. 그렇게 우린 뒤뚱뒤뚱 걸음을 옮겨 아이스링크로 향했다.

아슬아슬, 넘어질 듯 말 듯 하기를 여러 번. 녀석은 워낙에 운동신경이 타고나서인지 용케도 넘어지진 않았지만 능숙하지 않아 꽤 애를 먹는 모습이었다.

"너무 힘들어."

녀석이 두 손으로 무릎을 짚은 채 혀를 내밀곤 숨을 헐떡였다. 녀석의 입가로 입김이 하얗게 피어올랐다. 강아지처럼 귀여운 모습에 나는 하하 웃고는 녀석의 숙인 등을 두드려 주며 용기를 불어넣었다.

"아주 잘하고 있어. 조금만 더 하면 금방 잘 탈 수 있을 것 같아. 힘 내."

녀석의 손을 잡아끌자 녀석은 힘겨워하면서도 순순히 따라왔다. 잠시 쉴 겸 링크 안쪽으로 녀석을 데려갔다.

"나 봐봐."

녀석의 손을 놓고 뒤로 쓱 물러난 뒤 한쪽 다리를 직각으로 올리고 양팔을 옆으로 해서는 커다랗게 원을 그리듯 얼음을 지쳤다. 우아하고 유연한 내 모습에 녀석이 놀란 듯 눈이 휘둥그레졌다.

"와! 김연아 같아."

우후후.

피겨 여제 김연아에게 비하겠냐만 듣는 것만으로 기분은 하늘을 날을 듯했다. 나는 녀석의 호응에 힘입어 연달아 제자리 턴까지 시도했다.

한 바퀴, 두 바퀴, 세 바퀴…….

"어어어! 으악!"

"어어, 조심…….

비틀거리는 날 엉겁결에 잡아주려다 녀석과 나는 한데 뒤엉켜 볼썽사납게 쿵 엉덩방아를 찧고 말았다. 본의 아니게 녀석의 상체를 깔아뭉개 버렸지만 넘어질 때 엉덩방아를 심하게 찧은 덕에 꼬리뼈가 욱신대며 아팠다.

"아이고, 엉덩이야."

절로 신음 소리가 터져 나오는데 내게 깔린 녀석은 키득키득 웃고 있었다.

넘어져서 뇌를 다친 것도 아닐 텐데 웃음이 나올까? 엄청 아팠겠구만.

"태오야, 괜찮아?"

부스스 상체를 일으켜 녀석을 내려다봤다. 녀석이 웃는 얼굴로 빙판에 드러누운 채 날 올려다봤다.

"어. 넌?"

"엉덩이 아파. 흐흐흐."

녀석이 웃는 걸 보자 전염이 됐는지 나도 모르게 헤실헤실 웃음이 흘러나왔다. 그러고 보니 아이스링크에 와서는 녀석도 나도 별 이유도 없이 계속 웃었던 것 같다.

"빨리 일어나."

녀석의 손을 잡아 일으키자 녀석이 끙 소리를 내며 몸을 일으켰다. 하지만 또다시 중심을 잡지 못하고 미끄러져 같이 털썩 주저앉았다.

"똑바로 좀 일어나 봐."

내가 재촉했지만 녀석은 뭐가 그리 좋은지 웃느라 몸을 가누지 못했다.

"그만 좀 웃고 일어나라니까."

빙판에 두 다리 길게 뻗고 주저앉은 녀석을 일으키려 등 뒤에서 겨드랑이에 두 팔을 넣어 일으켜 세우려 했지만, 녀석은 도리어 옆으로 픽 쓰러져 크게 웃음을 터뜨렸다.

"마태오 너 자꾸 장난칠래?"

"장난 아니야. 진짜 웃겨서 그래. 어휴, 배꼽이야."

비칠거리며 상체를 일으키는 녀석을 황당해서 쳐다보았다.

"뭐가 그렇게 재밌어?"

"너. 넌 날 웃게 해."

"……."

이윽고 간신히 두 다리를 세워 일어난 녀석은 은은한 눈빛으로 날 바라보았다.

"안 추워?"

"조금."

녀석이 호기있게 잠바를 벗기에 녀석을 말렸다.

"됐어. 추운데 입고 있어."

"잔말 말고 입어."

말은 퉁명스럽게 하지만 직접 지퍼까지 잠가주는 녀석의 손길에 가슴이 훈훈해졌다.

이럴 땐 영락없이 연애꾼인데 말씀이야.

볼수록 카멜레온 같은 녀석 때문에 나는 도무지 갈피를 잡을 수 없었다.

"나랑 스케이트 타니까 어때?"

녀석의 마음이 궁금해서 물었더니 녀석이 해맑게 웃었다.

"오늘처럼 마음껏 즐겁게 놀았던 적이 없었던 거 같아."

"정말?"

"어. 잡생각이 안 들어서 좋아."

평소엔 잡생각이 많다는 건가?

"다행이다. 나 혼자만 신나하는 거 아닌가 걱정했는데."

"어떻게 여길 올 생각을 했지?"

녀석이 대견하다는 듯 중얼거리기에 주먹으로 내 가슴을 툭툭 치며 너스레를 떨었다.

"내가 원래 센스가 좀 쩔어."

"킥. 하여간 자뻑 쩔어."

"푸하하!"

"하하하!"

링크에 들어온 지 사십 분이 지났을 무렵, 녀석도 조금씩 스케이트 실력이 늘고 있어 내가 제안했다.

"우리 저녁 사기 내기할래?"

"달리기 하자고?"

"어. 대신 내가 좀 접어줄게."

녀석보다는 타는 솜씨가 월등한 내 쪽에서 의기양양하게 한 수 접어주겠다고 하자 녀석은 그다지 탐탁지 않아 했다.

"체면 안 서는데?"

"체면은 잘 타게 된 후에나 챙겨. 난 한 바퀴 돌 테니까 넌 반 바퀴만 돌아."

그 정도면 실력이 엇비슷하지 않을까?

"알았어."

녀석을 혼자 둔 채 반대편으로 가기 위해 조금씩 얼음을 지쳤다. 그렇게 녀석과 점점 멀어지고 있을 때였다. 링크장 안이 북적이는 편이 아니어서 위험할 일은 거의 없었는데 갑자기 뒤에서 녀석의 음성이 소스라치게 들려왔다.

"신비야!"

녀석의 고함 소리를 듣는 순간 누군가 내 쪽으로 빠른 속도로 달려오고 있다는 느낌이 들었다. 아마도 내 뒤에서 따라오다 중심을 잃고 미처 속력을 줄이지 못한 게 틀림없었다. 녀석의 다급한 음성으로는 뒤로 돌아볼 시간도 없을 만큼 위험이 가까웠다는 생각이 들었다. 하지만 어느 쪽으로 피해야 좋을지 알 수 없었다. 까딱 잘못 피했다간 더 큰 사고를 당할 수도 있었다. 아이스링크 내의 차가운 공기들이 전부 등에 와 착 달라붙는 것처럼 오싹했다.

쉬이이익!

날카롭게 얼음 지치는 소리와 함께 누군가의 팔이 바람처럼 내 몸을 감싸 링크 안쪽으로 잡아챘다. 방향을 잃고 휘청 넘어지려 하는 날 단단하게 붙잡은 것은 분명히 건장한 남자의 품이었다. 놀라서 '으악!' 하고 비명을 질렀던 것 같은데 잠시 후엔 영문도 모른 채 그 남자의 품 안에서 한숨 돌리고 있는 날 발견할 수 있었다. 고맙게도 가까이 있던 누군가가 날 위험에서 구해주었던가 보다. 중심을 잡느라 약간 비틀대는 남자의 품에 안긴 채 나는 어지럼증을 이기지 못해 여태 눈을 꼭 감고 있었다.

그리고 다시 눈을 떴을 때,

"괜찮아?"

"……."

날 끌어안고 있는 사람은 다름 아닌 얼굴이 사색이 된 녀석이었다.

'마태오?'

이게 어떻게 된 일일까. 이제 겨우 얼음을 지칠 실력인 녀석이 그토록 빠른 속도로, 그것도 넘어지지도 않고 날 위기에서 구했다고? 사람이 위기에 처하면 초인적인 능력이 발휘되기도 한다지만, 나로서는 도무지 믿기 어려운 광경이었다.

"어떻게 된 거야?"

어안이 벙벙해서 물으니 녀석이 십년감수한 듯 안도의 한숨을 크게 내쉬었다.

"야, 넌 스케이트 잘 탄다면서 뒤에서 무슨 일이 일어난 줄도 모르냐?"

뒤에 눈이 달린 것도 아닌데 뒤에서 무슨 일이 일어나는지 아는 사람이 얼마나 되겠는가.

하마터면 중심을 잃고 나와 부딪칠 뻔한 거대한 몸집의 남자를 불쾌하게 노려보는 녀석에게 채근하듯 물었다. 나는 누가 나와 부딪칠 뻔했는지 궁금하기보다 한참이나 내 뒤에 있던 녀석이 어떻게 그토록 빠르게 날 구해낼 수 있었는지가 궁금해 미칠 것 같았다.

"어떻게 된 거냐니까? 너 스케이트 못 탄다는 거 거짓말이지?"

녀석은 피식 웃더니 슬며시 말을 돌렸다.

"괜히 나한테 질 거 같으니까 딴소리는. 야, 까불지 말고 다시 시합해. 이번엔 니가 여기 서 있어. 내가 반대편으로 갈 테니까."

"아니, 잠깐만……!"

녀석은 내 말이 끝나기도 전에 횡하니 얼음을 지쳐 앞으로 나아갔다.

헉!

녀석이 얼음을 지치는 모습을 보고 나는 그예 넋이 나가 버렸다. 저게 어딜 봐서 초보자란 말이냐? 한 손으로 뒷짐을 진 채 유유히 앞으로 나아가는 녀석은 앞으로 보나 뒤로 보나 뒤집어 보나 수준급의 실력이었다.

어쩐지 이상하다 했다. 십여 분 만에 스케이트를 제법 타기에 타고난 운동신경 때문이려니 했더니 원래 잘 타던 거였어? 대관절 어디서부터 어디까지가 진짜고 거짓이었던 걸까?

"야, 마태오! 너 날 속인 거야?"

감쪽같이 속은 게 분해서 뒤늦게 녀석을 쫓아가 보았지만 녀석은 낄낄 웃으며 점점 속력을 내어 달아났다.

저 녀석이 감히 경찰을 속여? 널 속여야 하는 건 나란 말이다!

헐레벌떡 녀석을 쫓아갔다. 녀석은 아까 내가 그랬던 것처럼 쫓아오는 날 구경이라도 하듯 능글맞게 뒤로 얼음을 지치며 본래의 실력을 유감없이 발휘했다. 뒤로 얼음을 지치면서도 흔들림이라곤 없는 녀석의 스케이트 실력에 나는 기가 차기도 하고 약이 오르기도 해서 한참을 씩씩거려야 했다.

가까스로 녀석에게 다가가자마자 녀석의 팔을 두 손으로 덥석 붙잡았다. 링크 한 바퀴를 씨근덕대며 돌았더니 금세 숨이 찼다.

"잘 타면서 왜 못 탄다고 했어? 왜 거짓말했어?"

내가 따지자 녀석이 실실 웃으며 내 앞에서 발레 포즈로 한 바퀴 뱅그르르 턴을 했다. 내가 장난스럽게 흉내 냈던 피겨와는 격이 달랐다.

기가 차서 녀석을 쳐다보는 내게 녀석이 말했다.

"이것저것 다 잘하면 재수없을 거 아냐."

"뭐?"

내가 재수없어할까 봐 일부러 못 타는 척했단 거야? 어이없어라.

말은 재수없을까 봐 그랬다지만 가만 새겨들으니 자랑질 같다.

"그게 아니라 내가 내기하자고 할 줄 알았던 거지, 너? 그래서 일부러 못 타는 척한 거지?"

"어."

정말로 재수없어하는 내 표정에 녀석이 아이스링크가 떠나가라 웃음을 터뜨렸다. 이전에도 느낀 거지만 이 녀석의 개그 코드를 따라잡기는 애당초 그른 것 같다. 재수없어하는 표정에 웃음이 터지다니. 기가 막혀서.

"나, 지금 진짜 재수없어하는 거거든."

녀석이 뭔가 오해를 하고 있는 건 아닐까 싶어 솔직하게 고백하자 녀석은 눈물까지 찔끔거리며 웃음을 참지 못해 애를 먹었다. 아 나.

"넌 누가 널 재수없어하는데 웃음이 나와?"

그렇게 좋으면 매일 재수없어해 주리라 마음먹는데, 녀석이 하얀 치아를 드러내며 씩 웃었다.

"너니까 괜찮아."

"뭐?"

"너 하는 거 보고 있으면 나도 모르게 자꾸 웃음이 나오거든. 그러니까 괜찮다고."

내가 웃기는 여자라 뭘 해도 용서가 된다는 뜻인가? 칭찬인지 욕인지.

"알았으니까 그만 나가자. 김 팍 새서 내기도 재미없어졌어."

뽀로통하게 몸을 돌리자 녀석이 따라오며 내 어깨에 팔을 둘렀다.

"저녁 뭐 먹을까?"

"무조건 따뜻한 거. 으, 추워."

녀석의 옷을 입고도 추웠던 나는 몸을 부르르 떨었다. 녀석이 어깨에 팔을 두른 채 두 손으로 내 양 볼을 쓱쓱 문질렀다. 내심 스킨십을 유도하여 녀석의 마음을 온전히 사로잡겠노라 마음먹고 왔지만, 녀석의 자연스러운 스킨십에 오히려 내가 밀리는 기분이었다.

"훌쩍!"

정작 아이스링크를 나온 후에야 난데없는 콧물이 자꾸 흘렀다. 녀석은 후드티 하나만 입고도 멀쩡한데 난 왜 이러는지 알 수가 없었다. 녀석 앞에서 모양 빠지게 코를 훌쩍일 순 없어서 계속 참다가 도저히 참기 어려운 지경에 이르러 결국에는 대놓고 훌쩍였다. 모양 빠지게, 훌쩍훌쩍.

"감기 든 거 아냐?"

따뜻한 우동 국물을 후루룩 떠먹으며 냉큼 고개를 저었다.

"감기는 아냐. 추운 데 있다가 나와서 그래. 시간 좀 지나면 괜찮아져."

"확실해?"

"어."

확실한지 아닌지는 사실 나도 모른다. 괜한 걱정을 안겨줄까 봐 대충 둘러댄 것뿐이니까. 따뜻한 우동 국물을 먹으니 얼었던 몸이 조금 풀어지는 듯했다. 이거 먹고 집에 가서 푹 자면 괜찮아지겠지. 애들 수준에 맞춰서 놀려니 몸이 안 따라주는구나.

"시간이 넉넉했으면 좋았을 텐데."

녀석은 스케이트만 타고 나온 게 못내 아쉬웠는지 우동을 먹다 말고 혼잣말처럼 중얼거렸다. 그만큼 즐거웠다는 뜻으로 받아들이면 될까?

"재밌었어?"

아이스링크에 녀석을 데려온 보람은 있어야 할 것 같아서 감상을 물었더니 녀석은 만족스럽게 미소를 지었다.

"어. 넌?"

"나도 재밌었어. 아까…… 나 위험했을 때 달려와서 구해준 것도 고마웠어."

그땐 몰랐는데 시간이 좀 지나서야 얼마나 아찔한 순간이었는지 깨달았다. 놀라서 사색이 된 녀석의 얼굴이 계속 눈앞에서 떠나질 않았던 것이다. 그리고 녀석의 품에 안겼던 그때의 느낌이 좀처럼 가시지 않았다. 난 당연히 성인 남자일 거라고 생각했는데 그게 녀석이었다니, 딴에는 녀석과 성인 남자의 괴리감이 꽤나 큰 충격으로 각인되었던 모양이었다.

뒤늦게 녀석에게 고맙다는 말을 전했지만 녀석은 어쩐 일인지 내 눈도 마주치지 않은 채 우동만 후루룩 후루룩 먹고 있었다. 볼이 조금 붉어진 걸 봐선 쑥스러워하는 기색이 역력했다.

겨우 고맙다는 말 한마디 한 것뿐인데.

나 역시 우동을 먹는 중이었다는 것도 까마득히 잊은 채 녀석을 뚫어져라 바라보고 있었나 보다. 고개 숙인 녀석의 또렷한 이목구비에 가슴이 바람에 일렁이는 잔물결처럼 살랑살랑 움직였다.

뜨거운 물을 홀짝이며 문득, 녀석이 마약 사건과 아무런 관련이 없는 평범한 남학생이라면 좋겠다는 생각을 했다. 앞으로도 오늘처럼 이렇게 밝게 웃고 즐겁게 사는 녀석이기만 하다면 더할 나위 없이 좋겠다고.

4

　토요일, 수사대에 보고하러 들어가야 해서 수업이 끝나자마자 하교 준비를 서둘렀다. 오늘도 어김없이 녀석은 내가 직접 녀석의 캐비닛에서 가져다준 교과서를 주섬주섬 챙기는 중이었다. 교과서도 없이 수업을 받는 녀석의 성의없는 수업 태도가 몹시도 거슬렸으나, 부쩍 수업 참석도가 높아진 녀석을 보자 한편으론 뿌듯함을 주체할 길 없었다.

　"신비야, 오늘은 나랑 집에 같이 가자."

　혁이 선배의 말에 가방을 챙기던 녀석의 미간이 살짝 접혔다. 나는 녀석의 눈치를 보다가 또다시 녀석의 심기를 슬슬 건드리는 선배를 찌릿 째려봐 주었다. 헌데도 그는 실실 웃으며 녀석을 의식하듯 은근하게 말을 건넸다.

"너한테 할 얘기가 있어."

어차피 수사대 들어가면 만날 텐데 뜬금없이 할 얘기는. 하여
간 능글맞다니까.

"그, 그래."

어설피 웃으며 마지못해 대답했다. 갈 때 두고 보자고 이를
갈면서.

그때였다. 녀석이 자리에서 일어나더니 인사도 없이 가방을
들고 밖으로 나간 것은. 그 모습이 어찌나 쌀쌀맞고 야멸치던지
침을 꼴깍 삼키며 녀석의 차가운 뒷모습을 멍하니 바라보았다.

"가자, 신비야."

선배가 가방을 챙겨 일어섰고, 나는 털레털레 그를 따라나갔
다. 녀석은 그새 어디로 갔는지 보이지 않았다. 바람처럼 사라
진다더니 녀석은 정말 바람이라도 된 것처럼 흔적도 없이 사라
져 버렸다.

운동장을 걸어가며 나는 못마땅하게 선배를 나무랐다.

"도대체 왜 그러는 건데?"

"내가 뭘?"

"태오 자꾸 자극하지 말라고 했지?"

잘돼가는 밥에 재를 뿌려도 유분수지.

내가 다른 애들이 들을까 작은 목소리로 윽박지르자, 선배가
덩달아 음성을 낮추며 의미심장하게 반문했다.

"아까 태오 표정 봤냐?"

"태오 표정이 뭐?"

"너한테 같이 가자고 할 때 보니까 기분 상한 거 같던데 못 느꼈어?"

재밌냐?

황당하고 어이없어 헛웃음만 나왔다. 그러니까 녀석한테 질투심 유발하려고 부러 염장을 질렀다는 거 아냐? 교실에서 그러고 나간 걸 보면 또 그런 것도 같지만…… 벌써 질투를 느낄 만큼 녀석과 나 사이가 무르익지는 않았잖아?

히여튼 설레발은 세계 최고야.

"어휴, 말을 말아야지."

싹 무시하고 가버리자 내 옆을 따라오며 선배는 계속 헛소리를 했다.

"내가 봤을 땐 말이지, 태오가 널 엄청 괜찮게 봤어."

아무렴. 녀석이 날 엄청 잘 봤으니 어제 같이 아이스링크에도 간 게 아니겠어? 짧은 기간에 그 정도로 발전된 게 다 누구 덕인데? 쓸데없이 끼었다가 초 치기만 해봐.

"태오는 내가 알아서 할 테니까 선배는 도와달라고 하기 전엔 제발 끼지 말아줘."

내 부탁에도 아랑곳없이 선배는 좀 더 확실한 무언가를 얻고 싶은 얼굴이었다. 녀석이 나에게 선전포고…… 아니, 대대적인 연인포고라도 하길 바라는 걸까?

"좀 섹시하게 밀어붙여. 너 그런 거 전문이잖아."

"무조건 섹시하게 밀어붙인다고 돼?"

며칠 녀석을 지켜본 결과, 남자들이 무조건 섹시하다고 좋아하는 건 아니었다. 사실 난 아직도 녀석이 날 어떻게 생각하는지 잘 모르겠다. 나한테 호감이 생긴 건 알겠는데, 그게 녀석의 여자친구가 될 만큼 강력한 것인지는 잘……

내가 암울해하자 선배가 아예 내 어깨에 팔을 척 걸치고는 말했다.

"자고로 남자란 말이다. 여자 하기 나름이라고 했거든. 너의 능력을 보여줘, 신비야."

내가 히딩크 감독도 아니고 어디서 엿도 못 바꿔 먹을 소리를 해대고 있는지.

팔꿈치로 그의 복부를 욱지르며 분노의 시선을 날리는 그때, 어디선가 내 분노의 시선보다 더 강력한 시선이 느껴져 무심코 고개를 돌렸다.

'어!'

간 줄 알았던 녀석이 농구대 아래에서 우릴 보고 있는 게 아닌가. 아니, 보고 있는 정도가 아니라 매우 기분 나쁜 일이 있는 듯 무섭게 쏘아보고 있었다.

"태오야!"

녀석은 내가 반갑게 손을 흔드는데도 가만히 노려보기만 하더니 끝내 등을 돌렸다. 손을 흔들다 머쓱해진 건 둘째 치고 교실에 이어 녀석의 쌀쌀맞은 태도에 가슴이 쿵 소리가 나도록 내려앉았다.

'뭐지? 왜 심통이야?'

남자 새끼가 어찌나 변덕이 심한지 모른다.

저 녀석도 조울증인가? 기분이 금세 좋았다가 나빴다가, 성격이 겁날 정도로 터프했다가 어느 땐 아가처럼 온순했다가, 대관절 필을 어디다 끼워 맞춰야 할지 감을 못 잡겠다.

'내가 뭘 잘못했나?'

그러나 곰곰이 생각해 봐도 녀석 앞에서 실수라고 할 만한 일이 없었다. 수업시간에 자주 녀석을 쳐다보아서 녀석이 얼굴까지 붉히며 조금 부끄러워했던 일 빼고는 딱히.

걱정스럽게 녀석을 바라보고 있자니, 옆에서 선배가 사악한 악마처럼 내 귀에 속닥거렸다.

"질투하는 거야. 큭큭."

질투? 정말 질투 때문에 저러나? 질투라면 나로서는 더없이 좋은 일이지만, 글쎄. 벌써 질투를 느낄 만큼 날 좋아하게 되었다고는 믿기지 않았다. 그리고 기집애도 아니고 남자가 겨우 집에 다른 사람과 같이 가는 것에 질투를 느낀다니 말이 돼? 혁이 선배가 나와 같이 가는 게 싫었다면 교실에선 왜 한마디도 안 했대?

선배와 함께 걸어가며 종만이를 비롯하여 무암이, 그리고 채석장. 그 외에도 여러 명의 똘마니들과 함께 있는 녀석을 불안하게 흘끔거렸다. 나와 선배가 교문으로 향하는 동안 녀석과 함께 있는 똘마니들이 너도나도 내게 시선을 주었지만, 녀석은 내가 교문을 나갈 때까지도 끝끝내 돌아보지 않고 외면했다.

녀석의 커다란 등 뒤로 화르르 타오르는 시뻘건 저거…… 화, 맞지? 근데 왜 화난 거지? 질투가 아니라면 혹, 다른 낌새라도?

어느 쪽일지 정확치가 않아 나는 불안감을 가시지 못한 채 선배와 함께 천천히 교정을 나섰다.

일요일이라고 해서 늦잠을 잘 여유는 없다. 평소처럼 새벽에 일어나 조깅을 다녀오고 남동생인 신성이와 함께 아침을 차려 먹었다. 스물세 살로 군대를 다녀와 올해 복학한 신성인 부산에 계신 부모님과 떨어져 나와 함께 살고 있었다.

내가 고등학교에 위장잠입했다는 걸 알고 있는 신성이 아침밥을 먹으며 흥미로운 얼굴을 했다.

"누부야, 다시 고등학생 된 기분이 어떻노?"

잘 들으시기 바란다. '두부' 아니다. 경상도 사투리로 누나를 '누부'라고도 부르는데, 군대까지 경상도 쪽에서 복무한 신성인 영락없는 '부산 사나이'다. 연기하겠다는 놈이 저리 발음 교정이 안 돼서 어쩌려는지 걱정이 태산이다.

고등학생이 된 기분이라?

풀이 죽어 목소리가 한숨처럼 축 늘어지게 흘러나왔다.

"어떻긴 뭐가 어때? 죽을 맛이구만은."

눈치 채셨는지 모르겠지만, 난 신성이뿐 아니라 동향 사람을 만나면 나도 모르게 사투리가 튀어나오는 버릇이 있다. 그러고 보면 언어의 세계란 참으로 대단하지 않은가. 남자 주먹만 한 뇌 하나에 여러 가지 언어를 같이 구사할 수 있다는 게 신기를 넘어 경이로울 따름이다.

"하하. 그래도 헤어스타일까지 바꾸고 교복 입은 거 보니까 나름 어울리던데, 와?"

"글체? 내가 봐도 좀 어울리긴 해."

나는 금세 우쭐히여 미리를 휙 쓸어 넘겼다. 그런 내 모습에 신성이 어이가 없는지 밥을 먹다 말고 혀를 끌끌 찼다. 한심스러워하는 눈초리에 발끈한 나는 신성을 향해 무섭게 눈을 부릅떴다.

이 짜슥이 누나 말씀하시는데 어데서 혀 튕김질이고? 비 오는 날 먼지 나게 두들겨 맞아봐야 아! 내가 좀 맞았구나, 하고 정신 차릴 모양이재.

"어휴, 하여간 누부야 자뻑은 알아줘야 한다카이. 남학생 꼬셔야 한다더니만 우째 됐노? 꼬셨나?"

비록 기밀이긴 하지만, 신성인 하나뿐인 내 동생이었다. 그리고 이제 와서 하는 말이지만 신성인 서울예대 연기학과에 다니는지라 연기 지도를 받으려면 어쩔 수 없이 상황을 설명해야만 했다. 따로 임시거처를 마련하지 않은 덕에 내가 왜 아침마다 경찰청에 출근하는 게 아닌 교복 입고 학교에 가는지 한집에 사는 사람으로서 이유는 알아야 할 게 아닌가. 신성이 입이 가볍거나 촐싹대는 녀석이 아니니 기밀이 누설될 걱정은 붙들어 매시라.

"꼬시는 중인데 제대로 되고 있는지 어떤지는 내도 모린다."

나는 녀석의 화난 모습을 새삼 상기하며 울적하게 대답했다. 어제부터 내내 녀석 때문에 고민에 빠져 있던 참이었다. 아이스 링크에 갔을 때만 해도 분위기가 화사하니 좋았는데 하루아침에 또 역전될 줄이야. 산 넘어 산이로다.

혁이 선배 말마따나 그게 질투인지 다른 이유가 있어서인지 빨리 알아내야 할 터인데, 일요일이라 녀석을 만날 핑계가 없으니 어떻게 알아본다? 일각이 여삼추라 내일까지 기다리기엔 하루가 너무 길었다. 그리고 만일 그게 질투가 맞는다면 지금이야말로 녀석과 나 사이에 슬슬 붙기 시작하는 불길을 단번에 확 타오르게 할 중요한 시점 아니겠는가.

"와? 잘 안 되나?"

혁이 선배보단 고등학교 졸업한 해와 좀 더 가까운 신성이 낫겠다 싶어 나는 동생에게 조언을 얻어보기로 했다.

"신사마."

신성인 장래 연예계의 욘사마에 버금가는 신사마가 되겠노라는 원대한 꿈을 가졌다. 때문에 자기 이름보다 '신사마'라고 불리는 걸 더 좋아했다.

"말해봐라."

"우야믄 열아홉 살 남학생을 잘 꼬셔가 내가 묻는 대로 술술 불게 할지 니 아나?"

"누부야 잘하는 거 있다 아이가."

"그게 뭔데?"

"불 때까지 패는 거."

"금마가 학교 짱이란 말은 어느 귀때기로 들었노? 양아치들 캉 싸움하는 거 보니까네 장난 아이더라."

나는 녀석이 당구장에서 양아치 형아들을 당구 큐대로 자유자재로 후리던 걸 기억해 내곤 진저리를 쳤다. 녀석이 지금은 저리 얌전해도 나중에 내가 자기를 속인 경찰이란 걸 알면 본성이 튀어나와 그놈들한테 하듯이 날 두들겨 팰지도 모른다. 녀석과 나 사이에 그런 험악한 일이 생길 거라는 상상만 해도 눈앞이 아찔했다.

"아, 맞다. 학교 짱이라 캤재. 잘생겼나?"

"갑자기 생긴 건 와 묻노? 잘생겼다."

"내보다?"

"니보단 쪼매 못생겼다."

고슴도치도 제 동생은 예쁜 법이다. 신사마는 배우지망생이라 생김새에 엄청 집착한다. 그런 녀석을 무한한 애정의 눈길로 쓱 봐주었다. 마태오보다 조금 더 잘생긴 내 동생. 어릴 때 너무 패서 그런지 철든 다음부턴 미안한 마음에 내가 동생을 많이 예뻐한다. 태오 녀석에게 신사마한테 대하는 마음의 반만 가져도 문제가 없을 텐데. 나는 왜 자꾸 녀석이 부담스러운 걸까?

어제 아이스링크에서 녀석이 두 손으로 내 양 볼을 비비던 생각을 하며 나는 괜스레 두 손으로 얼굴을 쓱쓱 문질렀다.

"남자들은 딴 거 없다. 눈웃음이랑 애교면 끝난다."

"눈웃음? 이효리처럼 말이가?"

"이효리는 좀 늙었지. 나는 소.시 애들이 더 괘안튼데."

"소.시보단 원.걸이 좀 더 안 낫나?"

"원.걸 애들은 좀 무섭다 아이가."

"와? 가들이 니보고 앨범 사라고 협박하드나?"

"푸핫! 원.걸 가들한테 협박이라도 받아봤으마 좋겠네. 그게 아이고, 여자들이 너무 튀어도 남자들이 무서버한다."

"진짜가? 희한타. 와 그라는데?"

"다가가기가 좀 꺼려진다 아이가. 남자들은 여성스럽고 적당히 섹시하고 애교 많고 이해심 많으면 장땡이다."

"아…… 글쿠나."

그동안 내가 너무 튀게 섹시하려고 해서 문제였군. 그래서 늘 소화가 안 되는 것처럼 녀석만 보면 부담스러웠던 거였어. 그럼 너무 튀려고 애쓰지 말고 내 본래 모습에서 해결점을 찾으면 되겠구나.

여경찰이라고 여성스럽지 말란 법 없고 섹시하지 말란 법 없으며 애교 많고 이해심 많지 않으란 법 없잖아? 생각해 보면 그게 다 나란 여자를 돋보이게 하는 기본 아이템들이잖아.

역시 장래 신사마는 다르다. 짜식! 내 동생이지만 누굴 닮아서 이리 잘나고 똑똑한지. 혁이 선배가 섹시 하나로 뭉뚱그려 해결점을 제시한 것보다 좀 더 상세하고 일목요연하게 남자들이 원하는 여성상과 나의 장점을 절묘하게 합쳐, 문제점과 앞으로 나아갈 방향까지 명확히 알려준 신사마가 대견스러웠다.

"고맙다, 신사마."

"뭘."

"밥 마이 무라."

"누부야도 어서 묵어. 국 다 식겠다. 근데 이거 어제 한 국 맞나?"

나는 뜨끔하여 금세 목소리가 콩알만 하게 작아졌다.

"사흘 됐다."

"웬만하면 오늘쯤 메뉴를 바꾸는 게 어떻겠노?"

어지간해선 음식 타박 안 하고 주는 대로 받아먹는 신사마가 사흘 내리 같은 국을 먹더니 좀 질리나 보다. 끓일 때 양이 좀 많더라니.

나는 동생 뒷바라지를 제대로 못해서 미안한 투로 신사마를 살살 달랬다.

"내가 요즘 바빠가 그렇다. 신경 못 써줘가 미안한데 당분간만 참아주면 안 되겠나? 그 학교는 고3한테 뭔 숙제를 그리 많이 내주겠노? 숙제까지 할라카이 미치겠다."

등교 나흘 만에 숙제에 치여 미칠 것 같은 날 신사마가 안쓰럽게 쳐다보았다.

"누부야 많이 피곤한갑다."

"와?"

"얼굴에 다크서클로 아스팔트를 깔아삤네."

"진짜가? 안 되는데!"

나는 밥을 먹다 말고 후닥닥 일어나 방으로 들어가 젤 타입의 화이트닝 크림을 얼굴에 덕지덕지 바르고 나왔다. 이러면 좀 효과가 있겠지. 판매원 아가씨가 기미에는 왔다, 라고 해서 큰마음 먹고 투자했는데. 효과없으면 도로 물러야 하나?

어려 보이려니 관심도 없던 피부에까지 집착하게 되는구나.

내 얼굴을 보자 신사마가 가뜩이나 없는 반찬에 밥맛이 뚝 떨어지는 얼굴로 소리쳤다.

"그기 뭐꼬? 피부가 미끄덩거리는 게 꼭 외계인 같다."

아침부터 외계인한테 처맞을 소리만 하고 있다.

"밥이나 얼른 묵고 설거지 싹싹 해놔라. 누부야는 또 일이 있어가 나가봐야 된다."

"오늘도 나간다꼬?"

"경찰이 일요일이 어데 있노?"

"금마 만나러 가나?"

"약속이 있는 건 아니지만도 나라의 녹을 먹는 경찰로서 가봐야 안 되겠나."

"고생이 많네."

"알면 됐다."

"태오니? 나야, 신비. 일요일인데 뭐 해?"

"아무것도 안 하는데. 웬일이냐?"

"요 근처에 왔다가 니 생각이 나서 전화했어. 지금 시간 있어?"

"없는데."

녀석의 아파트 입구에 있는 편의점 앞에서 녀석에게 전화를 걸기 전 연습 삼아 혼자 '신비 역', '태오 역'을 번갈아 해보다가 '없는데'에서 말문이 딱 막힌 나는 금세 기가 팍 수그러들었다.

에이 씨, 녀석을 만나러 오긴 했는데 왜 이렇게 전화하기가 어려운 거야?

"시간 없다고 하면 뭐라고 하지? 애교 섞인 목소리로 말해볼까? 그래도 없다고 하면? 후우."

나는 심각했다. 그리고 마음도 급했다. 쇠뿔도 단김에 빼라고 했는데 언제까지 망설이고만 있을 것인가.

핸드폰을 열었다 닫았다 애간장을 태우고 있자니 별안간 내가 뭐 하는 짓인가 싶어 기가 막혔다. 그냥 전화 걸어서 잠깐 보

자고 하면 될 것을 왜 이렇게 안절부절못하고 한여름 뙤약볕에
내놓은 강아지처럼 진땀을 뻘뻘 흘리고 있느냔 말이다. 녀석 앞
에서 행여 실수라도 해서 간신히 붙인 불씨에 찬물을 끼얹었기라
도 할까 봐 염려스러운 데다 녀석을 꼬셔야 하는 막중한 임무
앞에서 스트레스가 이만저만 아니었다. 지금까지 잘해왔으니
앞으로도 잘해야 한다는 강박관념이 나의 생각과 행동의 자유
를 얽매고 있었다.

불안과 초조함에 휩싸여 나는 연신 중얼거렸다.

"걱정돼?"

"어. 어제 태오가 나한테 화났잖아."

"쳇! 지가 화나봤자지."

"근데 왜 화가 났는지 모르니까 어떻게 해야 할지 모르겠
어."

"이도 저도 생각 말고 전화를 팍 걸어버려! 그리고 할 말 해.
녀석이 만나기 싫다고 하면 그냥 끊어."

"그러다 영영 사이가 끊어지면?"

"내일 학교에 가서 다시 시작하는 거야."

"녀석이랑 간신히 텄는데 그 짓을 또 하라고? 못해! 난 못
해!"

끝내 해결점을 찾지 못한 나는 밀려오는 스트레스에 죽을 듯
이 내 목을 붙잡고 몸부림을 쳤다.

"뭐 해?"

"어?"

한참 혼자 골룸처럼 1인 2역을 하던 중에 '뭐 해?' 하고 끼어드는 이질적인 목소리에 무심결에 고개를 획 돌렸다.

"헉!"

내가 경기할 정도로 소스라치게 놀란 이유는, 녀석이 내 등 뒤에서 이상한 사람 보듯 날 내려다보고 있었기 때문이다.

대개 미친 사람을 보는 시선이 저렇더군. 젠장.

"너 언제부터 거기 있었어?"

"편의점에서 방금 나왔는데. 혼자 뭐라고 중얼거리는 거냐?"

녀석이 내게 '혼자 뭐라고 중얼거리는 거냐?' 라고 묻는 게 '내 눈엔 니가 미친 여자처럼 보인다' 로 들렸다. 머리에 꽃만 꽂았으면 졸지에 '마이 아파' 되는 거였다.

사람은 왜 꼭 보이기 싫은 모습을 남에게 잘 들킬까? 사람이 원래 허점투성이이기 때문일까? 타이밍이 이럴 땐 어쩜 그리도 잘 맞아떨어지는지 죽고 싶을 정도로 창피했다.

"어? 아, 그게…… 이 근처를 지나가다가 니 생각이 나서…… 전화를 해볼까 하다가 자고 있으면 어쩌나 싶고…… 자고 있는데 전화하면 실례가 아닌가 싶고 또…… 아무튼 그런 거지. 음하하."

"……"

어유, 진땀나.

당황해서 나도 내가 무슨 말을 하고 있는지 모르겠는데 녀석이라고 알아들을 리 만무했다. 이해불가인 양 고개를 갸우뚱하는 녀석에게 무안하여 괜히 녀석의 손에 든 비닐봉지를 손가락으로 가리켰다.

"뭐 사러 왔나 봐?"

"라면."

"라면 먹게?"

"어."

"집에 아버지 계셔?"

"아니."

톡톡!

내 머릿속에서 새로운 아이디어가 팝콘 튀듯 튀는 소리다.

속으로 씩 웃고 난 나는 의뭉스럽게 눈알을 번뜩였다.

"그 라면, 내가 끓여줄까?"

"……어른들 안 계실 땐 방문하면 안 되는 거라며?"

파안대소하며 삽질하지 말고 당장 튀어오라고 할 땐 언제고. 그리고 아이스링크에 갈 때 잠깐 들른 건 그새 까맣게 잊어버렸나? 기억해야 할 건 안 하고 쓸데없는 데 기억력이 좋은 녀석이다.

"그럼 나 집에 가?"

서운하고 낙담한 표정을 짓자 녀석이 뚱한 얼굴로 날 물끄러미 쳐다보더니 고갯짓으로 따라오라는 시늉을 했다. 나는 얼씨구나 좋다, 하고 냉큼 녀석을 따라갔다. 그렇게 내 각고의 노력 덕분에 또다시 녀석의 집에 가게 되었다.

'오길 잘했어!'

녀석은 집으로 들어가자마자 주방으로 가더니 싱크대를 여기저기 열어보았다. 아무 생각 없이 뒤따라 들어갔다가 엉망진창인 주방에 기함했다.

"힉! 집에 무슨 일 있었어?"

"어제 애들이 와서 밥 먹고 가서 그래."

식탁은 식탁대로, 싱크대는 싱크대대로 폭탄을 맞은 것처럼 난리도 아니었다. 이찜지 들어올 때 보니까 거실도 시서분하더라니.

"그럼 치워놔야지 이게 뭐야?"

"주말엔 일하는 아줌마가 안 와. 월, 수, 금에만 와."

녀석은 일주일에 세 번 파출부 아줌마가 오는 환경에서 살고 있었다. 부러워라.

"그래서 내일 아줌마 올 때까지 안 치우겠다는 거야?"

"그럼 어떡해?"

뭘 어떡해? 치워야지, 이 녀석아! 이게 집이냐, 돼지우리냐?

그동안 녀석이 이 집에서 어떻게 살았는지 알 만하다.

"이런 데서 어떻게 라면을 먹어? 일단 치우자. 치우고, 라면 다 끓으면 부를게."

"왜? 니가 치우게?"

이 꼴을 보고 어떻게 가만히 있단 말인가.

나는 씩씩하게 팔을 걷어붙였다.

녀석이 뭐라고 하든 말든 식탁 위에 어질러진 것부터 깨끗이 치우고 한바탕 설거지를 한 다음, 작은 냄비에 라면 두 개 먹을 양의 물을 올려 가스레인지에 불을 붙였다. 녀석이 찾다 준 청소기로 주방 바닥을 훔쳐내고는 행주는 하얗게 빨아 건조대에 널어놓고 다시 주방으로 들어오자 라면 물이 보그르르 끓고 있었다.

바쁘다, 바빠!

녀석이 라면 봉지를 들고 그 앞에서 얼쩡거리기에 녀석의 손에서 라면을 빼앗았다.

"넌 앉아 있어. 내가 끓여줄게."

녀석은 식탁 앞에 앉아 내가 하는 모습을 물끄러미 지켜보았다. 자기를 위해 라면을 끓여주는 파출부 아줌마를 저런 눈으로 보진 않았으련만, 뺨에 와 닿는 녀석의 시선이 라면 김만큼이나 뜨거웠다.

드디어 완성된 라면을 냄비째 앞에 놓아주자 녀석은 감격한 듯 김이 무럭무럭 나는 라면을 들여다보았다. 계란 넣는 걸 싫어한대서 냉장고를 뒤져 송이버섯과 양파, 고추를 썰어 넣었더니 향이 그만이었다.

"맛있겠지?"

내가 녀석의 앞에 앉아 뿌듯한 얼굴로 물으니 녀석이 싱긋 웃으며 고개를 끄덕끄덕했다.

"어서 먹어."

"같이 먹자."

"아냐. 난 밥 먹고 왔어."

"그래도 혼자 먹기 미안한데……."

어쭈! 미안하단 말도 할 줄 알고.

이전에 비하면 장족의 발전을 한 녀석을 기특하게 바라봐 주었다. 혁이 선배 말마따나 이래서 남자는 여자 하기 나름이라고 하나 보다. 처음에 뚱하던 태도가 지금은 한층 수그러들었다. 어제이 화도 깡그리 잊게 만드는 위대한 라면!

"그럼 국물만 먹어볼까?"

수저통에서 숟가락을 꺼내 국물을 한술 떠서 먹어보았다.

"으음. 국물 맛 예술이다!"

녀석도 국물을 떠먹어보더니 라면 선전하는 아이돌처럼 금방 인상이 풍부해졌다. 엄지까지 척 내미는 걸로 보아, 'Olleh!'.

녀석이 라면을 먹는 동안, 나는 거실로 나와 그곳도 말끔히 치웠다. 여기저기 널브러진 쓰레기 속에 맥주병이 있어 놀라긴 했지만, 본드나 마약이 아니라서 그나마 안심이었다.

부지런히 청소기를 돌리고 있는데 그새 라면을 다 먹었는지 녀석이 주방에서 걸어나왔다. 콧등에 땀이 송골송골 맺힌 모습이 귀여웠다.

흐음. 저럴 땐 또 한없이 착하고 순수해 보인단 말이지.

"맛있게 먹었어?"

"어. 너, 라면 잘 끓인다."

칭찬에 약한 나는 조금 으쓱해져 얼굴이 상기됐다.

"커피 마실래?"

녀석의 칭찬에 너무 힘입은 나머지 주객이 전도되어 나는 이 집 주인이고 녀석이 손님인 양 물었다. 녀석이 '너에게 주방 자유 이용을 허락하노라' 하는 관대한 얼굴로 고개를 끄덕이기에 신이 나 주방으로 들어갔다.

잠시 후 따끈따끈한 커피 잔 두 개를 양손에 들고 나오니 거실 소파에 앉아 있던 녀석이 흐뭇한 표정으로 빙긋이 웃었다. 환하게 웃는 걸 보니 완전히 화 풀렸다. 단순한 녀석의 뇌에 축복을!

"아버진 언제 들어오셔?"

"안 들어와."

"뭐?"

"안 들어온 지 한참 됐어."

태연히 말하는 녀석 때문에 나는 누군가 목을 조른 듯이 말문이 꽉 막혔다.

"그럼 이 큰 집에 너 혼자 산단 말야?"

"거의."

맙소사. 이건 애를 방치한 수준 아닌가.

아니, 어떻게 생긴 학교 재단 이사장이기에 고3에 학교 짱인 아들을 혼자 지내게 해? 일주일에 세 번 파출부만 붙여주면 단가? 파출부가 부모 역할까지 해주는 건 아니잖은가.

자식을 방목해서 키우는 부모도 더러 있지만, 방치와는 극명한 차이가 있었다. 방치란 철저한 무관심이나 마찬가지였으니까.

그때 거실에 사진 걸어놓은 게 눈에 띄었다. 저 사람이 아버지인 모양이다. 나는 벽에 걸린 사진 속의 중년 남자를 빤히 쳐다보았다.

멀쩡히 생기셨는데…….

"아버진 왜 안 오시는 건데?"

"와봤자 싸움밖에 안 하니까."

"아버지랑 사이가 안 좋아?"

"어."

"이유, 물어봐도 돼?"

그때만큼은 녀석에게 경찰로서가 아닌 상담사가 되어주고 싶었다. 그래서 녀석의 문제가 무언지 알아내 돕고 싶었다. 문제아는 문제 부모에게서 나온다고 하지 않던가.

녀석의 시선이 잠시 흔들리더니 할 얘기가 아니다 싶었는지 이내 고개를 저었다.

"다음에."

아직 사사로운 개인 이야기를 할 정도로 마음을 연 사이가 아니니, 뭐. 몸이 배배 꼬일 만큼 너무나 그 이유가 알고 싶지만, 녀석이 거부하니 어쩔 수 있나. 녀석이 내게 마음을 열 때까지 더 노력하는 수밖에. 젠장! 이거 언제까지 노력해야 해?

녀석의 아버지란 작자에게 은근히 화도 나고 쉽사리 내게 마음을 열지 않는 녀석 때문에 속으로 인상을 쓰고 있자니 녀석이 갑자기 생각난 듯 물었다.

"근데 너 오늘 왜 온 거야? 정말 나 만나러 왔어?"

"말했잖아. 요 근처에 왔다가 니 생각이 나서 전화해 볼까 말까 망설였다고."

편의점 앞에서 혼자 골룸 흉내를 내고 있던 생각을 하자 창피함에 얼굴이 붉어졌다.

제발 녀석이 그 모습만은 잊어버려야 할 텐데. 그 부분만 억지로 기억상실증에 걸리게 할 수도 없고 큰일이네.

"그래?"

녀석은 내게 뭔가 할 말이 있는 듯했지만 아리송한 눈빛으로 커피를 다 마실 때까지 침묵을 고수했다. 녀석이 불현듯 말이 없어져서 할 일을 마친 가정부 아줌마처럼 나도 객쩍게 앉아만 있었다.

기나긴 침묵에 서로에게 어색함이 익어갈 무렵,

"있잖아."

"있잖아."

헛! 동시에 말해 버렸다.

"먼저 말해."

"먼저 말해."

어이쿠, 이번에도.

"흠흠! 내가 먼저 말할게."

녀석의 눈치를 보며 은근슬쩍 녀석의 마음을 떠봤다.

"어제 학교에서 말야. 내가 손 흔들었는데 왜 모른 체했어?"

"쿨럭!"

녀석은 마신 커피가 역류하는지 사레가 들려 기침을 했다. 얼굴까지 벌게지며 당황하는 폼이 뭔가 있는 눈치다.

어라, 이 녀석 보게. 너 정말로 질투한 기었이?

"그냥."

그냥?

어떻게 그냥? 자기가 아닌 혁이 선배랑 집에 같이 가서, 그냥? 아니면 알은체하기 귀찮아서, 그냥?

대충 얼버무리는 걸 보니 대답하기 곤란한 질문을 한 것 같아서 나는 질문을 우회했다.

"넌 나한테 뭐 말하고 싶었는데?"

"아니다."

나한테 은근히 '있잖아' 할 때까지만 해도 할 말이 무진장 많은 것 같던 녀석은 시큰둥하게 '아니다'라고 말을 던져 놓은 채 리모컨을 들어 TV를 켰다. 꼬치꼬치 캐묻자니 짜증스러워할 게 분명하여 나는 그만 자리에서 일어났다.

"왜? 가려고?"

"너 TV 볼 거잖아."

녀석은 이해하기 어렵다는 듯이 날 빤히 쳐다보았다. 그러다 무뚝뚝하게 한다는 소리가,

"같이 보면 되지."

"같이 보잔 말을 안 하기에 난 또 가라는 줄 알았지."

찔러도 안 되고 얼러도 안 되자 솔직히 짜증이 났다. 천금 같은 일요일까지 할애해 쳐들어왔으면 뭐라도 하나는 건져서 돌아가야 할 것 아닌가. 그런데 기껏 와서 한 일이라곤 청소에 라면 끓여준 게 다였다.

내가 삐친 얼굴이자 녀석의 눈빛에 당혹감이 서렸다. 사실, TV를 켜면 같이 보는 건 당연지사다. 헌데 녀석은 자기가 뭔가 큰 잘못을 저질렀는지 곰곰이 생각하는 눈치였다.

생각할 거나 뭐 있다고.

가만 보면 이 녀석도 사람 대하는 법을 잘 모르는 듯하다.

"까불지 말고 TV나 봐라."

피식 웃다가 녀석이 툭 던진 말에 움찔했다.

역시 만만하게 볼 놈이 아니로구나. 하여간 싸가지없는 투로 기묘하게 신경 거슬리게 하는 데는 일가견이 있다니깐.

좀 짜증이 난 것뿐이지 나도 딱히 가려던 마음은 없었으므로 녀석이 TV를 보는 동안 어떻게 하면 녀석 몰래 녀석의 방을 수색해 볼까 고심했다. 이왕 왔으니 수상한 점이 없는지 살펴보기

나 해야겠다는 생각에.

'음. 역시 그 방법뿐인가?'

한참 동안의 고뇌 끝에 꾸벅꾸벅 조는 연기에 돌입했다. 그러다 살며시 소파에 머리를 기대고 잠이 든 척했다. 녀석이 잠이 든 날 살포시 안아다 녀석의 방 침대에 눕혀주기를 고대하며.

지난번에 방문했을 때 녀석이 날 해치지(?) 않는다는 걸 알았기 때문에 오늘은 좀 더 대범해질 수 있었다. 내 예상대로 얼마 후 녀석이 다가와 내 얼굴을 들여다보는 게 느껴졌다.

"차신비, 자나?"

깰까 봐 조심하는 듯 나직이 묻는 음성에 웃음이 쿡 나올 뻔했지만, 가까스로 참았다. 허나 녀석이 손바닥을 펴 내 눈앞에 휙휙 흔들었을 땐 웃음을 참느라 발가락이 바들바들 떨렸다. 웃다가 허파에 바람 들었다는 소린 들었어도 웃음 참느라 죽은 사람 있다는 말은 못 들었는데. 아, 죽을 거 같다.

"정말 잠들었네."

녀석의 당혹스러운 목소리에 나는 속으로 쾌재를 불렀다.

그래, 바로 그거야! 옳겨! 날 안아다 니 침대에 눕혀!

녀석이 어찌할 바를 몰라 잠시 머뭇거리다가 사부자기 옆으로 다가와 앉았다. 그러고는 내가 깰까 조심하며 제 어깨를 내 머리에 살며시 갖다 댔다. 녀석의 어깨에 머리를 댄 채 나는 그대로 얼어붙고 말았다.

'얼라리요? 이, 이게 아닌데. 침대에 갖다 눕히라니까 눈치없게 어깨를 들이대고 난리람.'

내가 원래 성격대로 과감하게 나가니 이젠 또 녀석이 쓸데없이 소심하게 군다. 손발이 맞아야 도둑질도 하지. 나 원 참.

녀석의 어깨에 머리를 기댄 채 십 분쯤 지났을 때였다. 목이 꺾인 채로 계속 있었더니 슬슬 통증이 오기 시작했다.

'어떡하지? 목 아파 죽겠네.'

이러다 담 걸리지 싶어 후닥닥 잠에서 깬 척했다.

"어머! 내가 깜박 잠이 들었네."

녀석도 팔이 저린지 뻣뻣하게 굳은 채 건드리면 때릴 듯이 인상을 찡그리고 있었다. 항상 느끼는 거지만 참말로 대책 안 서는 저 인상. 어쩜 순진무구하던 얼굴이 저리 한순간에 사시미 형님처럼 변하지?

"졸리면 방에 가서 자."

녀석의 입에서 그 말이 나오기만을 기다렸던 난 민망한 척 새침을 떨었다.

"그래도 돼?"

"불편하면 집에 가서 자든가."

"아냐. 나, 한 시간만 자고 나올게. 아함!"

기지개를 켜며 소파에서 일어나자 녀석은 내가 정말로 자겠다고 할 줄은 몰랐던지 놀라는 표정이었다. 나는 녀석이 딴소리 할까 봐 재빨리 녀석의 방으로 뛰어갔다. 녀석이 불현듯 소리를 지른 건 그때였다.

"야, 거긴 내 방이야!"

못 들은 척 녀석의 방으로 쏙 들어가 문을 닫았다. 녀석이 따라오지 않는 걸로 봐선 그예 체념한 모양이었다. 방문을 잠글까 하다가 녀석의 방에서 자면서 문까지 잠그기는 뭐해서 단념하고 칸막이로 용도를 분리해 놓은 커다란 방을 이쪽에서 저쪽까지 시선으로 쫙 훑으며 방 구조를 살폈다.

방문을 열면 녀석의 개인 거실이 나오고 첫 번째 칸막이 너머가 공부방, 그 안쪽의 두 번째 칸막이 방이 비로소 녀석의 침실이었다. 그리고 맨 안쪽에 화장실과 드레스 룸이 있있다. 그나마 이 방엔 어제 아무도 들어오지 않았는지 이부자리가 조금 흐트러진 것 빼곤 깨끗했다.

방이 깨끗하다는 건 파출부 아줌마가 수시로 들어와 청소했다는 건데……. 이런 방에 마약을 숨겨뒀을 리는 없겠지만, 일단 기회를 잡았으니 수색부터 해보자.

칸막이가 잘되어 있는 방이라 녀석이 느닷없이 방문을 열고 들어와도 들킬 염려는 없을 것 같았다. 혹여 녀석이 마약을 숨겨놓았다면 이 방에선 침실이 가장 유력하지 않을까?

나는 바깥의 동정을 살피며 녀석의 침실을 조심스럽게 뒤지기 시작했다.

원래대로 하면 온 방 안을 이 잡듯 샅샅이 뒤져야 하지만, 열

악한 상황과 처지인지라 마약을 숨길 만한 곳만을 집중적으로
골라 뒤졌다. 제일 만만한 서랍장 안과 침대 밑을 비롯하여 심
지어 녀석의 기타 속까지 살펴보았으나 딱히 수상한 점을 발견
할 수 없었다. 마약은커녕 아스피린 하나 안 나온다.

소리를 내지 않으려 용을 쓰며 여기저기 들쑤시느라 너무 긴
장한 탓에 지쳐서 침대에 털썩 주저앉았을 때는 어느새 이마에
땀이 흥건하게 배어 나와 있었다. 손등으로 이마의 땀을 훔치고
는 휴우, 한숨을 돌리는데 딸각 문이 열리는 미세한 소리가 들
렸다. 나의 예민한 청각이 아니었다면 쉬이 알아듣기 어려웠을
것이다. 몰래 방 안을 침입하려는 의도가 다분하여 나는 녀석의
불순한 행동에 속으로 욕지기를 터뜨렸다.

'젠장!'

얼른 이불 속으로 들어가, 자는 척 눈을 감았다. 자객처럼 서
서히 다가오는 녀석의 기민한 움직임에 엄청난 긴장감이 몰려
왔다.

두근두근, 두근두근.

녀석의 방을 몰래 뒤졌다는 생각 탓일까. 심장이 말발굽 뛰
듯 빠르게 뛰었다. 방에 들어온 지 한 시간도 안 됐는데 깨우러
온 것도 아닐 테고 녀석은 왜 노크도 없이 몰래 방에 들어온 걸
까.

'응?'

침대 가까이 다가온 녀석에게 별안간 움직임이 감지되지 않

는다. 녀석이 뭘 하고 있는지 모르니 점점 불안감이 커져 갔다. 녀석이 뭘 하고 있는지 몰라 주저하다가 잠에서 깨어날 타이밍을 놓치고 나는 몹시 당황했다.

'어떡하지?'

떨리는 마음을 침착하게 가다듬으며 차라리 녀석이 어떻게 나올지 잠자코 기다려 보기로 했다. 그때 다시 다가오는 인기척이 느껴졌다. 녀석이 내가 누워 있는 침대 머리맡으로 다가오고 있었다. 심장이 뛰다 못해 터져 버릴 듯이 요동을 쳤다.

쿵쿵쿵! 쾅쾅쾅!

가까이 다가와서야 비로소 알았다. 녀석이 나의 사는 모습을 보고 있다는 걸. 녀석의 뜨겁고 집요한 시선이 오래도록 내 얼굴에 머물러 있었다.

'왜 저래?'

급기야 심장이 멈춰 버릴 것 같은 중압감에 찬찬히 하나, 둘 숫자를 세어가며 호흡을 가다듬었다. 녀석의 갑작스러운 등장으로 방 안 공기마저 후텁지근하게 더워져 호흡할 때마다 가슴이 장작 타 들어가듯 타닥타닥 타 들어갔다. 녀석이 뭔가 행동으로 보여주면 눈을 감고 있어도 감을 잡기가 쉬울 터인데 아무 소리 없이 물끄러미 보고만 있으니 더 죽겠다. 갑자기 눈을 뜨면 녀석이 당황하겠지? 사실은 녀석의 돌발 행동에 내가 더 당황이 되어 미칠 지경이었다.

막상 해보니 안 자면서 자는 척한다는 게 보통 어려운 일이 아니었다. 신사마가 대사가 많은 역보다 없는 역이 더 힘들다고 했던 말이 실감난다. 그중에서도 자는 연기는 단연 최고다!

내가 전문 연기자는 아니니 눈동자를 움직이지 않으려고 애를 쓰면 쓸수록, 깊은 잠에 빠진 사람처럼 편안하고 고르게 숨을 내쉬면 내쉬려 할수록 고역이 따로 없었다. 게다가 눈을 뜨고 있을 땐 아무렇지도 않던 콧구멍이 느닷없이 근질거리면서 재채기가 나오려 하는 게 아닌가!

'제기랄! 하필 이럴 때!'

참아야 하느니라, 참아야 하느니라.

자면서 재채기를 어떻게 해야 하는지 몰라 얼마나 당황되던지. 재채기했다가 안 잔 게 표가 나면 그 무안함을 어쩌란 말이냐.

그때,

'얼레?'

뺨에 와 닿는 깃털처럼 부드러운 손길에 나는 나를 괴롭히던 재채기도 뚝 떨어져 나갈 만큼 놀랐다.

이, 이게 뭔가? 이 녀석이 지금 나한테 뭐 하는 짓인가? 왜 자는 사람 얼굴을 만지고 지랄인가?

'이 녀석, 설마……'

녀석이 관음증 환자처럼 옷을 홀딱 벗고 날 보고 있는 건 아닌지 괴상망측한 상상이 뇌리에 휘몰아쳤다. 그도 아니면 음흉한 미소를 지으며 힘으로 날 제압한 뒤 야하게 덮치는 상상이 떠올랐다. 그러자 불구덩이에 거꾸로 처박힌 것처럼 온몸이 뜨겁게 달아오르면서 등줄기로 식은땀이 쫘악 흘렀다. 슬그머니 무르팍에 힘을 넣었다. 녀석이 덮치면 이 무릎으로 녀석의 몸 어딘가에 니킥을 꽂아줄 참으로.

'이 녀석아, 제발 이상한 짓 하지 마. 그럼 더 이상 너와 나에 겐 기회가 없어. 제발, 태오야. 나쁜 마음 품으면 이 누나한테 혼난다. 착하지, 태오야? 인내는 쓰지만, 열매는 단 법이란다. 혈기 왕성한 십대라는 건 알겠다만, 이건 아니잖니? 이러면 내가 섭하잖니.'

나는 녀석이 내 뺨에서 손을 거둘 때까지 방아 찧듯 쿵쿵쿵 뛰는 가슴을 진정시키느라 엄청난 곤욕을 치러야 했다. 방 수색 한 번 하려다가 이게 웬 봉변인지. 아이고, 힘들어.

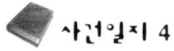 사건일지 4

나른한 오후. 커튼 사이로 은은히 비치는 노란 햇빛. 포근한 방 안 공기를 뚫고 유리창에 반사된 동글동글하고 작은 빛무리가 신비의 복숭아색으로 물든 뺨 위에서 꽃잎처럼 어른거리고 있었다. 침대에 누워 곤히 잠든 신비를 물끄러미 내려다보던 태오는 그 황홀한 빛에

이끌려 자기도 모르게 신비에게 손을 뻗었다. 그리곤 신비의 뺨을 간질이는 작은 빛무리를 손끝으로 살며시 쓰다듬었다. 아이스링크에서 볼을 비벼줄 때의 느낌이 되살아나 새삼 가슴이 두근거렸다. 손을 떼고도 말랑말랑하고 부드러운 피부의 감각이 손끝에 그대로 남아 태오는 빙그레 입가를 말아 올렸다.

이 아인 어디서 나타났을까.

전학 온 첫날, 뽀얀 피부와 예쁘장하게 생긴 얼굴이 눈에 띄긴 했더랬다. 특히나 독특한 고양이 눈매가 시선을 확 잡아끌었다. 영롱하다 싶을 만큼 초롱초롱한 눈빛은 그야말로 생동감이 넘쳤다. 한눈에 봐도 밝고 명랑한 아이라는 걸 알 수 있을 만큼.

신비를 처음 본 순간, 태오는 자신과 같은 부류가 아니라는 걸 단박에 알아봤다. 그런 애에게 담배 피우겠느냐고 물은 건 일종의 심통 비슷한 장난이었다. 신비가 먼저 쪽지를 보낸 건 전학 온 첫날이라서 자신이 어떤 놈인지 몰라 실수한 것이리라. 그럼에도, 수업 마치고 뭐 하냐고 당돌하게 묻는 여자애의 관심이 이상하게 싫지 않았다. 다른 여자애들이 자신에게 보이는 계산적인 환심과는 달리 신비는 아무것도 모르는 백지 상태의 어린애처럼 순수하고 순진해 보였으므로.

일시적인 관심을 가진 것도 잠시, 얼마 지나지 않아 신비가 자신에게 실망할 게 뻔해서 더 퉁명스럽게 대했던 것 같다. 그런데 쪽지 때문에 선생님한테 걸려 신고식으로 노바디 춤을 출 때는 그도 무척이나 흥미로웠다. 여고생치곤 나이에 맞지 않게 제법 섹시한

데다 정말 끝내주게 춤을 잘 췄다. 처음 보는 아이들 앞에서 민망하고 창피할 텐데 열심히, 최선을 다해서 추는 모습이 꽤 보기 좋았다.

'킥.'

태오는 그날 방과 후에 만난 신비를 떠올리다가 속으로 웃음을 터뜨렸다. 볼링은 기가 찰 정도로 못하던 애가 당구는 또 기가 막히게 잘 치는 걸 보고 얼마나 감탄했던가. 게다가 배포도 좋게 불량배들을 상대로 사기 당구까지. 예상을 뛰어넘는 과감성에는 저절로 박수가 쳐졌다. 버스 안에서 해맑게 손을 흔들며 인사하던 모습이 계속 머릿속에서 떠나지 않았다.

함께 아이스링크에 갔을 때는 또 어떻던가. 가보고 싶다던 곳이 아이스링크일 줄 몰랐기도 했지만, 스케이트를 가르쳐 준답시고 열성적이던 모습에 자꾸만 눈길이 갔다. 누구의 관심을 받고 관심을 준다는 게 그토록 짜릿할 줄이야.

분명히 같은 부류가 아니었는데 묘하게 느낌이 통하던 아이.

누군가에게 처음 가져보는 설렘 때문에 태오는 자꾸만 신비를 눈에 담고 싶은 욕심에 사로잡힌다. 누구나 가까이하기 두려워하는 자신에게 어느 날 서슴없이 다가와 친구 하자고 말하던 신비가 자꾸만 신경이 쓰인다. 누군가와 함께 있을 때 즐겁고 행복한 기분이 든다는 거 자신과 같은 처지로는 절대 쉽지 않은 일이었다.

태오는 신비와 친해 보이던 혁이 생각에 설핏 미간을 찡그렸다.

'후우—'

신비가 혁이와 친한 사이일 줄 어떻게 알았으랴.

가뜩이나 혁이란 놈, 전학 온 첫날부터 신경에 거슬리는데 하필 친한 여자애가 신비라니 기분이 썩 좋지 않았다. 자기한테만 관심있는 줄 알았건만 신비가 누구에게나 다 친절하고 잘해주는 아이였다는 게 실망스럽고 심사가 뒤틀렸다. 혁이도 혁이지만 왠지 신비에게 더 배신감이 느껴져서 심란해 있던 참에, 연락도 없이 불쑥 찾아와 능숙하게 청소도 하고 라면도 끓여주는 신비를 보자 속에서 부글부글 끓던 화가 거짓말처럼 사그라져 버렸다.

태오는 알고 있었다. 이미 신비에 대한 자신의 마음이 친구 이상을 넘어섰다는 걸. 아니, 애초부터 신비와 친구가 되려던 마음이 없었으니, 그 또한 남자로서의 본능적인 소유욕이었으리라.

하지만 태오가 정말 염려되고 궁금한 건 신비의 마음이었다. 신비도 자신과 같은 마음인지 아닌지 그게 알고 싶었다.

✳

다음날인 월요일. 점심시간에 혁이 선배와 함께 운동장 스탠드에 앉아 얘기를 나누고 있는데 저 멀리 별관 쪽에서 녀석이 보고 있었다. 선배가 녀석에게 시선을 둔 채 흘러내린 앞머리를 손으로 쓸어 올렸다.

"태오 집에선 뭐 나온 거 없어?"

"어. 깨끗해."

"태오한테 토요일 날 왜 그랬는지는 물어봤냐?"

선배가 흥미롭게 질문을 던졌지만, 나는 심드렁하게 고개를 저었다.

"물어보니까 대답 안 하던데."

"하하. 자식, 자존심 상해서 말 안 했나 본데 그거 질투 맞아."

그는 확신하는 투였다. 나는 어제 녀석의 집에서 녀석이 몰래 방에 들어와, 자고 있는 강아지 어루만지듯 손으로 내 뺨을 쓰다듬을 때를 떠올렸다. 아이스링크에서 자연스럽게 볼을 비벼 줄 때와는 확연히 다른 스킨십에 얼마나 긴장했던가.

녀석은 그렇게 내 뺨만 조심스럽게 어루만지고는 들어올 때처럼 아무 소리 없이 방을 나갔고, 나는 한동안 녀석의 침대에 누워 꼼짝하지 못했다. 일시에 긴장감이 풀린 탓도 있었지만, 녀석의 마음을 왠지 알 것 같았기 때문이다. 녀석이 나를 마음속에 특별한 사람으로 담아두고 있다는 걸. 너니까 괜찮다고 한 말이 그런 의미였다는 걸 말이다. 그렇게 되기를 학수고대했으니 만세라도 불러야 하건만, 그 순간 왜 그리도 마음이 갈피를 잡을 수 없게 싱숭생숭하던지.

진실과 거짓.

녀석에게 괜히 죄를 짓는 듯해서 나는 별안간 막막한 기분에 휩싸였었다. 이래도 될까 하는 막연한 죄책감에 가슴이 짓눌렸다.

가까스로 마음을 추스른 후 방에서 나가 녀석과 다시 대면했을 때 녀석의 달라진 눈빛과 미소에서도 나는 녀석이 내게 강한 호감을 갖고 있다는 걸 확실히 느꼈다. 한결 깊어진 녀석의 눈빛 때문에 또다시 마음이 위축되었고, 그 후로는 무슨 말, 무슨 행동을 하든 어색하기만 해서 도망치듯 그 집을 나오고 말았다. 더 있다간 녀석 앞에서 실수라도 할 것 같았다.

집으로 돌아가면서도 계속 잡생각이 떠올라 내가 왜 이러나 머리를 헤집었지만, 녀석이 몰래 방에 들어와 날 바라보던 순간이 뇌리에서 떠나지 않았다.

"그래. 그렇다고 해두자."

나는 심란해서 부러 시큰둥하게 대꾸했다. 헌데, 선배는 내가 자기 말을 안 믿는다 싶었는지 몹시 답답해했다.

"확인해 볼래?"

또 무슨 짓을 하려고?

마뜩찮게 눈을 흘기자 별안간 느끼한 시선으로 변한 선배가 손으로 내 얼굴을 뽀드득 소리가 나도록 매만졌다. 순간, 녀석이 서 있는 곳에서부터 태풍급으로 강하게 밀려오는 싸한 기운에 나도 모르게 흠칫 몸을 떨었다. 고개를 돌렸을 때 녀석이 휙 돌아서더니 빠른 속도로 서 있던 자리에서 멀어져 가는 게 보였다.

"큭큭. 저거 봐. 질투 맞잖아."

의기양양해하는 선배에게 나는 망연하게 고개를 주억거렸다.

"그러네."

질투하는 녀석의 모습에 왜 이렇게 심장이 오도방정을 떠는
걸까.

"태오한테 가봐야겠다."

괜스레 마음이 다급해져 자리에서 일어나 스탠드를 통통 뛰
어 내려가는데 뒤에서 선배의 나직한 웃는 소리가 들렸다.

헐레벌떡 별관으로 달려가자 녀석은 그새 감쪽같이 사라지고
없었다. 그 주변을 다 찾아봤지만 어디로 갔는지 비슷한 모습조
차 보기 힘들었다. 학교에 그 녀석만큼 눈에 띄는 남자애가 또
있을까. 큰 키에 주먹으로 세게 후려져도 끄떡도 안 할 것 같은
다부진 덩치. 뿐이랴. 눈빛 하나로 아이들을 쉽게 제압하고 기
죽이게 하는 몹쓸 포스는 열아홉 살 남자애에게는 결코 흔치 않
은 재주였다.

"어디 갔지?"

녀석을 찾지 못하고 별관을 돌아 나오는데 어디서 큼큼 수상
한 냄새가 났다. 마약수사대에 있다 보니 어느덧 내 코도 개 코
에 버금가는지라 나는 수상하고도 익숙한 냄새를 따라 발소리
를 죽여 다가갔다. 그 수상하고도 익숙한 냄새는 열려 있는 음
악실 창문에서 나는 것으로써 화단 쪽으로 가 발돋움하여 창 안
을 들여다보니 녀석이 창문에 기대선 채 담배를 뻐금뻐금 피우
고 있는 게 아닌가.

"태오야!"

내가 반갑게 부르자 녀석이 시선만 쫙 깔아 날 쳐다보았다. 눈빛이 차가워서 조금 움찔했던 나는 냅다 뛰어 녀석이 있는 음악실로 허둥지둥 들어갔다.

5

"여기서 뭐 해? 얘, 담배는 학교에서 피우지 마. 그러다 불이
라도 나면 어쩌려고 그래?"

은연중에 녀석에게 잔소리하며 녀석의 옆에 가까이 다가가
섰다. 탁! 녀석이 창문을 닫더니 내 손목을 잡아챘다. 그러고는
밖에서 보이지 않는 방향으로 몸을 틀어 날 벽에다 세게 밀어붙
였다.

등이 벽에 부딪혔지만 나는 놀라고 당황해서 아픈 줄도 몰랐
다. 돌발 행동에 타고난 녀석 때문에 눈이 커다래져 나보다 머
리통 하나는 더 큰 녀석을 올려다봤다. 녀석의 눈엔 웃음기가
없었다. 조금 화가 난 것도 같고 슬픈 것도 같고 모호한 눈빛으

로 날 빤히 응시하고 있었다.

녀석은 아직 손가락 사이에 남아 있는 담배를 심산하게 쭉 빨아 당기더니 꽁초를 바닥에 버리고 운동화 밑창으로 짓이겨 껐다. 녀석이 그러는 동안 나는 숨을 죽인 채 꼼짝 않고 있었다. 일부러 숨을 죽인 게 아니라 분위기가 크게 숨도 못 쉴 만큼 무겁고 차가웠기 때문에 그럴 수밖에 없었다.

"한 가지만 해. 난 이것저것 못하는 성격이라 한꺼번에 여러 가지 하는 애들 이해 못해."

다시 한 번 느끼는 거지만 녀석의 언어 세계는 생각을 적어도 3초쯤 곱씹어야 말뜻을 이해할 수 있다는 단점이 있다.

"왜 그러는데?"

나는 녀석의 눈치를 보며 약간 쫀 것처럼 물었다. 쫄게도 되어 있었다. 녀석은 여전히 내 손목을 틀어잡고 벽에 벌 세우는 사람처럼 앞에 떡 버티고 서 있었으니 말이다. 조금만 움직여도 한 대 후려칠 것 같은 분위기다.

후려치면 막아야 하나? 아니면, 상처받은 양 울면서 뛰쳐나가야 하나?

내가 또 고민에 휩싸여 있는데, 녀석이 한숨을 섞어 물었다.

"혁이야, 나야?"

"어?"

"니가 친해지고 싶은 사람이 누구냐고? 아, 한 반이니까 다 친하게 지내야지, 이따위 말 거면 대답하지 마."

하아.

나도 모르게 안도의 긴 한숨이 흘러나왔다. 그러니까 녀석은 독점 아니면 싫다, 이거다.

두근대는 가슴을 가까스로 진정시키며 속으로 침을 꼴딱 삼키곤 대답했다.

"너."

녀석의 눈빛이 지진이 일어난 것처럼 그래프가 휙휙 휘는 게 느껴진다. 숨을 크게 후욱 들이마신 녀석이 이윽고 히죽 웃었다.

"앞으로 딴 새끼 쳐다보면 죽는다."

내가 경주마도 아니니 눈에 커튼을 칠 수도 없고, 사시로 뜨고 다닐 수도 없으니 녀석의 협박에 금방 대답하지 못했다.

"눈 감고 다닐 순 없잖아."

내 썰렁한 대구에 녀석은 이해력이 달리는 듯 한동안 정지되었다가 무섭게 눈을 부릅떴다.

"그래서 이 새끼 저 새끼 손목 잡고 주물러도 가만히 있겠다는 거야?"

손으로 얼굴 좀 만진 게 어떻게 주무른 게 되는지……? 그럼 너도 날 주무른 거니? 좀 논리적이 되어보렴. 우리 경찰들은 말이다. 앞뒤가 딱딱 들어맞는 논리를 좋아한단다, 애야. 그게 아니면 무지하게 피곤해지거든.

"무조건 쳐다보지 마라니까 하는 소리지."

야무지게 말대답을 하곤 도도히 턱을 치켜들었다. 내가 비록 녀석이 알고 있는 정보를 독거미처럼 죄다 빨아먹는 마타하리가 되어야 한대도 너무 쉬운 여자라는 게 입증되면 매력이 떨어지게 되어 있었다. 역시 연애의 미덕은 밀고 당기기가 아닐는지.

"그게 그런 뜻이 아니라……."

머리가 텅 빈 사람일수록 언어구사에 지장이 많은 법.

녀석은 이걸 어떻게 설명해야지만 나한테 자기만 주구장창 바라봐야 한다는 걸 이해시킬까 하는 낯빛으로 골몰히 생각에 잠겼다. 그나저나 나는 잡힌 손목이 아파서 죽겠다.

이 녀석아, 손 좀 놓고 얘기할래?

"아이, 아파."

혁이 선배가 들었으면 기겁했을 나긋나긋한 음성으로 울상을 짓자 녀석이 생각에 잠겨 있다가 그제야 저가 내 손목을 꽉 틀어잡고 있다는 걸 깨달은 듯, 한 움큼 되는 내 손목에서 기다란 손가락을 하나씩 천천히 뗐다. 그 느릿하고 요염한 동작에 잡힌 손목뿐 아니라 전신에 찌릿찌릿 감전이 일었다. 녀석은 주먹질을 한 번도 안 해본 학교 짱처럼 손가락이 무진장, 내가 봐도 부러울 만큼 길고 예뻤다. 길고 예쁘기만 하랴. 핸드크림을 수시로 발라도 저리 피부에 윤기가 반지르르 흐르진 않으리. 허나, 아귀힘만은 어찌나 센지 실제로도 조금 아팠으므로 다른 손으로 손목을 어루만지며 시무룩하게 말했다.

"니 말 무슨 뜻인지 알아. 근데 혁이랑 친구로 지내는 것과 너와 친하게 지내는 건 차이가 있는 거야. 그거 이해 못해?"

전혀, 전혀 이해 못하는 얼굴로 녀석이 나를 물끄러미 쳐다봤다. 이해 못하겠으니 당장 설명 좀 해보라는 녀석의 당당한 표정에 당황한 나는 얼른 얼버무렸다.

"아니, 그러니까 그게 난 좀 더 너랑 특별하게 잘 지내보고 싶다는……."

얼굴은 왜 붉어지나 그래. 나, 이런 고백 처음 해봐. 학창시절 뿐 아니라 그동안도 숱하게 고백은 받아봤다만, 내가 내 입으로 남자애에게 이런 고백을 하고 있다니 아무리 연기라지만 민망해서 얼굴이 화끈화끈 달아올랐다. 이건 스물여섯 살이 아니라 열아홉 살이었대도 얼굴이 홍당무가 되었을 것 같다.

내가 고백받는 건 익숙해도 고백하는 건 당최 익숙하질 않아서.

귓불까지 빨개져 고개를 숙이자 조금 눈빛이 누그러진 녀석이 커다란 손으로 또 머리를 쓱쓱 쓰다듬었다. 나는 녀석의 말 잘 듣는 강아지가 된 것 같은 기분에 얼굴이 더욱 토마토처럼 붉어지고 말았다.

아, 젠장. 하여튼 작전만 끝나봐라. 니놈 머리통이 닳도록 쓰다듬어 주고야 말 테다!

"그래도…… 손잡고 만지고 그런 건 안 돼. 알았냐?"

연애의 조건.

나이를 불문하고 모든 연인들 사이에 지켜야 할 필수 사항을 녀석도 똑같이 내게 요구하고 있었다. 자기 외엔 누구도 내 몸에 터치하면 그 즉시 집중 관리 들어간다는 거겠지.

내가 남자의 관리 대상이 될 줄 상상도 못했던지라 부끄럽고도 한편으로는 어처구니가 없어 웃는 둥 마는 둥 희미하게 미소를 비췄다.

"대신, 너도 안 그러겠다고 약속해."

"나?"

녀석은 내가 그런 요구를 할 줄 미처 생각 못했다는 듯 약간 당혹스러운 낯빛이었다.

기막혀라. 연애라는 게 쌍방 합의이며 쌍방 의무인 거지 어떻게 한쪽한테만 강요하나? 연애도 민주주의를 표방하는 나에게 녀석은 너무나 무리한 걸 요구한다. 저는 이 여자 저 여자 집적대도 괜찮고 난 죽으나 사나 녀석만 쳐다봐야 한단 건가? 그건 녀석의 애정관에도 치명적인 터라 나는 그것부터 바로잡기로 마음먹었다. 그리고 아무리 가짜 연애라도 서로 지킬 건 지켜야 덜 억울한 법이다.

"그래. 너 설마……."

이 말까진 안 하려고 했는데…….

"설마 뭐?"

"나한테 장난하는 거 아니지?"

"장난?"

얼굴에 사시미 자국이 쫙 그어지는 것처럼 녀석의 인상이 팍 일그러졌다.

"너라면 좋다고 따라다니는 여학생들 많을 거 같아서."

"많긴 한데……."

"뭐?"

으스대는 녀석의 말에 이번엔 내 인상이 못 쓰는 종이처럼 와작 구겨졌다.

……응? 근데 나 왜 열 냈지?

아! 공정한 연애관을 녀석에게 심어주기 위하여…….

"킥. 저도 질투하면서."

그러면서 녀석이 귀여워 미치겠다는 듯이 내 볼때기를 쥐고 흔들었다. 녀석의 흡족한 표정에 나도 모르게 웃음이 쿡 나왔다.

어이구, 귀여워서 봐줬다.

녀석이 살짝 바깥 동정을 살피더니 허리를 숙였다. 멋모르고 웃고 있다가 녀석의 상체가 내 쪽으로 휘기에 무심코 방어 자세를 취했다. 두 팔을 엇갈려 가슴과 목 부위를 완벽하게 가린 내 모습에 녀석은 허리가 꺾인 채로 주춤 동작을 멈췄다. 녀석으로선 참으로 뻘쭘한 자세겠으나 이러고 있는 나도 얼굴이 확확 달아오를 만큼 창피하다는 걸 좀 알아줬으면 좋겠다. 내가 마약 킬러지 남자 킬러가 아니라는 사실에도 좀 주목을. 쿨럭.

피식 웃어버리는 녀석을 보며 나도 머쓱하게 엇갈린 팔을 풀었다. 내가 방심한 틈을 타 녀석이 재빨리 내 볼에 뽀뽀를 쪽 했다.

어머나! 이 무슨 코흘리개 애들이나 할 연애 필인지. 아이고, 누가 볼까 봐 무섭다.

두 손으로 빨개진 얼굴을 감쌌다. 볼때기가 익는 듯 화끈거린다.

"너도 해줘."

녀석이 고개까지 돌려 손가락으로 제 볼을 톡톡 가리키기에 난 어찌해야 좋을지 몰라 우물쭈물했다. 연애 확인 도장도 아니고 난데없이 볼에 뽀뽀는. 나이에 안 맞는 짓 하려니 민망하기 짝이 없어 몸 둘 바를 모르겠다. 생긴 거나 하는 걸로 봐선 절대 이런 유치하고 손발이 오그라드는 행각은 때려죽여도 안 할 것처럼 보이건만, 역시 사람은 겉모습만으로 모든 걸 판단하면 안 된다.

'아 놔, 별짓을 다 하네.'

속으로 구시렁대며 키가 큰 녀석 때문에 약간 깨금발을 들고 녀석의 볼에 닿을 동 말 동 뽀뽀를 해줬다.

흐미. 닭이 되어 날아갈 것 같다. 내가 지금 소리를 지른다면 바로 이런 외침이 터져 나오지 않을까?

꼬끼요! 꼬꼬꼬꼬!

입이 귀까지 걸린 녀석이 음악실을 나가기 위해 내 손을 잡고 몸을 돌렸을 때 점심시간 끝나는 종이 울렸다. 우린 전속력으로 음악실을 뛰어나가 교실까지 그렇게 달렸다.

녀석은 수업이 끝나자 내 손을 잡아 교실을 나섰다. 복도를
지나고 운동장을 지나 교문을 통과하는 동안 수많은 아이들의
시선이 내게 향해 있었고, 나는 따가운 시선을 꿋꿋하게 받아내
며 녀석을 따라갔다.

나는 마태오의 연인이 되었소!

만인에게 공포하듯이 말이다.

이 얼마나 바람직하고 적절한 발전인지! 내 연기력에 감탄하
지 않을 수 없다. 카!

그런 와중에도 여전히 어디선가 날 훔쳐보는 시선은 사라지
지 않고 있었다. 선배 말로는 좀처럼 모습을 드러내지 않는다는
데, 앞으로 얼마나 갈지 두고 볼 참이다. 느낌상 버스 안의 그
여학생인 것 같아 나는 그 애를 자극하기 위해 녀석과 친밀감을
과시하는 연기도 서슴없이 했다. 운동장을 걸어가며 애교있게
팔짱을 낀다든지 스스럼없이 장난을 친다든지. 무엇 때문에 날
몰래 지켜보고 있는지 정체를 파악하려면 다른 방법이 없었다.

녀석의 집으로 가니, 녀석은 직접 주스까지 내 와 내게 내밀
었다. 나는 녀석의 한층 업그레이드된 모습에 대견해하며 주스
를 맛있게 꿀꺽꿀꺽 마셨다. 내가 주스 마시는 모습을 빤히 쳐
다보던 녀석이 나른하게 중얼거렸다.

"눈이 좆나 예뻐."

욕을 섞어 하는 말이 이토록 진지하게 들릴 수도 있구나.

"넌 분위기가 참 묘해. 몽롱하고 짙은 안개 같아."

"안개?"

"어. 니 눈을 보고 있으면 마음이 막 설레."

그 말을 하면서 나는 내가 왠지 연기가 아닌 것 같다는 생각을 했다. 정말 그렇긴 하다. 녀석의 눈빛은 신비로워서 보고 있으면 간혹 심장이 쿵쿵 뛰기도 하니까. 정확히 어느 때라고는 말 못하겠는데 이따금, 아주 이따금 묘한 기분을 느낀 적이 있었다.

"넌 누구 좋아해 본 적 있냐?"

당연히 있었지만 난 녀석이 내 첫사랑이 되어야 한다고 생각했다. 내게 좋아하는 사람이 있었다는 말조차 녀석에겐 상처가 될 것 같았으니까. 왜 그런 생각이 들었는지는 모르겠지만 아슬아슬한 줄타기를 하듯 녀석과의 사이를 이어가고 있는 마당에 쓸데없이 녀석을 자극하는 건 현명하지 못했다.

"아니. 니가 처음."

"진짜?"

녀석은 단순하게 또 금세 좋아하며 입이 헤 벌어진다. 녀석이 내 말을 곧이곧대로 믿는 것 같아 나는 내가 얼마나 순진한 여자애인지를 거듭 강조했다.

"난 누구를 좋아해 본 것도 사귀어보는 것도 이렇게 남자애 집에 와보는 것도 다 처음이야."

"그래?"

"넌?"

"누굴 좋아해 본 적도 없고 사귄 적도 없고 여자애 집에 가본 적은 있다."

여자애 집에 가본 적이 있다고?

지금까지 지켜보기로는 녀석을 흠모하는 여학생들은 있어도 녀석의 옆에 얼씬거리는 여자애는 한 명도 본 적이 없었다. 따라서 녀석이 여자애 집에 가본 적이 있다는 말은 꽤나 민감하고 생경하게 들렸다. 마치 녀석에게서 대단한 혐의점이라도 발견한 것처럼 나는 예리하게 눈빛을 번뜩였다.

"그 여자애가 누군데?"

"조금 아는 애."

"여자애 집엔 왜 갔는데?"

"그럴 일이 좀 있었어."

"무슨 일?"

꼬치꼬치 캐묻자 녀석이 심드렁한 표정을 짓더니 내 무릎에 드러누우며 눈을 감았다.

"넌 몰라도 돼."

내 무릎을 베고 누워 잠이 든 녀석을 내려다본다. 위의 짧은 머리칼만 조금 남겨놓고 옆머리를 박박 밀어버린 머리통을 보자 불현듯 만져 보고 싶은 충동에 휩싸인다. 약간 머뭇거리다 손을 들어 잠이 든 녀석의 머리를 조심스럽게 만지작거렸다.

피부는 하얗고 이마는 반듯하다. 깊고 짙은 속눈썹은 한숨이 나올 만큼 길고 예쁘다. 오뚝 솟은 콧날은 남자다우며, 입술은 나보다 녀석이 훨씬 더 섹시한 것 같다.

'참 잘생겼단 말이야.'

나도 모르는 새 녀석의 얼굴을 꼼꼼히 감상하고 있는데 녀석이 잠결에 몸을 뒤척이다가 깜짝 놀라 눈을 떴다. 자기가 깜박 잠이 든 것도 모르는 눈초리다.

대체 밤엔 뭘 하기에 낮엔 학교에서나 집에서나 잠만 자는 건지, 원.

부스스 자리에서 일어난 녀석이 부어서 쌍꺼풀이 진 눈을 손으로 비비며 하품을 했다. 피곤해 보여 나는 녀석을 이만 편히 쉬게 해야겠다고 생각했다. 이젠 녀석과의 관계가 한 걸음 진전됐으므로 막무가내로 밀어붙이기보다는 서서히 심리전에 돌입하는 것이 유리했다.

"난 이만 갈 테니까 방에 가서 편하게 자."

"왜 가는데?"

녀석은 대번에 짜증이다.

이제껏 다리 아프게 베개해 줬으면 됐지 뭘 더 바라?

"벌써 저녁이잖아. 깜깜해졌어."

창밖을 두리번거리자 녀석은 서운한 표정이 역력한 얼굴로 중얼거렸다.

"저녁 먹고 가지."

내가 가고 나면 녀석은 또 혼자서 저녁을 먹든지 아니면 굶든지 하리라.

"알았어. 밥은 있어?"

"아줌마가 해놓고 갔을걸."

아직은 엄마의 손길이 필요하고 그리울 나이인데 안쓰러운 마음에 무심코 손으로 녀석의 뺨을 쓰다듬었다. 그러다 사정없이 흔들리는 녀석의 눈빛에 후닥닥 손을 내리고 말았다.

눈에 레이저광선을 달았나? 왜 이렇게 시선이 강력한 것이냐?

"너 무슨 음식 좋아해?"

어색함을 털어버리려 명랑하게 묻자 녀석도 금세 시선의 강도를 낮추고는 대답했다.

"오므라이스."

"오므라이스? 내가 저녁으로 그거 해줄까?"

"그런 것도 할 줄 알아?"

아무렴. 할 줄 아는 요리가 많진 않지만 내가 하는 건 다 맛있다.

"그럼. 내가 제일 잘하는 게 오므라이스야."

"오올~ 그래, 나 그거 해주라. 안 그래도 오므라이스 대따 먹고 싶었거든."

녀석은 라면에 이어 오므라이스에도 엄청나게 기대를 하는 눈치다. 한순간 눈에서 안개가 싹 걷히는 바람에 녀석이 오므라이스를 광적으로 좋아한다는 걸 알아버렸다. 나는 칭찬에 매우 약한 사람이므로 녀석이 내가 만든 오므라이스를 적극적으로 먹고 싶어하니 금방 우쭐해졌다.

흐음. 이렇게 또 나의 요리 실력을 발휘해야 하는 건가?

"알았어. 대신 설거지는 니가 해."

"설거지? 어떻게 하는지 몰라."

뉘앙스로 보아 하기 싫어서 거짓말하는 것 같진 않고 정말로 모르는 모양이었다. 세상에! 혼자 산다는 놈이 설거지도 할 줄 모르다니. 그보다 설거지를 못한다는 게 더 놀랍다.

그럼 지난번에 왔을 때도 설거지하기 싫어서 쌓아둔 게 아니라 못해서 놔둔 거였어? 어허, 이 녀석 보게. 가르쳐야 할 게 한두 가지가 아닌걸.

"설거지 쉬워. 가르쳐 줄 테니까 해봐."

"하기 싫은데."

녀석은 꾸물거리는 법이 없이 무조건 단도직입적이다. 좋으면 좋고, 싫으면 싫고. 참 세상 편리하게 산다.

"알았어, 내가 할게."

신사마가 그리 반항했으면 바로 뒤통수 날렸을 테지만, 상대가 녀석인지라 함부로 막 대할 수도 없어 투덜거리며 주방으로 갔다.

녀석은 아무것도 안 하면서 연신 내 뒤를 졸졸 따라다니며 내가 오므라이스 만드는 걸 구경했다. 감자를 다듬어도 '와아!', 당근을 깎아도 '오오!', 양파를 썰 땐 눈 맵다며 저만치 떨어졌다가 프라이팬에 버터를 넣자 다시 쪼르르 곁에 와서는 "여어" 하며 다양한 감탄사를 내뱉었다.

짜식이 보자 보자 하니까……! 좀 귀엽다.

나는 구경만 하는 녀석이 불만이라 설거지하기 싫거들랑 계란이라도 풀라며 그릇과 거품기를 손에 쥐어주었다. 그릇과 거품기를 들고 어떻게 해야 좋을지 몰라 한창 끙끙거리던 녀석은 내가 시범을 보이자 간신히 계란을 곱게 풀어서 내게 건넸다. 미리가 나쁜 건지 신싸 할 줄 몰라서 그러는 건지 어쩜 계란도 제대로 못 푸는 녀석이 그저 신기할 따름이었다. 겨우 그거 하나 하면서 진땀을 뻘뻘 흘리는 녀석을 보자 어이가 없어서 웃음이 나왔지만, 도와주려는 마음이 갸륵해서 오므라이스에 케첩으로 하트까지 그려 녀석의 앞으로 놓아주었다.

이젠 닭살에 익숙해져야 할 때다. 음하하하!

기대감에 충족한 얼굴로 한 입 크게 떠먹던 녀석의 쌍꺼풀 없는 눈이 큼직하게 뜨였다.

"완전 맛있어. 와서 매일 이거 해주라."

"뭐?"

'매일'이란 말에 기겁하여 팩 쏘아붙였다.

이제 봤더니 날 여자친구가 아닌 파출부 취급이잖아. 이런 울컥할 일이!

나의 분노에도 아랑곳없이 녀석은 허겁지겁 오므라이스를 퍼먹으며 말했다.

"너 요리사 해도 되겠다. 오므라이스 전문점 차리면 대박날 거야."

난 이미 경찰이므로 오므라이스 전문점을 차릴 일은 없을 것 같지만, 녀석의 극찬이 싫지는 않아 줏대없이 금방 노여움을 풀고 생긋 웃어주었다.

"고마워."

"넌 앞으로 뭐 할 거냐?"

녀석이 불현듯 내 장래에 대해 관심을 보이기에 나는 오므라이스를 먹다가 뭐라고 대답할지 잠깐 고민에 잠겼다.

"음. 법학과 가려고 해."

"법학과? 검사, 이런 거 되게?"

"검사든 변호사든 판사든 법에 관련된 일 하고 싶어서."

녀석은 별안간 입맛을 잃은 얼굴로 헛기침을 큼 했다.

찔리는 걸까?

"태오 넌 뭐가 되고 싶어?"

녀석은 심란하게 오므라이스를 뒤적거렸다.

"난 되고 싶은 게 없다."

친구도 없고 되고 싶은 것도 없는 녀석이 한심스러워야 하건만, 지금의 녀석에겐 외롭고 쓸쓸한 그림자만 가득했다.

✱

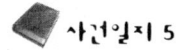 **사건일지 5**

   체육 시간이 끝나고 체육복을 갈아입기 위해 신비는 여학생들 틈에 끼어 탈의실로 들어왔다. 그리고 아무 생각 없이 좌측 중간쯤의 사물함을 열었다.

   "꺄악!"

   까무러칠 것처럼 새된 비명을 지른 건 바로 옆 사물함을 열려던 여학생이었다. 신비가 사물함 문을 열었을 때 털이 복슬복슬하고 기다란 짐승의 꼬리가 사물함 밖으로 툭 튀어나온 탓이었다. 심장이 뚝 떨어진 건 신비도 마찬가지였다. 하지만 입술을 깨물어 가까스로 비명을 삼켰다.

   신비 곁으로 우르르 몰려온 아이들이 너나 할 것 없이 비명을 지르며 질겁했다.

   "저, 저게 뭐야?"

   "고양이 아냐? 죽었나 봐."

   "아악, 징그러워!"

   신비는 돌처럼 굳어진 채 사물함 안에 있는 죽은 고양이의 시체를 바라보았다. 냄새가 심하지 않은 걸로 봐서 죽은 지 얼마 되지 않은 듯했다. 축 늘어져 있는 고양이를 보자 머릿속이 백지장이 된 것처럼 하얗게 질렸다.

'누가 이런 짓을……?'

누군가 일부러 사물함에 죽은 고양이 시체를 가져다 놓은 게 분명
했다.

신비는 죽은 고양이 위에 던져 놓은 노란색의 모조지를 바르르 떨
리는 손으로 집어 들었다. 종이 위엔 컴퓨터로 뽑은 붉은 글씨가 선명
하게 써져 있었다.

경고한다! 마태오 옆에서 떨어져.

범인은 여학생이다.

'누군지 몰라도 태오와 나 사이를 질투하고 있어.'

곰곰이 생각해 보니 녀석은 버스에서 만났던 문제의 그 여학생을
알아보지 못했다. 인도 쪽 신비의 앞자리에 앉았으니 아는 사이라면
표정의 변화라도 있었을 텐데 이상했다. 녀석도 모르는 여학생이 한
짓이라곤 어쩐지 앞뒤가 맞지 않았다.

'누구야? 누군데 이런 장난질이야?'

하필 죽은 고양이라니. 여학생 장난치곤 꽤나 섬뜩했다.

혜정은 탈의실 안에서 들려오는 비명 소리를 듣고 피식 웃었다. 함
께 그 앞을 지나가던 여학생들도 덩달아 웃음보를 터뜨렸다.

"저 정도로 정신을 차릴지 모르겠네. 너무 약했던 거 아냐?"

버스 안에서 우연히 태오와 신비가 함께 다정히 있던 걸 목격한 여학생이 비웃듯 중얼거렸다. 그러자 혜정의 얼굴이 더욱 싸늘해졌다.

'감히 태오에게 꼬리를 쳐?'

혜정은 전학을 오자마자 태오와 각별한 사이가 된 신비가 싫었다. 예전엔 그렇지 않았지만 태오가 자신에게 부쩍 냉담해진 탓이었다. 중학교 때까지만 해도 다정다감한 아이였던 태오는 엄마가 떠난 후부터 완전히 변해 버렸다. 아니, 그 몹쓸 놈이 다시 나타났을 때부터 태오는 자신을 대하는 게 달라졌다. 최근엔 더욱 심해져서 이전보다 더 곁을 주지 않았다.

태오가 그러면 그럴수록 혜정은 애가 타서 미칠 것 같았다. 모든 걸 이전으로 되돌려놓고 싶었다. 하지만 그런 바람도 신비가 나타나고부터 무너졌다. 그 아이가 태오를 빼앗아갔기 때문이다. 혜정은 신비 때문에 태오와 다시 가까워질 기회를 영영 놓치게 될까 봐 두려웠다.

"경고했는데도 정신 못 차리면 어쩔 수 없지. 정신을 차리게 해주는 수밖에."

혜정이 비정하게 뇌까리자 여학생들의 얼굴에 점점 흥미로운 미소가 감돌았다.

＊

탈의실에서 반 여학생들이 내게 준 언질로는 그런 짓을 한 사람이 6반의 송혜정이란 여자애일 거라고 했다. 지금은 이전만 못하지만 초등학교 때부터 유일하게 녀석과 친하게 지냈다는 여학생. 녀석이 집에 가본 적이 있다고 한 그 여자애가 송혜정이었을까?

죽은 고양이 사건 때문에 다음 시간을 어떻게 보냈는지도 모른 채 수업이 끝나고 점심시간이 되었다. 교과서를 챙겨 자리에서 일어나는데 녀석이 내 팔을 잡았다. 수업에 지장 있을까 봐 일부러 말하지 않았는데 이미 알고 있었는지 녀석의 표정이 심각했다.

"어떻게 된 거야? 누가 니 탈의실 사물함에 죽은 고양이를 갖다 놓았다는 게 사실이야?"

"어."

"근데 왜 말 안 했어?"

"말할 새가 있었나 뭐. 바로 수업한걸."

"그래서 수업시간 내내 안색이 안 좋았던 거였구나."

"다른 애들 말이, 그런 짓을 할 사람은 이 학교에서 딱 한 명뿐이라고 하던데 넌 누군지 짐작 가는 사람 있어?"

나는 녀석에게, 그리고 혜정이라는 여학생에게 많이 화가 나 있었던 거 같다. 경고라는 명목으로 이런 유치한 장난질 따위 불쾌했으니까. 그리고 이런 끔찍한 장난을 서슴지 않을 정도면 혜정은 녀석을 끔찍이도 좋아한다는 뜻이 아닌가.

유일하게 알고 지내는 여자애라면서 녀석은 왜 혜정의 존재에 대해 내게 미리 말하지 않은 거지? 도대체 녀석과 혜정인 어떤 사이인 걸까?

짐작 가는 사람이 있느냐는 내 질문에 녀석의 표정이 차갑게 굳어졌다.

"어. 있어."

"내가 어떻게 해야 해?"

"넌 가만히 있어."

"그럼 돼?"

"어."

난 적어도 녀석이 이 자리에서 혜정의 존재에 대해 속 시원히 밝혀주기를 원했다. 허나, 녀석은 그러지 않았다. 날 보호하고 싶은 마음이 크다는 건 알겠으나 혜정의 존재를 자세히 알고 싶은 나로서는 실망감을 어쩔 수 없었다.

이럴 때 성급하게 구는 건 바보짓이다. 내 쪽에서 조바심을 낼 필요는 없는 것이다. 나더러 가만히 있으라는 건 녀석이 스스로 이 문제를 해결하겠다는 의지와 다름없었으니까.

그러니 나도 한 번쯤은 녀석의 말을 믿고 기다려 줘야 했다. 왜냐하면 내가 얼마나 녀석을 신뢰하고 좋아하는지 녀석으로 하여금 알게 해주어야 하니까. 그것이 우리 사이를 더욱 돈독하고 친밀하게 만들어줄 테니까.

화가 나고 답답하더라도 참고 기다려야 한다. 대의를 위해서.

"알았어. 니 말대로 할게."

녀석은 고분고분한 내가 마음에 드는 듯 빙긋 웃으며 손으로 가볍게 내 머리칼을 흩어놓았다. 그런 녀석의 손길이 이상하게 도 부담스럽지 않고 자연스럽게 느껴졌다. 녀석만 보면 부담스 러워 어찌할 바를 모르던 때와는 좀 색다른 친밀감이었다.

하지만 이 찜찜함. 마음 한 켠을 괴롭히는 불쾌감만은 쉽게 가라앉지 않았다.

"오늘은 먼저 가. 난 갈 데가 있어."

하교 때 녀석이 그리 말하기에 눈치로 혜정을 만나나 보다 감 잡았다. 녀석도 죽은 고양이 일로 많이 화가 나 있는 것 같으니 혜정이 무사할지 은근히 걱정이 되었다.

"혜정이 만나러 가?"

내 물음에 녀석은 조금 난감한 낯빛이더니 은근슬쩍 말을 돌 렸다.

"내가 해결한다고 했잖아."

그랬지.

"정말 괜찮겠어?"

"괜찮지 않으면?"

"아냐. 나중에 전화해 줄 거지?"

"어. 전화할게."

버스정류장까지 따라온 녀석에게 인사하고는 버스에 올랐다.

녀석이 어디로 가는지는 혁이 선배가 뒤쫓아가서 알아볼 것이다. 녀석이 혜정을 만나 무슨 말을 어떻게 할지 궁금했다.

녀석은 한 번에 모든 걸 깨끗이 정리할 수 있을까?

착잡한 마음으로 다음 정류장에서 내린 나는 선배에게 곧장 전화를 걸었다.

"나야."

—어디냐?

"방금 버스에서 내렸어. 금방 갈게."

—넌 그냥 집에 가는 게 좋지 않겠어? 괜히 태오 눈에 띄었다가 일만 그르쳐.

"혜정이 블랙리스트에서 빠져 있어서 모르고 있었지만 혜정이가 태오와 가까운 사이라면 이번 사건과 연관이 있을지도 몰라. 두 사람이 어떤 사이인지 알아봐야 해. 들키면 궁금해서 다시 왔다고 둘러대지 뭐."

—그럼 와. 폐가로 가는 건 아닌 모양이야. 주택가 쪽으로 가는데.

"알았어. 금방 갈게."

선배가 알려주는 대로 찾아가다 보니 좁다란 골목이 많은 주택가였다. 거의 빈민촌에 가까운 곳이어서 의구심을 감추지 못한 채 선배가 기다리는 곳으로 갔다. 선배는 골목 안의 어느 대문 앞에 몸을 숨기고 한곳을 주시하고 있다가 내가 오자 빠르게 손짓을 했다. 나는 선배가 숨은 대문 앞에 나란히 붙어 섰다.

"태오는?"

"저기 저 골목 안에 있는 집으로 들어갔어. 혜정이 집인 거 같아. 집 안으로 들어갔으니 둘이 무슨 말을 하는지도 모르겠고 허탕치게 생겼는걸."

여자애 집에 가본 적이 있다더니 그게 혜정이가 맞았나 보다. 다시금 불쾌감이 살아나 나는 미간을 찌푸렸다.

"그만 돌아가자."

"뭐? 여기까지 와서 벌써 돌아가겠다고?"

"오늘은 건질 게 없겠어. 집에서 만나는 거 보면 두 사람 아주 가까워. 죽은 고양이 시체로 시위한 게 녀석에겐 애교 정도로 여길 수도 있겠다 싶어. 조용히 타이르고 끝날 수도 있잖아."

"죽은 고양이 시체로 경고한 게 애교 정도로 타이르고 끝날 일은 아니잖냐? 더군다나 넌 이제 태오랑 사귀는 여자친구인데, 그건 너한테도 예의가 아니지."

나로서도 그 점이 어처구니가 없긴 하지만, 애초에 그런 예의를 차릴 만큼 녀석이 반듯하고 사려 깊은 성격은 아니었다. 나라면 학교에서 그 사실을 알았을 때 당장 혜정을 찾아가서 엄포를 놓았을 것이다. 헌데, 녀석은 방과 후를 기다렸다가 몸소 혜정의 집까지 찾아오는 수고를 했다. 녀석이 왜? 그만큼 녀석에게 혜정은 특별한 의미가 있다는 뜻이 아니겠는가.

쓰디쓴 커피를 들이켠 것처럼 마음이 쓰라렸다.

그렇다. 나는 녀석에게 배신당하고 농락당한 것처럼 치를 떨고 있었다.

이 자식, 이제 봤더니 양다리 아냐?

"기가 차서 정말."

혁이 선배와 헤어진 후 집에 돌아와서도 나는 황당하고 어이가 없었다. 뛰는 놈 위에 나는 놈 있다더니, 녀석이 양다리일 줄은 꿈에나 생각했으랴. 그런데다 지금이면 혜정과 헤어지고도 남았을 시각인데 녀석에겐 여태 전화 한 통 없었다.

시간이 꽤 흘렀는데 대체 뭘 하기에 전화도 없는 걸까? 아직도 혜정이 집에 있는 걸까?

"아우, 답답해."

이럴 줄 알았으면 선배 말 듣고 녀석이 혜정이 집에서 나오는 것까지 확인하고 올걸. 별 소득이 없겠다 싶어 일찍 돌아와 버린 게 후회막급이었다.

딩동!

녀석에게 메시지가 온 건 그때였다.

「연락 늦어서 미안. 잘 자라. —대왕님」

"연락 늦어서 미안. 잘 자라?"

지금껏 기다린 게 몇 시간인데 달랑 두 줄로 게임 아웃이야?

더 기가 찬 건 혜정과 어떻게 해결됐다는 말은 눈 씻고 찾아봐도 없다는 것이었다.

"내, 이 자식을!"

당장 녀석에게 전화를 걸까 하다가 나는 인내심있게 핸드폰을 끄고 제자리에 내려놓았다. 요지가 녀석이 양다리를 걸쳤는지 아닌지 그게 중요한 게 아니지 않은가.

녀석의 이런 애매한 태도가 심히 못마땅하지만, 지금으로선 사건의 요점을 주지하는 게 우선이었다. 나는 이성을 끌어모아 차분히 마음을 가라앉혔다.

"맞아. 그 녀석이 혜정이와 연애를 하든 말든 내 알 바 아니지. 난 다만 두 사람이 이번 마약 사건과 연루되어 있는지 아닌지만 알면 돼. 그러니 열받을 필요 없어."

다음날. 녀석에게 전날 혜정이 집에 갔던 얘기를 듣겠거니 기대하며 학교에 갔다. 조회 시간이 끝나도록 녀석이 오지 않아 전화해 보았지만 무슨 일인지 녀석의 핸드폰은 꺼져 있었다.

"왜 전화를 안 받지?"

근심 섞인 내 중얼거림에 혁이 선배가 손을 뻗어 책상을 톡톡 두들겼다. 고개를 돌리자 선배는 턱으로 녀석의 자리를 가리켰다. 나는 손에 쥔 핸드폰을 살짝 흔들어 보이며 고개를 가로저었다. 그러자 선배도 고개를 갸웃하며 약간 걱정스러운 기색을 띠었다.

선배에게 너무 걱정 말라는 뜻으로 미소를 지었을 때였다. 선배 옆자리의 종만이 날 빤빤한 낯빛으로 보고 있었다. 평소에도 혁이 선배에게 대하듯 날 떨떠름하게 보고 있는 줄은 알지만 녀석의 부재 때문에 오늘따라 더욱 신경이 거슬렸다.

종만에게서 시선을 거둔 나는 비어 있는 녀석의 책상을 물끄러미 바라보았다. 혜정이 일도 혜정이 일이지만 며칠 녀석과 함께 다녔기로 녀석의 빈자리가 유난히 크게 느껴졌다.

그날 오후, 선배와 함께 하교했다. 교문을 나와 길을 걸어가며 선배가 물었다.

"태오는 계속 전화 안 받아?"

"어."

"태오 집으로 갈 거야?"

"가봐야지."

"같이 갈까?"

나는 냉큼 고개를 저었다. 가뜩이나 선배를 고깝지 않게 보는데 집에 같이 찾아갔다가 무슨 변고를 당하려고?

"아니야. 나 혼자 갈게."

"무슨 일 있는 거 아닐까?"

"무슨 일 있으면 지금까지 조용하겠어? 혜정이 때문인 건 확실하니까 나 혼자 가는 게 더 나아."

"내 생각에도 그렇긴 해. 짜식이 얼굴값 하는 것도 아니고 잘나가다가 왜 혜정이가 나타나냐?"

선배도 난데없이 여자관계가 얽히자 황망한 얼굴이었다.

"선배 먼저 가. 난 택시 타고 갈게."

"그럴래? 그럼 나중에 통화해."

"알았어. 들어가."

"어. 무슨 일 있으면 바로 연락해."

"어."

선배가 지하철로 내려가는 걸 보다가 주머니에서 핸드폰을 꺼냈다. 녀석에게 다시 전화를 걸 때였다. 누군가 뒤에 다가서는 느낌이 들어 몸을 돌렸다. 그곳엔 종만과 다른 똘마니 두 명이 함께 껄렁한 폼으로 서 있었다.

귀에서는 핸드폰이 꺼져 있다는 여자의 무미건조한 알림이 들려왔다. 한 걸음 앞으로 다가온 종만이 희미하게 웃었다.

"널 보고 싶어하는 사람이 있어."

"날 보고 싶어하는 사람이 누군데?"

"송혜정."

"송…… 혜정?"

"너한테 긴히 할 얘기가 있나 봐. 길거리에선 좀 곤란하다고 조용한 곳에서 만나고 싶대."

쓴웃음이 나왔다. 녀석이 종일 핸드폰을 꺼놓고 학교에도 나오지 않는 이유가 혜정이 나와 긴히 만나 할 얘기가 있다는 것과 상통하는 게 아닐까 싶어서였다. 녀석이 내게 해야 할 말을 혜정의 입을 통해 들어야 하는 건 아닐까 싶어 나도 모르게 안색이 굳어졌다.

녀석이 그 정도로 비겁하다고는 생각하기 싫지만 종만이 직접 날 데리러 온 걸 보면 아니라고도 단정 지을 수 없었다. 혁이 선배에게 연락할까 했지만 종만과 함께 있던 놈들이 내 양팔을 잡는 바람에 기회를 놓쳤다.

"팔 놓고 가."

내가 몸을 뒤채자 두어 걸음 앞서 가던 종만이 바닥에 침을 찍 뱉으며 심드렁하게 말했다.

"씨발, 쓸데없는 소란 피우지 말고 조용히 가자. 오래 안 걸릴 테니까."

종만의 말을 믿는 게 아니었는데.

오래 걸리지 않는다더니 놈들이 날 끌고 간 곳은 학교 뒷산 중턱이었다. 게다가 그곳엔 혜정이 말고도 여러 명의 남녀 학생들이 모여 있었다. 여학생들 중에 문제의 버스 안 여학생을 발견한 나는 허탈하게 웃음 지었다. 그러니까 저 여학생은 단지 나와 녀석이 함께 있었던 걸 고해바친 고발자였고, 죽은 고양이 사건의 주범은 송혜정이었던 거다. 여학생들은 전부 낯설었지만 남학생들은 녀석과 함께 있는 걸 본 적이 있어 녀석의 똘마니라는 걸 쉽게 알아차렸다. 개중에는 우리 반 현무암도 함께였다.

"이 씨발 년, 딱 짜증나네."

"아아아!"

나는 혜정의 손에 머리채가 붙잡힌 채 십 분째 한자리에서 뱅뱅이를 도는 중이었다. 나를 둘러싼 다른 여학생들과 남학생들이 담배를 꼬나문 채 낄낄 웃으며 구경하고 있었다. 무암인 그렇다 치고 종만이 제일 신이 나 웃는 게 고개를 숙인 내 눈에도 정확히 보였다.

저놈이 자기 크림빵과 커피우유를 내게 빼앗겨 앙심을 품었던 걸까?

애들이 날 뒷산으로 끌고 오자마자 혜정은 내 귀싸대기를 연거푸 올려붙이더니 다짜고짜 머리채를 잡고 흔들며 이리저리 끌고 다녔다. 학창시절에도 당해보지 않은 일을 한참이나 어린 여자애에게 고스란히 당해주고 있으려니 어이가 뺨을 칠 지경이었다.

당해본 사람은 알겠지만 일단 머리채를 잡히면 말로 하자는 소리가 안 나온다. 물론, 난 이 여학생의 손목을 가볍게 비틀어 꺾은 다음 그 자리에서 공중제비를 세 바퀴쯤 돌게 만들 수도 있었다. 허나, 아직은 내 정체를 드러낼 수 없다는 게 한이었다.

"남의 남자한테 꼬리 치는 년은 다시는 여자 구실 못하게 만들어야 해!"

그랬다. 굳이 이 상황을 설명하자면 난 혜정의 남자인 태오에게 꼬리를 친 년이 되어 모두의 앞에서 처단 중이었던 거다. 굴러들어 온 내가 박혀 있던 혜정을 뻥 차내 버린 셈이었다. 녀석이 양다리를 걸치고 있었던 게 아닐까 염려했던 일이 사실로 확인되자 머릿속이 더욱 복잡해졌다.

이거 녀석과 나 사이가 확실히 발전 중인 건 맞지?

"씨발 년아, 너 어디서 굴러먹다 왔기에 그렇게 꼬리를 잘 치냐? 평생 못 걷게 해줘? 아예 꼬리 못 치도록."

"왜, 왜 이래?"

나야말로 미치고 팔딱 뛰겠다. 아마도 이 애들은 날 벼르고 있다가 녀석이 없는 새에 끝장내 버릴 속셈인 것 같다.

"개 같은 년!"

그간 많이 참고 참았다는 듯—하긴 혜정이 태오의 진짜 여자친구라면 입장을 비꿔놓고 생각해도 그렇긴 하다—혜성이 내 뺨을 또 억세게 후려치는 바람에 나는 속수무책으로 땅바닥에 쓰러지고 말았다. 맞은 데를 또 맞으니 얼얼한데 아픈 뺨을 어루만지기도 전에 어느 틈엔가 다가온 종만이 내 멱살을 휘어잡았다. 히죽 웃는 놈에게 혜정이 손을 탁탁 털며 무섭게 뇌까렸다.

"본때를 보여줘."

그러자 그때까지 구경만 하고 있던 남학생들이 우르르 몰려와 날 둥그렇게 에워쌌다. 누군가 내 양팔을 붙잡았고 종만이 다가와 나와 마주 섰다. 놈의 야릇해진 눈빛을 보니 등줄기로 식은땀이 도르르 굴러 떨어졌다.

"이거 놔. 놔!"

몸을 심하게 뒤틀었지만 그럴수록 잡힌 팔에 힘이 가해져 꼼짝을 할 수가 없었다. 이건 예상 시나리오에 전혀 없던 스토리였다. 젠장!

"사람 살려! 사, 사람 살려!"

하여, 나는 그렇게 소리칠 수밖에 없었다. 산에 있는 사람이라곤 이 험악한 군상들뿐인데도 절로 그 소리가 나왔다. 이들 중 누군가는 칼을 갖고 있을지도 모르고 우선 숫자가 많으니 내가 무술의 달인이라도 일단은 겁을 집어먹게 되어 있었다.

"흐흐흐. 그렇게 행동을 조신하게 했어야지, 씨발 년아. 얼굴 반반해서는 남자한테 꼬리나 치니까 이 꼴이 되지. 그렇게 소리 지르면 태오가 와줄 줄 알지? 씨발 년. 근데 어쩌냐? 니가 고래고래 악을 쓴들 태오가 올 리가 없는데."

욕이 생활화가 되어버린 종만이 조롱하듯 실실 웃으며 손으로 내 뺨을 쓰다듬었다. 놈의 손길에 온몸에 소름이 오소소 돋았다.

'좆만 한 새끼! 팔만 놓기만 해, 너부터 조져 줄라니까.'

나는 속으로 빠드득 이를 갈았다.

작전? 얌전? 섹시?

놈들이 날 손에서 놓는 순간, 난 당장에 경찰의 신분으로 돌아가겠노라고 결심했다. 울화가 치밀어 속이 부글부글 끓어올랐다.

"태오 말고 니 남친으로 난 어때? 태오보다 내가 훨씬 잘해줄 수 있는데. 킬킬."

종만이 계속 손가락을 놀려 뺨을 어루만지며 날 희롱했다.

"당장 손 치우지 못해?"

이를 악물고는 앙칼지게 쏘아붙이자 종만을 비롯한 아이들이 일제히 웃음을 터뜨렸다.

"오, 세게 나오는데!"

"종만아, 아무래도 니가 태오한테 밀리는 거 같다?"

"종만이 니가 매력 어필을 좀 해!"

여기저기서 흥미진진한 목소리가 터져 나왔다. 그 소리에 입맛을 쓱 다신 종만이 내 턱을 억세게 움켜잡았다. 손을 뿌리치려 고개를 세차게 저었으나 잡힌 턱만 더 아플 뿐이었다.

"나쁜 새끼."

내가 낮게 욕설을 내뱉자, 놈이 히죽거리며 곧이라도 입술을 들이댈 것처럼 눈빛이 몽롱해졌다. 놈의 얼굴이 가까이 다가오자 나는 다급해졌다. 죽을힘을 다해 팔과 머리를 비틀어봐도 체격 좋은 열아홉 살 사내놈들이 꽉 붙들고 있으니 생각처럼 빠져나오기가 쉽지 않았다.

나는 이 산에서 어떻게 되는 걸까? 이놈들에게서 빠져나갈 수 있긴 한 걸까? 지금이라도 내가 경찰이라고 실토하면 날 놓아줄 확률은 얼마나 될까?

짧은 시간에 수많은 질문이 머릿속을 바쁘게 오갔지만 대답은 하나같이 명확했다.

내가 경찰이란 걸 얘기해 봤자 믿어줄지도 모르겠고, 만일 믿어준대도 놈들이 '아, 그러십니까? 실례 많았습니다' 내지는

'저희가 몰라뵀습니다. 잘못했으니 한 번만 용서해 주십시오'
하며 내 앞에 죄다 부복할 것 같진 않았다.

"태오가 알면 니들을 가만히 둘 것 같아?"

종만의 입술이 거의 맞닿으려는 찰나, 나는 놈들의 약점이 될
만한 말을 생각하다가 녀석의 이름을 들먹이며 협박했다. 적어
도 난 놈들이 짱으로 받들어 모시는 녀석의 현 여자친구가 아니
던가. 그러니 아무리 전 여자친구가 명령했기로 녀석을 봐서라
도 나한테 이러면 안 되지 않는가. 논리적으로 생각해 보라니
까!

"너야말로 오늘 있었던 일을 태오한테 알리면 어떻게 될지 생
각은 해봤냐?"

"뭐?"

종만이 치마를 들쳐 허벅지를 쓰다듬으며 금방이라도 침을
뚝뚝 흘릴 것처럼 중얼거렸다. 얇은 스타킹 위로 놈의 손길이
느껴지자 소름이 끼쳤다. 심한 거부반응에 몸이 부르르 떨렸
다.

"다시는 태오 옆에 얼쩡거리지 못하도록 만들어줘?"

"무, 무슨 짓을 하려는 거야?"

종만이 야비하게 히죽 웃었다.

"그러니까 입 다물고 조용히 있으란 말야. 넌 우리가 얼마나
무서운 사람들인지 너무 몰라."

학교에 마약 사건이 일어났고 놈들은 마약 사건의 유력한 용

의자들이었다. 분명히 무서운 놈들이었지만, 단지 녀석의 똘마니들이라는 사실만 염두에 두고 나에게 이런 몹쓸 짓을 하리라고는 생각하지 못한 게 큰 오산이었다.

허나 나로서는 이 위급한 상황에 녀석 말고는 놈들을 물리칠 무기가 없었다. 하다못해 내가 이 위기를 벗어날 핑곗거리조차 없다는 것에 나는 절망했다. 논리적이지도 못하고 합리적이지도 못한 이 무지렁이 놈들 손에 처단될 운명이란 게 믿어지지 않았다.

"씨발 년, 입술 맛은 어떤지 볼까?"

종만이 드디어 내 입술을 도킹하려는 순간, 눈을 질끈 감았다. 그동안 숱하게 닥쳤던 위기 중에 이토록 비참한 적은 단연코 없었던 것 같다. 고작 십대 아이들에게 폭행당하고 희롱이나 당할 처지라니.

이럴 때일수록 정신을 바짝 차려야 한다고 생각했지만 나는 치욕감에 사지를 부르르 떨기만 할 뿐 뭐 하나 할 수 있는 일이 없었다. 태오와는 완전히 마음을 터놓지도 못했고, 마약 조직원은 구경도 못했다. 헌데, 마약 조직을 일망타진하려다 새파랗게 어린놈들에게 도리어 당하게 생겼으니 분통이 터질밖에.

'정신을 차려야 해, 정신을.'

놈들이 내 말을 믿든 안 믿든 다급한 마음에 여기서 경찰이란 걸 밝히면 이 작전은 끝장일뿐더러 이 중에 있을지도 모를 '온세계파' 마약 조직원에게 내 신분이 들통나 산 어딘가에 감쪽같이 매장될 수도 있었다. 그렇게 경찰 신분으로 돌아가겠다는 내 의지와 결심은, 더 끔찍한 상황으로 치달을지 모른다는 후환과 두려움에 활활 타오르는 불에다 찬물을 확 끼얹듯이 허무하게 사그라지고 말았다.

경찰이라면 위험의 순간에 맞닥뜨리는 건 다반사였다. 그 위험의 순간들을 넘기는 건 운명이 반, 자기 의지가 반이라고 했다. 고로, 여기서 내가 살아나가는 길은 하늘의 도우심이 반 필요한 것이고, 살고자 하는 내 의지가 반 필요하다는 뜻이었다.

"아아아아아아아아악!"

나는 있는 힘껏 발악했다. 그 처절한 소리가 온 숲에 울리도록. 내 구원의 외침이 누군가의 귀에 들려 시공간을 넘어 달려와 주길 간절히 바라며 기를 쓰고 비명을 질렀다. 요즘 애들이 무섭다는 건 알아서 직접 구해주기 힘들다면 신고라도 해주길 바란다. 아니, 아니. 신고하면 이미 상황은 종료 후일 테니 제발 나만큼 정의감이 투철하고 의협심이 강한 누군가가 지금의 날 발견하는 천운이 일어나길!

나의 의지가 이렇다는 걸 하늘에 알리듯 나는 열렬히 목이 터져라 고함을 질렀다.

"아아아아아아아아악!"

내 비명 소리에 놀란 듯 종만이 주춤 고개를 들었을 때였다.

"뭐 하냐?"

잠시 비명을 멈춘 그때 숲 어딘가에서 들리는 생생한 음성에 나도 종만도, 그 외 다른 애들도 일제히 한 방향으로 고개를 꺾었다.

　마치 산행을 하다 우연히 우리를 발견한 사람처럼 풀숲을 헤치고 어슬렁어슬렁 걸어오는 녀석을 보자 살았다는 기쁨에 눈물이 핑 돌았다. 마음속으로 녀석을 애타게 기다린 건 사실이지만, 막상 녀석이 때맞춰 나타나니 그리 반갑고 안도될 수가 없었다. 난 역시 천운이 따르는 여자였던가?

　날 붙잡고 있던 놈들이 갑자기 나타난 녀석을 보고 놀라서 애초에 날 붙잡지도 않았던 것처럼 시치미를 떼며 서너 발은 뚝 떨어져 나갔다. 종만도 그 자리에서 한겨울 빙판처럼 꽁꽁 얼어붙었다. 놈은 녀석이 손으로 툭 건드리기만 해도 그 자리에서 가루로 부서져 버릴 듯 안색이 창백했다. 너무 창백하니 비대한 얼굴이 이스트로 부푼 밀가루 반죽 같다. 그렇게 두려워할 짓을 왜 하는지 이해가 안 갔다.

　나는 놈들에게 내 본색이 드러나지 않아 다행이라고 생각하며 비칠비칠 녀석에게로 몇 발짝 걸어갔다. 비틀. 몸을 가누지 못하고 다리가 휘청 꺾이는 찰나, 방금까지 열 발자국은 족히 되었던 거리를 순식간에 좁힌 녀석이 종만에게 달려오는 속도 대로 이단옆차기를 날렸다. 풀숲을 헤치고 바람을 가르며 군더더기라곤 없이 깔끔한 동작에 나는 감탄하지 않을 수 없었다.

"꽥!"

돼지가 마지막 운명을 다하는 비명을 지르며 종만이 허공을 붕 날아 나무 아래로 콱 처박혔다. 그 또한 녀석의 공격 동작만큼이나 매끄럽기 그지없어, 영화에서 나오는 장면이 굳이 거짓이 아니었음을 직접 목도할 수 있었다. 깔끔하게 쓰리쿠션이 들어가는 듯한 통쾌함과 후련함에 울분에 차 있던 심장이 차츰차츰 진정되었다. 내가 종만이 놈에게 해주고 싶었던 걸 어쩜 그리 잘 알고 녀석은 고대로 실행에 옮기는지, 녀석과 내가 서로 텔레파시가 통하나 의심스러웠다.

나는 녀석이 그 기세를 몰아 종만에 이어 다른 놈들을 족칠 줄 알았다. 헌데, 녀석은 곧장 종만에게 달려가더니 쓰러진 놈의 손목을 분질러 버렸다. 뚜둑! 하는 나무토막 부러지는 소리와 함께 종만의 처절한 비명 소리가 숲 속을 메아리쳤다. 좀 전 내가 가열차게 내질렀던 비명과는 비교도 안 되게.

"끄아아아아아아아아악!"

그 무시무시한 비명 소리에 전부 동상이 되어버렸고, 휙 몸을 돌린 녀석이 사신처럼 인상이 굳어진 채 한 발, 한 발 다가오자 다리 힘이 풀려 털썩 주저앉는 놈도 있었다. 하나같이 설마하니 녀석이 날 구하러 올 줄은 꿈에도 몰랐던 얼굴이었다. 녀석이 종만이 손목까지 부러뜨릴 줄은 몰랐기에 놀라서 나는 몸이 돌덩이처럼 굳어버렸다. 종만이 놈을 응징하는 방법이 참 깔끔하고 간결해서 좋긴 한데, 너무 아이 같지 않은 냉혹함에 기가 질렸다.

저런 훌륭한 기질로 경찰이 되면 딱 좋으련만.

그러면 내가 녀석을 내 후배로서 얼마나 귀여워하고 예뻐해줄 건데. 이번 작전이 끝나고 녀석이 마약 조직원과 아무 관련이 없다고 판명나면 본격적으로 녀석을 구슬려서 경찰로 만들어볼까?

나는 또 혼자 한참이나 앞서 가느라 흥분으로 얼굴이 볼긋해졌다.

"태, 태, 태, 태오야."

후히마굽인 얼굴로 안절부절못하며 주저앉아 있던 놈들이 허겁지겁 무릎을 꿇으며 벌벌 떨었다. 머리를 아예 땅바닥에 대고 엎드린 놈도 있었다.

녀석은 내 팔을 붙들었던 두 놈에게 다가가더니 주먹을 치켜들었다.

퍽, 퍽!

소리도 일정하게 녀석의 주먹에 한 방씩 얻어맞고 한 놈은 코피가 터졌고 또 한 놈은 바닥을 나뒹굴었다. 얻어터지는 놈들을 멍하니 보고 있던 다른 놈들이 녀석이 휙 시선을 들자 너도나도 그 자리에 털썩 무릎을 꿇고 머리를 조아렸다.

"내 거 함부로 손대지 마라."

이를 빠드득 갈며 하는 녀석의 한마디에 모두 군기가 바짝 든 군인처럼 일사불란하게 고개를 끄덕였다. 학교를 자기 왕국으로 생각하는 녀석이었다. 감히 겁도 없이 왕의 여자를 건드리다니. 녀석이 진짜 한 나라의 왕이었으면 이 자리에 있는 놈들과 혜정이 패거리는 죄다 목이 댕강 잘려 나가도 할 말이 없을 터였다.

'내 거'란 말에 기분이 묘해진 나는 다리를 쩔뚝이며 녀석에게 다가갔다.

"태오야."

"괜찮아?"

녀석의 몸에서 아직 꺼지지 않은 분노의 불이 활활 일었다. 녀석이 더 이상 다른 놈들을 응징하지 않고 주범들만 본보기로 본때를 보여준 이유를 알 것 같았다. 그리고 녀석이 보기보다 영악하다는 것도. 원래 직접 얻어맞는 것보다 남이 얻어맞는 걸 보면 더 공포심이 크듯 녀석은 그리 큰 힘을 쓰지 않고 시너지 효과를 노린 게 분명했다.

내가 녀석을 과소평가한 걸까? 내 예상으론 녀석이 날 발견한 순간 눈에 아무것도 뵈는 게 없어져서 이놈 저놈 닥치는 대로 패주는 거였다. 허나, 흥분은 했으되 고등학생답지 않은 절제력이 놀랍기만 했다. 어쩌면 어제 학교에서 당장 혜정을 찾아가지 않고 방과 후까지 기다렸다가 집으로 찾아간 것도 같은 이유일지 몰랐다. 녀석이 겉보기와는 다르게 드러내지 않고 문제를 해결하는 편이라는 걸.

"어."

녀석은 내 대답을 뒤로하고 저벅저벅 걸어가 혜정의 앞으로
갔다. 혜정 역시 다른 남학생들처럼 안색이 파리해져 꼼짝도 못
하고 제자리에 얼어붙어 있었다.

"태오야……."

너무 놀란 나머지 간신히 입술만 달싹이는 혜정에게 녀석은
냉랭히 읊조렸다.

"감히 은혜를 원수로 갚아?"

혜정을 바라보는 녀석의 눈빛에 스치는 강한 배신감. 가슴이
철렁 내려앉았다. 녀석의 눈빛은 그 어느 때보다 냉정하고 차가
워서 혈압이 위험 수치로 올라가는 게 아니라 아래로 쭉 내려가
는 게 눈으로 보였다.

"태, 태오야……."

혜정은 울먹이며 녀석의 팔을 붙잡았다. 버리지 말아달라는
그 아이의 애절한 눈빛에도 녀석에겐 전연 동요라곤 보이지 않
았다. 혜정이 그럴수록 오히려 더욱 낯빛이 싸늘하게 식어갈
뿐. 꽉 감아 쥔 녀석의 주먹이 부들부들 떨렸다. 열나게 패주고
싶은데 차마 여자라 그러지 못하는 것처럼.

"꺼져."

녀석의 한마디는 혜정에게 사형선고나 다름없었던 듯 얼굴이
더욱 새파랗게 질려 버렸다. 백 대의 주먹질보다 그 한마디의
파워가 여실히 느껴지는 순간, 나도 언젠가 녀석에게 그와 똑같
은 말을 들을지 모른다고 생각하니 머리가 띵한 게 어질 어지럼

증이 일었다. 예고편에도 이리 머리가 띵한데 실사로 듣는 혜정의 심정은 어떠할지 내가 굳이 그 애의 마음속에 들어가 보지 않아도 충분히 알 것 같았다.

"태오야! 태오야, 안 돼. 제발……. 잘못했어. 안 그럴게. 난 너 없으면 안 되는 거 알잖아. 다신 저 기집애한테 손 안 댈게. 하늘에 대고 맹세할게, 어? 용서해 줘. 용서해 줘. 용서해 줘."

혜정은 이십 분 전 내 머리채를 잡고 기세 좋게 뒤흔들던 그 여학생과 동일인물이 아닌 게 분명하다. 그 앤 내 머리채를 총채처럼 가볍게 휘두르던 손으로 돌아서는 녀석의 앞에서 비굴하고 또 처참하게 손이 발이 되도록 싹싹 빌고 있었다. 세상에서 가장 싹수 노란 여자애가 세상에서 가장 연약한 여자애로 돌변하자 나는 황당하고 놀란 나머지 입을 쩍 벌렸다. 저리 극과 극을 달리는 성격인 혜정이 다중인격자가 아닐지 의심마저 들었다.

"이제부터 난 너 모른다."

녀석이 혜정에게 차디차게 말하고 내게 다가와 손을 잡아끌었다. 녀석이 종만이와 다른 공범자 놈들을 응징할 때처럼 기분이 개운하고 통쾌해야 하건만, 혜정인 왠지 찝찝했다. 딱히 무엇 때문이라고 짚어내긴 어렵지만, 사건이 뜻하지 않은 곳으로 흘러가고 있다는 생각이 들었다.

그때 뒤에서 산이 떠나가도록 혜정이 악에 받쳐 울부짖는 소리가 들렸다.

"아아아아악! 마태오! 너 가만두지 않을 거야! 마태오! 돌아와! 돌아와! 안 돼!"

6

산에서 내려오며 내 입에선 자꾸 무거운 한숨이 흘러나왔다. 작전을 수행하다 보면 별일이 다 생긴다지만, 이런 일은 상상도 못한 덕에 나는 침통 그 자체였다.

"어떻게 알고 왔어?"

"누가 연락해 주더라, 종만이 새끼가 너 끌고 갔다고."

녀석의 똘마니 중 누군가 연락한 모양이었다. 종일 전화해도 안 받더니 타이밍이 기가 막혔다. 그때도 전화를 안 받았으면 어쩔 뻔했나.

나중에 누군지 알면 한턱 단단히 내리라. 한 번의 선행이 평생의 축복이 되길!

나는 보이지 않는 구원의 손길을 뻗친 아무개에게 내가 할 수 있는 축복을 죄다 빌어주었다.

그 아무개가 속히 똘마니 생활 청산하고 건전한 청소년으로 개과천선하기를 비나이다, 비나이다.

"그랬구나. 고마워, 태오야."

그때만큼은 진심으로 녀석에게 고마웠다. 녀석이 때맞춰 안 나타났더라면 작전이고 뭐고 죄다 엉망으로 만들어 버렸을 테니까.

내게 돼지주둥이 같은 입술을 들이대던 종만을 떠올리곤 나도 모르게 울컥했다. 그러면서 다시는 애들 양식을 빼앗아 먹지 않으리라 굳게 결심했다.

"나 때문에 이 꼴을 당하고 고맙다고 하냐? 병신."

"어쨌든 날 구해줬잖아. 근데 혜정이 저렇게 두고 가도 괜찮아?"

나는 혜정의 울부짖음이 심상치 않아 걱정돼 물었다. 혜정이 얘기가 나오자 녀석은 언짢은 기색을 감추지 못한 채 쌀쌀맞게 대답했다.

"괜찮아."

괜찮지 않은 거 같은데.

"널 가만히 안 둔다고 그랬잖아."

원래 무식하고 힘센 놈보다 더 무서운 게 사이코 기질이 다분한 여자라는 동물이었다. 여자의 한은 오뉴월에도 서리가 내리게 한다는 무시무시한 옛말도 있지 않던가.

"지금 내 걱정할 때냐?"

"그럼 걱정 안 돼?"

"아, 좆나 시끄러. 좀 조용히 해."

"아, 알았어."

성질 뭐 같은 새끼랑 조용히 산을 내려왔다.

녀석이 날 그냥 보내기 뭐했는지 학교 앞 분식집으로 데려갔다. 집도 아니고 분식집으로 데려가는 녀석의 정신세계는 어느 사차원 영역인지 모르겠다. 내가 지금 한가하게 떡볶이 먹게 생겼나?

더군다나 시킨 게 입에 불이 나도록 매운 즉석 떡볶이!

뺨 맞아서 퉁퉁 부은 얼굴에 맵고 뜨거운 떡볶이를 먹여 날 두 번 죽일 셈인가?

혜정이 때문에 심란하고 매운 떡볶이 때문에 심란해서 꿀 먹은 벙어리처럼 한마디도 않고 있던 나는, 언제까지 입 다물고 앉아 있을 수만은 없어 슬그머니 입을 열었다.

"근데 혜정이가 너한테 무슨 은혜를 입었기에 은혜를 원수로 갚는다고 그래?"

죽은 고양이 시체로 장난친 걸 용서해 준 것으로 은혜라고 하진 않을 테지. 그보다 더한 무언가가 둘 사이에 있었던 것 같은데, 그게 뭘까?

오늘도 매운 떡볶이에 벅벅 신경질을 내면서 덥석덥석 집어

먹던 녀석이 내 질문에 우뚝 젓가락질을 멈췄다. 녀석은 찔리는 게 많은지 내 눈을 똑바로 쳐다보지도 못하고 어물거렸다.

"넌 몰라도 돼."

하지만 난 알아야 했다. 그게 내 임무였으니까. 녀석과 얽힌 이야기라면 녀석의 발가락 때까지라도 알아야 할 의무가 있는 것이다.

"흠흠!"

내가 꽁무니 뺄 생각 하지 말고 어서 대답해 달라는 듯 빤히 쳐다보기만 하자, 어색하게 헛기침을 해대던 녀석이 냄비 속의 띡볶이를 하나 툭 내 쪽으로 밀어나 주었다.

"얼른 먹어."

엄지만 한 떡을 입에 넣고 심란하게 씹어 먹다가 나는 또 그새 궁금증을 참지 못하고 넌지시 질문을 던졌다.

"혜정이랑 사귀는 사이였어?"

"컥!"

그건 다분히 의도적이었지만 녀석이 너무 당황하는 바람에 오히려 내가 무안했다. 심한 기침에 녀석은 토끼처럼 눈까지 새 빨개졌다. 녀석답지 않게 당황하니 의혹은 눈덩이처럼 불어났다. 진즉에 알고는 있었지만 녀석의 양다리 연애근성에 나는 그 예 또다시 심기가 불편해졌다.

"그런 거 아냐!"

녀석이 파편까지 튀어가며 성질을 버럭버럭 냈다. 그런 게 아니라면 난 산에 왜 끌려가서 그 꼴을 당한 거래니? 혜정의 태도로 봐선 전혀 아닌 것 같더라만. 이 녀석이 여자 갈아타기를 아주 식은 죽 먹듯 한다.

'오늘 여러 번 욱하게 만드네. 아, 짜증나.'

나는 녀석의 불순하고 오만한 정신 상태에 기분이 별로 좋지 않았다. 여자애와 사귀어본 적이 없다고 태연히 속인 녀석에게 적잖이 실망했다. 여자에 대해선 의외로 순진한 면이 많아 내심 안도했더니, 이놈 완전 포커페이스다.

녀석에게 여자친구가 있을 거란 생각은 왜 못했을까? 그랬다면 애초에 작전을 변경했을 테고, 난 이렇게 생고생을 하지 않아도 되었으리라. 사건의 요점은 마약이지 녀석의 연애사가 아니라고 거듭거듭 세뇌를 시켜봐도, 꽈배기 꼬이듯 이리저리 배배 뒤틀리는 이 우라질 놈의 심사!

여하튼 녀석을 위해서라도 이 여자 저 여자 갈아타는 습성만큼은 깨끗이 고쳐 놓고 말리라. 나는 또 쓸데없는 의무감에 불타올랐다.

"아니면 아니지 왜 화를 내고 그래?"

내가 조사하면 다 나온다는 눈초리로 녀석을 흘기자 녀석은 할 말이 많은데 하지 못하는 것처럼 얼굴이 붉으락푸르락했다.

"정말 아니라니까!"

너무나 억울하다는 듯 뇌까리는 녀석 때문에 나는 그새 70%는 녀석을 믿는 쪽으로 마음이 기울어져 버렸다. 그거야 정말 조사해 보면 나오겠지. 그럼에도 나는 이 녀석 때문에 마음이 어수선했다. 녀석의 복잡한 여자관계도, 베일에 싸인 사생활도. 어느 쪽부터 접근해야 할지 매우 고민스러웠다.

"알았어. 믿어줄게."

내가 100% 믿을 순 없지만 그래도 널 좋아하니 믿고 싶다는 듯 뾰로통하게 말하자, 조금 억울함이 가시는 듯 녀석이 슬쩍 내 눈치를 보고는 몰래 안도의 한숨을 내쉬었다.

"앞으로 혼자 다니지 마라."

녀석이 날 그윽한 눈초리로 바라보며 말하니 나는 꼭 그래야지만 될 것 같았다. 녀석이 날 비리보는 눈초리에 진심이 깔려 있다고 느끼자, 녀석이 혜정과 아무 사이가 아니라는 말이 200%는 믿어졌다. 아울러 녀석이 이 학교 짱이 아니었으면 좋겠고, '온 세계파' 마약 조직원은 더더욱 아니었으면 하고 마음속으로 절실하게 바랐다. 만일 녀석이 처음 내가 생각하던 것처럼 마약 조직의 우두머리라면 너무나 마음이 아플 것 같기에. 녀석의 새털만큼이나 가벼운 연애관도 이렇게 실망스러운데 마약 조직원이라면 얼마나 실망스러울지.

십대 청소년들이 마약에 취해 혼숙하거나 상상치도 못할 범죄를 저지르는 경우를 종종 봐온다. 그럴 때마다 그 아이들의 인생이 안타깝고 불쌍해서 아무도 몰래 혼자 운 적도 있었다. 그런 아이들 앞에서 나의 미약한 존재를 느낀다면 너무 심오하다고 할 텐가.

형사로서 오로지 할 수 있는 일은 범인을 잡는 것뿐, 그들을 위해 그 이상은 해줄 일이 없다는 무력감에 나는 줄곧 시달려 왔다. 그리고 나는 지금 그와 비슷한 심정으로 녀석을 보고 있었다. 녀석의 몸에 밴 외로움, 슬픔, 어둠이 내 마음 깊숙한 곳을 쿡쿡 찌르며 아프게 했다. 좀 더 밝고 명랑하고 건강하게 자라야 할 녀석이 왜 이런 외로움과 슬픔과 어둠 속에서 방치된 채 웅크리고 있는지 진심으로 안타깝고 슬펐다. 할 수만 있다면, 녀석을 더 이상은 방치하지 않고 더 밝은 세상, 더 넓은 세상으로 나아가게 해주고 싶었다. 녀석을 위해, 이 사회와 나라의 미래를 위해 꼭 그래야만 할 것 같은 사명감이 내 안에서 새록새록 피어나고 있었다.

"어. 혼자 안 다닐게."

나는 순둥이처럼 대답하고는 녀석이 또 내 앞으로 밀어놔 주는 쫀득쫀득한 떡볶이를 오물오물 씹어 먹었다.

"오늘 있었던 일 신고할 거냐?"

녀석의 근심이 담긴 질문에 떡볶이를 먹다 말고 물끄러미 녀석을 바라보았다. 무슨 뜻으로 하는 질문인지 언뜻 감이 잡히지 않았다. 녀석이 걱정하는 게 나인지 혜정이나 자기 똘마니들인지 모호했다.

"니 생각을 말해봐. 내가 어떻게 했으면 좋겠어?"

나는 이전처럼 먼저 녀석의 의견을 물었다. 녀석의 의견을 먼저 묻는 건 녀석의 심리를 알아내기 위함이었다. 녀석이 진심으로 내게 원하는 게 무엇인지.

녀석은 미안한 눈빛이 선연한 얼굴로 대답했다.

"조금만 기다려 줘."

조금만 기다려 달라고?

그 대답이 왜 그리도 충격적으로 다가왔는지 모르겠다. 난 녀석에게 무슨 대답을 원했던 걸까? 녀석이 나와 함께 가서 경찰에 신고해 주길 바랐던 걸까? 솔직히 말해서 그게 상식 아닌가? 다른 사람도 아닌 자기 똘마니들이 여자친구인 날 해코지했는데 기다리라는 말이 나와?

"왜……?"

녀석의 눈동자에 아스라이 스쳐 지나가는 낭패감.

"지금은 설명할 수 없지만, 시간이 필요해. 혜정이랑 종만이가 너한테 한 짓을 생각하면 당장에라도 경찰서로 끌고 가고 싶어. 근데…… 그보다 더 중요한 일이 있어."

"중요한 일이라니? 그게 뭔데?"

"나중에. 나중에 다 설명해 줄게. 그러니까 지금은 날 믿고 잠자코 있어 줘. 대신 오늘 있었던 일, 절대 그냥 넘어가진 않을 거라고 약속해."

녀석은 뭔가 비장한 표정이었다. 나는 그제야 녀석에게 다른 꿍꿍이가 있다는 걸 알아챘다. 그래서 혜정이도 종만이도 또 다른 똘마니들에게도 그 정도 선에서 그쳤다는 걸.

대관절 이 녀석과 아이들 사이에 무슨 일이 있는 거지?

"알았어. 무슨 일인지는 모르겠지만 난 널 믿어."

무조건 널 믿는다는 말처럼 사람을 감동하게 하는 건 없다. 실제로도 녀석은 내게 감동한 눈치였다. 거짓말이 아니라 난 그때 정말로 녀석을 믿고 싶었다. 녀석에게 기회를 주고 싶었다.

"그래. 미안해."

녀석은 진심으로 미안하고 죄스러워했다. 우습게도 녀석답지 않은 미온적인 태도에 약간 섭섭함을 느끼고 있던 나는, 녀석이 그럴 수밖에 없는 중요한 이유가 있다는 것에 내심 안도했다. 그것이 마약 사건과 관련이 있으리라는 강한 예감이 든 탓이었다.

그리고 그날 밤, 익명의 제보자로부터 또다시 연락을 받았다. 이틀 뒤 토요일, 학교 뒷산에서 마약 거래가 있을 예정이라는 귀한 제보였다.

"어떻게 된 거야?"

다음날 학교에 갔을 때 혁이 선배가 내 모습을 보고는 소스라치게 놀랐다. 아침에 자고 일어났더니 얼굴이 멍투성이라 나도 내 모습에 깜짝 놀랐다. 어제 혜정이에게 잡혔던 머리는 아직도 욱신욱신 아팠다.

"나중에 설명할게."

나는 재빨리 그에게 속삭이고는 수업 준비를 했다. 녀석은 조금 늦게 교실에 왔는데 날 보더니 잔뜩 인상을 찡그렸다. 내 얼굴에 난 멍 자국을 본 모양이었다.

종만은 부러진 손목 때문인지 결석을 했고, 그 외의 아이들은 밤새 소문이라도 들었는지 오늘따라 쥐 죽은 듯 책상에 앉아 있었다. 찬물이라도 끼얹은 듯 아이들은 조용하다 못해 고요했다. 불편하고 딱딱한 분위기에 숨소리도 크게 낼 수 없었다.

선배는 점심시간에 날 살짝 밖으로 불러냈다. 우린 별관에 있는 실내체육관으로 가 어제 있었던 일을 이야기했다. 어제의 정황을 자세히 듣고 난 그의 안색이 새파랗게 변했다.

"그런 일이 있었어?"

"목소리 낮춰. 여기 애들, 무섭네. 그런 짓을 하면서 죄의식도 없어. 오히려 즐기더라니까."

나는 어제 일이 고스란히 되살아나 진저리를 쳤다.

"종만이 놈 그래서 결석을 한 거로군."

종만이 등교하면 선배에 의해 다른 손목이 또 부러지지 않을까 염려가 되지만, 나는 놈이 내게 한 짓이 괘씸해서 동정심이 깨끗이 사라졌다.

"근데 이상한 점이 있어."

"뭔데?"

"태오가 혜정이한테 한 얘기가 자꾸 마음에 걸려. 은혜를 원수로 갚는다는 말이 무슨 뜻일까?"

"혜정이가 태오에게 은혜를 입었다는 건데, 둘 사이에 무슨 일이 있었던 모양이지?"

은연중에 녀석과 혜정의 사이를 의식하고 있었는지 나는 계속해서 그 말이 머릿속에 뱅뱅 맴돌았다.

"죽은 고양이 일은 아닌 거 같아. 그보다는 좀 더 민감한 문제야. 선밴 혜정이에 대해서 좀 알아봐. 난 토요일에 태오와 영화관에 갈 생각이야."

"영화관?"

"어. 만일 태오가 마약 조직원이라면 무슨 이유를 대서든 약속 시간에 맞춰 빠져나가려고 하겠지. 난 그때 태오의 뒤를 쫓을까 해."

"좋아. 그럼 난 미리 약속 장소에 가 있다가 태오가 오는지 볼게."

"그만 가자. 우리 둘이 있는 거 태오가 알면 곤란해. 선배랑 내가 단둘이 있는 거 싫어하거든."

나는 녀석이 음악실에서 했던 말을 상기하며 불안감을 감추지 못했다. 녀석에게 찍히면 선배가 학교에서 활동할 영역이 그만큼 좁아지고, 그렇게 되면 내가 그의 몫까지 고스란히 감당해야 한다. 지금도 녀석은 선배를 주목하고 있으니 더욱 조심해야만 했다.

돌아서는 내 팔을 선배의 손이 가만히 휘어 감았다.

"신비야."

"왜?"

"조심해."

걱정이 가득한 그의 눈동자를 바라보며 안심시키듯 싱긋 웃었다.

"응. 선배도."

"어디 갔다 와?"

교실로 돌아오는 길에 복도에서 녀석을 만났다. 녀석은 날 많이 찾아다녔는지 숨을 약간 거칠게 몰아쉬며 짜증을 냈다.

"어? 저기 잠깐……."

"전화기 꼭 갖고 다녀."

찾을까 봐 일부러 핸드폰을 교실에 두고 왔는데 녀석은 내 손에 쥐어주며 잔소리를 했다. 녀석의 잔소리마저 친근하게 느껴지니 어제 산에서의 일로 난 녀석을 조금은 의지하게 된 것 같다. 내게 조금만 기다려 달란 말, 때가 되면 어제 산에서 있었던 일을 고이 넘기지 않겠다고 약속했던 말조차도 듬직했다.

"깜박 잊었네."

실수를 무마하듯 혀를 쏙 내밀고는 녀석을 따라갔다.

교실로 갈 줄 알았던 녀석은 날 옥상으로 데려갔다. 그곳에서 담배를 한 대 빼물더니 물탱크 뒤로 갔다. 우린 물탱크 벽에 나란히 기대앉았다.

"많이 찾았어?"

"그럼. 어딜 그리 빨빨 돌아다녀? 한참 찾았잖아."

"니가 있는데 무슨 걱정이야?"

"뭐?"

"그렇잖아. 니가 이 학교 짱인데 내가 왜 겁을 먹어야 해? 난 이제 니 여자친군데."

내가 녀석에게 박혀 있던 혜정을 차내고 녀석의 새로운 여자친구는 나라는 걸 내 입으로 떳떳하게 시인하자 녀석은 미안한 건지 감동한 건지 모를 얼굴로 조용히 담배를 피웠다.

"도자기 같아."

나는 뜬금없는 녀석의 말에 고개를 돌렸다.

"뭐가?"

"너 말야."

"내가 도자기 같다고?"

"어. 잘못 건드리면 깨질 거 같아. 그래서 좀 조심스러워."

내가 도자기 같다니. 듣던 중 최고다. 나는 속에서부터 터져 나오는 웃음을 꾹꾹 참았다.

"내가 그렇게 연약해 보여?"

다들 알고 있겠지만 난 절대 연약해 보이는 타입은 아니다. 헌데, 바람 불면 쓰러질 것 같은 연약한 여학생과 비교를 당하자 조금 얼떨떨했다. 만일 선배가 이 얘길 들었더라면 삼백구 년은 날 쫓아다니며 놀렸을 거다.

도자기 차신비. 아이쿠!

나는 지레 민망해 죽을 지경인데 녀석은 여전히 진지했다.

"우리 집에 아버지가 제일 귀하게 여기는 도자기가 있거든.

얼마 전에 내가 일부러 그 도자기를 깨버렸어. 아버지한테 작살
나게 얻어맞고 오토바이랑 카드도 빼앗겨 버렸어."

아하! 어쩐지 녀석이라면 근사한 오토바이 하나 정도 끌고 다
닐 줄 알았더니 생각보다 너무 소박해서 이상하다 했었다.

카드를 빼앗겨서 돈이 없었던 거구나. 그 아버지 참 매정도
하시지. 아무리 화가 나기로 때린 것도 모자라 카드까지 빼앗으
면 어쩌란 말인가. 애, 기죽이는 방법을 꼭 돈으로 해결해야 하
는지. 그런다고 기죽을 녀석도 아니겠지만.

"도자기는 왜 깼는데?"

"화가 나서. 근네 널 보는 순간 그 도자기랑 비슷한 느낌인 거
야. 킥. 좆나 웃기지?"

잊을 만하면 튀어나오는 험악한 언어 습관.

나는 밉게 눈을 흘기고는 녀석의 손에서 담배도 빼앗아 바닥
에 칙칙 그어 꺼버렸다.

"야!"

녀석이 담배를 빼앗기고 험상궂게 인상을 쓰다가 내 머리를
아프지 않게 쿡 쥐어박았다.

"까불다가 한 대 맞는다, 너."

녀석이 내게 은근히 협박했지만 아랑곳없이 끈이 풀린 녀석
의 운동화를 꼭꼭 묶어주었다. 아이스링크에서 녀석이 내게 해
주었던 것처럼. 실내에서 실내화를 신지 않는 건 학교에서 이
녀석뿐이었다.

내가 운동화 끈을 묶어주자 잠시 감동에 휩싸인 눈초리로 녀석이 날 물끄러미 바라보았다. 생각해 보니 이 녀석은 작은 것에 감동을 잘하는 눈치다. 평소 공부하고만 담을 쌓은 게 아니라 감동적인 삶과도 담을 쌓았던 애처럼. 작은 것에도 쉬이 감동하는 녀석이 나는 또 측은하고 가엾다. 얼마나 애가 사랑을 못 받고 컸으면 사탕 하나를 입에 물려줘도 감동할 얼굴인가 말이다.

"신비야."

"어?"

"씨발. 미치겠네."

어느 순간 날 보는 눈빛이 달라졌던 녀석은, 금세 얼굴이 벌겋게 달아올라 사지를 비틀더니 못 견디겠다는 듯이 벌떡 일어나 버렸다. 나도 후다닥 엉덩이를 털고 일어나며 소리쳤다.

"너 또 수업 빼먹으려고 그러지?"

정곡을 찔린 듯 녀석이 걸음을 멈칫했다.

내가 이래 봬도 범죄심리학 A 뿔다구 맞은 사람이란다. 어디 도망가려고!

달려가 녀석의 팔을 잡아끌었다.

"수업 듣고 가. 자꾸 수업 빼먹으면 못 써."

"수업받기 싫은데."

녀석이 투정을 부리면서도 세상에서 제일 힘없는 사람처럼 휘적휘적 내 손에 끌려 따라왔다. 사람이든 짐승이든 자신을 예뻐해 주는 사람을 좋아하고 따르게 되어 있는 법이다. 이건 녀석의 심리를 이용해서가 아니라 내가 녀석을 조금은 예뻐하기 시작했다는 증거이기도 하다.

겉은 완벽하니 속만 좀 뜯어고치면 애도 꽤 괜찮은 인간으로 거듭날 텐데.

"우리, 내일 영화 보러 갈래?"

옥상을 내려가기 전 녀석에게 낚싯대를 던졌다.

"영화?"

녀석이 덥석 내 낚싯밥을 무는 걸 보며 속으로 회심의 미소를 씩 날렸다.

"어. 같이 가자. 보고 싶은 영화가 있어서 그래."

"몇 시에 볼 건데?"

"낮에는 일이 있어서 안 되고 저녁 일곱 시쯤."

"일곱 시?"

"어. 그전에 만나서 밥 먹고 들어가자."

"음."

약간 머뭇거리던 녀석은 이내 고개를 끄덕였다.

"그러지 뭐."

후훗. 딱 걸렸어.

다음날 학교에 온 종만은 부러진 손목에 깁스한 상태였다. 놈은 쭈뼛거리며 교실로 들어와 제일 먼저 태오가 왔는지 안 왔는지 살폈다. 태오는 아직 등교 전이었고, 나는 종만의 시선을 느꼈지만, 부러 못 본 체했다. 종만은 자기가 한 짓이 있어 내가 학교에 고발이라도 할 줄 아는지 불안한 얼굴이었다. 꼭 녀석의 부탁이 아니었대도 행여 폭행 사건으로 마약 사건이 감춰지면 안 되므로 어제 산에서 있었던 불미스러운 일은 이쯤 해서 덮어 두어야 했다. 물론, 녀석 말마따나 나 또한 어제 일을 영영 덮어 둘 생각은 없었다.

사건 종결되고 보자, 하종만.

나는 속으로 단단히 별렀다.

"야, 하좆만!"

종만이 자리에 앉다가 주춤했다. 마침 교실 뒷문으로 들어오다가 종만을 향해 혁이 선배가 손가락을 까딱까딱하여 밖으로 나오라는 손짓을 했다. 가뜩이나 종만에게 무슨 짓을 할까 걱정이던 차에 가슴이 쿵 떨어져 재빨리 그에게 허튼짓하지 말라는 눈짓을 보냈다.

선배는 내게 괜찮으니 걱정 말라는 듯 싱긋이 웃고는 종만에게 차가운 시선을 돌렸다. 눈빛을 보니 전투력 완전 충전!

"꾸물대지 말고 빨랑 튀어나와, 새끼야."

그가 내뱉는 과격한 욕설에 종만은 슬며시 반 아이들 눈치를 보더니 일어나 밖으로 나갔다.

'에이 씨! 저 인간은 어떻게 된 게 하지 말라면 더 해.'

나는 속으로 알파벳 욕설을 뇌까린 뒤 신경질적으로 발딱 일어났다. 몇몇 아이들이 날 걱정스럽게 쳐다봤지만, 그가 무슨 짓을 저지르기 전에 말리는 게 좋을 성싶었다. 누군 손이 없고 발이 없어 가만히 있는 줄 아나.

쿠당탕탕!

교실을 채 나서기도 전에 복도에서 엄청난 굉음이 들렸다.

"헉! 이게 무슨 소리야?"

놀라서 뒷문으로 뛰어나가자 다른 아이들도 일제히 일어나 창문과 앞뒷문을 통해 밖을 내다보았다.

"씹새끼가 죽으려고."

선배가 학교에 처음 왔을 때 선보였던 개 날라리 포스로 종만을 운동회 때 공 굴리기하듯 복도에서 데구루루 굴리고 있었다. 쉴 틈 없이 그가 연거푸 내지르는 발길질에 종만의 비대한 몸이 곰이 재주넘듯 데굴데굴 굴러갔다.

"씨발, 개새끼 죽……!"

"뭐라고?"

퍽!

"크윽! 죽여 버린다……!"

"어쭈."

퍽!

"으악! 뒈지고 싶냐……!"

"놀고 있네."

퍽, 퍽!

입이나 다물고 곱게 있으면 덜 맞을 터인데 머리 나쁜 종만은 선배에게 대들다 맞기를 이쪽 복도에서 저쪽 복도까지 쭈욱 개 맞듯 얻어맞았다. 한쪽 팔을 깁스한 상태였으니 제대로 반격을 못해 더 애를 먹는 모습이 도리어 측은할 지경이었다. 쯧쯧. 하여간 논리하곤 담쌓은 놈이니.

"혁아!"

저러다 아침부터 애 하나 잡을 것 같아서 나는 소스라치게 선배의 이름을 불렀다. 다른 때 같았으면 그러든지 말든지 시니컬하게 내버려 뒀겠지만, 여긴 다름 아닌 학교였다. 그리고 우린 엄연히 작전수행 중이었다.

선배가 화와 걱정이 담긴 내 부름에 흘끗 뒤를 돌아보고는 엉거주춤 일어서는 종만의 배를 또다시 발로 퍽 소리가 나도록 세게 걷어찼다. 종만인 복도로 불려 나간 이후로 무릎 한 번 제대로 펴보질 못하는 것 같다.

"억!"

꽈당!

종만이 뒤로 벌러덩 나자빠지며 입에서 붉은 피를 토했다. 사람 한 번 잘못 건드렸다가 무진장 욕본다. 그래 봐야 앞으로 겪을 일들을 생각하면 전초전에 불과하겠지만.

어느덧 다른 반 아이들도 죄다 문이란 문에는 파리 떼처럼 달라붙어 구경하느라 정신이 없었다. 그런데도 복도에 누구 하나 감히 나올 생각을 하지 못했다. 그래서 더 종만이 처연하게 보였는지도 모르겠다.

그때 복도 끝에서 제법 샤프한 눈매의 남학생이 등장했다. 어깨에 잔뜩 힘을 준 채 손을 바짓주머니에 꽂아 넣고 거들먹거리며 다가오는 폼이 '나 이 학교에서 마태오 다음으로 잘나가는 놈이야' 하고 으스대는 듯했다. 그 남학생이 누군지는 나도 선배도 익히 잘 알고 있었다.

선배에게 얻어맞고 바닥에 쓰러져 있는 종만을 거만한 눈길로 쓱 내려다보는 남학생의 이름은 채석장. 굼뜨고 무식하기만 한 종만과는 다르게 영악하고 약간은 비열하기까지 한 인상이었나. 우린 본능석으로 서런 인상 안 좋아한다. 그런 거 있시 않은가. 이유도 없이 싫은 사람. 내겐 채석장이 꼭 그런 놈이었다.

"아침부터 시끄럽게 굴지 말고 나중에 끝나고 보자."

채석장의 으름장에 선배가 기다렸다는 듯이 히죽 웃었다.

"좋지."

"태오한텐 내가 얘기할게."

"편할 대로. 어디서 볼까?"

"폐가 알지? 그리로 와."

빙글빙글 웃던 선배가 비틀거리며 일어나는 종만을 냉랭한 눈길로 한 번 쏘아보고는 휙 몸을 돌렸다. 나는 그때까지 가슴을 졸이며 복도에 서 있다가 선배와 시선이 마주치고는 불만스럽게 인상을 찌푸렸다. 불안한 눈으로 복도 끝으로 사라지는 채석장을 바라보다 교실로 들어가려는 선배를 붙잡았다.

"어쩌려고 이래?"

"내가 알아서 할게."

선배는 그 말만 하고는 내 곁을 스쳐 교실로 들어갔다.

"후우."

답답한 마음에 길게 한숨을 내쉬곤 그를 따라 교실로 들어갔다. 자리에 앉고 얼마 안 있어 녀석이 들어왔다. 아이들도 어느새 자기 자리에 앉아 조용히 자습을 하고 있었다. 실내에 흐르는 싸한 분위기를 느꼈는지 녀석은 슬그머니 내 뒤로 다가와 허리를 숙이고는 어리둥절하게 물었다.

"아침부터 뭔 일이냐?"

무심코 고개를 돌렸다가 화들짝 놀랐다. 녀석의 얼굴이 너무 코앞에 다가와 있었기 때문이다.

이 녀석이 왜 아침부터 에로를 연출하고 그래? 부끄럽게.

즉시 개코가 발동한 난 녀석의 몸에서 나는 은은한 향을 콧구멍을 벌름거리며 맡았다. 향수는 아니고 스킨 냄새인 것 같은데 괜스레 기분이 나른하고 좋아진다. 흐음.

아직, 채석장에게 연락을 받기 전인 모양이어서 약간 머뭇거리다 난감하게 대답했다.

"조금 있다가 얘기해."

녀석의 핸드폰으로 전화가 걸려온 건 그때였다. 자기 자리로 가서 앉으며 녀석이 느긋하게 전화를 받았다.

"어. 왜?"

상대방이 하는 말을 가만히 듣고 있던 녀석이 쓱 상체를 뒤로 빼어 혁이 선배를 건너다보았다.

"그래?"

아침부터 선배에게 먼지가 나도록 얻어맞은 종만도 어느새 자리로 돌아와 있었는데, 녀석은 종만을 보더니만 안색이 싹 달라졌다. 종만은 어제 일로 잔뜩 쫀 표정이었다. 창백한 낯빛의 종만은 겁에 질린 얼굴로 녀석 쪽으론 고개조차 돌리지 못했다.

거 참. 저렇게 겁을 내면서 그땐 왜 그렇게 용감하게 굴었대? 희한하네.

"알았다."

녀석은 종만에게서 못마땅한 시선을 거둔 뒤 전화를 뚝 끊었다. 녀석의 심각한 표정으로 보아 더 이상 내가 설명할 일은 없었다.

"이, 이혁! 하, 하종만! 아, 앞으로 나, 나와!"

부러 늦게 왔는지 어땠는지 몰라도 뒤늦게 교실로 들어오신 담임선생님. 권위라곤 쥐뿔도 없는 목소리로 더듬거리며 소란의 주범인 혁이 선배와 종만을 교탁 앞으로 불러냈다. 선배는 그제야 조금 미안해진 얼굴로, 종만은 엄청 귀찮고 짜증나는 얼굴로 어슬렁어슬렁 선생님 앞으로 나갔다.

"아, 아, 아침부터 왜 보, 보, 복도에서 싸우는 거냐? 니, 니들이 하, 학교를 우습게 아는 모, 모양인데……."

미치겠다. 식은땀까지 뻘뻘 흘리며 별로 훈계 같지 않은 훈계를 늘어놓고 계시는 선생님을 나는 측은한 눈길로 바라보았다.

선생님 맞으신가요?

하긴, 얼마나 힘드시겠는가. 자신보다 덩치가 세 배는 더 큰 놈들을 올바른 길로 인도하고 훈육하기가. 비록 태오 녀석을 알고 지낸 지 오래진 않지만 내, 선생님의 고충을 깊이 알 것 같다. 저런 들판에 풀어놓은 망아지 같은 놈들을 상대하기가 얼마나 고역인지.

"......."

"......."

종만은 아침부터 먼지 나도록 얻어맞은 것도 괴로운데 담임선생님의 잔소리까지 들으니 돌아버리겠다는 얼굴로 인상을 북그리더니만 혁이 선배를 가만히 안 둘 듯이 꼬나봤다. 선배도 니가 꼬나보면 어쩔 거냐는 눈빛으로 종만을 무섭게 노려보았다.

담임선생님한테 불려 나가서도 정신 못 차리고 한판 오지게 붙을 것 같은 예감이 뇌리에 번뜩 드는 찰나, 얼굴이 새하얗게 질린 선생님이 벌벌 떨리는 소리로 말씀하셨다.

"너, 너희 둘은 하, 한 달간 반성문이랑 화장실 청소다. 아, 알았지?"

나는 두 팔꿈치를 책상 위에 얹고 진지하게 선생님 말씀을 경청하다가 황당함을 못 이기고 휘청했다.

벌치고는 너무 약하잖아. 실은, 선생님 마음이 너무 약하신 거겠지만.

그렇게 아침의 소란은 허접하게 마무리되었고, 나는 점심시간에 학주 선생님의 부름을 받고 학생부 지도실로 갔다. 삭막할 거라 생각했던 학생부 지도실은 뜻밖에 아기자기한 화분으로 그득했다.

으흠, 꽃 냄새.

바깥은 아직 쌀쌀한데 이곳은 봄이 물씬 느껴졌다. 달콤한 커피 향까지 은은하게 풍겨오니 가슴이 훈훈했다. 그곳에 학주 선생님이 작은 컵으로 화분에 물을 주고 계시다가 인자하게 웃으며 나를 반겼다.

"어서 와요."

애들 앞에서 신고식 하랄 때는 언제고 정중히 높임말을 쓰는 선생님에게 나는 황송하여 얼른 손을 저었다.

"말씀 낮추세요, 선생님."

"여기선 밖에서 들을 염려 없으니 마음 놓아요."

"그래도요. 제가 불편해서 그래요. 말씀 낮추세요. 나이도 제가 한참 어린데요."

"음. 신비 양이 영 불편하다면 그렇게 하지. 학교생활에 애로 사항이 많지?"

"네. 생각보다 어렵네요."

"몸은 괜찮아?"

안쓰러운 눈길로 바라보는 선생님에게 애써 빙그레 웃어 보였다. 몸은 괜찮지만, 마음은 괜찮지 않았다. 직업이니 어쩔 수 없다고 자위해 봐도 마음 한 켠으론 자괴감이 쓴 물처럼 남아 있었다. 그런 일을 당하고 어떻게 아무렇지도 않을 수 있을까.

가슴이 먹먹하고 씁쓸해서 선생님께 허리를 숙여 감사의 마음을 전했다.

"네. 산에서 있었던 일에 대해 소문으로 일축해 주신 거 고맙습니다."

그렇다. 아침에 학교에 오다가 선생님의 전화를 받고 얼마나 놀랐는지 모른다. 벌써 온 학교에 소문이 파다하게 퍼졌나 싶어 걱정되었던 것이다.

신기한 일은, 그 산에서 일어났던 이야기를 누가, 어떻게, 어떤 경로로 퍼뜨렸을까 하는 거였다. 그런 걸 보면 세상에서 가장 빠른 발이 소문이란 말은 거짓이 아니었다. 나는 전화로 선생님께 사정을 이야기하고 더는 그 이야기가 확대되지 않도록 부탁했었다. 사건의 핵심이 엉뚱한 곳으로 흘러가면 안 되기에.

"두 사람 보기 창피하군."

선생님의 얼굴엔 고뇌의 흔적이 짙게 서려 있었다.

"선생님이 왜요? 저희한테 창피할 일이 뭐가 있다고요."

선생님이 생각이 많은 얼굴로 심산하게 한숨을 쉬셨다.

"명색이 선생이란 사람들이 애들 관리도 제대로 못하니 하는 말이야. 요즘 같아선 선생이란 직업에 회의감이 느껴져."

"그게 꼭 선생님들 잘못인가요? 그렇게 따지면 저희 경찰에서도 할 말이 없긴 마찬가지인걸요. 어쩌다 마약조직이 고등학교까지 침입했는지. 방관하고 있었던 것도 아닌데 좀 씁쓸하네요."

"손이 너무 모자라."

손이 모자라면 열정이라도 있어야 할 터인데 선생님 말씀을 듣고 보니 나 역시 그동안 열심히 한다고는 했지만 어느 순간 매너리즘에 빠져 제자리걸음을 하고 있었던 건 아닐지 반성의 계기가 되었다. 수사대에 지원할 때만 해도 이 땅에 판치는 마야 무리는 죄다 내 손으로 잡아들일 듯이 열익가 너무 넘쳐 탈이었건만, 지금은 현실에 부닥쳐 그야말로 허덕이고 있는 꼴이었다.

"근데 무슨 일로 부르셨어요, 선생님?"

"실은 태오 때문에 보자고 했어."

태오라는 말에 나는 괜스레 가슴이 철렁했다.

"태오가 왜요, 선생님? 태오한테 특별히 무슨 문제가 있나요?"

"태오에 관해 좀 알아봤는데 수사에 도움이 될지 모르겠군."

"어서 말씀해 보세요."

"나도 올해 새로 부임해 온 터라 태오에 관해서는 자세히 모르고 있었는데 말야. 이사장님과 떨어져 산다는 말이 있어."

"네, 그건 저도 알아요. 무슨 이유인지 모르겠지만 아버지랑 사이가 안 좋다더군요."

"응. 그 이유가 태오 엄마 때문이래."

"태오 부모님이 이혼했다는 거 알아요."

"음. 태오가 저렇게 된 게 부모님과의 문제 때문인 거 같아. 알아보니까 중학교 때까진 꽤 모범생이었다는군. 공부도 상위권이었고."

"그래요?"

그건 나로서도 뜻밖의 소식이었다. 모범생과 녀석의 이미지가 전연 어울리지 않았기 때문이다. 공부하는 마태오라니. 상상이 안 된다.

"그러다가 고등학교에 들어오면서 완전히 바뀌었다는데, 그때가 부모님 이혼 시기와 맞물리거든. 신비 양이 태오에 대해 은밀히 조사 중이라고 하니 혹시나 도움이 될까 하고 이야기해 주는 거야."

"이혼한 이유는 모르시고요?"

"말은 합의이혼이라는데 어느 날 갑자기 떠나 버렸대. 내 입으로 이런 말을 하게 돼서 그렇지만 이사장님 사생활이 많이 문란했던가 봐."

"네에? 그게 정말이에요?"

어허! 이거 갈수록 점입가경일세.

나는 녀석의 집 거실에 걸려 있던 사진 속의 얼굴을 떠올리곤 경악을 금치 못했다.

아니, 어떻게 그런 사람이 학교 재단 이사장일 수 있어? 학교가 이 꼴인 게 다 이유가 있었다. 이사장이 그 모양인데 학교가 잘 돌아갈 턱이 있나.

"가정환경이 엉망이야. 그러니 애가 어디다 마음을 못 붙이고 저 모양이다 싶어 한편으론 안됐기도 하다가, 학교고 선생이고 우습게 아는 녀석을 보면 선생으로서 울화가 치밀기도 하다가 그래. 이젠 선생님들도 죄다 포기한 눈치야. 이사장인 아버지가 가만히 내버려 두는데 선생들이 나서서 훈계하는 것도 한계가 있는 거지."

"다른 건 또 들은 거 없으세요?"

"내가 아는 건 거기까지야. 듣는 대로 또 전해줄게."

"네, 알겠습니다. 정말 큰 도움이 됐어요. 고맙습니다, 선생님."

내가 인사를 꾸벅하자 선생님이 빙긋이 웃으셨다.

"이렇게라도 도울 수 있으니 마음이 편해. 학교 내에 마약조직이 있다는 소릴 듣고 얼마나 놀랐는지 몰라. 이번 기회에 모쪼록 일망타진해서 우리 애들이 밝은 환경에서 공부할 수 있었으면 더 바랄 것이 없겠어."

"그래야죠."

"그래도 요 며칠 태오 얼굴이 부쩍 밝아져서 보기 좋더군. 그게 다 신비 양 덕분인 거 같은데 잘돼가나?"

"네?"

영문을 몰라 하는 날 보며 선생님이 재미있다는 듯 큰소리로
하하 웃으셨다.

"두 사람이 사귄다면서?"

"아, 네. 그거요?"

"그것도 작전의 일부인가? 그렇다면 좀 걱정이군."

"뭐가요, 선생님?"

"태오가 나중에 신비 양 정체를 알고 상처나 안 받을지 말야.
그럼 더 큰일 아닌가?"

"그게……."

"알아, 태오가 학교 짱이라서 마약 조직원일 가능성을 염두에
두고 있다는 거. 하지만 만약에 아니라면 그땐 어쩔 거지?"

"……."

"내가 경찰이 하는 일에 일일이 간섭할 위치는 아니지만, 만
약 아닐 경우에 그 뒷감당을 어떻게 하려는지 걱정이 돼서 하는
소리야. 태오가 아무리 불량하다고 해도 애는 애인걸. 그런 녀
석일수록 한 번 상처받으면 걷잡을 수 없게 된다는 걸 지금도
우리 눈으로 보고 있지 않나?"

선생님이 나무라는 듯해서 저절로 고개가 숙여졌다.

"태오가 마약조직과 아무 관련이 없다면 그보다 다행한 일은
없겠죠. 저도 그러길 바라고요. 나중에 태오한테 이럴 수밖에
없었던 사정과 상황을 제가 잘 설명하겠습니다. 태오가 이해해
주면 다행이지만, 만일에 이해하지 못한다고 해도 지금으로선

어쩔 수 없네요. 태오가 받는 상처, 제가 다 감당할 테니까 선생님도 태오에게 조금만 더 신경 써주시겠어요?"

"그러지. 내가 시간을 너무 빼앗은 것 같군. 어서 가봐. 학교생활에 어려운 점 있으면 언제든 이야기하고."

"네. 그럼 가볼게요. 커피 잘 마셨습니다, 선생님."

학생 지도부실을 나와 교실로 걸어가는 내내 발걸음이 무거웠다. 선생님이 내게 하신 말씀들이 한 자도 남김없이 심장에 화살처럼 꽂힌 기분이었다. 조금은 나도 걱정했던 일이건만, 그 말을 직접 들으니 왜 이렇게 아픈 걸까.

아프고 아프다. 아파서 심장이 저릴 만큼. 마치 내 양심을 숨기고 있다가 들킨 사람처럼.

살얼음 같은 시간이 지나 하교할 때가 되었을 때 교실을 나가는 녀석을 붙잡았다. 혁이 선배는 종례가 끝나자마자 내가 잡을 틈도 없이 사라져 버렸기 때문에 녀석에게 부탁하는 수밖에 없었다.

"혁이 어떻게 할 거야?"

그 한마디에 가뜩이나 종일 심기가 흐려 있던 녀석의 눈동자가 싸늘하게 식었다.

"걱정돼서 죽겠는 모양이지?"

녀석은 질투가 고스란히 드러난 얼굴로 이죽거렸지만, 난 녀석을 달래거나 농담으로 웃어넘길 기분이 아니었다. 이건 정말이지 심각한 상황이었던 것이다. 욱하는 성미이고 못 참는 성격인 선배라 때로 오버하는 경향이 짙지만 혼자서 여러 아이들을 상대하기엔 아무래도 무리가 있었다. 이러다 교내 마약 조직원들을 찾아내기도 전에 큰일이 벌어질 것 같았다.

다급한 마음에 나는 녀석에게 무리한 부탁을 하고 말았다.

"니가 혁일 지켜줘."

"뭐?"

"혁이 내 친구야."

"차신비."

화가 폭발할 것처럼 녀석의 인상이 굳어졌다. 허나, 난 물러설 수 없었다. 작전상 내가 직접 나서서 혁이 선배를 도와줄 수 없으니 잡을 지푸라기라곤 녀석뿐이었다.

"분명히 말했어. 너와는 의미가 다르다고. 니가 마음에 안 들어도 혁이는 나한테 친구야. 그러니 니가 혁일 지켜줘야 해. 날 지켜줬던 것처럼."

녀석은 고민도 없이 단박에 거절이다.

"싫어."

"태오야!"

"지난번에도 경고했어. 나대지 말라고. 그러고도 아침부터 학교에서 소란 피운 거 나에 대한 도전장이야. 누구도 내 허락 없이 내가 거느리는 애들 못 건드려. 그게 종만일지라도. 죽여도 살려도 내가 해. 넌 날 믿는다면서? 그럼 혁이 일도 나한테 맡겨."

　혜정이와 종만이에게 당하고도 신고하지 말고 잠자코 있으라
는 녀석의 부탁을 거리낌없이 들어주었던 나로서는 가히 충격
적인 발언이었다. 이건 숫제 혜정이와 종만을 보호하려는 심산
이 아닌가.

　내게 해코지한 아이들은 보호하고 내 친구인 혁은 마음대로
해도 괜찮다는 건가? 겨우 이러려고 나더러 시간을 달라고 했던
거였어? 왜? 누굴 위해서? 나는 녀석을 믿고 시간까지 주었는데
어떻게 내 부탁을 이리도 무참하게 저버릴 수 있는 거지? 너란
녀석은 왜 항상 니 멋대로인 거야.

　아직도 알 수 없는 녀석의 마음. 내게 속마음을 내보이지 않
는 녀석 때문에 나는 점점 화가 나기 시작했다.

　"모든 문제를 폭력적으로 해결하려 든다면 니가 다른 애들과
다를 게 뭐야?"

　"그때 일과 이건 또 다른 문제야. 한데 엮지 마. 이혁은 우리
한테 이방인일 뿐이고, 난 그걸 바로잡겠다는 거야."

　"이방인?"

　"그래. 난 그 자식 받아줄 마음 추호도 없어."

　처음 혁이 선배가 폐가로 끌려갔을 때 녀석은 매우 너그러운
왕처럼 굴었다고 했다. 헌데, 지금은 왜 이리 냉혹하게 구는 건
가.

　"니가 이러는 거 나 때문이야?"

녀석의 눈빛이 잔인하게 일그러졌다.

"난 그 자식이 니 곁에 얼쩡거리는 게 싫어."

녀석은 쌀쌀맞게 나를 지나쳐 교실을 나가 버렸다.

내가 너무 녀석을 믿었던 걸까? 녀석에 대해 아직 아무것도 결정난 게 없는데 난 녀석에게 무얼 바라고 있었던가.

녀석이 자기 똘마니들을 이끌고 운동장을 걸어가는 걸 지켜보다가 시간차를 두고 몰래 폐교로 가보았다. 폐교 앞마당이 훤히 내려다보이는 바위가 있어, 그곳에 몸을 바짝 엎드린 채 가방에 늘 넣고 다니던 작은 망원경으로 마당에 빙 둘러서 있는 녀석과 놈들을 지켜봤다.

잠시 후 어디선가 혁이 선배가 어슬렁거리며 나타났고, 나는 그의 입에 물린 풀을 보고 나도 모르게 풋! 웃음이 나왔다.

"저게 뭐야? 내 참. 자기가 무슨 조선시대 협객도 아니고 난데없이 풀은 왜 입에 물고 있는 거람. 아주 영화를 찍어라, 찍어."

그런가 하면 선배와 대치해 서 있는 녀석은 살벌하기 그지없었다. 멀어서 말소리는 알아들을 수 없었으나 두 사람은 마주 선 채 무언가 심각하게 얘기를 나누고 있었다. 그 와중에 선배는 상대가 고등학생이라 얕잡아 보고는 계속 빙글거리며 웃고 있었다. 그 능글맞은 웃음이 녀석과 놈들에겐 더 밉살맞아 보였을 게 분명했다. 보고 있는 나도 이렇게 얄미운데 놈들이라면 저 웃는 면상에 곡소리를 내고 싶지 않았을까?

저런 추세라면 녀석과 친구가 되기는커녕 이 산에서 세상과 하직하지 않으면 다행일 거다. 고삐리들한테 맞아 죽었다면 그다지 명예로운 순직은 아닐 성싶은데…….

"저 화상! 내가 일낼 줄 알았어."

한심스럽게 구시렁거리고는 망원경 방향을 녀석 쪽으로 옮겼다. 비스듬히 보이는 녀석의 얼굴이 망원경 렌즈 속에서 선배를 향해 같잖다는 듯 피식 웃고 있었다. 분명히 그가 또 애먼 소리로 녀석의 염장을 싸질렀을 것이다.

"작전이고 뭐고 여기서 끝을 볼 참이로구나. 내가 그동안 태오랑 친해지려고 얼마나 고생했는데, 다 된 밥에 재 뿌리면 어떻게 되는지 알지? 앞으로 국물도 없을 줄 알아."

조마조마한 마음에 자꾸 신소리를 해가며 상황을 살폈다.

선배와 몇 마디 주고받던 녀석이 뒤로 쓱 빠졌다. 대신 아침에 복도에 나타났던 채석장이 녀석이 섰던 자리로 나왔다.

아무렴. 원래 똘마니들을 놔두고 우두머리가 채신머리없이 먼저 나서는 법은 없다. 상대의 진짜 실력을 알 수 없으니 일단 간을 봐야겠지.

녀석의 간보기용 채석장이 몸을 옆으로 살짝 돌려 공격 자세를 취했다. 재빨리 선배의 표정을 살피자 그는 녀석이 아닌 엉뚱한 놈을 상대해야 한다는 생각에 기가 차는지 헛웃음을 쳤다. 내가 봐도 자존심이 좀 상했겠다 싶었지만, 놈들 눈에는 혁이 선배도 나처럼 열아홉 살 남자애일 뿐이었다. 놈들로선 어디서 굴러들어 온 개뼈다귀냐 싶었으리라. 그 개뼈다귀가 서울경찰 청에 근무하는 개뼈다귀라는 건 꿈에도 모른 채 말이다.

파바박!

순식간의 이동.

망원경으로 따라잡기도 어려울 만큼 두 사람의 움직임이 보이지 않을 정도로 빨랐다. 이러나저러나 싸움 구경만큼 흥미로운 일은 없다. 나는 싸움이나 불의에 한해선 어릴 적부터 싹수를 보였다. 길을 가다가도 싸움이나 분란이 일어나는 곳이라면 무심히 못 지나친다. 꼭 왜 싸우는지, 누가 잘못했는지, 고소 건인지 화해 건인지 알고 가야 집에 가서 두 다리 쭉 뻗고 잠을 자도 갔다. 그런 드넓은 오지랖 때문에 운명처럼 경찰이 된 건지도 모르겠다. 내 몸속에 남들보다 오지랖 유전인자와 의협심 유전인자가 유달리 많은 걸 어쩌겠는가. 받아들일 건 받아들이자.

"채석장 저놈도 싸움 꽤 하네."

하긴, 그 정도 실력이 아니면 아침에 그리 거만을 떨지도 않았을 테지. 근데 저놈은 생긴 게 얍삽해서 그런지 싸움 잘하는 것도 왠지 얄밉다.

퍽!

선배가 날린 주먹이 채석장의 얼굴에 가서 정통으로 꽂혔다. 매우 빠르고 강한 펀치에 고개가 뒤로 휘청한 채석장이 약간 약이 오른 듯 인상을 그렸다.

휙, 휙, 휙!

퍼억!

'으응?'

채석장의 강력한 주먹과 휘돌려 차기가 연달아 이어지는가 싶더니, 선배가 채석장의 호된 발길질에 가슴을 세게 얻어맞고 뒤로 쭈욱 밀려갔다. 흙먼지가 뿌옇게 흩날리는 속에서 어디선가 낙엽이 팔랑 날아와 선배의 발아래 굴러 떨어졌다.

휘이이잉.

막간의 적막이 두 사람의 대결을 더욱 극적으로 보이게 했다.

"제법인걸."

선배는 충격이 꽤 있었는지 입술로 바람을 휙 불어 앞머리를 날렸다. 그러고는 틈을 주지 않고 곧장 앞으로 튀어나갔다.

퍽! 퍽! 파팍!

탁! 탁! 타닥!

채석장이 이리저리 막아봤으나 소용없었다. 선배가 발로 걷어차는 대로 정확히 린치가 가해지자 채석장이 마침내는 정강이를 세차게 얻어맞고 털썩 한쪽 무릎을 꿇었다. 깡다구는 있어서 벌떡 몸을 일으키다가는 휘청, 다시 주저앉았다.

무릎을 꿇은 채 채석장이 분한 듯 선배를 올려다봤다. 선배가 넌 내 상대가 아니야, 하는 오만한 눈빛으로 채석장을 노려봐 준 후 시선을 들어 멀찌감치 서서 구경하던 녀석을 쳐다보았다. 간 그만 보고 나오란 얘기다. 그러자 그때까지 뒷짐 지고 구경만 하던 녀석이 앞으로 저벅저벅 걸어나왔다.

채석장이 벌떡 일어나 자기가 끝을 보겠다는 심산으로 녀석의 앞을 가로막았지만, 녀석은 느긋하게 손을 들어 저지했다. 그만하면 어느 정도의 실력인지 간파했다는 듯이.

나는 어느덧 흥미진진하게 두 사람의 대결을 지켜보았다. 녀석과 선배가 마주 서자 기분이 요상했다. 이 시점에서 선배를 응원해야 옳건만, 녀석이 또 얻어맞는 건 싫으니 이건 뭥미?스러운 사태가 아닐 수 없었다.

대체 이 상황에 내가 왜 저 두 인간의 응원에 고뇌해야 하는 건가.

"내가 선배 때문에 되는 일이 없어. 지금이 저 녀석이랑 한가하게 맞장 뜰 때야? 철딱서니가 없어. 쯧쯧."

혀를 차며 지켜보자니 선배가 또 깐족대는 게 분명한 얼굴로 녀석에게 뭐라고 얘길 하고 있었다. 선배가 뭐라고 지껄이든 간에 자기 할 일 하듯 침착하게 그를 살피는 녀석은, 앞으로 보나 옆으로 보나 뒤집어 보나 타고난 싸움꾼의 기질이 충만했다. 혁이 선배를 상대로 저리 밀리지 않는 포스라면 승산이 없지도 않았다.

마른침을 꼴깍 삼킨 나는 사뭇 기대에 찬 눈빛으로 녀석을 바라보았다.

7

그로부터 한 시간 후.

차디찬 바위 위에 엎드려 있다가 체온 저하로 입 돌아갈 뻔했다. 금방 끝날 줄 알았던 녀석과 선배의 싸움이 여태 이어지고 있었기 때문이다.

징한 인간들.

"도대체 언제까지 싸우려는 거야?"

장시간 대결로 녀석과 선배는 지친 기색이 역력했다. 처음엔 형님 먼저, 아우 먼저 하듯 서로 사이좋게 한 번씩 주고받던 주먹이 지금은 노인네처럼 팔도 들어 올리기 어려울 만큼 힘이 빠져 있었다. 그런데도 포기하지 않고 악착같이 서로에게 덤벼드는 두 사람에게 지켜보는 똘마니들이나 나나 넌덜머리가 나도록 질리고 말았다. 지금쯤 입에서 단내가 날 지경일 텐데 두 사람 다 징그럽게 항복을 안 한다. 나라도 나가서 '밥 먹고 합시다!' 하고픈 심정이다.

도저히 싸움이 끝날 기미가 보이지 않아 나는 무료함을 못 견디고 바위 옆에 삐죽 튀어나온 풀을 뜯어 입에 물고 질겅질겅 씹었다.

"아무나 이기고 집에 가자, 좀."

서서히 해가 지고 있었다. 춥고 배도 고팠다.

차가운 바위 위에 숨어서 이게 뭐 하는 짓인지, 참.

이리도 할 짓 없어 보이는 잠복은 처음이었다. 범인을 잡고자 하는 게 아닌 단순히 학교 짱과 대결을 펼치는 선배 형사를 지켜봐야 하는 심정이라니.

에라이!

배고픔과 추위를 못 견디고 덜덜 몸이 떨려올 때쯤 드디어 누가 먼저랄 것도 없이 그 자리에 쓰러져 버린 녀석과 선배를 발견한 나는 반쯤 졸다가 눈을 번쩍 떴다.

에헤라 디여!

일어나 덩실덩실 춤이라도 추고 싶은 마음이었다.

도대체 몇 시간을 싸운 거냐? 둘 다 체력 하나는 끝내준다.

그때였다. 쓰러진 선배에게로 숨죽여 지켜보던 놈들이 우르르 몰려간 것은.

"앗!"

놀라서 고개를 쭉 빼어 아래를 내려다보았다. 놈들이 선배를 아주 밟아놓을 모양이다.

저것들이 감히 내 선배를! 선배에에에에에!

허나, 지금은 숨어서 마음속으로 절규만 하고 있을 때가 아니었다. 작전도 중요하지만 후배 된 처지로 선배가 다치는 걸 뻔히 보고도 가만히 있을 순 없었다.

맞아도 내가 맞으리!

당장에 아래로 뛰어 내려갈 요량으로 무릎을 세우려는 순간, 선배에게로 달려들던 놈들이 주춤 뒤로 물러섰다. 나도 덩달아 주춤했다가 무슨 일인가 싶어 다시 몸을 낮추고 잽싸게 망원경을 눈에 갖다 댔다.

땅바닥에 드러누운 채 태오가 똘마니들에게 뭐라고 얘기하고 있었다. 그러자 놈들이 일사불란하게 흩어져 뒤로 물러섰고, 벌떡 몸을 일으킨 녀석은 그대로 똘마니들을 데리고 산을 내려가 버렸다.

'얼라리요. 아주 죽여놓을 것처럼 굴더니 왜 그냥 가?'

또다시 예상을 뒤엎은 녀석의 돌발 행동에 아리송해진 난 녀석들이 모두 산을 내려간 후에 서둘러 선배에게 달려갔다.

선배는 부스스 몸을 일으키다가 내가 달려가는 소리를 듣고 고개를 돌렸다. 얻어맞아 울긋불긋한 몰골이 봐줄 만했다. 굳이 안 맞아도 될 일을 왜 사서 맞나 모르지.

"어디 있었냐?"

싱긋 웃는 폼이 내가 어디선가 지켜보고 있을 거라고 짐작한 듯했다. 그나저나 퍽이나 웃음도 나오겠다.

"어휴, 꼴이 그게 뭐야?"

어이없어 핀잔을 주자 그가 어깨를 들썩이며 큭큭 웃었다. 가끔 생각하는 거지만 이 인간도 정상은 아닌 것 같다.

"좋냐?"

"아이고, 죽겠네. 태오 자식, 진짜 짜증나게 싸움 잘하더라."

선배의 칭찬에 왜 내가 뿌듯한가.

"명색이 학교 짱인데 싸움 잘하지, 그럼."

"너 숨어서 내가 맞는 거 다 봤지? 맞으면서도 쪽팔려 죽는 줄 알았네."

"쪽팔리는 줄은 알아? 어서 일어나. 해진다. 싸움 끝날 때 기다리다가 동사할 뻔했어. 어우, 추워."

"왜?"

"조기 바위 위에 숨어 있었거든."

"그랬냐? 후후. 손 좀 잡아줘 봐. 일어나기 힘들어."

"얼렐레."

나는 엄살을 부리는 줄 알고 그가 내민 손을 잡아 일으키다가 깜짝 놀랐다. 손이 파르르 경련을 일으키고 있는 게 아닌가! 이날 이때껏 선배 손이 파르르 경련 일으키는 건 처음 봤다. 선배는 남의 손에 경련 일으키길 더 잘하는 사람이었다.

녀, 녀석은 괜찮나? 아까 걸어 내려가는 걸 보니 멀쩡하긴 하더라만.

"왜 이래? 다쳤어?"

선배가 후들거리는 몸을 일으키며 갖은 인상을 찡그렸다.

"내가 철인인 줄 알아? 간만에 몸 풀었더니 어후, 삭신이 다 쑤시네. 나도 늙었나 봐. 몸이 예전 같지가 않아."

열아홉에 비하면 늙긴 늙었지.

"그러게 작작 좀 오버해. 내가 선배 때문에 마음이 졸여 지레 죽겠어."

선배가 미안한 건 아는지 내 어깨에 팔을 얹으며 딴소리를 했다.

"부축이나 해봐."

"부축까지 해야 해?"

"들것에 실려 안 내려가는 걸 다행으로 알아라."

"입은 안 아픈가 봐?"

"입은 안 맞았거든. 흐흐."

자랑이다.

"으이그, 어디 가서 고삐리한테 맞았단 소리 하지 마. 창피해. 알았지?"

"너나 말하지 마."

흠흠! 눈치 챘구나? 벌써 입 근질거리는데 큰일 났네.

"참! 근데 아까 애들이 선배한테 달려들다가 갑자기 왜 멈췄어? 태오가 뭐라고 하는 거 같던데, 뭐래?"

그는 상당히 기분 나쁘다는 듯 눈가를 실룩였다.

"그 자식 진짜 웃기는 놈이야."

"왜?"

"애들이 우르르 달려드니까 말리는 거 있지."

말렸다고? 나한텐 절대 안 봐줄 것처럼 얘기하더니. 날 의식한 건가? 훗.

"그랬…… 어?"

"어. 그런 거 보면 또 막 가는 놈은 아닌 것 같단 말이지. 도무지 알 수 없는 놈이야. 처음에 여기 폐가에서 봤을 때는 완전 들짐승도 그런 들짐승이 없었는데."

선배를 이해 못하는 것도 아니다. 나도 처음엔 녀석을 그렇게 봤으니까.

어제 종만이 손목을 부러뜨린 걸 보면 아주 그런 면이 없진 않지만, 그간 내가 겪어온바 그게 100% 녀석의 모습은 아니었다. 어쩌면 녀석에겐 겉으로 드러나지 않은 따뜻한 면이 훨씬 더 많이 내재해 있는지도.

나는 자조적으로 읊조렸다.

"우리가 태오를 잘못 봤을 수도 있어."

"무슨 소리야?"

"왠지 그런 생각이 들어. 좀 험하게 사는 건 맞는데 우리가 생각하는 것처럼 그리 나쁜 애는 아닐지도 몰라."

나쁜 애라고만 하기엔 내가 본 녀석의 순수함이 왠지 마음에
걸렸다. 해맑게 웃을 때의 녀석을 보면 학교 짱이라는 사실도
깜박할 지경인데, 하물며 마약이라니.

심란하게 중얼대는 내 말에 선배가 심란함을 두 배로 보탰다.

"그럴지도 모르겠다. 그래서 편견이 무서운 거지. 겪어보면
전연 다를 수도 있는데 섣불리 단정 지어서 판단하니 문제야.
그래도 아직 안심하진 마라. 일시적인 현상일 수도 있으니
까."

"일시적인 현상?"

"후후. 원래 남자들은 그래. 자기가 좋아하는 여자한텐 잘 보
이고 싶어하잖아. 태오라고 다르진 않아."

나 때문에 녀석이 잠시 자신의 본모습을 잃어버리고 순진한
소년 행세를 했다는 건가? 결국엔 천사의 탈을 쓴 악마라는 거
야? 미소년의 얼굴을 한 뱀파이어처럼?

선배에게 그런 얘기를 듣자 녀석의 진짜 본모습이 어느 쪽일
지 더욱 아리송해진다.

'태오야, 넌 정말 어떤 애니?'

"얘는 전화기도 꺼놓고 뭐 하는 거야? 얘도 선배처럼 집에 가
서 뻗었나?"

그때가 밤 열 시.

우리 집 거실에 있는 컴퓨터 책상 앞에 앉아 메신저를 켜놓고 녀석이 접속하나 안 하나만 뚫어져라 쳐다봤다. 녀석과 연락이 안 돼서 초조해진 난 애꿎은 손톱을 지근지근 물어뜯고 있다가 신사마가 현관문을 열고 들어오는 소리에 고개를 쭉 **빼어** 인사했다.

"왔나?"

"어. 또 숙제하나?"

"아이다. 메신저로 누구 좀 기다린다."

"금마?"

"어."

"연애 잘돼가는갑네. 킥킥."

"시답잖은 소리 말고 씻어라. 밥은 먹었나?"

"어—"

신사마가 길게 대답하고는 제 방으로 들어가자마자 잠잠하던 메신저 창에서 드디어 딩동! 하는 소리가 들렸다.

미안하다, 사망이다 님이 접속하셨습니다.

난 소중하니까요 님 : 태오야!

미안하다, 사망이다 님 : 어.

난 소중하니까요 님 : 전화기 꺼져 있더라?

미안하다, 사망이다 님 : 배터리 나갔나 봐.

난 소중하니까요 님 : 전화 안 돼서 걱정했잖아. ㅠㅠ
미안하다, 사망이다 님 : 왜??

짜식이, 알면서.

난 소중하니까요 님 : 괜찮아?
미안하다, 사망이다 님 : 괜찮지, 그럼.

어째 말투가 상당히 꼬였다.

흐음. 그래노 역시 한 살이라도 어린놈이 낫구나. 선배는 집
에 가서 파스 붙이고 난리났다는데.

못마땅하게 입술을 비죽이며 자판 위에서 머뭇대던 손으로
다시 타자를 치기 시작했다.

난 소중하니까요 님 : 밥은 먹었어?
미안하다, 사망이다 님 : 어.
난 소중하니까요 님 : 오늘 고마웠어.
미안하다, 사망이다 님 : 뭐가?
난 소중하니까요 님 : 혁이 일 말야.
미안하다, 사망이다 님 : 그새 만났냐?

그.새. 만.났.냐.

이 녀석이 국어는 좀 하나 보다. 다섯 음절로 싫은 티가 저리 확 나기도 어려울 터인데. 근데 난 왜 자꾸 웃음이 나는 걸까? 하여간 짜식이 귀엽게 논다니까. 후후.

난 소중하니까요 님 : 통화만. 혁이가 너한테 고마워하는 거 같더라?

사실 그런 말은 안 했지만 선배의 말하는 투나 눈빛을 보면 알 수 있었다. 선배도 인간이 좀 덜돼서 그렇지, 본심이 나쁜 사람은 아니다.
그러고 보니 내 주위엔 건사하기 힘든 남자들만 득실거리누나.
우리 팀 수사대원들을 비롯하여—죄다 남자. 나, 홍일점—혁이 선배와 남동생 신사마, 요즘은 야누스 마태오까지.
그중에서 녀석이 최강이지만.
녀석은 선배가 고마워한다는 말에 아니꼽게 혀를 찼다.

미안하다, 사망이다 님 : 쳇! —_—

오나가나 저 죽일 놈의 인상.

난 소중하니까요 님 : ㅎㅎ. 내일 영화 보러 가기로 한 거 안 잊어버렸지?

미안하다, 사망이다 님 : 어.

난 소중하니까요 님 : 내일 만나자. 잘 자.^^

미안하다, 사망이다 님 : ㅋ. 너도 잘 자라.

"안녕?"

다음날 영화관 앞에서 녀석을 만났을 때 괜스레 겸연쩍었다. 한껏 멋을 낸 녀석을 보자 아이스링크에 갔을 때와는 또 다르게 진짜 데이트하는 기분도 들고, 나도 오늘 유난히 신경을 썼지만, 아무튼 다른 때와는 뭔가 다른 기운이 느껴졌다.

따뜻한 봄날, 햇볕이 잘 드는 담장 아래 낮잠을 자던 고양이가 나른한 기지개를 켜는 듯한, 온몸이 근질거리면서 야리꾸리한 이 기분은 대체 뭘까?

"왔냐?"

녀석도 날 보더니 머쓱한 표정을 지었다. 잘생긴 얼굴에 흠집이라도 난 거 아닐지 걱정했더니 우유통에 들어갔다가 나온 것처럼 뽀얗기 한량없었다. 나도 피부에는 한 자부심 한다만, 녀석의 피부를 보자 무지 부러웠다. 녀석의 평소 불량한 삶으로 보아 따로 피부 관리실에 다니는 건 아닐 테고, 전날 그리 장시간 맞장 뜨고도 피부가 탱탱하게 살아 있는 비결을 묻고프다.

그러고 보니 어제 혁이 선배를 그 산에서 죽여 버리려다가 살려준 걸 조금은 으쓱해하는 표정이었다. 스스로 생각해도 마음 고쳐먹길 잘했다는 듯이.

잘했다고 엉덩이 두들겨 주면 저 녀석이 여기서 날 죽이려 들겠지?

그래도 잘한 건 잘한 거니까.

예쁜 녀석.

"……."

"……."

"흠흠!"

"흠!"

어색해.

어색해.

어색해.

아…… 도대체 왜 이렇게 어색한 것이냐? 어색하기가 환장할 정도로 어색하다.

녀석이 허둥거리는 날 물끄러미 바라보다가 말했다.

"들어가자."

"그래."

저녁을 먹고 영화를 보고 나면 열 시가 넘을 것이다. 제보자가 알려준 마약 거래 시간이 열한 시이므로 얼추 시간에 맞춰 혁이 선배에게 연락할 수 있으리라.

녀석을 끌고 영화관 내에 있는 식당으로 갔다. 그곳에서 각자 먹고 싶은 걸 사 온 뒤 나란히 앉아 식사했다. 여기서 '나란히'에 주목하시라. 이전엔 어디 가서 나란히 앉아 밥을 먹는 연인들을 보면 꼴같잖았는데—커피숍도 아니고 밥을 나란히 앉아 먹는다는 게 이해가 안 갔다. 왠지 불편할 것 같지 않나?—막상 해보니 그러는 이유를 알 것 같았다. 커다란 식탁에 단둘이 마주 앉아 식사할 때와 온 식구가 좁은 식탁에 끼어 앉아 북적대며 식사할 때 어느 쪽이 더 정이 깊어 보이는가.

요는, 그런 거다. 사람에게 있어 '나란히'란, 그만큼 가깝고 정이 쌓였다는 걸 의미했다. 오죽하면 사랑은 마주 보는 게 아니라 나란히 한 곳을 바라보는 거라 했을까.

그렇게 녀석과 나란히 앉아 팔도 툭툭 부딪쳐 가며 밥을 먹던 나는 이루 말할 수 없이 뿌듯했다.

忍耐苦而其實甘也(인내고이기실감야).

The patience is bitter but its fruit is sweet.

역시 인내는 쓰고 그 열매는 단 법이다.

"오늘 무슨 날인지 알아?"

문득 생각나는 게 있어 돈가스를 먹다가 물었다. 녀석이 무심히 캘리포니아 롤을 하나 집어먹다가 고개를 갸우뚱했다.

"토요일 아냐?"

이런 무광 센스!

"화이트데이잖아."

그렇다. 오늘은 3월 14일. 여자라면 누구나 염원하는 사탕 받는 날이다.

겉으로는 뾰로통하게 대답했지만, 나는 속으로 쿡쿡 웃고 있었다. 녀석의 반응이 무지 궁금했다.

설마 화이트데이가 뭐 하는 날인지 모르는 건 아니겠지?

녀석이 날 멀뚱히 쳐다보더니 퉁명스럽게 말을 툭 던졌다.

"어쩌라고?"

어찌나 밥맛없게 말하는지 조금 붙었던 정이 뚝 떨어질 지경이었다.

내 잠시, 너의 싸가지없음을 잊었구나. 용서해라.

"됐다. 밥 먹어."

녀석에게 사탕을 못 받아 삐친 건 절대 아니었지만, 왠지 '됐다. 밥 먹어' 하는 순간 분위기가 그렇게 되어버렸다. 어이없게 날 쳐다보던 녀석이 킥 웃더니 슬슬 배를 틀어잡았다. 자기가 생각해도 엄청 낯이 뜨거웠던 듯.

녀석이 웃자 나도 괜스레 볼이 붉어졌다. 화이트데이에 사탕 갖고 녀석과 승강이하게 될 줄은 꿈에도 생각 못했던 터라 무안하기 짝이 없었다. 게다가 녀석이 사줄 생각이 눈곱만치도 없어 보이니 더 악착같이 받고 싶은 심사는 뭐냔 말이다.

내가 원래 공짜를 좋아한다. 그리고 무슨 기념일 챙기는 것도 엄청 좋아한다. 가만히 보면 내가 좀 여성스럽고 섬세하다. 환경이 삭막하다고 사는 것도 꼭 삭막하란 법은 없잖은가. 그럴수록 뭐든 잘 챙겨 먹고 삶을 즐겁게 누릴 줄도 알아야 한다.

긍정적인 마인드. 늘 주장하지만 그게 내 최대 강점이다.

"그거 여자가 먼저 줘야 하는 거 아니냐? 발렌타인인지 뭔지 그게 먼저 아냐?"

"그땐 우리가 몰랐을 때잖아."

"쪽팔리게 그런 걸 사달라냐?"

저는 나랑 만난 첫날, 즉석 떡볶이에 아이스크림에 별다방의 무지하게 비싼 커피까지 얻어 마셔놓고선. 그런 건 안 창피하더냐? 나 같으면 학교 짱이나 돼서 처음 본 여자애에게 이것저것 사딜라는 게 너 쪽팔리셨거만.

나는 녀석이 날 얼마나 좋아하는지 그 진심을 알아보기 위해서 화이트데이를 핑계 삼아 녀석의 마음을 시험했다. 안다. 내가 오버하고 있다는 거. 그래도 꼭 확인해 보고 싶은 걸 어쩌랴.

가짜라도 연애는 연애지, 뭘. 어차피 해야 될 거 이왕이면 즐기면서 하면 좋잖아. 그리고 내가 그동안 녀석과 친해지기 위해 얼마나 피나는 노력을 했는데 사탕 정도 받을 자격은 있지 않나?

헌데, 나의 기대를 무참히 저버린 녀석은 시간이 없다는 핑계로 팝콘과 콜라만 사서는 상영관으로 가버리는 게 아닌가.

무뚝뚝하기가 김장 날 팔뚝만 한 무를 크게 뚝뚝 써는 것보다 더하다.

미안하다. 표현이 그것밖에 안 된다.

그러나저러나 나는 약간 실망감에 젖었다. 왜 여자들이 사탕에 집착하는지 알 것 같았으니까. 고작 그거 못 받았기로 십 년 결혼기념일을 못 챙겨 서운한 것과 맞먹다니.

솔직히 화이트데이에 사탕 받기 싫어하는 여자가 누가 있나. 내가 보는 관점에서 시니컬한 척 '사탕 그까이 꺼' 하는 사람, 순 가식덩어리다. 사탕 쪼가리라도 하나 줘봐라. 사탕 쪼가리 집어 던지고 제대로 된 사탕 받고 싶은 게 여자 마음이었다. 이왕이면 남들보다 더 크고 근사한 사탕 받는 게 소원이다. 자랑해야 하니까.

그런 내 마음을 가볍게 지르밟은 녀석의 뒤를 투덜투덜 따라갔다. 녀석에게 사탕 받길 기대하느니 크리스마스 빼고 국내에 상륙한 꼬부랑 데이는 죄다 이 땅에서 사라져야 한다고 부르짖는 혁이 선배에게 사탕 받길 기대하는 게 낫겠다. 혁이 선배야말로 지금껏 사귀던 여친에게 초콜릿은 받아봤어도 사탕은 준 적이 없는 화이트데이 불신자였으니까. 비싸게 사탕을 사서 주느니 그 돈으로 함께 삼겹살을 먹자는 현실주의자인 것이다. 삼겹살데이라고 있다고 하니까 우리나라 돈육업계를 살려야 한다며, 그건 꼬부랑 데이가 아니라서 괜찮다는 인간이다. 따라서 선배는 밸런타인데이도 삼겹살데이, 화이트데이도 삼겹살데이, 심지어 자장면데이마저 삼겹살데이로 바꿔 버리는 초현실주의자였다.

그날 우리가 본 영화는 '워낭소리'였다. 한창 영화를 보다가 최 노인과 베프인 소의 이야기에 너무 몰입하는 바람에 나도 모르게 훌쩍거리며 울고 있노라니 옆에서 나직이 코 고는 소리가 들려왔다. 다들 감동의 도가니탕에 빠져 허우적대고 있는 그때, 태연히 코를 골며 자는 녀석을 보자 나오던 눈물이 순식간에 어이로 바뀌어 버렸다.

이런 감동적인 영화를 보고도 잠이 오냐, 넌?

녀석의 옆구리를 쿡쿡 찔러 간신히 깨어놓기를 몇 차례, 영화가 끝나 밖으로 나오자 나는 울어서 눈이 시뻘건데 녀석은 제대로 잠을 못 자 눈이 시뻘겋다. 지루해서 죽을 것 같은 녀석을 보자 감명 깊게 영화를 본 것조차 허무해졌다.

"졸려 죽는 줄 알았네. 으하암~!"

예의는 밥 말아 먹은 채 입이 찢어져라 하품을 하는 녀석을 보자 절로 손이 녀석의 뒤통수로 슬금슬금 올라갔다.

이걸 때려, 말아?

"가자, 가."

내가 체념하고는 쌩 앞서 걸어가자, 녀석이 내 뒤를 어기적어기적 쫓아오며 구시렁거렸다.

"그러게 왜 저딴 재미없는 걸 봐? 좆나 지루해."

"난 감동만 있더라. 그리고 재미가 없어도 그러는 거 아니다."

"내가 뭐 어쨌는데?"

"영화 같이 보러 와서 혼자 자는 매너가 어디 있어? 창피해 죽는 줄 알았잖아."

"잠이 오는 걸 어쩌라고?"

되레 성질을 내는 녀석의 엉덩이를 한 대 걷어차 주고 싶은 마음을 억누르며 팩 가버렸다.

"씨발. 같이 가."

저놈의 '씨발' 소리나 빼고 얘기했으면!

걸음을 우뚝 멈추고 녀석을 홱 돌아보았다. 멋모르고 뒤따라 오던 녀석이 내 눈길이 사나웠는지 멈칫했다. 그러더니 금세 피식 웃으며 귀여우니까 봐준다는 표정으로 어슬렁어슬렁 다가왔다. 빠릿빠릿도 아니고 말 그대로 어슬렁어슬렁이었다. 슬렁슬렁 패주고 싶다.

"왜 또?"

"욕 좀 안 하면 안 돼?"

"씨……. 이젠 별게 다 트집이네. 사탕 안 사줘서 삐쳤냐?"

영화 때문에 그새 사탕은 까마득히 잊고 있었는데 녀석이 새삼 이야기를 꺼내자 순간 내가 사탕 때문에 삐쳐 있었던가 알쏭달쏭했다. 그래도 주면 받을 자신은 있다.

"뭐?"

"재미없는 영화 같이 봐줬음 됐지 바라는 것도 많아요. 대따 피곤하네."

"피곤? 가라, 그럼. 누가 같이 가재?"

이번엔 정말로 열이 받았다. 나도 저 같은 놈을 상대하느라 등골이 빠질 지경이다. 근데 뭐 피곤? 영화관 안에서 같이 온 사람은 신경도 안 쓰고 잠만 퍼 자더니, 피곤? 하!

그건 매너가 아니지. 대관절 이 녀석을 어디서부터 어떻게 뜯어고쳐야 하는 거야?

"얼레. 저게 돌았나?"

녀석이 험악하게 말을 토해내는 소리를 뒤로하고 나는 그러든지 말든지 휭 가버렸다. 계속 마주 서 있다간 성질에 못 이겨 녀석의 정강이를 걷어차든지 주먹으로 머리를 쥐어박든지 할 것 같았으므로. 이럴 땐 피하는 게 상책이었다. 싸움은 피하고 사랑은 붙이라고 했잖은가.

"야! 야, 씨발, 좆나 어쩌고저쩌고……."

혼자 열받아 한참을 떠들어대던 녀석이 별안간 조용하기에 조금 걱정이 되기 시작했다.

쫓아와야 얘기가 맞는 건데 가버렸으면 어떡하지?

영화관에서 내내 잠만 퍼질러 자는 녀석에게 화가 난 건 사실이지만, 내가 너무 심했나 싶어 금방 후회했다. 나한테 완전히 푹 빠져서 허우적거리게 만들어도 시원찮을 판에 녀석에게 겁도 없이 개기다니, 나는 정녕 미친 것인가.

돌아보려니 어디선가 내 꼴을 숨어서 지켜볼지도 모른다는 생각에 조금씩 걸음 속도를 늦추며 갈등했다.

돌아볼 것인가, 말 것인가.

갈등 끝에 이건 굴욕이 아니라 어디까지나 임무라며 살짝 뒤를 돌아보았다.

"어!"

녀석이 없다. 사라졌다.

"가버렸나?"

원래 세상이 백과 흑으로 나뉜 놈이니 수틀리면 나 정도는 얼마든지 내 버리고도 남았다. 그 산에서 혜정이에게 한 걸 봐라. 어제까지 수청 들던 장희빈이 하루아침에 왕의 눈 밖에 나서 사약을 받는 것과 무엇이 다르랴. 그 자리에서 혜정이 편들다 참살당할 뻔한 놈들도 있지 않던가.

그러게 사람은 어느 시대나 머리를 써야 하고 줄을 잘 서야 성공한다. 그게 어느 무리에든 오래 살아남는 노하우다. 그런 의미에서 녀석에게 내가 붙잡혀 간 걸 고해바친 아무개는 유일하게 처세술이 뛰어난 아이다. 무식하고 눈치마저 없는 똘마니들을 지금까지 데리고 짱 노릇 하는 녀석이 조금 불쌍해지려 했다.

"그렇다고 정말 가냐?"

나는 녀석에게 섭섭해져 객쩍게 머리를 긁적였다. 진짜 갔다 싶으니 오줄없게 슬퍼지려 했다.

내가 얼마나 마음이 여린데. 냉정한 놈.

'혹시…… 이 녀석, 요 핑계로 나랑 헤어지고 거래 장소에 가는 거 아냐?'

마음이 급해진 나는 재빨리 뛰어 녀석을 찾아보기 시작했다. 우리가 갔던 식당에도 가보고 스낵 코너에도 가보고 표 파는 곳에도 가보고 심지어 남자 화장실까지 기웃거렸다. 그렇게 한참을 찾아도 녀석은 어디에도 보이지 않았다.

"말도 없이 어딜 간 거야? 에잇!"

녀석을 찾느라 아까운 시간만 가고 다리는 다리대로 아프고 허탈한 마음에 터덜터덜 영화관을 걸어나왔다. 시간을 보니 시곗바늘이 열 시 사십 분을 향해 한 치의 오차도 없이 달려가고 있었다. 혁이 선배에게 전화를 걸기 위해 가방 안에서 핸드폰을 꺼냈다. 그러다 문득 깨달았다, 나한테 핸드폰이 있다는 사실을. 핸드폰으로 녀석에게 간단히 전화해 보면 될 걸 나는 왜 엄마 잃어버린 아이처럼 녀석을 그리 허겁지겁 찾아다녔단 말인가.

이래서 머리가 나쁘면 손발이 개고생이다.

꺼져 있던 핸드폰을 켜니 문자가 한 통 와 있었다.

[대왕님]

확인 버튼을 눌렀을 때 화면에 담긴 한 구절에 누가 내 발목을 잡아챈 것처럼 멈칫 걸음을 멈췄다.

「어디 있어?」

"간 게 아니었어?"

"야!"

녀석에게 전화를 걸려 통화 버튼을 누르려는 찰나, 저 멀리서 바람처럼 녀석의 목소리가 들렸다. 나는 그때 영화관 입구 바깥쪽에 서 있었고, 녀석은 영화관 안에서 정신없이 달려나오는 중이었다. 그리고 녀석의 손에는 꽃다발처럼 생긴 앙증맞은 사탕 부케가 들려 있었다.

사탕 부케를 든 녀석의 모습이…… 모습이…… 묘하게도 멋졌다.

"없어져서 깜짝 놀랐잖아."

녀석은 내가 없어져서 엄청스레 놀란 듯 얼굴이 붉게 상기되어 있었다. 나는 물끄러미 녀석의 손에 들린 사탕 부케를 내려다봤다.

"이거 사러 갔었어?"

녀석은 그제야 겸연쩍게 내게 사탕 부케를 내밀며 뒷머리를 긁적였다.

"사탕 받고 싶다며? 자! 이제 됐지?"

사탕 부케를 받는 손이 무척이나 부끄럽고 어색했지만 이상하게 기분이 나쁘진 않았다. 기분이 나쁘긴. 마음이 주책없게 붕 뜨는 것이 달나라를 맨몸으로 휘익, 휘익 날아다니는 듯 황홀한걸.

이럴 땐 영락없이 여자를 제대로 후릴 줄 아는 선수 필인데, 어찌 보면 또 너무 맹탕이라 진짜 모르는 것도 같고. 너 뭐냐?

"사러 간다고 얘기를 하지. 난 니가 가버린 줄 알았잖아."

"킥. 하여간 웃기는 기집애야."

"난 니가 화난 줄 알고……."

아아, 나 진짜 감동 먹었다. 이걸 정말로 사 올 줄 몰랐는데, 짜식!

"화나도."

그러더니 녀석이 손목시계를 들여다봤다. 순간 내 눈이 반짝했지만, 녀석은 감지하지 못한 듯 약간 다급한 음성이었다.

"나 이제 그만 가봐야겠다."

"왜? 집에 가려고?"

"아니. 어디 좀 갈 데가 있어서. 너도 이제 그만 집에 들어가."

갈 데? 거기가 어딘데, 응? 나도 좀 알면 안 될까?

"조금만 더 같이 있으면 안 돼? 사탕까지 받았는데 바로 가려니까 좀 미안하다."

내가 목소리를 나긋나긋하게 죽이며 몸을 배배 꼬니, 녀석이 별안간 귀밑이 새빨갛게 달아오르더니만 뜨거운 숨을 훅 내쉬었다. 그런 뒤 내 손을 잡고 뛰기 시작하는 녀석 때문에 나는 영문도 모르고 같이 뛰었다.

'설마 날 데리고 가려는 건 아니겠지?'

만일 녀석이 가려는 곳이 마약 거래 장소라면 날 그곳으로 데리고 갈 가능성은 전무했다. 그러니 난 녀석이 날 끌고 가는 곳이 어딘지 몰라 초긴장해야만 했다.

녀석은 거리를 두리번거리며 뛰다가 건물과 건물 사이에 난으슥한 골목으로 날 끌고 들어갔다. 공간이 협소하여 사람 둘이겨우 비집고 들어갈 만한 장소에 우리는 마주 섰다. 아니, 거의낀 상태로 겹쳐졌다.

녀석이 날 벽에 기대놓더니 한 손으로 벽을 짚고 비스듬히 고개를 숙여 얼굴을 내 얼굴 위로 덮쳤다. 가까이 느껴지는 녀석의 숨결에 나도 모르게 숨을 멈췄다.

'……!'

쌀쌀한 밤공기 탓에 녀석의 몸이 불에 뜨겁게 달궈진 쇠처럼확확 열기가 느껴졌다.

"태, 태오야."

당황해하는 내 입술 위를 녀석이 가만히 제 입술로 덮었다.우리는 잠시 서로의 입술을 마주 댄 채 움직이지 않았다. 녀석을 밀어낼 엄두가 나지 않았다. 왜냐하면, 녀석의 심장이 어지럽게 쿵쿵 뛰는 소리가 고스란히 내 귀에 들려왔으므로. 어찌나힘차고 박진감 넘치게 잘도 뛰는지 살면서 심장병 걸릴 염려는없겠다 싶다.

'이 녀석, 내게 진심이구나.'

지금까지 내게 보여줬던 녀석의 행동이 진심이라는 걸 안 순간 어쩐지 가슴 한쪽이 와르르 무너져 내리는 것 같았다.

팔딱팔딱 뛰는 심장 소리가 내 입술 속으로 흘러들어 오는 것같은 착각이 일 때쯤, 조금 내 입술을 아래위로 벌려놓은 녀석이 조심스럽게 혀를 내밀어 그 사이로 파고들었다. 녀석의 몸에서 느껴지는 열기가 전부 혀 하나에 집결된 듯 그 화염 같은 키스에 나는 흠칫 몸을 떨며 나도 모르게 녀석의 옷깃을 붙잡았다. 내 허리에 휘리릭 감기는 녀석의 팔이 단단하고 또 제법 품이 아늑했다.

시간이 지날수록 녀석은 더욱더 뜨겁게 폭주하고 있었으나 순간순간 억지로 절제하는 게 몸으로 느껴졌다. 내가 부서지지 않도록 조심하는 게 여실했다. 나는 녀석이 내게 하는 키스가 생각 외로 부드럽고 차분하다는 것에 놀란다. 나는 녀석이 키스도 욕처럼 할 줄 알았다. 거칠고 폭력적이게. 헌데, 따뜻하고 배려 깊은 키스에 잔뜩 긴장했던 게 나도 모르는 새 스카프가 목에서 흘러내리듯 스르륵 풀어져 버렸다.

녀석과의 키스에서 뭔가 짜릿한 걸 느꼈다는 건 아니다. 녀석은 이제 열아홉 살이고 난 스물여섯, 일곱 살이나 많은 큰누나뻘이었다. 게다가 나는 경찰이고 녀석은 타락한 불량 청소년이었다. 그러니 이런 녀석에게 내가 본분을 망각하고 짜릿함 따위를 느낄 여유는 애당초 없었다.

허나, 기분만큼은 참 이상한 것이 나쁜 것도 아니고 좋은 것도 아닌 딱 그 중간 상태였다. 안갯속을 걷는 듯 조금 멍한 기분이랄까. 한 움큼의 두통약을 먹은 것처럼 정신이 어질하고 몽롱했다.

입속에서 잠시 혀를 농락하고 내 입술을 지분거리던 녀석이 드디어 입술을 떼며 다정하게 속삭였다.

"이제 집에 가. 내일 전화할게."

대개는 여자친구가 밤늦게 집에 들어가면 집 앞까지 바래다 주든지 그것도 모자라 집에 들어가는 시각에 맞춰 전화하게 마련이었다. 헌데, 녀석은 내일 전화한다고 한다. 고로 전화할 상황이 아니라는 뜻이리라.

내 마음을 잠식하며 한 발, 한 발 다가오는 묵직한 어둠의 그림자.

'어딜 가려는 거니, 태오야?'

왠지 가슴이 먹먹해져 입술을 깨물었다. 가지 말라고 녀석의 바짓가랑이라도 붙잡고 싶은 심정과 정신 차리고 녀석의 뒤를 쫓을 생각이나 하라는 임무에 대한 압박감이 나를 하염없이 짓눌렀다.

이럴 땐 어떡해야 하나?

나는 어찌해야 좋을지 몰라 고민에 빠졌다.

고개를 숙이는 내가 아쉽다고 여겨졌던지 녀석이 손으로 내 턱을 들어 올렸다. 우린 희미한 불빛, 그러나 어둠이 공존하는 그곳에서 서로 눈이 마주쳤다. 날 보는 녀석의 눈빛은 어느새 내가 알지 못할 슬픔으로 가득 차 있었다. 내게 뭔가 하고픈 얘기가 있는 듯했지만, 녀석은 다시 한 번 짙게 입술을 맞추고는 조금 웃어 보였다.

"내일 만나자. 집으로 와, 알았지?"

내가 무슨 말을 하기도 전에 녀석은 내일 전화하겠다는 말에 서 만나자는 말로 바꾼 뒤 내 손을 잡아 빠르게 골목을 빠져나 갔다.

*

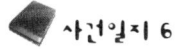 사건일지 6

제보자가 알려준 학교 뒷산의 거래 장소는 신비가 끌려온 장소와 그리 멀지 않은 곳이었다.

혁은 태오와 방금 헤어졌다는 신비의 연락을 받고 동료들과 함께 마약 거래 장소에 잠복 중이었다. 그런데 약속 시간이 이십 분이 지나도록 거래 장소엔 쥐새끼 한 마리 나타나지 않았다.

'어떻게 된 거지?'

시간이 변경되었을 수도 있겠다 싶었다. 하지만 혁과 동료들은 세 시간 전인 아홉 시부터 이곳을 죽 지키고 있었다. 지금쯤 신비는 택시를 잡아타고 태오를 뒤쫓고 있을 것이다. 만일 태오가 이쪽으로 올 생각이라면 얼마 안 있어 이곳에 모습을 드러낼 터였다.

혁은 주머니에서 핸드폰을 꺼내 신비에게 문자가 온 게 없는지 확인했다. 마침 문자가 들어오기에 확인하니 때맞춰 신비가 보낸 문자였다.

「태오 산으로 올라갔음.」

'젠장.'

혁은 핸드폰을 끄고 속으로 숨을 훅 들이켰다. 어느 정도는 예상했
던 일이건만, 막상 태오가 이곳으로 오는 중이라는 문자를 보자 가슴
이 답답했다.

또다시 초조한 시간이 흘러갔다. 간혹 바람이 거세게 불어 잠자고
있는 나무를 흔들고 달아났지만, 숲은 대체로 고요한 편이었다. 그 고
요함이 더욱 기괴함을 자아냈다.

부스럭!

숲 속에서 작은 소리가 들려 혁과 동료들은 바짝 긴장했다. 신비가
문자를 보낸 시간을 얼추 대중해 보니 이때쯤이면 태오가 도착할 시
각이었다.

'빨리 모습을 드러내.'

혁은 풀숲에 몸을 숨기고 엎드려 놈이 나타나기를 눈이 빠지게 기
다렸다.

하지만 더 이상의 소리도 움직임도 감지할 수 없었다. 바람이 나뭇
가지를 쓸고 지나가는 작은 소리까지 기민하게 촉각을 곤두세우며
또다시 시간과의 다툼이 이어졌다.

11:40, 11:50, 12:00······.

부스럭!

숲 어딘가에서 소리가 들린 건 그로부터 십 분이 더 지났을 무렵이
었다. 혁은 그 소리를 중심으로 주위에 퍼져 잠복 중이던 동료들이 점
점 거리를 좁히고 있음을 직감했다.

부스럭, 부스럭!

마치 땅을 파는 듯도 하고 풀을 헤치는 듯한 소리가 점점 커지고 빨라졌다. 몇 발짝 떨어진 곳에 숨어 있던 박 팀장의 손에서 드디어 잡으라는 지시가 떨어졌다. 혁은 엎드려 있던 몸을 날래게 일으켜 소리가 들리는 곳으로 뛰어나갔다.

"꼼짝 마!"

누군가가 달려나오며 소리쳤다. 그때 숲 속에 한 마리의 커다란 짐승처럼 웅크리고 있던 시커먼 그림자가 후닥닥 땅을 박차고 달아나는 소리가 들렸다. 혁이 들고 있던 손전등으로 놈을 비추려 했지만, 놈이 워낙 빠르게 도망지는 바람에 타이밍을 놓쳐 버리고 말았다. 손전등의 불빛이 어두운 숲 속을 어지럽게 비췄다.

쫓고 쫓기느라 여기저기서 거칠게 난무하는 발자국 소리들, 갑자기 부산스러워진 통에 놀라 깬 새들의 푸드덕거리는 날갯짓 소리가 숲 속 어딘가에서 산발적으로 들려왔다.

박 팀장이 무전으로 산 아래에 잠복해 있는 2조에 놈이 도망치는 방향을 설명하는 동안 형사들이 놈을 맹추격했다. 하지만 놈은 이 숲의 지리를 잘 아는 듯 살쾡이처럼 날쌔게 요리조리 빠져나갔다. 간당간당 잡힐 듯 말 듯 거리를 좁혔다 멀어졌다, 산의 지형까지 훤히 꿰고 있는 놈을 잡기란 그리 쉬운 일이 아니었다. 마치 아래쪽에 2조가 매복해 있다는 것도 아는 듯 곧장 산 아래쪽으로 내려가는 게 아닌, 왠지 같은 자리를 빙빙 도는 것 같은 느낌이었다.

얼마를 쫓았을까.

어느 순간, 놈이 하늘로 솟은 듯 땅으로 꺼진 듯 감쪽같이 사라져 버렸다. 어느 방향으로 갔는지조차 가늠할 수 없었다. 귀신이 곡할 노릇이었다. 놈이 추격자들을 조롱하듯이 같은 곳을 빙빙 도는 바람에 혁과 동료들은 자신의 위치가 정확히 어디인지조차 알지 못했다. 조금만 더 뒤쫓았으면 올라오는 중인 2조에 붙잡혔으련만, 혁은 다 잡은 걸 코앞에서 놓친지라 아까워 땅을 쳤다.

다른 형사들이 주변을 샅샅이 뒤지는 사이, 숨을 헉헉 몰아쉬며 혁에게 다가온 박 팀장이 말했다.

"겨우 한 명뿐이라니 이상한데?"

"그러게 말입니다, 팀장님. 거래라면서 왜 혼자만 왔을까요?"

그때 뒤에서 최 형사가 손에 무언가를 들고 왔다.

"팀장님, 아까 놈이 있던 장소에서 발견한 겁니다."

최 형사가 팀장의 손에 건넨 건 비닐에 담긴 하얀 가루였다.

"헤로인인가?"

"그런 거 같습니다."

"얼마나 있나?"

"그리 많은 편은 아닌데 땅에 묻어둔 걸 파내 가려던 것 같습니다."

"그래? 이걸 가져다 팔려 했던 걸까?"

"이미 사놓았던 걸 가져가려던 건지 아니면 숨겨놓았던 걸 가져다 팔려던 건지는 모르겠습니다."

"제보자의 말에 의하면 오늘 거래가 있을 거라고 하지 않았나? 그럼 팔려던 게 더 맞지 않겠어?"

"미리 돈을 받고 물건은 그 자리에 두었을 수도 있으니까요. 일단 가져다가 지문 감식부터 해보겠습니다."

"아! 저기 2조가 오는군."

뒤늦게 2조와 합류한 신비가 가쁘게 숨을 몰아쉬며 산에 올라왔다.

"놓쳤다고요?"

신비는 이미 연락을 받았는지 안타까운 표정이 역력했다.

"얼굴 확인했어?"

신비의 물음에 혁이 아쉽게 고개를 가로저었다.

"너무 어두운데다 놈이 원체 빨라서 미처 확인을 못했어."

"키는? 녀석과 비슷해?"

혁은 자신없게 어깨를 으쓱했다.

"모르겠어. 큰 편이긴 한데 정확치는 않아."

"아휴, 손전등 두고 뭐 했어? 얼굴부터 확인했어야지. 옷차림이나 다른 특별한 점 없었어?"

"너무 빨라서 확인할 새가 없었다니까."

혁이 볼멘소리를 내자 신비가 눈을 흘기고는 한 치 앞도 가늠할 수 없이 암흑 속에 잠긴 숲을 휘 돌아보았다.

"근데 녀석이 산으로 올라온 건 분명해?"

"택시에서 내려서 이쪽 방향으로 올라가는 거 확인했어. 도망친 놈이 정말 녀석이었을까?"

"이쪽 방향으로 곧장 올라왔으면 2조가 먼저 발견했을 텐데 왜 몰랐지?"

"자기만 아는 길이 있었겠지."

용케도 매복조를 피해 산으로 올라간 모양이었다. 신비의 얼굴이 참담하게 일그러졌다. 끝내 코앞에서 놓쳐 버린 범인과 녀석을 동일 선상에 두고 싶지 않은 탓이었다.

근심에 싸인 신비를 보자 혁은 조금 미안해졌다. 놈의 얼굴만 확인했더라도 좋았을 것을. 더없이 좋은 기회였는데 이리 허무하게 놓치다니. 경찰이 뜬 걸 알면 놈들도 당분간 몸을 사릴 테고, 그만큼 정보를 얻기도 어려워진다.

일이 꼬일 것 같은 예감에 그는 안색이 더욱 어두워졌다.

"그건 뭐야?"

혁이 신비의 손에 든 사탕 부케를 의문스럽게 쳐다보았다.

"어? 아, 이거. 별거 아냐."

어설프게 웃으며 산을 내려가는 신비를 보고 혁과 박 팀장이 고개를 갸웃거렸다.

✳

어디선가 지켜보고 있을지도 모를 범인의 눈을 피해 혁이 선배와 나는 최대한 얼굴을 가린 채 산 아래 대기하고 있던 차에 올랐다. 차에 오르자마자 팀장님이 조급한 음성으로 말했다.

"지금 곧장 마태오네 집으로 가지."

"아니에요, 팀장님."

"왜?"

"지금 들이닥치면 작전에 착오가 생길 수도 있어요. 우린 범인 얼굴을 확인하지 못했다고요."

그랬다. 범인이 녀석인지 아닌지 확실치 않은 상태에서 심증만으로 녀석을 잡아들이기에는 왠지 미진한 구석이 있었다.

"마태오가 산으로 올라간 건 확실히잖아. 이 늦은 시삭에 거기 올라갈 일이 뭐가 있어? 그리고 만에 하나 니들 얼굴을 봤으면 어떡해? 학교에 계속 다닐 수 있겠어?"

팀장님은 범인을 놓친 것에 매우 신경이 날카로운 듯했다. 팀장님 말씀이 일리가 없는 건 아니었다. 녀석이 혹시라도 우리 얼굴을 봤다면 작전은 여기서 중단해야 하므로.

허나, 난 마지막까지 녀석에 대한 기대를 저버리고 싶지 않았다. 내 눈으로 녀석이 마약을 들고 있는 모습을 보지 않는 한 어느 것도 단정 짓고 싶지 않았다. 뭔가 석연치 않은 구석이 자꾸만 마음 한구석을 붙잡았다. 솔직히 말해 실낱같은 희망이라도 붙잡고 싶은 심장이었다. 이렇게 허무하게 녀석에 대한 믿음을 저버릴 순 없었다.

"한 번만 기회를 주세요, 팀장님."

그건 나나 혁이 선배뿐 아니라 녀석에게도 해당되는 말이었다. 녀석이 말한 조금만 시간을 달라던 의미를 알지 못하니, 약속했던 대로 그때까지 만이라도 기다려 주고 싶었다.

　숱한 시간 속에 살아가면서도 시간의 가치를 알지 못했던 나. 그 조금의 시간에 사람의 운명이 갈릴 수 있다는 걸 나는 이제야 깨달았다.

　내 간절한 눈빛에 팀장님이 날 뚫어져라 쳐다보더니 이윽고 말했다.

　"전화해 봐."

　"예?"

　"전화해 보면 알 거 아냐. 전화를 받으면 널 못 본 거고 안 받으면 널 봤다는 거겠지."

　팀장님의 지시에 얼른 주머니에서 핸드폰을 꺼냈다. 그리고 가늘게 떨리는 손으로 녀석의 전화번호를 찾아 전화를 걸었다. 핸드폰에서 흘러나오는 익숙한 음악 소리에 가슴이 두근두근 뛰었다.

　'제발 받아, 태오야. 전화받아.'

　녀석이 일부러 전화를 받지 않는 사태가 벌어질까 봐 몹시 가슴이 졸였다. 끝끝내 전화를 받지 않으면 팀장님은 곧장 녀석을 잡아들이려고 할 것이다.

　'전화받아야 해. 그래야 너에게 기회를 줄 수 있단 말야.'

　그때였다. 음악 소리가 사라지고 녀석의 음성이 들린 것은.

내가 연결됐다고 재빨리 손가락으로 핸드폰을 가리키자 일순
차 안에 적막이 깔렸다.

—어.

"어디야?"

—아직 밖이야.

녀석의 음성이 약간 숨에 찬 듯 느껴져서 머리끝이 쭈뼛 일어
섰다. 핸드폰 안에서 바람이 불고 있었다. 그 바람이 내 가슴속
에도 차갑게 스며들었다.

"집에 잘 들어왔어. 걱정할 것 같아서 전화하는 거야."

—어, 미안해. 집까지 데려다 줬이야 하는데 급한 볼일이 있어
서…… 지금 바쁘니까 내일 통화하자. 전화할게.

"알았어. 너무 늦게 다니지 말고 일찍 들어가."

—어.

녀석이 먼저 전화를 끊고 나서야 알았다. 핸드폰을 쥔 손에
흥건하게 밴 땀을. 아직도 바르르 떨리고 있는 내 손을.

안도의 깊은숨을 내쉬자 그때까지 나만 주목하고 있던 팀장
님과 혁이 선배가 서로 앞 다투어 질문했다.

"뭐래?"

"어디래?"

"밖이라는데 아직 모르는 눈치예요."

"다행이네."

선배가 안도의 한숨을 후 내쉬었고, 팀장님은 걱정스러운 기

색이 가시지 않았다.

"이 형사, 차 형사, 니들 계속 학교에 남아 있어도 괜찮겠어? 내 생각엔 마태오가 마약 조직원이라는 윤곽이 잡혔으니 그만 철수하고 녀석을 잡아서 심문해 보는 게 더 낫지 않을까?"

"지금 철수하기엔 좀 이른 감이 있어요. 태오를 용의자로 지목해서 잡아들이는 것도 성급한 일이고요. 태오가 범인이라면 그 뒤엔 '온 세계파'가 있으니까요. 잔챙이 한 마리 잡고자 우리가 학교에 잠입한 건 아니잖아요."

애초에 학교 잠입의 목적은 교내 마약 조직 우두머리를 잡아 그 뒤에 있는 '온 세계파'를 역추적해 들어가는 것이었다. 현재 교내 블랙리스트들을 한 명, 한 명 은밀하게 조사 중이니, 지금 학교에서 철수해 버리면 놈들에게 더 의심만 사는 결과를 낳을 것이다. 태오 한 명만 붙잡아서 끝날 일이 아니었다. 목숨이 위험할망정 최후까지 우린 학교에 남아 녀석과 녀석의 주변 인물들에 대해 원하는 정보를 수집하고 마약 경로를 파헤치는 데 주력해야 했다.

"일단 수사대로 이동해. 사무실에 가서 회의하자."

그러고도 해결점을 찾지 못해 그 밤에 우리는 다시 수사대 사무실로 들어가 긴급회의를 벌였다. 회의 주제는 뻔했다. 범인 검거에 실패했으니 이쯤 해서 작전을 변경하느냐, 아니면 원래 작전대로 밀어붙이느냐의 기로에 서 있었다.

마음이 통했다고 할지 혁이 선배도 나와 같은 의견이었으므로 잠입조인 우리말을 적극 수렴해서 한 번 더 기회를 잡아보자는 결론으로 회의는 끝이 났다.

새벽녘까지 이어진 회의로 완전히 파김치가 되어서야 집으로 돌아왔다. 매우 고단했다. 눈이 빠지도록 아팠고 편두통으로 골이 지끈지끈거렸다.

방으로 들어가 그때까지 손에 들고 있던 사탕 부케를 침대 머리맡에 내려놓았다. 그러고는 침대에 쓰러지듯 누웠다.

"후우—"

손가락 하나 까딱할 수 없을 정도로 피로한 눈을 감고 녀석과 보냈던 시간을 가만히 떠올렸다. 어색함 속에서 투덕거리며 영화를 보던 기억이 새삼스러웠다. 그리고 녀석과 한 키스를 떠올렸을 때 가슴 언저리가 발길에 차인 것처럼 욱신, 아팠다.

"정말 너였니, 태오야?"

알 수 없는 일이었다.

왜 이렇게 불안하고 초조한 걸까. 정말 그 산에서 놓친 게 녀석이었을까. 지금쯤 녀석은 무얼 하고 있을까.

녀석이 범인일지도 모른다고 생각하면 눈앞이 캄캄한 게 하늘이 무너지는 심정이다.

대학에 다닐 때 존경하던 교수님께서 언젠가 내게 이런 말씀을 해주신 적이 있었다. 내가 너무 동정심이 많아서 걱정이라

고. 동정심이란 약이 되기도 독이 되기도 하지만, 특히 경찰에
겐 독이라 하셨다.

그렇다면 녀석은 내게 약일까, 독일까.

8

　다음날, 정오가 다 되도록 녀석은 연락이 없었다. 기다리다
망부석이 될 것 같아 열두 시가 되기를 기다려 먼저 녀석에게
전화를 걸었다. 밤새 한잠도 못 잔 탓에 머리는 무겁고, 녀석을
걱정하느라 졸였던 마음은 죄다 타버려 재가 된 것 같았다.

　―어. 신비야.

　자다가 깼는지 녀석의 목소리가 부석부석했다. 하지만 가슴
이 저미도록 다정한 음성에 눈시울이 시큰해졌다.

　녀석과 난 지금 무얼 하고 있나. 서로에게 무슨 짓을 하고 있
는 건가.

　녀석 생각에 안타까이 입술을 깨물었다.

"전화한다면서?"

—*어. 자느라 못했어.*

"오늘 안 만나? 어제 집에 놀러 오라고 했잖아. 지금 가도 돼?"

—*지금?*

녀석은 머뭇거리더니 잠시 후 마지못한 듯 오라고 하고는 전화를 끊었다.

녀석을 만나야 했다. 만나서 알아봐야 했다. 녀석이 왜 어제 그 시각에 학교 뒷산에 갔는지를.

혁이 선배에게 녀석의 집으로 간다고 전화한 뒤 집을 나섰다. 선배는 걱정이 되는지 녀석의 집 주변에 있겠다고 했지만, 거절했다. 아직은 녀석을 믿고 싶은 마음이 컸기 때문이다.

녀석의 집으로 가면서도 머릿속에 많은 생각으로 꽉 들어찼다. 어제 녀석이 택시에서 내려 산 쪽으로 올라가는 걸 보며 나는 너무나 절망했었다. 마음속으로 녀석이 마약 조직원이 아니길 절실하게 바랐던 게 여지없이 무너진 탓이었다. 그 순간을 생각하면 가슴을 꽉 쥐어짜는 듯이 아프고 슬프고 혼란스러워 견딜 수가 없었다.

택시에 올라 녀석을 뒤쫓으면서도 제발 녀석이 학교 뒷산으로만 가지 않기를 두 손 모아 얼마나 기도했는지 모른다. 그래서인지 녀석의 집으로 가면서도 마음이 큰 짐을 진 것처럼 무섭고 두려웠다. 헌데도 난 녀석의 무얼 믿고서 선배의 지원을 마다했던 것일까.

버스에서 내려 녀석의 집으로 가자 녀석이 직접 현관까지 나와 문을 열어주었다. 잠을 못 잤는지 하룻밤 새 얼굴이 많이 수척했다. 눈도 퀭하니 아픈 사람 같았다. 왼쪽 눈 아래 붙인 반창고를 보자 가슴이 철렁 내려앉았다.

"왔어?"

"어……."

현관에서 끈으로 된 운동화를 벗는 척 허리를 숙여 녀석이 어제 신었던 신발을 흘끔흘끔 훔쳐보았다.

녀석의 신발에 묻은 그것은…… 흙!

산에 올라갔다가 묻은 게 틀림없었다. 신발을 벗고 안으로 들어서며 쿵쾅대는 가슴을 진정시키느라 꽤 애를 먹었다.

거실로 걸어가며 녀석에게 조심스럽게 물었다.

"얼굴은 왜 그래?"

"그냥."

그냥 다치는 법은 없다. 어디 긁히든지 넘어지든지 부딪치든지 맞았든지 상처엔 나름대로 이유가 있는 것이다.

"어디 봐."

내가 얼굴을 살펴보려 하자 녀석은 도리어 반대편으로 고개를 돌리며 피했다.

"별거 아냐."

"어디 보자니까!"

버럭 신경질을 내며 녀석의 정면으로 옮겨 가 꼼꼼하게 얼굴

상처를 살폈다. 반창고 때문에 얼마나 상처가 깊은지 알 수는 없었지만, 왜 그렇게 화가 나던지.

"왜 다치고 그래?"

내 반응이 좀 격했던 듯 녀석이 멍하니 날 쳐다보았다.

"다칠 수도 있지 뭘 이까짓 거 갖고 화를 내?"

"얼굴에 흉터 생길까 봐…… 그러지."

나도 모르게 벌컥 화를 내놓고 녀석이 당황한 것 못지않게 나역시 당황했다.

'내가 지금 뭐 하고 있는 거람.'

나는 대체 녀석이 걱정돼서 온 건가, 녀석의 알리바이를 확보하기 위해 온 건가?

헷갈리는 답을 놓고 시험 종료 1분 전까지 애를 먹이는 시험 문제에 직면한 것처럼 모든 게 흐릿하고 불분명했다. 혹시라도 피치 못할 사정으로 마약 조직과 연루된 건 아닌지, 사실 난 그 것까지 염두에 두고 있었다. 아니, 이 상황에서 뭔들 염두에 두지 않으랴.

문제 1. 마태오에 대해 맞는 것을 고르시오.

① 마태오는 교내 마약조직 우두머리가 확실하다.

② 교내 마약조직 우두머리는 맞으나, 피치 못할 사정이 있을 것이다.

③ 마태오는 교내 마약조직 우두머리는커녕 마약의 'ㅁ' 자도 모르는 순수한(?) 학교 짱일 뿐이다.

④ 마태오는 마약과는 아무 상관 없이 그곳에 또 다른 약속이 있어 간 것이다.

⑤ 마태오는 학교 뒷산에 체조하러 올라간 것이다.

답이 뭐라고 생각하는가?

나? 내가 그걸 알면 이렇게 잠 한숨도 못 자고 고뇌하고 있겠는가?

틀려도 좋으니 누가 아는 사람 있으면 좀 가르쳐 주라. 머리가 복잡해서 돌아버릴 것 같다. 후아.

"흉터 생기면 어때? 얼굴 팔아먹고 살 것도 아닌데."

얼굴 팔아먹고 살지 않아도 사람의 얼굴은 중요한 거다. 가게의 생명이 간판에 있듯이. 인상이 나빠 보이는 것보단 좋아 보이는 게 관상학적으로도 인생에 얼마나 큰 보탬이 되던가. 헌데 인상도 더러운데다 흉터까지 있으면 어떻게 되겠는가.

물론, 녀석의 생김새가 어딜 가나 억울하게 신분증 검사부터 받을 만큼 험악하다는 건 아니다. 생김새만으로 두고 보자면 내 마음이 다 훈훈할 정도지만, 전체적인 분위기가 기기묘묘하게 험하다 보니 그다지 편한 얼굴은 아니라는 거다. 좋게 보면 개성이요, 나쁘게 보면 융통성이라곤 지지리도 없이 지 꼴리는 대로만 하는 외골수의 인상을 녀석은 갖고 있었다.

"그래도…… 다치지 마."

"알았어. 오늘따라 무진장 까칠하네. 뭔 일 있냐? 이럴 땐 꼭 잔소리 많은 누나 같아."

"뭐?"

내가 저 때문에 얼마나 속을 끓이는 줄도 모르고 한다는 말이라니.

내 인생이 험악하게 구겨지자 녀석이 장난스럽게 실실 웃으며 슬금슬금 뒷걸음질쳤다.

"알았어, 알았어. 아, 기집애. 성질 내는 것도 좆나 섹시해."

"야!"

"왜!"

"섹시하다고 하지 마!"

"섹시해~ 우리 신비는 열나 섹시해~ 미쳐, 미쳐. 마태오가 미쳐~ 휘이~!"

녀석이 주방으로 한 바퀴 빙 돌아들어 가며 아주 노래를 부른다. 나야말로 빙글 돌아가는 녀석의 자태가 너무나 섹시하여 두 주먹을 불끈 쥐고 쫓아가려다가 순간 주춤했다. 어떡하면 남자 허리라인이 저리 아리땁단 말이냐?

잠시 혼미해진 정신을 가까스로 추스른 나는 부지런히 녀석을 뒤쫓아가며 소리쳤다.

"하지 말라니까!"

녀석이 낄낄거리며 내 주먹을 피해 주방 정중앙에 있는 식탁 반대편으로 튀었다. 사내애들은 하지 말라면 더 하는 희한한 습성이 있으므로 그쪽으로 도망가서도 녀석은 계속 '신비는 열나 섹시해'를 노래했다.

중학교 때부터 지겹게 들어서 그런지 원래도 난 섹시하다는 말을 별로 좋아하지 않는다. 헌데, 오늘은 이상하게 녀석의 입에서 나오는 섹시하다는 소리가 더욱 듣기 싫었다. 불쾌하다기보다 왠지 모르게 쓸쓸하고 울적했다.

어제 집으로 돌아가 곰곰이 생각해 봤다.

만일 어제 동료들의 손에 잡혀 내려오는 녀석을 봤으면 어땠을까. 녀석이 도망가다 나와 정통으로 맞닥뜨렸다면?

모르겠다. 녀석은 경악했을 테고, 난 속이 무지하게 쓰라리고 아팠을 것 같지만 그게 전부는 아냐. 산에서 노망진 범인의 얼굴을 확인하지 못했다는 혁이 선배의 말에 안타까웠던 것도 그런 이유였다. 녀석의 얼굴에 난 상처를 보자 더욱 속이 상하고 울화가 치민다. 이 녀석은 조림도 아니건만 왜 이렇게 사람 마음을 졸이는가. 졸이다 못해 시커멓게 변해 버린 내 가슴을 녀석이 모르고 있다는 게 왠지 서럽다. 언제까지 이렇게 나 홀로 삽질만 해야 하는 건지. 이렇게 삽질만 하다간 어느 날 지구 반대편이 나오지나 않을지 걱정이다.

"하지 말라고 했지!"

짜증스럽게 미간을 모은 채 도끼눈을 뜨고 녀석을 노려보다가 마음이 상해 휙 주방을 돌아나가 버렸다.

지금이 실없이 장난칠 땐가? 한심한 녀석. 야속한 녀석. 답답한 녀석!

이번엔 반대로 내 뒤를 녀석이 따라왔다. 가까이 오지도 않으면서 몇 발짝 뒤에서 슬리퍼 소리만 무심히 탁, 탁, 탁!

"왜 그러는데?"

내가 심산하게 소파로 가서 풀썩 주저앉자, 녀석이 소파 끄트머리에 훌쩍 올라앉으며 연신 생글생글 웃었다.

"놀리지 말라고 했잖아."

"섹시하다는 게 놀리는 거냐?"

"난 섹시하단 말 싫어해."

"그게 왜? 뭐 어떤데?"

녀석은 날 이해하지 못하는 얼굴이다.

"난 나더러 누가 섹시하다고 그러면 좋던데 참 이상한 애네."

너무 해맑아서 도리어 아무 생각 없어 보이는 얼굴을 보자 깊은 한숨이 새어나왔다.

널 어쩌면 좋니, 태오야? 널 걱정하는 내 마음을 알기나 하는 거니? 내가 너 때문에…… 너 때문에…… 휴우.

"너나 섹시하단 말 많이 들어. 난 싫으니까."

"어쭈. 이젠 성질도 막 내고. 아 놔, 피곤하네."

"나, 갈까?"

"오자마자 간다고?"

"피곤하다며?"

"어제처럼 또 삐쳐서 가겠다는 거야, 지금? 한 번만 해라, 엉?"

녀석이 정말로 무섭게 눈을 부라렸으므로 나는 이쯤 해서 오버를 자제하기로 했다. 성격이 어찌나 담백한지 녀석은 한 번 이상은 용납을 못하는 성미인 것 같다.

"흠! 약은 바르고 반창고 붙인 거야? 약도 안 바르고 반창고만 붙인 거 아냐?"

"반창고만 붙였는데, 왜? 그러면 안 되는 거냐?"

이러니 융통성없단 소리를 듣지.

"아휴, 그럼 그게 낫니? 상처만 더 도지게 생겼네. 집에 약 없어?"

"몰라, 어디 박혀 있는지."

녀석이 신드렁한 대답에 직접 거실에 있는 가구를 뒤져 약을 찾아왔다. 파출부 아줌마가 녀석을 위해 준비해 놓았는지 몰라도 비상약이 가득한 약통은 한 번 써보지도 못한 채 고스란히 낮은 장식장 안에 들어가 있었다.

녀석의 얼굴에서 반창고를 떼고 상처를 살펴보자 날카로운 무언가에 긁힌 듯 길게 생채기가 나 있었다.

'뭐지?'

나는 녀석이 어제 산에서 도망치다가 나뭇가지에 얼굴이 스치는 모습을 상상하곤 진저리를 쳤다.

'정말 그놈이 너라면 가만히 안 둘 줄 알아!'

심술궂게 녀석의 상처에 약을 꾹꾹 바르자 녀석이 아픈 시늉을 하며 인상을 있는 대로 찡그렸다.

"으윽! 살살 좀 해. 좆나 아프네. 어우."

"남자가 엄살은."

"엄살 아닌데. 진짜 좋나 아……."

녀석이 갑자기 말을 하다 말고 우뚝 정지하더니 날 뚫어져라 쳐다봤다. 녀석이 저런 눈으로 날 쳐다보면 모든 지각과 신경이 단체로 폐업을 선언한 듯 나도 모르게 바짝 긴장하게 된다. 녀석의 눈빛이 보통 눈빛이던가. 특히나 녀석이 날 물끄러미 바라볼 때의 눈빛은, 내게 정말로 하고픈 말이나 사지가 뒤틀릴 정도로 무언가 하고 싶은 게 있을 때이다.

뭘까?

"왜?"

나는 기대감에 찬 눈으로 녀석을 바라보았다.

그래, 착하지? 어서 말해. 내가 널 믿어준 것에 대해 보답을 하란 말이다.

뭔가 깊은 생각에 잠긴 듯하던 녀석은 이내 멍하니 고개를 저었다.

"아냐, 아무것도."

녀석이 아무것도 아니라고 잡아떼니 녀석의 진의를 더더욱 밝히고 싶어져 몸이 뒤틀렸다.

"뭔데 그래?"

"있잖아."

"어. 있어."

"내가……."

어유, 답답해!

언제는 단도직입적이고 직설적이며 솔직해서 당황하게 만들더니, 지금은 또 미적미적 사람 속 터지게 하는 녀석!

말을 해! 어제 니가 학교 뒷산에서 무슨 짓을 했는지 다 불란 말야!

나는 녀석의 멱살을 뒤흔들고 윽박지르고 싶은 걸 꾹 참았다.

"니가 뭐?"

그러고도 녀석은 내 속이 푹푹 익어 잘 우러난 곰탕이 되어버릴 정도로 한참 동안 뜸을 들이며 입을 열지 않았다. 고문도 이런 고문이 없일다. 이 녀석이 날 궁금증에 몰아넣어 죽일 속셈인가 보다.

대체 뭐냐, 내게 하고픈 말이!

"있잖아. 내가 지금 무진장 너랑 키스하고 싶은데 해도 되냐?"

녀석이 내게 현재 자신이 처한 상황을 설명하면 녀석을 안심시키며 자수를 권할 생각이었던 난 마른하늘에 벼락 치는 소리에 어안이 벙벙해졌다.

"뭐?"

내가 기대했던 얘기가 아닌지라 실망감이 얼굴에 고스란히 드러나자 녀석이 얼른 내 손목을 두 손으로 꽉 부여잡았다.

"집에서 하면 다시는 집에 안 올 거 같아서 물어보는 거야."

아, 한숨이야.

물어보는 것까진 좋은데 내가 원하는 건 그 얘기가 아니라니까!

"너 진짜 많이 달라진 거 알아?"

내가 매너 상승 모드인 녀석을 기특하게 바라보자 녀석이 뻔뻔한 얼굴로 대답한다.

"나도 알아, 재수없는 거."

아이고, 머리야.

"누가 재수없대? 칭찬하는 거잖아. 바보."

"칭찬이었냐? 아, 씨발. 그럼 그렇다고 말을 했어야지."

그러면서 얼굴이 벌게지는 건 뭐니? 그런 말에 쑥스러워할 줄도 알고 인간 됐다.

"욕해서 키스하고 싶은 마음이 싹 사라졌어."

말이 그렇다는 거지, 그게 어디 욕 때문이겠는가. 이 심각한 상황에 팔자 좋게 녀석과 에로틱한 분위기나 살리게 됐는가 말이다.

때가 어느 때인데! 고등학생이 마약이라니 나라가 망할 징조다, 이 녀석아!

내가 냉정하게 말하곤 반창고를 떼어 상처에 꾹꾹 눌러 바르자, 녀석이 아파서 인상을 찡그리며 손으로 슬금슬금 내 얼굴을 만졌다.

"손 안 치워?"

"키스하자."

"싫어."

"욕 안 할게."

"이미 해서, 하기 싫어."

"정 떨어져?"

"어."

"하긴 우리 엄마도 그러더라. 나만 보면 정나미가 뚝 떨어진대. 그래서 가버렸잖아."

"……."

"너도 내가 계속 말 안 듣고 내 맘대로 하면 나 버리고 갈 거냐?"

녀석의 눈동자에 가득한 외로움과 슬픔이 또 내 마음을 뒤흔든다. 비록 가짜이긴 해도 나는 녀석의 여자친구였다. 그래서 여자친구로서 어떻게 하면 녀석을 위로해 줄지 5초 동안 곰곰이 생각했다.

두 팔을 내밀어 녀석의 커다란 몸을 꼭 안아주었다. 이 덩치만 크고 정신이 미숙한 아이를 어떻게 하면 좋을까.

나는 왠지 오늘따라 가슴에 비가 내리고 그 비가 눈물이 되어 흘러내릴 것만 같다. 녀석 앞에서 울진 못하겠지만, 나는 이미 마음속으로 울고 있는지도 모르겠다. 그건 오늘 녀석의 집에서 녀석을 본 순간부터일 수도 있고, 마음을 졸이며 녀석의 집으로 오는 동안일 수도 있고, 어제 녀석이 택시에서 내려 산으로 올라가는 걸 확인한 그 순간부터일 수도 있었다. 어쨌든 난 소리

내어 펑펑 울고 싶지만, 녀석의 앞이어서 마음 놓고 울 수가 없어 더 울고 싶은 심정이었다.

"태오야."

"어?"

"나는 니가 정말 잘됐음 좋겠어."

"무슨 말이야?"

"행복했음 좋겠다고."

"내가 불행해…… 보여?"

"미안."

"뭐가?"

"그냥 다."

가슴이 미어진다. 녀석의 불행을 녀석의 부모가 만들었든 사회가 만들었든 간에 난 녀석에게 미안하고 마음이 점점 더 아플 따름이다. 기어이 코가 시큰해지더니 눈에 눈물이 맺히고 만다.

아, 지금 울면 완전 주책없는 건데. 나이가 들면 눈물이 많아진다더니 나는 나이도 많지 않으면서 왜 이러는 걸까.

내가 다 마음이 한량없이 넓고 좋아서다. 누굴 탓하랴.

내가 녀석을 끌어안은 채 훌쩍이자 녀석의 어깨가 움찔 떨리더니 천천히 내게서 벗어나 날 바라보았다.

"왜 울어?"

녀석은 내가 울자 놀란 모양이었다. 우는 까닭을 나도 잘 모르겠으니 뭐라고 설명해 줄 길이 없었다. 용의자 앞에서 모양새

빠지게 우는 여형사라니. 혁이 선배가 안 보길 얼마나 다행이랴. 만일 눈치 빠른 그가 봤더라면 왜 그러냐고 백만 구 년은 쫓아다니며 미스터리한 내 마음을 캐려고 할 거다. 생각만 해도 피곤해 지레 죽을 거 같다.

"너 다치지 마."

"나 다쳤다고 우는 거냐, 너?"

"다치지 마. 알았지?"

내 볼 위로 주르륵 흘러내리는 눈물의 의미를 나도 모르겠다. 두려워하고 있는지도 모르겠다. 무엇이 두려운지는 모르겠지만 난 울고, 녀석은 놀라서 허둥지둥 내 눈물을 손으로 닦아준다.

어쩌다 이 지경이 되어버렸냐고?

나는 녀석이 거칠고 험악한 이면에 따뜻한 감성이 숨어 있다는 걸 알아버렸다. 작은 것에 쉬이 감동하는 사람치고 바닥까지 악한 사람은 없으므로. 녀석의 인상이 남들보다 좀 강하고 언행이 거친 건 어쩌면 녀석 스스로를 보호하려는 본능인지도 모른다. 철저히 혼자이니 스스로가 아니면 자신을 지켜줄 사람이 없다는 게 얼마나 애처롭고 안타깝고 가슴 아픈 일인지 생각해 봐라. 차라리 녀석이 구제불능의 악마라면 내 마음이 이토록 아프진 않으리라.

죄를 미워하되 사람을 미워하지는 말라던 성인(聖人)의 말씀이 오늘따라 더욱 가슴을 파고들었다.

덩달아 시무룩해진 녀석이 날 끌어안아 다독였다.

"안 다칠게. 그러니까 울지 마."

"약속했다?"

"어. 그리고 욕도 안 할게. 될 수 있으면."

녀석은 자신이 없는지 말끝에 '될 수 있으면' 하고 덧붙인다. 그 바람에 나는 울다가 피식 웃었다. 녀석이 내 말에 고분고분 따라주는 게 다정하게 느껴져 좋다. 이 녀석이 나중에라도 내가 경찰이란 걸 알면 얼마나 놀라고 실망할까, 생각하니 조금 허탈하다. 아마 저가 내게 한 행동들이 후회스럽고 창피해서 날 평생 저주할지도 모르겠다. 그러자 내 얼굴에서 웃음이 흔적도 없이 싹 사라져 버린다. 녀석의 너른 품 안에서 따스한 체온을 느끼며 어쩌면 녀석에게 큰 죄를 짓고 있는 건 나인지도 모르겠다고 생각했다.

"다 울었어?"

한참을 끌어안고 등을 토닥이던 녀석이 달래듯 물었다. 나는 "어" 하고 대답한 뒤 수줍게 녀석에게서 떨어져 나왔다. 울고 났더니 기분이 한결 나아졌다. 내가 녀석에게 위로를 다 받다니 내 처지가 우습기도 하고 어느덧 녀석이 내게 그런 존재가 되었다는 게 감개무량했다.

나는 녀석이 훌륭한 사람이 되었으면 좋겠다. 훗날 녀석으로 인해 울 일이 없었으면 좋겠다. 나는 녀석에게 갈수록 바라는 게 많아지는 것 같다.

녀석의 입술이 내 입술을 덮고 숨결을 앗아가는 순간 사르르 눈을 감았다. 어제 골목에서 했던 것과는 또 다른 의미로 나도 모르게 분위기에 취해 녀석이 내게 키스하는 걸 용납했다. 머릿속으로는 이것마저도 작전의 일부라고 변명하지만, 녀석과의 키스에 거부 반응이 일지 않는 걸로 보아 나는 녀석에게 취해 버린 게 분명하다.

뜨거운 혀가 입술을 가르고 치열을 더듬고 그 사이로 빠르게 침범했다. 녀석이 내게 주는 느낌이 버거워 나는 더듬더듬 녀석을 끌어안았다. 녀석도 내 몸을 와락 품에 안았다. 녀석의 커다란 품 안에 내 몸이 갇히듯 폭 안겼다. 그 느낌이 강렬하게 온몸의 세포마다 붉은 인장처럼 각인되었다. 힘겹게 심켜지는 신음 속에 녀석은 힘차게 혀를 저어 내 혀를 강하게 옭아맸다.

"흐흡!"

깊은 곳에서부터 신음이 절로 우러나왔다. 이건 연기가 아닌 본능이다. 가슴이 뛰고 전신의 신경이 파르르 경련을 일으키지만, 나는 그걸 무시한다. 애써 무시하고 녀석에게 집중한다.

나는 이 녀석을 좋아하는가.

그렇다.

나는 녀석이 좋다. 정말로 녀석의 미래가 걱정되고 녀석이 잘되길 바란다.

그렇다면 녀석을 사랑하는가.

그건 아니다. 모호한 감정. 말 그대로 내 감정은 안갯속에 갇혀 버린 상태였다.

작전과 임무와 신분을 망각한 처사라고?

모르겠다. 그래서 징계를 받아야 한다면 받겠지만, 점점 거칠게 숨을 내뿜고 날 끌어안다 못해 소파에 쓰러뜨려 미친 듯이 키스하는 이 녀석을 내 손으로 매몰차게 밀어내진 못하겠다. 녀석의 상처난 가슴을 이렇게라도 내 손으로 어루만지고 핥아줄 수 있다는 게 얼마나 다행스러운 일인가. 그게 다른 사람이 아닌 나라는 사실에 나는 더 큰 의미를 두고 싶었다. 지금 이 순간 녀석의 품에 안긴 사람이 나라는 게 몹시도 안심이 된다. 만일 다른 팀에게 이 사건이 넘어갔다면 나는 녀석과 아무런 관계도 없는 사람으로 살아갈 테고, 그리 생각하니 마음 한구석이 허전해 견딜 수가 없다. 물론, 녀석이 흥분을 못 이겨 내 허벅지를 더듬고 티 안으로 손을 들이민다면 나는 당연히 지금처럼 녀석의 손목을 잡아 저지할 용의는 있다.

"안 돼."

나는 열아홉 소녀처럼 다급하고 또 다부지게 녀석을 저지했다. 녀석도 정신없이 내게 키스를 퍼붓다가 따끔한 주의를 받고 번쩍 정신을 차렸다.

"미안."

녀석은 내게 순순히 사과했다. 나는 그 말 한마디로 녀석이 내가 원하지 않는 이상 날 범할 일은 없으리라고 자신했다.

녀석은 또다시 내 입술을 벌리고 입천장을 건드리고 치열을 쓰다듬으며 혀를 거세게 휘어 감았다. 녀석이 너무 몰아붙이니

혀가 뽑혀 나갈 듯이 아릿한 통증이 몰려와 가르랑가르랑 신음
이 새어 나왔다. 그런데도 난 녀석이 하는 대로 내버려 두었다.
이런 녀석이 싫지 않기 때문이었다. 절제와 흥분 사이에서 어쩔
줄 몰라 하는 모습이 마냥 귀엽고 천진하게만 느껴졌다. 녀석이
좀 더 능란한 키스 테크닉이라든지 노련미를 과시했다면 나는
녀석에게 또 적잖이 실망했을지도 모른다. 키스와 섹스의 정립
이 제대로 안 되어 있는 녀석이긴 해도 어설프게나마 과도하고
난폭한 수컷 행세는 하지 않으니 마음이 놓였다. 말은 세상을
통달한 듯 허세를 부리지만, 어쩔 수 없이 드러나는 농익지 않
은 풋풋함이 난 더 좋았다.

  잠시 소강상태로 접어들어 녀석은 날 한동안 내려다보았다.
눈동자 안에 일렁이는 뜨거운 불길에 내 마음도 함께 일렁였다.
그 눈동자에 어김없이 사로잡힌 나는 안타깝게 녀석을 바라보
았다. 녀석에겐 잔인한 이야기가 될지 몰라도, 어쩌면 이다음에
내가 누군가를 만나 연애를 한다면 이 녀석과 비슷한 사람을 만
날지도 모르겠다. 그건 아까 녀석의 품에 안겼을 때도 잠깐 생
각했던 거였다. 다른 남자의 품에 안겼을 때 한 번쯤은 녀석이
생각나지 않을까 하는.

  그런 상상에 이르자 입술 새로 커다란 한숨이 새어 나왔다.
가슴속에서 뭉텅, 무언가가 빠져나오는 것처럼 허전했다.

  "하아."

  녀석은 열아홉 살만 아니라면 내가 보기에도 충분히 매력적

이고 그 이상으로 매혹적이었다. 잘만 다듬는다면 얼마든지 훌륭하고 멋진 젊은이가 될 것이다. 어디까지나 녀석이 '온 세계파' 마약 조직원이 아니라는 전제하에 말이다. 그건 녀석과 나 사이엔 최악의 상황이었다. 하여, 나는 녀석이 마약 조직원일까 봐 솔직히 무섭고 두렵다.

"미치겠다."

녀석은 소강상태를 접고 좀 전보다 더 깊고 짙은 키스를 나누다가 별안간 인상을 쥐어짰다. 녀석의 얼굴이 벌겋게 상기되어 있고 그건 나 역시 마찬가지일 터였다. 부끄러운 줄도 모르고 난 왜 녀석과의 키스를 탐닉하고 있는가.

"왜?"

내가 걱정스럽게 묻자 녀석이 도저히 안 되겠는지 비칠거리며 일어나 내게서 멀어져 갔다.

"태오야."

"잠깐만."

뒤도 돌아보지 않고 비틀비틀 걸어간 녀석은 자기 방으로 들어가 문을 잠가 버렸다. 나는 소파에 누운 그대로 천장을 올려다봤다. 잠깐이라고 생각했는데 벽에 걸린 시계가 녀석과 키스한 지 거의 한 시간이 되어가고 있었다.

세상에나!

깜짝 놀라 손으로 입술을 매만졌다. 그새 퉁퉁 부어버린 입술. 키스의 감각은 진한 향수처럼 내 입술에, 심장에, 머릿속에 오롯하게 남아 있었다.

나는 눈을 감고 잠시 녀석과 키스할 때의 감각을 다시금 떠올렸다.

짜릿하고 황홀하다.

내 입술에 남아 있는 녀석의 체취에 아스라이 마음이 가라앉았다. 아마도 작전이 끝나고 녀석과 영영 만나지 못하게 되더라도 나는 녀석을 오래도록 기억할지 모르겠다.

조용히 자리에서 일어난 나는 녀석에게 인사도 하지 않은 채 집을 나왔다.

버스를 타고 집으로 돌아오는 동안 창밖으로 무심히 지나는 거리를 바라보았다. 왠지 이전과는 다른 세상을 보는 듯 거리는 낯설었고, 그런 생각을 하고 있는 내 모습 역시 내가 아닌 듯 이질적이었다. 마음이, 갑자기 길을 잃고 낯선 세상에 떨어진 사람처럼 암담하기만 했다.

집으로 돌아온 후 얼마 안 있어 혁이 선배가 집에 왔다. 그는 이전에도 자주 집에 놀러 오곤 했는데 신사마와도 죽이 척척 잘 맞는 편이었다.

그에게 따뜻한 레모네이드를 대접한 뒤 소파에 마주 앉았다.

"태오는 만나봤어?"

"어."

"수상한 점 없었어?"

나는 어제 녀석이 산에 왜 갔는지 알아내지 못한 채였다. 눈 밑에 난 상처 외에는 녀석에게 다른 낌새를 못 찾았고, 아무런 증거도 확보하지 못한 상태에서 아직은 녀석에 대해 이러쿵저러쿵 얘기하는 게 조심스러웠다.

"어."

단답형으로 일관하는 날 빤히 쳐다보던 선배가 의아한 낯빛을 했다.

"입술은 왜 그래?"

"어?"

나는 녀석과 한 키스를 상기하며 화들짝 놀라 고개를 들었다. 그의 눈빛이 본능적으로 예리하게 빛났다.

"너 혹시……."

"왜? 내가 녀석이랑 키스라도 했을까 봐?"

나는 재빨리 선수를 쳤다. 말했지만 선배는 눈치가 상당히 빠르다. 괜히 솔직하게 불었다간 두고두고 핀잔을 듣거나 놀릴 게 뻔했다. 헌데도 이상하게 녀석과 한 키스가 창피하다거나 불쾌하진 않았다. 홀로 산등성이에 앉아 산 너머로 기울어 가는 해를 바라보듯 오히려 마음이 고즈넉해졌다.

내가 그동안 너무 굶주리긴 했나 보다. 동생 같은 녀석과 한 키스에 이리도 마음이 싱숭생숭하다니. 오리무중에 빠진 사건 때문에 내가 드디어 서서히 미쳐 가고 있는 모양이다.

"그래도 조심해. 지금은 사귄 지 얼마 되지 않았으니까 점잖게 굴지 몰라도 어느 순간 돌변할지 몰라. 팀장님껜 한 번 더 기회를 달라고 했지만 난 아무리 생각해도 태오가 이번 사건에 연루된 것 같아."

나는 그가 녀석을 폄하하는 게 언짢아서 짜증을 냈다.

"아직 태오가 마약 조직원이라는 증거도 없는데 함부로 애기하지 마. 그놈이 태오인지 아닌지 자세히 못 봤다면서? 물증도 없으면서 심증만으로 죄인 취급하지 말라고."

난 녀석을 변호하고 싶었던 걸까. 점점 혼란스럽다. 녀석이 마약 조직원일지도 모른다고 애초에 생각한 나와 지금의 나는 너무나 다르다. 내 생각을 녀석이 뒤바꿔놓은 결과다.

"신비야…… 너 왜 그래? 나도 태오 그놈이 마약 조직원이 아니길 바라. 근데 돌아가는 상황이 의심 가게 생겼잖아."

선배도 풀리지 않는 사건에 잔뜩 신경이 예민해져 있는 듯했다. 그래도 어디 나만 할까 보냐. 나는 혼란스러움에 뇌신경이 전부 조각조각 나는 듯이 아파서 죽을 지경인걸.

힘겨운 한숨을 토한 후 차근히 그를 달랬다.

"우리 눈으로 직접 확인할 때까진 아무것도 단정 짓지 말자, 선배. 그게 얼마나 위험한 일인지 선배도 잘 알잖아."

"어제 놈을 놓친 게 우리에겐 안 좋은 결과를 초래할지도 몰라."

나도 그가 무얼 걱정하고 염려하는지 알고 있었다. 그래서 더 답답하고 속이 타 들어갔다.

"놈들도 지금쯤 경찰이 떴다는 소식을 접했을 테니 함부로 움직이진 있겠지."

"지금쯤 뭔가 나올 때도 됐는데 애들이 너무 잠잠하네."

그건 나도 마찬가지였다. 하루하루가 살얼음을 걷는 양 아슬아슬한 나머지 우리가 놈들을 쫓는 게 아니라 도리어 놈들에게 우리가 쫓기는 기분이었다. 그간 수사 전력으로도 이런 기분은 꽤 좋지 않은 경험이었다. 어디서부터인지 모르게 핀트가 어긋난 느낌이었다.

"알았으니까 이만 돌아가. 좀 쉬어야겠어."

"그래. 내일 학교에서 보자."

"멀리 안 나갈게."

선배가 가고 난 후 침실로 들어가 침대에 드러누웠다. 잠을 잘 수도 없고 편히 쉴 수도 없이 심란하게 이리 뒤척 저리 뒤척하고 있을 때였다. 머리맡에 두었던 핸드폰에서 전화벨이 울렸다. 말도 없이 왔으니 전화가 오리라고 예상은 했으나 액정 속에서 '대왕님'이라는 이름이 반짝이는 걸 보자 왈칵 반가운 마음이 들었다.

"어. 태오야."

―집에 들어갔어?

"그럼. 집에 온 지가 언젠데. 말도 없이 와서 미안."

―혼자 있었어?

"어. 왜?"

—그래?

가만. 그러고 보니 녀석의 목소리가 싸리비처럼 차갑고 무뚝뚝했다. 그리 자상한 성격은 아니지만 전화 속의 녀석은 한 시간 전까지 나와 함께 있던 마태오가 아닌 것 같아 가슴이 덜컥 내려앉았다.

말도 없이 와버려서 화났나?

"태오야."

—씨발. 좆나 웃긴다. 방금 니네 집에서 나온 새끼가 이혁 아니냐?

허!

머릿속이 새하얗게 변하더니, '분노의 마태오'만 오롯이 눈앞에 떠올랐다.

이를 어째!

"우, 우리 집 어떻게 알았어?"

—지금 그게 중요해?

녀석에겐 전혀 중요치 않겠지만, 내겐 무척이나 중요한 문제였다. 그동안 녀석이 날 집까지 바래다주려고 할 때마다 나는 극구 사양했었다. 단지 집이 너무 멀다는 이유로.

헌데 녀석은 어떻게 우리 집을 알고 있었던 걸까? 설마 날 미행한 건 아니겠지?

혹시라도 날 의심하고 있었던 건 아닐까 싶어 심장이 쿵쾅쿵쾅 요동쳤다.

"어떻게 알았냐고 묻잖아!"

너무 놀란 나머지 이성이 마비될 지경이라 소리를 빽 지르며 현관문을 열었다. 그런데 문 앞에 녀석이 전화기를 귀에 댄 채 장승처럼 서 있는 게 아닌가!

기절할 듯 놀라서 그 자리에 털썩 주저앉을 뻔했다. 허나, 녀석 앞에서 맥없이 주저앉기엔 켕기는 게 많아 보일까 봐 안간힘을 써 두 다리로 버텼다. 두 다리가 사시나무 떨리듯 후들후들 떨렸다.

녀석을 믿고 기다려 준 보답이 여기서 끝이 나는 거라면 인생이 너무 허무했다. 나는 이제껏 인생이 아름답다는 걸 믿고 산 사람인데 말이다. 마지막 반전의 희열이 실제 삶에도 존재한다고 믿었는데 말이다. 인생이란 결국 속이고 속다가 비극으로 막을 내리는 것인가.

"태, 태오야."

신경질적으로 전화를 탁 끈 녀석이 우리 집을 수색하러 온 경찰처럼 서슴없이 집 안으로 들어와 현관에서 신발을 벗었다. 나는 녀석이 이대로 침실로 들어가 장롱 안에 걸어놓은 경찰복과 그 외 스물여섯 살 아가씨가 입을 만한 옷들을 보게 되면 어쩌나 가슴이 조마조마했다. 아니, 장롱을 열어볼 것도 없이 내 화장대만 봐도 고등학생이 쓰는 화장대는 아니라는 걸 알리라. 언니 거라는 변명은 통하지 않는다. 이미 남동생과 둘이 산다고 녀석에게 말을 해버렸으니까.

학교 근처에 임시 집을 얻지 않았던 게 후회막급이었다. 설사 녀석이 우리 집을 안다고 해도 그렇지. 집 근처라면 몰라도 집 안까지 쳐들어올 거라곤 생각도 못했다.

한마디로 비.상.사.태!

"너 뭐 하는 인간이야?"

"어?"

나는 녀석이 뭘 묻는지 생각하느라 난감하게 인상을 찌푸렸다. 이 상황에 '난 서울경찰청 마약수사대 소속 마약 1팀에 근무하는 치신비리고 해', 새심스레 내 소개를 할 수도 없는 노릇 아닌가.

으악, 미치겠네!

"내가 말했을 텐데? 나 외에 다른 새끼 쳐다보면 가만 안 둔다고."

"어?"

녀석의 눈 속에 집 한 채도 날려 버릴 듯이 활활 타오르는 질투심이 내 신분이 들킬까 꽁꽁 얼어붙었던 마음을 느슨하게 풀어지게 했다. 나더러 경찰이냐고 묻는 줄 알았더니 녀석은 단순히 질투를 한 거였다. 다리 힘이 풀려, 나는 또다시 바닥에 주저앉을 뻔했다.

에구구. 사람 놀라게 하는 방법도 많아서 좋겠다, 넌.

"내가 공부하다가 모르는 게 있어서 학교에서 물어본 적 있었거든. 정리해 놓은 거 있다고 갖다주러 왔어. 알고 봤더니 혁이 집도 이 근처더라고. 집에 들어온 지 얼마 안 됐는데 또 나가기 귀찮아서 집으로 좀 갖다 달라고 했지. 일부러 와줬는데 그냥 보내기 미안해서 차 한잔하고 가라고 한 거야."

장황한 설명을 가만히 듣고 있던 녀석은 처음엔 긴가민가한 눈빛이더니 눈동자에 조금씩 불길이 사그라졌다. 덕분에 나도 점차 안도했다.

"정말이야?"

"그, 그럼 정말이지! 혁이한테 전화해서 물어볼까?"

결백을 증명하고자 선배에게 전화를 걸려고 하자 녀석이 매우 아량 넓은 포스로 날 제지했다.

"됐어. 전화할 필요 없어."

휴우. 삼자대면하자고 했으면 큰일 날 뻔했네. 미리 말을 맞춰놓은 상태가 아니라서 서로 버벅대면 바로 들키는 건데.

역시 기적은 내 비루한 삶 속에서도 존재했다.

"근데 넌 왜 온 거야?"

그렇다. 난 녀석이 갑자기 우리 집에 온 이유가 궁금했다. 어떻게 우리 집을 알고 있는지도. 그걸 알아야 마음이 놓일 테니까.

"보고 싶어서."

녀석은 말해놓고 얼굴을 붉혔다. 어찌나 쑥스러워하는지 조금 전 질투심에 폭발할 것 같던 녀석이 맞나 의심스러웠다.

"어?"

황당하고 놀라워하는 내 모습에 녀석이 민망한 듯 세게 쏘아보더니 몸을 휙 돌렸다.

"갈게."

간다는 말이 무척이나 반가웠지만, 이렇게 와서 금방 간다니 나는 또 어쩔 줄을 모르겠다.

이 녀석아, 제발 돌발 행동 좀 하지 마. 이 누나, 간 다 떨어진다.

"나오지 마. 추워."

녀석은 어른스럽게 이르고는 운동화를 발에 꿰어 신고 몸을 내 쪽으로 돌렸다.

"그래도 여기까지 왔는데 차 타는 데까지 바래다줄게."

"좀 더 있다 가란 말은 안 하네."

"어? 아, 그게…… 조금 있으면 동생 올 시간이라서."

쫓아내듯 녀석을 보내자니 조금 미안하지만 내가 살려면 어쩔 수 없다. 누가 우리 집에 와서 이토록 불편하게 느껴진 적이 있었던가.

특수한 상황이니 더욱 그렇다 하나, 훗날 녀석이 마약 조직원도 아니며 내가 경찰이란 걸 알고 나서도 나와 누나 동생으로 지내고 싶다고 한다면 그때도 난 녀석을 우리 집으로 초대하는 건 좀 꺼려질 거 같다. 왜 그런지는 나도 모르겠다. 녀석이 오면 봄가을로 야무지게 하던 대청소를 앞당겨 해야 할 것 같다는 정도만 확실히 알겠다. 절대 녀석의 집에 비해 우리 집의 규모가 꿀려서 하는 얘긴 아니다. 집의 규모나 평수보단 내 마음의 규모와 평수가 녀석 앞에선 너무나 작게 느껴지기에 하는 소리다.

"알았어. 그럼 옷 입고 나와."

"어. 잠깐만 기다려."

부리나케 방으로 가 두꺼운 카디건을 입고 나왔다. 그렇게 집을 나서 버스 정류장으로 가는데 이번엔 또 신사마가 저만치 걸어왔다.

오늘, 죄다 날 경기 일으켜 죽이려고 날을 잡았구나.

제발 눈치껏 모른 척하고 지나가길 바랐지만, 신사마가 무심코 날 보고는 "어!" 하며 표정에서 벌써 알은체를 해버렸다.

어휴! 저 눈치없는 녀석! 하필 지금 마주칠 게 뭐야.

한 번의 기적은 또 한 번의 위기를 옵션으로 주는 걸까?

앞으로 보나 옆으로 보나 뒤집어 보나 대학생이 틀림없는 신사마를 고등학생이라고 하자니 간이 또 자작자작 졸아붙었다. 요즘 고등학생이 조숙하다고는 하나 과연 녀석에게도 먹힐지가 의문이었다. 지금까지 지켜보건대 녀석은 자기가 믿는 사람에겐 과하게 믿어주는 이상한 버릇이 있어 융통성이 좀 딸린다는 단점이 있었다.

제발 그 단점이 지금도 발휘해 주길! 제바알!

간이 콩알만 해져 숨을 죽이고 있자니, 녀석의 새된 음성이 들려왔다.

"누구야?"

목소리에 잔뜩 힘이 들어가, 나는 녀석이 혁이 선배에 이어 새로운 남자가 내게 알은체하는 것에 불만과 함께 강한 적개심을 띠고 있음을 알아차렸다. 녀석의 눈엔 내 주위에 있는 남자들이 '친구'나 '가족'이란 개념이 없이 오로지 '수컷'으로만 인지하는 나쁜 버릇도 함께 갖고 있는 듯하다. 그게 머리가 나빠서 그런 건지 단순해서 그런 건지는 나도 모르겠다.

"내 동…… 생."

"아……!"

녀석은 금세 적개심을 풀고는 역시나 누군지 아래위로 훑어보는 신사마에게 짐짓 점잖게 인사말을 건넸다.

"니가 신비 동생이구나?"

그제야 녀석이 누군지 눈치 챈 신사마가 속으로 피식 실소하는 게 느껴져 눈을 부릅떴다.

나이 많은 거 티 내면 죽는다!

"신사마, 이, 인제 오나?"

너무 긴장한 탓에 나도 모르게 절대 안 했다고 부인할 수도 없이 억양 하나는 끝내주게 확실한 오리지널 부산 사투리가 툭 튀어나왔다. 그러자 녀석이 '허걱!' 한 표정으로 날 쳐다봤다. 나야말로 허걱 할 지경이다.

오늘 왜 이렇게 되는 일이 없어?

신사마가 당황하는 날 보고는 씩 웃더니 예비 배우답게―난 그걸 능청이라 부른다―녀석에게 깍두기도 울고 갈 만큼 정확히 90도로 허리를 숙였다. 그렇게까지 안 해도 되는데 신사마는 녀석을 놀리는 게 틀림없었다. 아니, 날 놀리는 건가?

깍듯한 인사에 이리도 뒷골이 싸해지기는 처음이었다. 저게 경찰 누나를 두더니 간이 배 밖에 나온 모양이다.

사람은 장난칠 때와 치지 말아야 할 때를 구분할 줄 알아야 하거늘.

"안녕하십니꺼?"

상대를 막론하고 어지간해선 고쳐지지 않는 저놈의 사투리.

이래저래 구수한 사투리에 적응이 안 되는 표정으로 녀석이 고개를 끄덕끄덕했다.

"어, 그래. 몇 학년이냐?"

"고등학교 1학년입니더."

고등학교 1학년이면 도대체 몇 살이나 낮춘 거야?

고삐리를 상대로 졸지에 사기꾼 남매가 된 기분이라니.

"니네 집 식구들은 다 조숙한가 봐."

녀석이 신기하다는 듯 내뱉는 말에 신사마가 웃음을 참기 어려운지 바삐 인사했다.

"그럼 난 먼저 집에 가 있을게, 누부야. 오면서 맛있는 거 사 온나. 아까 오면서 보니까 조 앞에 붕어빵 팔더라. 그거랑 음료수랑 귤도 좀 부탁한데이."

급히 뛰어나오느라 지갑을 안 갖고 나온 나는 신사마가 일부러 녀석을 의식해 먹고 싶은 걸 주저리주저리 얘기한다는 걸 알고 슬며시 녀석의 눈치를 봤다. 그러고는 적당히 이를 갈며 뇌까렸다.

"신사마, 내가 급히 나오느라 돈을 안 갖고 나왔거든."

고딩을 뜯어먹으려는 대딩의 불합당하고도 불순한 의도에 엄연한 직딩인 나는 중간에서 매우 곤란 지경에 빠졌다. 저 대딩 놈을 나중에 집에 가서 패줄까 생각하고 있는데 녀석이 빙그레 웃으며 말했다.

"내가 사줄게."

어른스럽게 말하는 녀석을 멀거니 쳐다보다가 걸음을 옮겼다. 밑도 끝도 없이 녀석이 든든하게 느껴지는 이 야릇한 기분은 또 뭔가?

내가 공짜를 좋아하긴 너무 좋아하는 경향이 있다.

"동생도 우리 학교 다녀?"

"아니. 동생은 다른 학교."

"그래? 왜 같이 안 다니고 따로 다녀?"

"내 동생은 예고야."

신사마는 예고가 아닌 예술대학교에 재학 중이니 따지고 보면 그게 그거지 뭐.

"그렇구나. 근데 동생 이름이 신삼이야?"

"뭐?"

"아까 신삼이라고 불렀잖아. 아닌가?"

"……."

우리 다 함께 생각을 해보자.

신사마 = 신삼아.

"푸하하하하하하하하!"

"왜 웃어?"

나는 웃다가 딸꾹질이 다 날 뻔했다.

아이고야, 내 배꼽! 누가 내 배꼽 좀 찾아주십…… 아하하하하하하!

나름 연예계의 신성이 되겠노라 장대한 꿈에 부푼 애 이름을 한순간에 컨트리 스타일로 바꾸다니.

수삼도 아니고 인삼도 아니고 해삼도 아닌 신삼!

정말로 국어에 소질있다니까.

나는 웃다가 흘린 눈물을 닦으며 간신히 대답했다.

"크크크큭! 욘사마 알지? 그거처럼 별명이야."

"아…… 그래? 근데 니네 말투가 되게 웃긴다. 경상도 사투리 쓰네? 도대체 호주엔 몇 살에 간 거야?"

"엉? 주, 중학교 1학년 때."

"그렇구나. 킥. 사투리 써서 깜짝 놀랐네. 넌 좀 귀엽다."

귀여운 건 너다, 이 녀석아. 쿡쿡.

그리고 내가 놀란 거에 비할 바가 되겠니? 난 어제오늘 무한 반복 놀라는 통에 정신이 어느 별에서 헤매고 있는지도 모르겠다, 애.

"집 어떻게 알았는지 안 가르쳐 줄 거야?"

"지난번에 너 몰래 따라왔었어."

"뭐? 어, 언제?"

이 녀석이 이제 보니까 스토커 기질이 있었잖아.

하도 어이가 없어서 입을 하 벌린 채 녀석을 새삼스레 쳐다봤다. 학교 짱에 마약 조직원일지도 모르고 스토커 기질까지 있는 녀석이 난 점점 무섭다. 다음엔 그 뒤에 또 뭐가 붙을지 모르겠기에.

"너 애들한테 당한 뒤로 불안해서."

"밀을 하지 몰래 뒤를 밟니?"

"내가 형사냐, 뒤를 밟게? 걱정이 돼서 혹시나 하고 뒤따라와 본 거야. 데려다 준다고 해도 니가 매번 싫다고 했잖아."

경찰청으로 갈 땐 따라오질 않은 것 같아 속으로 안도의 한숨을 후 내쉬는데 녀석이 내 손을 꼭 그러잡았다. 녀석의 손은 거칠고 차가운 인상과는 다르게 따뜻해서 잡으면 기분이 좋아진다.

"있잖아."

"어."

"신비 너 만나고 나서부터 자꾸 이상해."

"뭐가 이상한데?"

"뭔지 모르겠는데 아무튼 이상해. 여기가 되게 이상해졌어."

녀석이 자기 심장 부위를 손바닥으로 짚었다. 가슴이 저릿해져 쑥스럽게 웃고 있는 녀석을 올려다봤다.

사람들은 흔히 상대방의 진심을 경홀히 여기는 수가 많다. 허나, 녀석이 자신의 심장을 손으로 짚으며 말하는 순간 녀석의 순수성을 한 귀퉁이도 놓치지 않고 온전히 마음에 받아들여 버렸다. 그 순수한 마음이 예뻐서 왠지 슬픈 난, 무슨 말 대신 잡은 손에 더욱 힘을 주었다. 녀석의 순수성이 점점 겉으로 배어 나올수록 나의 가식 또한 그만큼 겉으로 드러나는 것 같아서 마음이 무겁고 힘들었다.

대체 이런 녀석이 마약사범이란 게 믿어지는가? 학교 짱에다 눈빛이 뽕 맞은 것처럼 짙은 안개에 휩싸여 몽롱한 거 빼고는 어디를 봐서, 응? 후우.

"난 우리 엄마가 되게 싫었다."

녀석이 아무렇지도 않게 엄마 얘길 꺼내기에 절로 귀를 기울였다. 녀석이 드디어 자기 마음에 있는 얘길 하려는 것이다.

"왜 엄마가 싫어?"

"아버지랑 허구한 날 싸우니까. 나만 보면 미워하니까."

"설마…… 엄만데 아들한테 그럴 리 있니?"

"우리 엄만 나한테 그래. 아버지가 바람피우고 들어올 때마다 그 한탄을 나한테 하는 사람이야."

"맙소사. 그걸 왜 너한테 화풀이해?"

"나 때문에 아버지랑 결혼해서 자기 삶이 엉망이 되어버렸대."

"뭐어? 아니, 그런 게 어디 있어? 죄는 부모님이 지어놓고 왜 너한테 그 벌을 떠넘겨?"

나는 어느덧 녀석에게 동화되어 내가 겪은 일인 양 분개했다.

"아버지가 엄말 강간해서 날 낳았대. 엄마 재산 보고 그랬대."

"……!"

나도 이렇게 충격인데, 그 얘길 엄마라는 사람 입에서 들었을 녀석은 얼마나 큰 충격을 받았을까? 그래서 키스며 섹스가 이 녀석 머릿속에 제대로 정립이 안 되었던 걸까? 사랑이 얼마나 숭고히고 아름다운 건데 녀석의 부모님은 하나뿐인 자식에게 큰 죄를 지었구나. 이 녀석 마음에 너무나 깊고 아픈 상처를 주었구나. 그렇게 힘들게 살았구나, 이 녀석이. 아프고 슬프고 외로운 천덕꾸러기처럼.

뭐 그런 몰상식한 부모님이 다 있담!

"우리 부모님 이혼하셨어. 중학교 3학년 말에 엄마가 떠나 버렸거든."

"엄마 보고 싶어?"

"보고 싶냐고?"

녀석은 쓸쓸한 얼굴로 힘없이 말했다.

"아니. 내가 죽어버렸으면 하는 사람인데 그럴 리 있어?"

"너한테 그런 말까지 했단 말야?"

녀석은 그때의 감정이 고스란히 되살아나는지 괴롭게 인상을 찌푸렸다.

"어. 그래서 난 여자들이라면 이를 갈았거든. 근데 너한텐 아
냐. 세상에 이렇게 예쁘고 따뜻한 애도 있구나, 그래."

녀석이 정말로 날 좋아한다고 생각하자 가슴이 뭉클했다. 그
리고 어둠과 차가움만이 깃든 녀석의 인생에서 난 빛과 따뜻함
으로 녀석을 안아야 할 의무감을 느낀다. 그건 작전 때문도 아
니요, 내가 경찰이기 때문도 아니었다. 녀석에게 인간 대 인간
으로서 진심으로 대하고 싶었다.

내가 녀석을 위해 할 수 있는 일이 무엇일까? 어떻게 하면 이
녀석을 도울 수 있을까?

"나, 너한테 별로 잘해준 것도 없어."

나는 자조적으로 읊조렸다. 녀석에게 오므라이스를 만들어주
고 풀린 운동화 끈을 묶어주고 녀석이 좋아하는 축구를 같이 보
러 간 것뿐인데, 녀석은 날 진정으로 좋아하게 되어버렸다. 이
마음이 더 커지면 사랑이 되겠지.

난 녀석에게 무슨 짓을 하고 있는 거지? 작전이라는 미명 아
래 나 역시 녀석의 마음을 기만하고 있는 건 아닐까?

가슴이 답답해져 와 크게 숨을 들이켰다. 아직도 쌀쌀한 밤바
람은 내 불안한 가슴을 타고 폐부를 돌아 다시 공기 중에 섞여
명멸한다.

나는 언젠가 녀석의 여자친구가 아닌 경찰의 신분으로 돌아
가야 할 몸.

그럼 또다시 혼자 남게 될 이 녀석은 누가 돌보아주지? 누가
이 녀석이 어른으로 성장하는 과정을 지켜봐 주지? 누가 이 녀
석이 길을 잘못 갈 때 올바로 잡아주지? 이 녀석의 불안한 정서,
환경, 분노와 상처 따위를 누가 어루만져 주고 치료해 주지?

그게 내가 될 순 없는 건가?

머릿속에 숱하게 떠오르는 질문들이 내 마음을 점점 암흑 속
으로 가라앉혔다.

9

"어, 무암아. ……그래? ……알았다. ……아냐. ……어."

이전 뒷산에서의 일로 요즘은 종만이 슬슬 피해 다니는 바람에 우리 반에선 유일하게 무암과 녀석이 자주 함께 있는 걸 목격하곤 했다.

말이 나와서 하는 말이지만, 녀석의 주변엔 웬 돌에 관련된 이름이 그리 많은지 모르겠다.

채석장, 현무암.

돌들의 집합소냐?

녀석이 심각하게 전화를 끊는 걸 가만히 지켜보다가 은근슬쩍 끼어들었다.

"무암이 전화야?"

"어."

"무슨 일 있어?"

"내일 일이 있어서 만나자고."

뭔 사무가 이리도 바쁘신지요?

또 무슨 짓을 꾸밀지 불안해진 나는 시무룩하게 말했다.

"그럼 내일은 나 혼자 집에 가야겠네?"

"어."

못내 걱정이 되어 녀석의 팔을 잡아당겼다. 녀석이 길을 걷다가 '응?' 하는 눈빛으로 날 내려다보았다.

"다치지 말란 말, 잊어버리지 마."

"알았다니까."

녀석이 싱긋 웃으며 내 볼을 가볍게 쥐었다 놓았다. 볼에 닿았다 사라지는 따뜻한 온기에 가슴이 찡했다.

"태오야."

"어?"

"우리 나중에 같이 여행 가자."

"뭐?"

녀석은 내가 밀월여행이라도 떠나자고 한 줄 아는지 엄청 놀라는 얼굴이었다. 하여간 어리나 젊으나 늙으나 남자들이란.

이윽고 씩, 입이 귀에 가 걸리는 녀석을 가소롭게 흘겨주었다.

"그런 거 아니거든."

"내가 뭐? 뭐 어쨌는데?"

찔리니까 성질이야.

"방금 이상한 생각 해놓고선."

"이상한 생각은 니가 한 거 아냐?"

그, 그런가?

내가 여우의 탈을 쓴 여자라 해도 아직 머리에 피도 안 마른 십대 청소년을 어떻게 해보겠다는 건 절대 아니니 오해하지 마시라. 난 결백하다!

못 믿겠다고? 그, 그럼 어쩔 수 없지만.

"나중에 니가 졸업…… 아니, 우리 졸업하고 나면 기념여행 가자."

말했잖은가. 나, 기념 무진장 좋아한다고.

"어디로?"

"그건 지금부터 생각해 봐야지. 어때? 좋겠지?"

"어. 나, 여행 대따 좋아하는데."

"그래? 잘됐네. 나도 여행 되게 좋아해."

여행을 무척 좋아하지만, 매일 수사에 쫓기며 살다 보니 삶의 여유를 누릴 시간이 없었다. 별안간 힘들고 슬픈 세상사 다 접어두고 이 녀석과 무작정 어디론가 떠나고 싶은 마음이 굴뚝같이 일었다.

유럽이나 일본으로 배낭여행? 아니면 동남아 관광? 그도 아니면 우리나라 절경을 찾아 전국 일주?

어디든 어떤가? 떠나는 게 중요하지. 녀석과 함께라면 무전 여행이라도 즐겁지 않겠는가.

"정말 같이 가는 거다?"

녀석은 내가 여행 가자는 말이 믿기지 않는지 재삼 강조하며 물었다. 나는 생긋 웃으며 힘차게 고개를 주억거렸다.

"어. 너야말로 약속 어기면 안 돼. 알았지?"

약속을 어기면 안 되…… 겠지만, 글쎄. 지금부터라도 열심히 기도하면 우리에게 기적이 또 일어나지 않을까? 반전이 생겨서 넌 마약과는 아무 상관이 없는 아이가 될 수도 있지 않겠어?

하지만 태오야.

결과가 어찌 되든 내가 널 끝까지 믿어주고 싶었다는 것만 알아주면 좋겠어. 이 세상에 니가 혼자가 아니라는 걸 말야. 누군가는 널 위해 가슴 깊이 절절하게 기적을 바라는 한 사람이 있었다는 걸 부디 알아주렴.

"무암아, 안녕?"

다음날 아침, 구석에서 혼자 실내화를 갈아 신고 있는 무암을 발견한 난 다가가 상냥하게 인사를 건넸다. 그러자 다른 애들에 비해 체구가 좀 작은 무암이 얼떨떨한 표정으로 날 쳐다보았다.

일전에 내가 산에 끌려갔을 때 그 자리에 함께 있었던 일 때문인지 무암인 날 무척 어려워하는 것 같다.

그동안 무암을 관찰한 결과, 태오에게 유독 자주 연락을 해오는 아이가 무암이었다. 그리고 녀석은 그 자리에 있었던 놈들을 대하는 것과는 달리 무암이에겐 한없이 너그럽게 굴었다. 평상시에는 다른 아이들을 대하는 것과 별반 차이가 없는데 전화 통화할 땐 목소리가 한없이 부드러웠다.

그게 왜라고 생각하는가? 난 감 잡은 지 오래다.

순진무구한 얼굴로 빙그레 웃자 무암은 얼굴이 시뻘게지더니 심하게 말을 더듬었다.

"아, 아, 아, 안녕? 그, 그러니까 그, 그, 그게…… 그, 그, 그때 그, 그, 그 일은 나, 나, 난 아무 사, 사, 상관 없는 이, 이, 일이걸랑."

이놈이 혀에 마비가 왔나, 왜 이렇게 더듬어? 너도 담임선생님 닮아가냐?

"알아, 나도. 너였지? 그날 태오에게 연락해 준 애가."

"뭐, 뭐, 뭐?"

무심한 듯 예리한 내 유도에 걸려든 무암의 얼굴이 사색이 되는 걸 보고서 나는 속으로 조소를 금치 못했다. 아무리 껍죽거리며 힘주고 다녀도 애들은 애들인 것을. 이렇게 겁을 먹어서야 나중에 '내가 실은 경찰이야' 했을 때, 그 자리에서 기절이나 하지 않을지 모르겠다.

실은 말야. 무암이 너한테 무지 고마웠단다. 기회 봐서 인사하고 싶었는데, 그게 바로 지금이야.

"니가 태오랑 제일 많이 전화 통화하는 거 같아서."

"그, 그, 그, 그러냐?"

"고마워."

무암은 누가 엿들을까 사방을 경계하며 마른침을 꿀꺽 삼켰다.

누가 들으면 안 되는 건가? 주변에 마태오 똘마니들 한 명도 없는데. 내가 설마하니 다들 모인 자리에서 인사치레하겠어? 나, 그렇게 눈치없는 여자 아니다.

"그, 근데 그 얘긴 다, 다른 사람한테 하, 하면 안 된다."

당연히 중간에서 입장이 곤란해지니 히는 소리겠지만, 무암이 소리를 낮춰 빠르게 속삭이는 말에 왠지 모르게 촉각이 곤두섰다. 필요 이상으로 겁을 먹는 것 같았기 때문이다.

"왜?"

내가 아무것도 모르는 양 천진하게 묻자, 무암이 짧은 두 팔을 획획 휘두르며 난리법석을 떨었다.

"아, 아무튼! 짜, 짱이랑 너랑 나만 아는 비밀이야. 안 그럼 나 죽어. 아, 알았지?"

누구한테 죽는단 말이니? 그날 산에 있던 다른 놈들한테? 내 생각에는 말이다. 니가 다른 애들한테 죽기 전에 태오에게 그놈들이 먼저 하직인사를 할 것 같은데 뭐가 겁나?

"비밀? 알았어. 비밀 지켜줄게."

무암은 실내화를 갈아 신는 둥 마는 둥 도망치듯 후다닥 안으로 들어가 버렸고, 난 느긋하게 실내화를 갈아 신었다. 그날 누가 녀석에게 재빠르게 연락을 취했을지 궁금하던 건 풀렸지만, 무암의 경직된 태도는 어딘지 더 큰 의문점을 남겼다. 기억을 더듬어보아도 그날 채석장은 그곳에 없었다. 그렇다면 무암은 종만을 겁낸다는 건데, 반에서도 이따금 보지만 무암은 체구는 왜소해도 종만을 겁내는 편은 아니었다. 아니, 오히려 똘똘하게 작은 녀석이 종만을 대놓고 무시하는 걸 보면, 작은 고추가 맵다는 속담은 괜히 나온 게 아니다 싶을 정도다.

그럼 무암이 겁내는 사람은 대관절 누구란 말인가?

교실로 들어가자 지난번에 복도에서 싸운(?) 벌로 한 달간 교실 청소를 맡은 혁이 선배와 종만이 칠판 앞에서 투탁거리는 게 보였다. 깁스를 해서 멀쩡한 한쪽 팔로 칠판을 닦던 종만의 뒤통수를 사정없이 갈기며 선배가 살벌하게 윽박지르고 있었다.

"똑바로 해, 좆만아. 알았냐?"

"씨발 새끼!"

종만이 칠판지우개를 날리며 쌍욕을 퍼붓자, 선배가 가볍게 허리를 틀어 날아오는 지우개를 피한 뒤 다른 칠판지우개를 집어 들었다. 그걸 보자마자 냅다 달아나는 종만을 그가 실실 웃으며 쫓아갔다.

"어딜 도망가, 이 좆만아."

"씨발, 죽는다!"

도망가는 놈이 죽여 버린다고 서슬 퍼렇게 뇌이면 잡으러 오는 놈은 어찌 되는 걸까?

참으로 아이러니한 추격전이 아닐 수 없다.

선배는 아침부터 종만을 괴롭히는 게 흥이 난 듯 헐레벌떡 책상 사이로 도망치다 안 되니 책상 위를 건너뛰어 다니는 놈을 사냥개처럼 쫓아갔다.

"거기 안 서냐, 좆만아? 칠판 닦아야지, 좆만아."

얼레. 종만이 못살게 구는데 아주 재미를 붙였구나, 붙였어. 저게 애냐, 어른이냐?

종만이 잽싸게 뒷문으로 도망지려나 끝내 선배의 손에 우악스럽게 뒷덜미를 붙잡혀 사정없이 바닥에 나동그라졌다. 그런 종만의 얼굴에 선배가 들고 있던 칠판지우개를 꾹 눌러 마구 문질렀다.

"푸풉풉!"

분필가루가 잔뜩 묻은 칠판지우개로 있는 힘껏 문질러대니 잠시 후엔 종만의 얼굴이 정말 '좆만이'가 되어버렸다.

어이쿠! 저게 뭐야? 경극 하는 배우는 멋지기나 하지. 덜 익은 밀가루 빵 같다. 에비!

"킬킬킬. 분필 맛이 어떠냐? 좋지? 맛나지?"

선배는 종만을 고문하는데 광분하는 게 훤히 보였다. 저 인간이 그리 사디스트는 아닌데 갈수록 맛이 가는 듯.

가만 보면 선배도 점점 제 나이를 잊고 애들 속에 동화되어

가는 듯하다. 학교란 그런 곳일까? 예순 할아버지가 젊을 적 못 배운 한을 풀려 뒤늦게 고등학생이 되면 자기도 모르는 새 십대 나이에 동화되어 가는 것처럼.

그럼 선배가 갈수록 철딱서니없어지는 게 좋은 일일까, 나쁜 일일까.

선배가 너무 괴롭히니 걸려도 재수없게 그에게 걸린 종만이 조금 불쌍해지려 했지만, 나는 쿨하게 못 본 척했다.

넌 당해도 싸다, 종만아.

그렇게 한 주의 시작인 월요일, 오늘도 어김없이 파란만장한 학교생활이 시작되었다.

3교시 국어 시간.

어느 고등학교에나 꼭 한 명씩은 있다는 불세출의 총각 선생님은 서른 살의 훈남이었다. 척 봐도 교육 열정이 철철 흘러넘치고 그리 어렵다는 아이들과의 눈높이도 곧잘 맞추는 열혈교사. 한마디로 자체발광 시스템이 골고루 갖춰진 신세대 선생님이라 하겠다. 그러니 여학생뿐 아니라 남학생한테까지 인기 절정을 누리는 건 당연한 일.

이제 와서 하는 얘기지만 나도 학교에 와서 첫 국어 시간이 되었을 때 선생님을 보고 혹한걸 뭐.

선생님이 원체 인물이 출중하신 데다 눈 씻고 찾아봐도 학교에 내 나이와 걸맞은 남자가 혁이 선배밖에 없으니 심심해서 수업 시간에 나 혼자 나이 궁합까지 맞췄더랬다. 네 살 차이면 궁합도 안 본다는데, 여기서 내 운명의 짝을 만나는 건 아닌지 몰래 김칫국 한 번 마셔봤다. 태오 녀석 때문에 선생님에게 사심 품을 새가 없어서 금방 포기했지만.

"얼마 안 있으면 모의고사 있는 거 알지? 다들 열공하는 줄 믿겠다."

여기서 '믿겠다'는 반어법으로써 믿는 도끼에 발등 찍지 말라는 의미다.

선생님 말씀에 아이들이 죄다 국어책으로 책상을 두들기며 반항이었다. 그런데도 마음 좋게 애교의 극치라는 딧니를 드러내며 상큼하게 웃으시는 선생님은 아이들의 반항을 순식간에 경탄으로 바꾸어놓는 마법까지 부린다.

"모의고사 끝나면 야외수업이다."

"와아!"

야외수업도 엄연한 수업이거늘 수감자들처럼 종일 학교에만 갇혀 지내서 그런지 아이들은 밖으로 나간다면 그저 좋단다. 생각해 보면 그게 아무 선생님한테나 통하는 건 아닐 듯. 담임선생님이 그랬다면 다들 콧방귀를 풍 뀌었을 거다. 대체 무슨 재미로 한 시간을 밖에서 담임선생님과 노가리를 까겠는가. 나라도 기겁하며 거절했을 터였다.

희한한 일은, 다른 시간은 죄다 엎드려 취침인 녀석도 언제부터인가 국어 시간만큼은 수업을 경청한다는 데 있었다. 그게 경청인지 날 보는 건지는 잘 모르겠지만. 그래서 나는 녀석이 정말로 국어를 좋아하나 의심이 갔다.

"자, 책 펴."

부산스럽게 책과 공책을 펴는 소리가 들리는 속에서 지난주에 어디까지 했는지 찾느라 책을 펼쳤을 때였다.

툭!

종이 위로 한 점 붉은 피가 떨어졌다.

피?

엥? 웬 난데없는 코피?

난 공부하느라 네댓 시간 자고 체력단련을 위해 아침저녁으로 도장에 다니던 고3 시절에도 코피 한 번 안 쏟은 건강 체질이었다. 뿐인가. 수사대에 들어가서 사흘 밤낮을 새도 코피는커녕 감기 한 번 안 걸려 봤다. 딱 한 번, 처음 팀원들과 현장에 나갔다가 범인과 몸싸움을 벌이는 과정에서 팔꿈치에 정통으로 코를 얻어맞고 코피가 터진 적은 있었다. 허나, 그건 어디까지나 타의에 의한 코피지 자의에 의한 코피가 아니었다. 헌데, 왜 갑자기 빈혈기 있는 여학생처럼 공부 시간에 코피를 흘리는가 말이다.

이게 정녕 내 콧구멍에서 흘러내린 피가 맞나 싶어 확인차, 손으로 인중을 쓱 문질렀다.

'엇! 진짜네.'

손에 묻은 게 필경 피가 맞으니 나는 약간 당황했다.

어제 녀석 때문에 놀란 게 컸네, 컸어. 그 충격이 오늘 코피로 승화한 게야.

"선생님, 신비 코피 나요!"

선배가 그새 보고는 불현듯 소리쳤고, 고개를 숙이고 국어책을 들여다보던 녀석도 깜짝 놀라서 내 쪽으로 고개를 휙 돌렸다. 코피는 내가 났는데 왜 녀석의 얼굴이 창백해지는지 희한했다.

선생님이 신속히 화장지를 챙겨 달려오다시피 내게로 다가왔다.

자상도 하시지. 뭘 또 화장지까지 챙겨다 주시나 그래. 황송스럽게시리.

"괜찮아?"

선생님이 내 코에다 화장지를 들이밀며 걱정스럽게 물었고, 화장지로 코를 틀어막는 바람에 본의 아니게 코맹맹이 소리를 내며 내가 대답했다.

"넹."

"공부하느라 너무 무리하는 거 아냐? 후후."

뿌듯해하는 선생님을 볼 낯이 없지만, 고3 때 공부 열심히 한 건 맞으므로 겸연쩍게 웃어넘겼다.

나쁜 뜻으로 하는 거짓말은 아니니 부디 용서하시오.

"수업하기 힘들면 보건실 가서 좀 누워 있을래?"

심신이 피로했는데 잘됐다 싶어 '예' 하고 대답하려는 순간,

별안간 내가 앉은 의자가 뒤로 쑥 밀리더니 몸이 허공에 붕 떠올랐다. 코피 나고 공중부양이라니, 내 몸뚱어리가 이상증세를 일으키고 있었다. 건강하다고 자만하지 말라더니만, 이렇게 자신하던 내 건강도 한 방에 훅 가고 마는 건가.

"어어!"

나는 화장지로 코를 틀어막고 있다가 놀라서 괴성을 질렀다. 선생님도 깜짝 놀라 그 자리에 얼어붙었고, 찬물이라도 확 끼얹은 것처럼 화기애애하던 교실이 일순 고요해졌다.

녀석은 그렇게 날 두 팔로 안아 든 채 선생님에겐 가타부타 말도 없이 교실을 저벅저벅 걸어나갔다.

헉! 그래도 이 녀석아, 말은 좀 하고 가렴! 황망해하는 선생님 얼굴은 눈깔로 보이지도 않니? 내가 다 무안하다, 얘.

한 손으론 화장지로 코를 틀어막고 다른 한쪽 팔로 얼결에 녀석의 목에 두르고는 복도로 나가자마자 녀석을 쫙 째려보았다.

"뭐 하는 짓이야?"

난 이런 분위기에 익숙지 않단다. 부끄럽단 말이다.

"국어가 너 보건실 가랬잖아."

선생님은 어디다 날려 먹고 국어래! 선생님이 니 친구냐?

"근데 왜 니가 데려다 주냐고?"

나는 좀 신경질적으로 뇌까렸다. 부끄러우니 나도 모르게 신경질적이 되어버렸다. 화가 나도 신경이 날카로워지지만 부끄러워도 신경이 예민해지는 법이다.

"근데 왜 니가 데려다 주냐고?"

하긴. 혁이 선배가 데려다 주겠다고 했으면 이 녀석이 가만히 있을 리 없지. 그랬다간 국어 시간이 격투기 시간이 될 수도 있음이었다.

다른 반 애들 몇몇이 수업을 하다가 복도를 걸어가는 우리를 발견하고 각양각색의 표정을 지었다. 재미난 구경 난 듯 킥킥 웃는 남학생들, 어안이 벙벙해서 시선만 따라오는 여학생들, 부러워 미치겠다는 듯 몸부림을 치는 여학생까지. 얜 또 뭔가 싶다. 그렇게 몸부림칠 것 같신 없잖아?

스치듯 본 것이지만 맨 마지막 교실을 지날 때 우연히 혜정과 눈이 딱 마주쳤다. 그럴 수밖에 없었던 것이 혜정이 먼저 우릴 발견하고 벌떡 자리에서 일어났기 때문에 눈에 띄지 않으려야 않을 수 없었다. 단박에 얼굴이 시든 풀뿌리처럼 일그러지는 혜정을 보면서 나도 모르게 눈에 힘이 잔뜩 들어갔다.

뭘 봐?

나도 알고는 있었다. 혜정이 상처 입은 짐승처럼 계속 내 주위를 맴돌며 날 주시하고 있다는 걸. 녀석의 경고 때문인지 아니면 때를 노리는 건지 이전처럼 쉽사리 내 앞에 나서진 못하지만, 여하튼 불쾌하고 기분 나쁜 시선은 줄곧 내 곁을 맴돌았다.

녀석은 날 1층 보건실로 데려갔다. 문을 열고 안으로 들어가자 보건 선생님이 침대를 정돈하고 있다가 날 안고 들어온 녀석을 보더니 흠칫 놀랐다. 수말 같은 녀석이 신혼여행 온 새신랑처럼 여자애를 들춰 안고 왔으니—어지간해선 이런 포즈와 분위기는 대학 교정에서도 보기 어렵지 않나?—나라도 놀랐겠다. 민망해라.

"여, 여기다 눕혀라."

녀석은 날 안쪽에 있는 침대에 고이 내려놓았다.

"어디가 아파서 왔니?"

"코피 났어요."

"어디 보자."

선생님이 잠시 내 눈을 까뒤집고 이리저리 살피더니 별일 아닌 듯 고개를 끄덕였다.

"눈이 충혈된 거 보니까 많이 피로한 모양인데 한숨 자고 일어나면 괜찮을 거야."

"예. 고맙습니다."

"필요하면 냉장고에 얼음주머니 있으니까 찜질해도 돼. 태오니가 해줄래?"

녀석이 수건에 얼음주머니를 싸서 가져왔다. 그러고는 침대 가까이 의자를 당겨다 앉아서 얼음주머니를 내 이마와 콧잔등 사이에 올려놓았다.

으, 시려!

"넌 자. 얼음찜질은 내가 해줄게."

코가 시려서 잠이나 올지 모르겠다. 녀석 때문에 연장 긴장할 일들만 생겨서 체력이 급격히 축나긴 했나 보다. 절로 하품이 쏟아졌다.

"으하함! ……흠냐."

"킥. 하품하는 것도 예쁘네."

흐미. 이 녀석이 웬 망발을 이리도 서슴지 않고 하는고.

하긴, 지금 녀석의 눈엔 콩깍지가 단단히 씌어 내가 손가락으로 콧구멍을 후벼 파도 예쁘게 보이긴 할 거다. 평소 지성과 미모를 겸비한 나니까.

그래도 속이 거북한 건 어쩔 수 없다. 나도 이러한데, 때아닌 닭살 행킥을 두 눈 시뻘렇게 뜨고 지켜봐야 하는 보건 선생님은 오죽하랴.

도저히 못 들어주겠는지 선생님이 자리에서 일어나 보건실 밖으로 나가 버렸다. 보건 선생님을 보건실에서 내쫓다니 죄송해서 몸 둘 바를 모르겠다.

"또 해봐."

헛! 이, 이 녀석, 정말 내가 예뻐서 하는 소리 맞아? 내 귀엔 왜 놀리는 것처럼 들리지?

홀로 자뻑에 도취되어 있던 난 무안해서 녀석을 째려봐 주고 싶었으나 얼음주머니로 눈을 가리고 있어서 아쉽게도 그러지 못했다. 대신 장난스럽게 입을 벌리고 우아하게 하품을 해주었다. 내 하품이 널 즐겁게 해준다면야.

"냐하암!"

"킥!"

좋단다.

"너 팔 아플 텐데……."

"괜찮아. 내 걱정 말고 넌 어서 자기나 해."

"그래도……."

귀 얇은 거 표를 내는지 녀석이 자라니까 또 금세 잠이 오는 건 뭐람. 얼음에 수면제 탄 거 아냐? 눈이 천근만근…… 졸려.

콧잔등을 차갑게 얼리던 감각이 차츰차츰 무뎌지더니 얼마 안 가 정말로 깊은 잠에 빠져 버렸다. 이따금 몸을 뒤챌 때마다 콧잔등이 시린 감각이 멀어졌다가 설핏 되살아나기를 반복했다.

얼마나 잤을까.

비몽사몽 간에 코피가 멎었는지 얼음주머니가 사라지고 입술 위로 무언가가 지그시 내리눌렀다.

'뭐지?'

뒤늦게 내 입술에 맞닿은 것이 녀석의 입술이란 걸 알았다. 녀석이 촉촉한 혀를 내밀어 내 입술을 살며시 쓸고 지나가자 솜털처럼 따뜻하고 짜릿한 감각이 나른하게 온몸에 퍼졌다. 이토록 감각이란 너무나 솔직하고 정확한 것이었다.

"으음."

나도 모르게 나직한 신음이 토해지고 잠시 떨어졌던 녀석의 입술이 다시 내 입술을 튕기듯 입에 물었다. 덕분에 목구멍이 간질거리고 자꾸 웃음이 비어져 나오려 했다.

'안 돼, 태오야. 선생님이 보시면 어쩌려고 이래.'

잠결인데도 보건 선생님이 신경이 쓰여 나는 조금 몸을 뒤채
였다. 그러자 녀석이 내 턱을 살짝 잡아 고정하곤 아까보다 더
짙게 입술을 훔쳤다. 꽉 맞물렸다가 눌어붙은 인절미 떨어지듯
쭉 늘어지는 마찰음이 적나라하게 내 귀에 들려왔다.

추릅, 추우우우우우웁!

아따, 그 소리 한 번 오금이 저리누나.

'그만 해. 들키면 어쩌려고 이러니?'

녀석을 나무라고 싶은데 잠에 취해 눈이 떠지지 않았다. 거기
에 만족하지 못하고 턱을 눌러 내 입술을 벌린 녀석이 그 안으
로 미끄러지듯 달큰한 혀를 집어넣었다. 입안에 가득한 녀석의
혀 때문에 숨이 끊어질 듯 버거웠다.

'너무 뜨거워.'

녀석의 혀가 뜨거운 건지 내 혀가 뜨거운 건지 모르겠지만,
불잉걸처럼 이글거리는 두 개의 혀가 맞붙자 금세 화르르 불타
올랐다.

"으으음."

깊은 울림처럼 신음을 흘리는 내 뺨을 녀석의 엄지가 달래듯
살짝살짝 간질였다. 녀석의 손끝이 말랑말랑한 건지 내 볼이 말
랑말랑한 건지 분위기가 말랑말랑한 건지 모르겠지만, 내 심장
마저 말랑말랑해지는 기분이었다.

'선생님이 아직 안 들어오셨나?'

그런 모양이다. 이렇게 노골적으로 키스하는 걸 보면.

나는 걱정하던 마음을 가시고 피식 웃어버렸다.

녀석의 입술이 다시 눅진하게 내 입술을 밀어붙이고 부드럽게 혀를 말아 올렸다. 자연스럽게 타액이 섞이고 있었다. 아, 기분이 너무 이상야릇하다.

난 지금 열아홉 살인가, 스물여섯 살인가.

꿈을 꾸고 있는 건지 실제상황인지도 모르게 정신이 몽롱했다.

한 번, 두 번, 세 번……. 감질나게 내 혀를 빨다가는 아쉽게 혀를 거두어간다. 녀석의 입술마저 떨어지자 조금 허전한 마음이 가슴속에 잔잔히 스며들었다.

좀 더 녀석의 입술을 맛보고 싶…… 응?

'미친 거 아냐?'

그렇다. 난 열아홉 살이 되고 싶은 스물여섯 살이었을 뿐.

굶었네, 굶었네 해도 허기진 소릴 함부로 하다니. 변태냐?

다시 잠속에 빠져들며 깊이 반성했다. 녀석의 손이 내 머리를 곱게 쓰다듬으며 잠을 재촉했다. 얼핏 낮은 허밍 소리가 들려왔다. 잔잔하고 따뜻한. 녀석이 흥얼거리는 허밍 소리가 자장가처럼 나를 또다시 깊은 잠속으로 빠져들게 했다.

그리고 잠에서 깨어났을 때 녀석은 없었다.

'꿈이었나?'

정신이 백만 광년 저 너머에 갔다가 온 것처럼 멍했다. 그러나 녀석이 내게 한 키스의 감각은 전율이 일 만큼 또렷하게 뇌리에 남아 있었다.

너무 깊이 잠이 들었는지 두 시간을 내리 자버렸더니 보건실을 나왔을 때는 점심시간이었다. 그래도 간만에 숙면을 취했더니 몸이 한결 개운했다. 내가 그동안 나도 모르는 새 몹시 지쳐 있었던가 보다.

운동장 스탠드 구석으로 간 나는 팀장님에게 전화를 걸었다.

"저예요."

—차 형사, 안 그래도 전화하려던 참인데 마침 잘했어. 우리가 발견한 헤로인에선 지문 감식이 안 됐어. 범인이 장갑을 끼고 있었는지 깨끗해.

"그래요? 혜정이 쪽에선 뭐 나온 거 없고요?"

—중학교 때 의붓아버지에게 성폭행을 당했다는 말이 있어. 의붓아버지는 마약사범으로 수감 중이었다가 3개월 전에 풀려났고 말이야.

마약사범?

내 눈동자가 반짝 빛을 발했다.

"의붓아버지랑 혜정이가 지금도 같이 사나요?"

—그건 아닌 것 같아. 하지만 주변 사람들 말로는 얼마 전에 의붓아버지가 집으로 찾아왔다가 누군가에게 얻어맞고 돌아갔다지,

아마.

"누군가에게 얻어맞고 돌아갔다? 그게 누군데요?"

―주민들 말로는 웬 건장한 남학생이었대.

나는 무심코 녀석을 떠올렸다.

"또 혜정이에게 성폭행을 시도하다 그 남학생에게 걸린 걸까요?"

―자세한 건 더 알아봐야겠지만, 의붓아버지가 수시로 혜정이에게 돈을 요구했다는 이웃 말로는 여전히 의붓딸 주변을 맴돌며 괴롭히는 모양이야. 최근에도 집 주변을 어슬렁거렸다는 주민의 말이 있어.

"음. 악질인 놈이군요. 혜정이 엄마는 없는 모양이죠?"

―1년 전에 암으로 죽었대. 지금은 여학생 혼자 산다나 봐.

그렇다면 혜정은 언제고 의붓아버지에게 또다시 성폭행을 당할 가능성이 농후했다.

―그리고 그동안 마태오가 수시로 혜정이에게 돈을 줬다네.

"예? 돈을 왜……?"

―혜정이 엄마 병원비랑 생활비를 도와준 모양이야.

병원비와 생활비를?

그건 또 뜻밖의 이야기라 눈살이 찌푸려졌다. 병원비와 생활비를 도와준다는 게 말이 쉽지 한두 푼 드는 것도 아니고 녀석은 대체 무슨 생각으로 그 많은 돈을 혜정에게 쏟아부은 걸까? 정말로 혜정이와 사귀었던 건가?

거 참, 잘 나가다가 꼭 삼천포로 빠지는 기분이란 말씀이야. 더군다나 녀석이 혜정이와 얽힌 얘기만 들으면 기분이 확 나빠지니, 원.

"그래…… 요?"

―최근까지 도와주다가 얼마 전부터 딱 끊어버렸다는군.

"아버지가 녀석이 쓰는 카드를 빼앗아 버렸다는데, 그래서 그런 거 아닐까요?"

―그것까진 모르겠지만 혜정이가 여기저기 외상을 많이 깔아놨거든. 마태오가 생활비를 줬다는데 외상이 그렇게 많을 리 없잖아. 그 동네 주변 가게에 이상없는 집이 없어. 오래된 건 1년도 넘는데.

"유흥비로 다 갖다 쓰는 거 아녜요?"

―어제 윤 형사가 뒤를 밟아봤더니 술집으로 들어가더래. 근데 놀러 간 게 아니고 일을 하려던 거였어.

"술집에 취직하러 갔단 말이에요?"

―어. 돈이 많이 필요한데 미리 줄 수 있느냐고 묻더래.

"외상 갚으려고 그러나?"

―모르겠어. 술집 주인한테 얘기해서 백만 원만 먼저 주라고 했으니까 그 돈으로 뭘 할지 두고 봐야지. 이 형사는?

"수업 끝나면 같이 폐가 쪽에 가볼 생각이에요."

―거긴 왜?

"태오 말로는 오늘 오후에 애들과 일이 있대요. 애들이 폐가에서 잘 만나니까 한 번 가보려고요."

―알았어, 수고.

"예."

팀장님과 전화를 끊자마자 스탠드 뒤편에서 발소리가 들려 깜짝 놀라 고개를 돌리니 녀석이었다. 갑자기 나타난 녀석 때문에 간담이 서늘했다.

'아휴, 놀래라. 이 녀석이 왜 자꾸 소리없이 다녀? 사람 불안하게.'

내 전화를 엿들었나 했지만 표정을 보니 아니었다. 녀석의 얼굴 위로 내려앉는 햇살이 뽀송뽀송한 솜사탕처럼 따사롭고 부드러워 긴장했던 마음이 사르르 풀렸다.

"여기서 혼자 뭐 해? 몸은 괜찮아?"

"어. 햇볕이 따뜻해서. 광합성 중. 흐흐."

"킥. 밥 안 먹어?"

"먹어야지. 넌 안 먹고 왜 나와 있어?"

"너랑 같이 먹으려고 기다렸지."

옆에 와서 앉으며 녀석이 손으로 내 이마를 짚었다. 꿈인지 생시인지 모르겠지만 보건실에서 녀석이 내게 한 키스 때문에 녀석의 입술이 오늘따라 더더욱 관능적으로 다가왔다.

얘는 나이도 어린 애가 뭘 믿고 이렇게 섹시할까?

"많이 아프면 조퇴하지?"

"그 정도는 아니야. 수업 끝나고 바로 집에 가서 쉬면 돼. 너도 오늘 일 있다며. 어서 밥 먹으러 가자. 배고프다."

"신비야."

"어?"

"아프지 마."

"……."

"나더러 다치지 말라더니, 넌 아프냐?"

녀석의 눈빛이 애잔하여 내 마음도 따라 애잔하게 흐른다. 나
는 녀석의 손을 가만히 그러잡았다.

"어. 오늘만 아플게."

"아까 무암이가 그러던데 나한테 연락해 준 사람이 무암이런
거 알았다면서?"

무암이 그새 녀석에게 이야기했나 보다.

"아, 그거?"

내가 빙그레 웃자 녀석도 따라 싱긋 웃었다.

"눈치 빠르네. 어떻게 알았어?"

"무암이가 너랑 제일 전화를 많이 하는 거 같길래 혹시나 하
고 물어봤더니 무암이 보기보다 되게 순진하더라?"

그러자 녀석이 크나큰 고민이 있는 듯 땅이 꺼져라 한숨을 푹
내쉬었다.

"진짜 착한 녀석인데……."

"어? 방금 뭐라고 그랬어?"

"무암이 착한 녀석이라고 했어. 다른 애들은 다 못 믿어도 무

암인 믿을 만한 녀석이야. 그러니까 너도 나 없을 때 무슨 일 생기면 무암이한테 전화해. 그럼 도와줄 거야. 내가 그 말을 미리 해놨어야 하는데 미처 생각을 못했어. 그때 산에서의 일, 내 책임이 커."

나는 녀석의 말을 당최 이해하기 어려웠다. 그럼 녀석은 내게 그런 일이 생길 거라고 짐작했단 말인가. 아니, 왜 그 애들은 짱을 거스르고 그런 짓을 저질렀던 것일까. 대체 이 아이들에게 무슨 일이 생긴 걸까.

"근데 우리 셋만 아는 비밀이라면서 안 그럼 죽는다고 하던데 그게 무슨 말이야?"

"자식, 쓸데없는 얘길 했네. 넌 몰라도 돼. 신경 쓰지 마."

의문투성이인 내 머리를 흩어놓으며 녀석이 훌쩍 몸을 일으켰다.

"가자."

얘기 좀 해주고 가지.

궁금증을 뒤로한 채 비밀투성이인 녀석의 손을 잡고 급식실로 걸음을 옮겼다. 이렇게 손잡고 걷는 것도 길지 않겠구나, 생각하니 마음 한구석이 섭섭했다. 이번 작전이 끝나도 가끔 녀석을 만나 학교 앞 분식집에서 떡볶이를 사먹고 아이스크림과 커피를 마실 수 있다면 좋겠다고 마음속으로 바라본다. 약속했던 것처럼 나중에 녀석과 함께 여행을 떠날 수 있으면 더 바랄 것이 없겠다고. 녀석이 내가 작전 때문에 절 감쪽같이 속인 형사라는 걸 알아도 용납해 준다면. 정말 그래만 준다면.

 수업이 끝나자마자 나는 집에 가는 척하면서 혁이 선배와 만나기로 한 산으로 향했다. 아이들이 잘 다니는 길을 피해 옆길로 돌아 폐가 앞 높은 바위 위에서 놈들을 지켜볼 생각이었다. 이전에 녀석과 선배가 맞장 뜰 때 숨어서 지켜봤다가 추위에 입 돌아갈 뻔했던 그 바위 말이다.
 헌데도 왜 또 그 바위냐? 거기가 제일 잘 보인다.
 선배는 나무 뒤에 숨어 있다가 내가 오자 빨리 오라는 손짓을 했다. 부지런히 미끄러운 비탈길을 올라 ㄱ가 있는 ㅏ무로 갔다.
 "한참 기다렸어?"
 "아니. 나도 방금 왔어. 태오는?"
 "지금쯤 애들이랑 있을걸. 난 몸 안 좋다고 먼저 왔어. 택시 태워주겠다고 해서 따돌리느라 혼났네."
 "킥킥. 고삐리랑 연애하느라 니가 고생이 많다. 생전 안 흘리던 코피가 다 나고."
 "어서 가기나 해."
 조금 쑥스럽게 웃고는 앞서 산을 올랐다.
 얼마 후 바위 위에 엎드려 지켜보니 녀석을 맨 선두로 꽤 많은 숫자의 남학생들이 우르르 몰려왔다. 아이들이 왜 모였는지 이유를 알 수는 없지만 뭔가 심각한 분위기였다.

'무슨 일이지?'

그때 폐가 안에서 웬 건장한 남자들이 걸어나왔다. 마치 녀석과 똘마니들을 기다리고 있었다는 듯이.

'아하, 저놈들과 볼일이 있었던 거였군.'

행색을 보아하니 학생이 아닌 성인들이었다. 사람에겐 저마다 풍기는 향취가 따로 있어 서 있는 모습이나 걸음걸이를 봐도 그 사람의 수준을 알 수 있는 법. 멀리서 보기에도 껄렁껄렁한 남자들을 보자 인상이 딱딱하게 굳어졌다.

"저놈들 누구지? 왜 저기서 나와?"

"'온 세계파' 놈들 아냐?"

선배의 말을 듣고 망원경으로 낯익은 얼굴들을 본 순간,

"어!"

저게 누구신가? 녀석과 날 볼링으로 엿 먹이더니, 당구로 판쓸이를 당한 후 치사하게 보복 시비를 붙던 형아들 아니신가.

육중한 몸매 형아, 올챙이 배 형아, 야자수 머리 형아까지. 반갑구로.

"얼레. 저것들도 조직원이 맞긴 맞았네."

"누구?"

선배가 도촬(도둑 촬영)을 위해 소형 카메라를 만지작대다가 슬쩍 고개를 빼어 바위 아래를 내려다봤다.

"새로 들어온 놈들인가 봐. 어쩐지 낯설더라."

"그래? 근데 넌 어떻게 알았어?"

"어?"

당구장에서의 일을 애기하지 않은 탓에 선배는 버라이어티했던 그날의 일을 알지 못했다. 시답잖은 애기라 일부러 할 거리도 못 되었지만 그가 물으니 괜스레 얼굴이 붉어졌다. 난 그날 당구 잘 친 죄밖에 없는데 왜 얼굴이 붉어지는 걸까나?

"우연히."

그나저나 녀석은 또 '온 세계파' 조직원들은 왜 만나는 거지? 자꾸 만나봤자 녀석에게 좋을 일이 없는데.

자기한테 죄다 불리한 짓만 하고 다니는 녀석을 걱정스럽게 보고 있자니, 신배가 불쑥 말을 꺼냈다.

"팀장님한테 연락 안 해도 되겠어?"

"아직은 기다리는 게 좋겠어. 놈들이 언제까지 있을지 모르잖아. 어떻게 돌아가는지 일단 지켜봐야지. 선배는 잘 찍기나 해."

"오케이."

나는 선배가 촬영하는 동안 망원경으로 '온 세계파' 조직원들 얼굴을 한 명, 한 명 파악했다.

"저 자식 '온 세계파' 중간 보스 청계천 맞지?"

'청계천'은 이름이 '천계천'이라 선배가 붙인 별명이었다. 다른 조직원들에게 얼굴이 가려 뒤늦게 확인이 가능했는데, 선배는 카메라 화면 안에서 알록달록한 티셔츠를 입은 천계천을 확인하고 입가로 히죽 웃음을 담았다.

천계천은 남학생들 맨 앞에 떡 하니 버티고 서 있는 녀석을 거만하게 손끝으로 까딱까딱 불렀다. 녀석이 앞으로 걸어나오 자 다가가더니 다짜고짜 뺨을 후려쳤다. 녀석이 맞는 순간 내 뺨이 다 얼얼했다.

녀석은 느닷없이 뺨을 얻어맞고 반쯤 고개를 꺾은 채로 서 있 다가 천천히 고개를 돌려 청계천에게 뭐라고 얘길 했다. 뺨이 벌게진 게 망원경으로 여실히 보여 나도 모르게 이를 꽉 악물었 다.

'청계천 너 이 자식! 감히 내 남자친구를 때렸겠다?'

천계천이 또다시 녀석의 뺨을 후려치려 하는 찰나, 녀석의 몸 이 망원경 속에서 휙 사라져 버렸다. 소스라치게 놀라 눈에서 망원경을 떼고 목이 빠지도록 고개를 쭉 빼어 폐가 쪽을 내려다 보았다.

'얘가 어디 간 거야? 어떻게 된 상황이야?'

"뭐야? 태오랑 청계천이랑 붙은 거야? 이야아, 볼만하겠는 데."

신났다. 나도 싸움 구경이라면 그냥 못 지나친다만, 선배가 신나하는 건 또 눈꼴이 시었다. 못마땅하게 눈을 흘기다가 또다 시 망원경을 눈에 갖다 댔다.

'얘는 도대체 어쩌자고 청계천이랑 붙는 거야?'

말은 그러면서 녀석이 천계천에게 일방적으로 얻어맞거나 놈 앞에 무릎을 꿇는 모습을 보지 않아서 얼마나 안심이 되던지. 녀석이 '온 세계파' 조직원이라면 절대 천계천과 붙을 리 없잖은가.

사실, 녀석이 잘못될까 불안에 휩싸인 나머지 정신이 하나도 없던 난 가슴을 콩닥거리며 녀석과 천계천의 대결을 지켜보았다.

어느덧 모두 녀석과 천계천을 빙 둘러쌌고, 그 중간에 서로 대치한 녀석과 천계천이 서로의 빈틈을 노리며 공격 자세로 서 있었다. 싸움이라면 녀석도 뒤지지 않는다 생각하지만 천계천은 다름 아닌 마약 조직에서 굴러먹던 놈이다. 폭력적이며 잔인하고 무자비하기로 유명한 놈. 오죽하면 고등학생을 상대로 마약을 팔아먹을까.

저승 가서도 썩어 문드러질 놈!

내가 한창 천계천에게 저주를 퍼붓고 있을 때, 선배가 뜬금없이 질문을 던졌다.

"신비 넌 누가 이길 거 같아?"

"뭐?"

"우리 그냥 보기 심심한데 내기하자."

어처구니가 없다. 애가 깡패랑 싸우는데 가서 도와주지는 못할망정 내기라니!

"난, 태오."

한발 늦은 선배의 인상이 걷어차인 플라스틱처럼 와그작 찌그러졌다.

안됐다만 내, 선배를 모르지 않는다. 내기하자고 먼저 제안해

놓고 내가 '그래' 하고 대답하면, 먼저 잽싸게 '난, 태오!' 하려는 수작을.

"에이 씨! 내가 먼저 태오 찜하려고 했는데."

앙탈 부려도 소용없다. 나는 가볍게 쐐기를 박아주었다.

"저녁에 후식까지다?"

이기긴 글렀다 싶은지 선배가 투덜댔다.

"내기 괜히 했어. 청계천 저 자식 살이 너무 쪘잖아. 동작 봐라, 저거. 고삐리한테도 지면 부하들 앞에서 완전 개쪽당하는 거잖아. 큭큭."

그러는 선배도 별반 차이 없다 싶으이. 비록 진 건 아닐지라도 고삐리랑 맞장 떠서 비겼다는 것만으로 우리 경찰청의 수치라고 본다, 인간아.

헌데도 자기 자신을 너무 모르는 선배는 간만에 싸움 구경을 하게 생겨서 기쁜지 연신 해죽거렸다.

그때, 천계천이 먼저 주먹을 휘둘러 공격을 시도했고 가볍게 피한 녀석이 공간이동이라도 하듯 놈의 뒤로 돌아가 돌아서는 놈의 얼굴을 주먹으로 강타했다. 치고 빠지는 기술이 너무나 간결한 나머지 도리어 화려하게 느껴질 정도다.

잘하고!

휘청 한 천계천이 코피가 나는지 손등으로 쓱 닦더니 그때부턴 사정을 안 두고 공격했다. 조직의 중간 보스는 쓰리고 찬스에 피박, 광박까지 홀딱 씌워서 따낸 건 아니므로 천계천의 무자비한 공격에 녀석도 점차 밀리기 시작했다.

턱 한 방, 가슴 한 방.

천계천이 거대한 몸으로 제법 날렵하게 발로 걷어찬 한 방이 녀석의 복부에 정확하게 들어갔을 때는 나도 움찔 어깨를 움츠렸을 만큼 강도가 셌다. 녀석의 명품 초콜릿 복근이 뽀작 쪼개지는 소리가 여기까지 들리는 듯했다. 나도 아직 만져 보지 못한 걸 저 무지렁이 천계천 놈이 발로 걷어차다니.

'죽었어!'

헌데 녀석은 타고난 맷집을 과시하듯 근육을 딱딱하게 경직시켜 다격의 강도를 낮추는 민첩싱까지 발휘했나. 싸움이란 공격도 중요하지만, 방어도 중요하다는 걸 잘 아는 듯이. 싸움 잘하는 사람 치고 맷집 약한 사람은 없다. 방어도 공격이라는 누구의 말처럼 녀석은 연신 천계천에게 맞으면서도 비명 한 번 지르지 않고 묵묵히 싸움에 임하니, 나중엔 녀석을 때리는 천계천이 버거워 보일 지경이었다. 저러다 조직계에 때리다 졌다는 전설이 생겨나지나 않을지 모르겠다.

그나저나 녀석이 너무 맞는다. 보는 누나, 마음 아프게.

에잇! 얻어맞지만 말고 잘 좀 치란 말이야!

그 와중에 나는 녀석이 천계천에게 한 대씩 얻어맞을 때마다 그 숫자를 꼭꼭 세놓았다. 나중에 천계천을 잡으면 녀석이 맞은 숫자에 최소한 곱하기 5는 해서 패줄 생각이므로.

어디 어른이 애를 구타하나? 저런 때려죽여도 시원찮을 놈!

내가 계속 녀석이 얻어맞는 걸 보고 잔뜩 열이 받아 있자니, 옆에서 선배가 어이없다는 듯 구시렁거렸다.

"오늘 태오가 컨디션이 별론가 보다? 나랑 싸울 때는 죽자고 덤비더니 사람 차별하는 거야, 뭐야? 거 되게 기분 나쁘네."

입방정을 떠는 저 주둥아리를 나라도 때려주고 싶다.

"시끄러워!"

"어이쿠, 깜짝이야. 저기까지 다 들리겠다."

선배는 소리를 지르는 내가 무서운 건지 저 아래서 싸움 구경하기에 여념 없는 놈들에게 들킬 걸 염려하는 건지 애매한 눈으로 날 슬쩍 돌아보았다.

"들리면 뭐? 가서 도와주면 되지."

나는 처음으로 얼굴에 난 구멍이란 구멍에서 죄다 연기가 뽁뽁 뿜어져 나오는 기이 현상을 경험하고 있었다.

으으, 열받아!

"차신비, 우리가 지금 나가면 산통 다 깨지는 거거든."

"청계천 저 자식, 나중에 잡히기만 해봐! 가만히 안 둘 거야."

"나한테 저녁 한 번 사주는 게 그렇게 아깝냐?"

이래저래 찔리지만,

"뭐…… 어쨌든 내기는 내기잖아. 어! 저거 봐, 저거 봐. 태오가 청계천을 돌려차기로 날린 거 봤지?"

내, 저럴 줄 알았지! 태오가 어디 가만히 당하고만 있을 녀석이더냐?

상대가 때리느라 진이 다 빠질 때까지 가만히 맞아주고 기다린다는 게 융통성이 없어서 좀 문제지만, 상대도 못 알아보고 개기다가 뒤늦게 실컷 얻어맞고 잘못했다며 무릎 꿇고 빌 궁상은 아니었다.

"어! 진짜? 못 봤는데."

"잘 좀 봐봐. 와, 잘한다! 오올, 태오 슬슬 살아나는데. 청계천 힘 다 빠졌다 보다. 우리 태오가 일방적으로 때리고 있잖아."

신나고!

일어나 어깨춤이라도 덩실덩실 출 듯한 날, 선배가 슬그머니 카메라 화면에서 눈을 떼더니 의심이 가득한 눈초리로 쳐다보았다. 뜨끔했지만, 나는 뻔뻔하게 그를 외면했다.

"우리 태오? 야, 차신비."

"시끄러. 촬영이나 해."

"니 선수다 이거지? 그럼 난 우리 청계천이라고 해야 하나? 에이, 저 청계천 자식 뭐 하는 거야? 고삐리한테도 얻어 맞냐, 짜샤. 저 자식은 약이나 팔러 다닐 줄 알았지 싸움을 못해. 등신아, 그게 그리로 차는 게 아니지. 어유, 답답해. 어쭈구리. 태오 저놈, 청계천을 아주 개 패듯 하는구만. 몸이 나네, 날아."

그러는 자기도 녀석한테 얻어맞아 놓고선 한 대도 안 맞은 것처럼 얘기하네. 달리 짱이겠어?

나는 흐뭇하게 녀석이 청계천을 묵사발로 만들어놓는 걸 유심히 구경했다. 내 유전인자에 섹시함이 옵션으로 들어가 있는 것처럼 녀석의 유전인자에도 우월한 힘과 싸움 기술이 들어 있는지도 모른다. 그러니 저리 맞고도 전혀 안 맞은 사람처럼 천계천을 박살 내고 있는 것이리라.

그래, 태오야. 어둠에 굴복하지 말고 스스로 빛이 되어라. 내가 지금 너한테 바라는 건 그거란다. 니가 악마의 손을 뿌리치고 정의와 손잡는 것. 나는 니가 지금 천계천과 싸우는 게 아니라 니 자신과 싸우는 거라고 믿는단다. 태오, 파이팅!

"야, 야. 청계천 뻗었나 본데?"

"어디, 어디?"

나는 황급히 망원경 방향을 좀 더 아래로 내렸다. 아니나 다를까, 천계천이 바닥에 대 자로 드러누워 있었다. 겨우 몇 대 맞고 나가떨어지다니 초반에 녀석을 거세게 몰아붙였던 게 내가 다 무안했다.

그러고도 녀석은 크게 숨도 흐트러지지 않은 채 다른 조직원들에게 손가락으로 경고하듯 뭐라고 무섭게 뇌까리더니 미련없이 몸을 돌렸다. 녀석의 뒤를 애들이 우르르 쫓아가고 그 틈에서 쭈뼛거리며 녀석을 따라가는 밉상 듀엣 채석장과 종만이 보였다.

"게임 끝났네."

선배가 사뿐히 카메라를 껐고, 나도 망원경을 챙겨 그 자리를 벗어났다.

녀석이 이겨서인지 산을 내려오는 발걸음이 그 어느 때보다

가벼웠다. 산을 내려오며 선배는 아까부터 이해가 잘 안 간다는 듯 연신 고개를 갸우뚱거렸다.

"태오가 청계천이랑 맞붙은 거 보면 또 조직원은 아닌 것 같단 말야. 도대체 저 녀석 정체가 뭐야?"

나도 그게 불가사의다.

"그러게 내가 뭐랬어? 함부로 단정 짓지 말랬지?"

우쭐해하는 내 말에 선배는 인정한다는 듯 크게 고개를 주억거렸다.

"태오가 조직원이 아니면 그것만큼 잘된 일이 없지. 그래도 아직 미옴 놓긴 일러."

"알아, 나도. 한 고비 넘긴 것 같아서 하는 얘기야."

"후후. 어떡할래? 태오한테 가볼래, 나랑 저녁 먹을래?"

그의 눈치를 살짝 보고는 대답했다.

"태오한테 가봐야겠지?"

"참. 벌써 나타나면 태오가 이상하게 생각하지 않을까? 나랑 저녁 먹고 나중에 밤에 만나라. 그럼 시간도 대충 맞을 거 아냐."

"그…… 래? 그럼 얼른 저녁 먹자."

"야, 아직 저녁 시간 되려면 멀었어."

저녁때까지 어떻게 기다리지?

"그럼 뭐 할까?"

"저녁 먹기 전에 혜정이 의붓아버지가 집 주변을 어슬렁거린다니까 혜정이 집 근처나 가보자."

"오케이."

혜정의 집으로 향하며 동료에게 전화하여 알아봤지만, 어찌된 일인지 혜정인 어느 한 집도 외상값을 갚은 일이 없었다.

그 앤 백만 원이나 되는 큰돈을 뭐에 쓴 걸까. 의붓아버지에게 또 전부 빼앗긴 걸까.

10

다시 큰길로 나와 혜정의 집으로 가고 있을 때였다. 지난번에 왔던 주택가 골목 어귀에 접어들었을 때 갑자기 선배가 내 팔을 잡아당겼다.

"혜정이다."

우리는 골목 안에 숨어 혜정이 혼자 집 쪽으로 터벅터벅 걸어가는 걸 지켜보았다. 혜정이 걸음을 옮길 때마다 짧은 교복 치마가 살랑이며 그 애의 허벅지에서 하늘하늘 춤을 추었다. 허나, 어깨는 큰 바윗덩이를 올려놓은 것처럼 축 처져 있었다.

짐승만도 못한 의붓아버지에게 성폭행을 당하고 자신의 든든한 울타리가 되어주어야 할 엄마는 암으로 세상을 떠났다. 누구

하나 돌봐줄 이 없는 세상에 오로지 자신을 지켜줄 사람이 태오 한 사람뿐이었다면 그 비뚤어진 사랑에 집착하게 되는 건 인지 상정이리라.

헌데도 녀석이 혜정이와 얽혔다는 게 썩은 감 씹은 것처럼 기분이 썩 좋지 않았다. 녀석은 혜정이와 연을 끊었다지만, 내가 볼 땐 그 고리가 완전히 끊어진 건 아니었으므로.

"따라가 보자."

선배가 어깨를 툭툭 치기에 얼른 그를 따라갔다. 혜정은 깊은 생각에 빠진 듯 우리가 쫓아가는 줄도 모른 채 좁은 골목들을 지나 집이 있는 작은 골목 앞까지 다다랐다.

혜정이 소스라치게 놀라며 걸음을 우뚝 멈추기에 선배와 난 재빨리 각자 남의 집 대문 앞에 몸을 숨겼다. 살짝 고개를 내밀어 상황을 살피니 골목을 향해 선 채 혜정이 온몸을 바들바들 떨고 있었다.

'왜 저러지? 골목 안에 누가 있나?'

새파랗게 질린 혜정이 덜덜 떨리는 목소리로 정신없이 고개를 저었다.

"버, 벌써 다 줬어."

거리가 멀어서 골목 안의 말소리가 분명하진 않았지만, 혜정의 음성은 골목을 울릴 만큼 기괴할 정도로 똑똑히 들렸다.

'다 줘? 뭘? 돈 말인가? 골목 안에 있는 남자는 누구지? 혹시, 혜정이 의붓아버지?'

나는 쓰게 인상을 찡그렸다. 골목 안의 남자가 뭐라고 얘길 하는지 혜정이 다시 절레절레 고개를 저었다.

"더는 안 준대. 외상 진 거 때문에 형들한테 혼났다고 이제 못 준대."

혜정이 거부했으나, 남자는 계속해서 채근하는 듯했다. 혜정의 목소리가 좀 더 크게 불거졌다. 찢어지는 듯한 음성이 골목 안을 울렸다.

"그, 그래도 싫어. 이제 못해!"

그때 키가 짤딱만 한 남자가 골목 안에서 툭 튀어나왔다. 나는 바짝 긴장한 채 험상궂게 생긴 중년 남자를 노려보았다.

"이년이 돌았나? 당장 갖고 와. 돈이든 약이든."

약?

나는 혜정이 의붓아버지가 마약사범이었다는 사실에 주목했다. 그렇다면 저놈은……?

"나, 난 못해. 더 안 준다고 했다니까!"

"조용히 안 해? 집으로 갈까?"

"아, 아, 안 돼. 집은 안 돼."

"왜? 그 자식이랑 자니까 이제 나 같은 건 눈에 보이지도 않는 모양이지?"

혜정에게 막말을 퍼붓는 놈이 하는 말에 나도 모르게 다리가 휘청 꺾일 뻔했다.

'그 자식이랑 자니까?'

그때 난 왜 그 자식이 태오라고 생각했던 걸까?

숨통이 막힐 것처럼 가슴이 뛰고 호흡이 가빠졌다. 몸속의 모든 피가 거꾸로 역류하는 것 같았다.

삐요, 삐요, 삐요!

위험하다. 머릿속에서 경보음이 왱왱거리며 들려왔다.

나는 눈살을 찌푸려 혜정과 놈이 하는 대화에 귀 기울였다.

"그래! 태오랑 자니까 너 같은 건 눈에 안 보이더라. 그러니까 꺼져! 꺼져 버려! 내 앞에 나타나지 말란 말야!"

혜정은 미친 듯이 울부짖었지만, 그 누구도 내다보거나 도움을 주는 사람이 없었다. 완전히 고립된 모습. 놈도 그걸 이미 간파하고 혜정을 대놓고 농락하는 듯했다.

'태오가 혜정이와 잤다고⋯⋯?'

서울 한복판에 공룡이 나타났다는 소리만큼이나 충격적이었다. 설마가 사람 잡는다더니, 머릿속에서 에밀레종이 데엥 울리듯 골이 띵했다.

그래, 요즘 아이들은 성에 대한 인식이 우리와는 또 다르다는 거 나도 안다. 거침없고 솔직하고 대담하여 무서울 정도라는 걸.

특히 녀석이나 혜정이처럼 세상에서 고립되어 있는 아이들일수록, 가슴속이 아픔과 상처투성이일수록, 돌아보아도 빠져나갈 길 없는 불투명한 현재에 살고 있을수록 정신보다는 육체의 교류가 더 빠를 터였다.

뿐인가. 안타깝게도 난 아직 녀석에 대해 속속들이 다 모르고 있었다. 그동안 내가 믿고 싶은 대로 녀석을 믿었을 뿐. 나 혼자 기대하고 내가 생각하는 틀 안에 녀석을 내 멋대로 가뒀을 뿐이었다. 다른 평범한 아이들처럼 녀석은 건실하지도 않을뿐더러 마약거래 용의자로 지목된 고등학생인 것이다.

내가 녀석을 너무 믿었나? 아니면, 혜정이 위기를 모면하려 거짓말을 하고 있는 건가? 그도 아니면, 내 생각이 편협한 것인가?

모르겠다. 그럼에도 가슴이 사정없이 짓밟힌 것처럼 쓰리고 아팠다. 혜징이 아무렇세나 넌신 말에 쉽게 상처받는 날 발견한 순간, 내 안의 무언가가 속절없이 와르르 무너지는 듯한 느낌이었다.

그것은 녀석에게 암암리에 느꼈던 신뢰감일 수도 있고 녀석에게 가졌던 희망일 수도 있었다. 그리고 내가 모르는, 또는 무의식적으로 부인하고 있는 그 무엇.

'빌어먹을.'

정말 바보 같지 않은가. 혜정의 한마디에 녀석을 쉬이 의심하고 배신감을 느끼며 스스로 상처를 받다니. 살아온 스물여섯 해가 부끄러웠다. 난 녀석의 진짜 여자친구도 아니면서 왜 상처를 받는 거지? 난 단지 연기를 하고 있을 뿐인데.

'하! 정신 차려, 차신비!'

스스로를 나무라며 입술을 질끈 깨무는 바로 그때, 놈이 우악스럽게 혜정의 머리채를 붙잡고 그 애의 집이 있는 골목 안으로 끌고 들어가려 했다.

"아아악! 사람 살려! 사람 살려!"

혜정이 벗어나려 발버둥 치며 소리를 지르기 시작했고, 그 모습을 보자마자 선배가 낮은 욕지기를 내뱉으며 곧장 달려나갔다. 머뭇거릴 새가 없이 나도 반사적으로 그를 뒤쫓았다.

타닥, 탁탁! 탁탁탁탁!

구둣발과 운동화 소리가 좁은 골목에 울렸다. 그 소리가 두서 없이 흔들리는 내 마음처럼 아찔했다.

"거기, 서!"

나는 전력 질주하여 도망치는 혜정의 의붓아버지를 쫓았다. 우리가 잡으러 오는 걸 보고 놈이 혜정의 머리채를 놓고는 곧바로 튀어버렸기 때문이다. 남의 담장을 뛰어넘어 달아나는 놈을 보고 나는 골목을 지나쳐 놈의 도주로를 머릿속으로 헤아렸다. 이 집을 지나면 반대편 골목이 나온다. 선배도 아마 그쪽으로 놈을 추격하고 있을 것이다. 그럼 우린 양 방향에서 놈을 좁혀 가는 게 되는 셈이었다.

생각 외로 놈은 빠르고 민첩했다.

나는 볼 살이 바람에 밀릴 정도로 뛰어 놈을 바짝 추격했다.

"훅, 훅, 훅!"

점점 숨이 차오르고 종아리와 허벅지가 뻐근하지만 여기서 놈을 놓치면 혜정이 위험해질 뿐 아니라 혜정을 설득하여 의붓아버지와 한 대화가 무엇이었는지 추궁하기도 어려워진다. 혜정은 의붓아버지가 자신으로부터 완전히 격리되지 않는 이상 무서워서 입을 열려고 하지 않을 테니까.

나는 그런 아이들의 습성을 잘 알고 있었다. 공포를 느끼는 상대와 그렇지 않은 상대가 극명하게 갈린다는 걸. 혜정은 경찰 따위를 무서워할 애가 아니었다. 그 애의 공포 대상은 오로지 자신을 어려서부터 지독하게 괴롭혀 온 의붓아버지뿐.

내가 포기하지 않고 끈질기게 추격하자 놈이 힘이 부치는지 점점 속도가 늦춰졌다.

바로 그때, 혁이 선배가 반대편 골목에서 뛰어나왔다. 이제 앞뒤로 우리에게 포위된 놈이 도주로가 막히자 옆집 담을 넘으려 뛰어올랐다. 뭔가 무기가 될 만한 게 없을까 두리번거리다가 옆집 대문 앞에 버리려고 둔 재활용 쓰레기봉투 맨 위에서 라면 끓일 때 쓰는 작은 양은 냄비를 발견하고 재빨리 집어 들었다.

"야, 잇!"

내 손을 떠난 양은 냄비가 회전하며 날아가 담을 뛰어넘는 놈의 뒤통수를 땡! 소리가 나도록 가격했다.

"으악!"

그 바람에 놈이 바닥으로 쿵 떨어졌고, 다가온 선배가 놈의 팔을 단단히 틀어쥐어 일으켰다. 도망갈 땐 맹렬하던 기세가 잡히고 나자 너무나 온순해서 놀라웠다. 나는 이런 놈들의 습성

또한 잘 알고 있었다. 상대가 누구건 약한 자에겐 한없이 강하고 강한 자에겐 한없이 약하다는 걸.

이자를 잡아다 혜정이에게 마약을 사 오라고 시켰는지 알아보면 의외로 답은 쉽게 구해질지도 모른다. 우리가 알고 싶은 건 학생들 사이에서 마약이 거래되는 현황과 그 공급책이 '온 세계파'가 맞는지 확인하는 것이다.

놈을 추격하느라 메고 있던 가방을 어디다 던져 뒀는지 몰라 나는 골목을 고스란히 되돌아가야 했다. 가방은 혜정이 있던 골목 끝에 있었다. 헌데 가방을 챙겨 돌아와 보니 혜정은 이미 사라지고 없었다.

놈을 끌고 가까운 지구대로 가 넘겨준 뒤 우리는 팀장님에게 연락했다. 그리고 또다시 그곳을 나와 혜정을 찾으러 다녔다.

혜정이 일하기로 한 술집에 가니 아직 도착하지 않았다 하고 집으로도 가보았으나 바깥으로 문이 잠긴 상태였다.

할 수 없이 집 앞에서 혜정이 오기를 기다렸다. 기다리는 동안 혜정이 녀석이나 다른 놈들에게 나와 선배의 얘기를 할 것 같아 침착하게 마음을 가다듬었다.

우리가 혜정이 의붓아버지를 잡은 걸 알면 놈들은 어떻게 생각할까? 경찰이란 걸 눈치 채지 않을까? 이 시각에 선배와 함께 있었던 걸 녀석에겐 또 어떻게 설명해야 좋을까? 그리고 녀석은 정말 혜정이와 잤을까?

말이 안 된다고 생각하면서도 그게 사실일까 봐 자꾸만 시름이 깊어졌다. 신경 쓰지 말자 하면서도 어느덧 생각은 그쪽으로 쏠려 있었다. 녀석에게서 확 밀쳐진 기분이었다. 그러자 묘한 상실감이 마음을 어지럽게 부유했다.

"후우—"

땅이 꺼질 듯이 깊은 한숨을 내쉬자 선배가 의아한 눈초리로 쳐다봤다.

"왜 그래, 아까부터? 무슨 고민 있는 사람처럼."

"어? 아냐, 아무것도. 선배도 아까 들었지? 약 어쩌고 하는 말."

"이. 우리가 짐작한 세 맞을 거야."

"선배 생각엔 누가 조직원 같아?"

"내가 봤을 땐 태오는 아닌 것 같고, 종만이와 채석장이 제일 유력해."

나 역시 종만이와 채석장을 의심하고 있었다. 그놈들이 조직과 학교를 잇는 고리일까?

"내 생각에도 그래. 태오가 그 사실을 알고 '온 세계파' 놈들에게서 자기 똘마니들을 보호하고 있다는 생각이 들거든."

나는 좀 전에 녀석이 천계천을 상대로 싸웠던 걸 상기했다. 녀석이라면 그러고도 남으리라. 자기 영역에 흙탕질을 치는 '온 세계파' 놈들이야말로 녀석에겐 불청객에다 이방인이었을 테니까.

"흠. 우리가 추측한 게 사실이라면 태오가 우리한테 협조할지가 걱정이야. 아직 경찰에게 알리지 않은 걸로 봐선 애들 때문에 일부러 숨기고 있는 모양인데 쉽게 얘기하려고 하겠어? 애들 사이엔 그게 의리라고 생각할 수도 있잖아."

선배 말대로 그 점에 관해선 나도 다분히 회의적이었다. 녀석이 내게 조금만 기다려 달라고 한 의미가 무엇인지 아직도 감이 잡히지 않았다. 녀석은 무얼 기다리는 것일까. 왜 마약에 대해 알고도 간과하고 있는 걸까.

"글쎄. 태오 생각이 뭔지 모르겠어. 마약 거래가 있던 날 산에 갔던 일도 무엇 때문인지 정확치 않으니 좀 불안해. 괜히 아는 체했다가 일 그르치는 게 아닐까 싶어서. 좀 더 태오 생각을 읽을 수 있으면 좋겠는데 알아내기가 쉽지 않네."

"음. 태오가 그래도 니 말이라면 잘 믿어준다며? 조금만 더 구워삶아 봐."

"알았어. 이번에도 잘 넘겨야 할 텐데."

"잘될 거라고 믿자, 신비야."

내가 울적해 보였는지 선배가 위로하듯 어깨를 꼭 잡아주었다. 그에게 나도 희미한 미소를 지어 보였다.

혜정의 집 앞에 쭈그리고 앉아 언제 올지 모를 혜정을 기다리던 나는 지루함을 못 이기고 또다시 새록새록 피어오르는 궁금증에 조바심을 쳤다. 아까부터 계속 날 괴롭히는 궁금증은 다름 아닌,

문제 2. 태오와 혜정에 대해 올바른 것을 고르시오.

① 태오와 혜정은 19금으로 잤다.

② 절대 안 잤다.

③ 손만 잡고 잤다.

④ 자려다가 말았다.

⑤ 혜정의 헛소리일 뿐이다.

뭐 하는 짓이냐고?

나, 귀 얇다고 했잖은가. 얇아도 엄청 얇다. 쓸데없는 동정심도 많고 오지랖 넓게 의협심도 강하다. 그중에서 얇은 귀는 최고다!

우리 집에 가면 혹해서 산 물건이 수두룩 빽빽했다. 우리 신사마가 그랬다. 나 같은 사람이 있어야 경제가 산다고. 그게 욕인지 칭찬인지는 모르겠지만, 어쨌든 나 나름대로는 우리나라 경제에 일조하며 열심히 살고 있다는 것만 알아달라.

'답답해.'

고개를 들어 우울하게 하늘을 올려다보았다. 벌써 어두컴컴해진 골목엔 담 너머로 흘러나오는 음산한 불빛만 무심히 떠돌았다. 밤이 되자 조금 춥다. 선배도 추운지 양손을 엇갈려 겨드랑이에 쑤셔 넣은 채 집 잃은 강아지처럼 골목 안을 이리저리 왔다 갔다 하고 있었다.

내 뒤통수를 치고 그예 답이 1번이라면, 녀석은 진정한 포커 페이스다. 어떻게 그리 자신을 감쪽같이 감추고 되레 순진하고 순수한 모습으로 날 우롱할 수 있단 말인가.

단순히 사귄 것도 아닌 잠을 잘 만큼 깊은 사이였다니.

나, 진짜 속았다. 애가 거칠어도 속은 마냥 연한 연시인 줄 알았는데 잘 씹히지도 않는 땡감이었단 게지. 나도 연기를 꽤 한다지만, 녀석은 전문배우를 해도 손색이 없을 것 같다. 연기는 우리 신사마가 할 게 아니라 녀석이 해야 하는 게 아닐까 싶다.

몇 년 후 대종상을 거머쥔 녀석의 모습이 눈앞에 어른거리는 듯하다. 이 상을 타기까지 온몸을 던져 협조해 주신 경찰청 마약수사대에 근무하는 차신비 형사에게 영광을 돌립니다, 라는 식상한 말과 함께.

쓰벌, 욕 나오네.

'아니지, 태오야?'

실없는 우스개로 웃어넘기려 해도 불안감이 가시지 않았다. 계속해서 혜정이 녀석과 잤다는 말이 폐수 위에 뜬 쓰레기처럼 머릿속을 둥둥 떠다녔다. 자꾸 떨쳐 버리려 해도 질척질척 달라붙는 망상.

불쾌해.

불쾌해.

불쾌해.

더럽게 불쾌하다.

이제 열아홉. 알 거 다 아는 나이. 허나, 아직은 몸도 마음도 깨끗해야 할 나이.

내가 안타까워하고 아까워하는 건 무엇인가.

녀석의 순결, 동정?

그걸 원해?

대체 왜?

팀장님에게 다시 전화가 걸려온 건 저녁 8시쯤. 혁이 선배와 내가 추위에 반 동태가 되었을 때였다.

오늘따라 어쩌 더 추운 기 같지? 마음이 추워서 그러나?

아닌 게 아니라 볼을 문지르니 얼어서 서걱서걱 소리가 날 지경이었다.

으, 추워!

—혜정이가 의붓아버지에게 그동안 약을 사다 줬던 모양이야.

"역시 그랬군요."

—응. 놈이 취조하자마자 순순히 불더라고. 전과가 있는데다 의붓딸 위협하다 현장에서 붙잡혔으니 빠져나갈 길이 없다고 생각한 거지.

"혜정이가 누구한테 약을 샀다는 말은 않던가요?"

—그건 놈도 모른대. 혜정이가 학생들한테 산다는 것만 안대.

이로써 학생들 사이에 마약 조직원이 있다는 제보자의 말은

사실로 확보한 셈이었다. 혜정을 도와주려고 주었던 돈으로 혜
정은 마약을 사느라 다 허비했을 테고, 그 사실을 안 녀석은 혜
정에게 주었던 돈을 중단했으리라. 혜정에게 은혜를 원수로 갚
는다는 말은, 그동안 보살펴 주었던 일을 두고 한 말이 아니었
을까.

　—혜정이 의붓아버지를 니들 손으로 잡은 걸 알면 놈들이 의심
하지 않을까?

　"제가 알아서 둘러댈 테니 염려 마세요."

　—학교 내에 마약 조직원이 있다는 건 확인이 됐으니까 차라리
죄다 불러다 조사하지.

　"회의 때도 말씀드렸지만 고등학교 내에 마약 조직이 있다는
게 알려지면 사회적으로 큰 물의를 일으킬 거예요. 학생들이나
학부모들도 불안감이 커질 테고요. 좀 더 신중하게 행동할 필요
가 있어요. 학생들은 가해자임과 동시에 피해자이기도 하니까.
학생들 사이에 마약이 얼마나 퍼져 있는지도 모르잖아요. 물증
을 잡기 전엔 곤란해요. 자칫했다간 겉핥기로 끝나는 수가 있어
요."

　—음. 아까 이 형사에게 들으니 마태오가 청계천이랑 붙었다면
서? 이유가 뭔지 알아?

　"정확한 이유는 모르겠지만 태오가 마약 조직원이 아니라는
건 확실해요. 마약 조직원이라면 청계천이랑 싸울 이유가 없잖
아요."

―그럼 전에 산에 간 건 뭐야?

"제 생각엔 마약 조직원은 아니지만 마약에 대해 태오가 뭔가 알고 있는 게 분명해요."

―그래? 어떻게 된 건지 좀 더 자세히 알아봐. 그쪽으로 최 형 사랑 윤 형사 보냈으니까 조금만 기다리면 도착할 거야. 이만 교 대해.

"예."

전화를 끊은 나는 작심하고 혁이 선배에게 말했다.

"팀장님이 최 형사님이랑 윤 형사님을 이쪽으로 보냈다니까 선배는 여기서 혜정이가 오는지 조금만 더 기다려 봐. 난 태오 를 만나봐야겠어."

"너 혼자 태오를 만나겠다고? 지금쯤 태오 귀에도 들어갔을 텐데 괜찮겠어? 가뜩이나 너, 나랑 같이 있었던 거 알면 야단날 텐데 어떡하려고 그래?"

그렇다고 언제까지 피할 수도 없는 일이었다. 매도 먼저 맞는 게 낫다지 않은가.

속히 녀석을 만나 우리에 대해 어떻게 생각하고 있는지 파악 해야 했다. 그리고 계속 속일 수만 있다면 학교에 남아 마약 조 직에 대해 좀 더 깊숙이 파고들어 갈 방법을 강구해야 한다. 또 한 번 맞닥뜨린 고비지만 정면 돌파하지 않고서는 녀석의 마음 을 알아볼 길이 없었다.

"태오는 어떻게든 내가 속여볼게."

"그러지 말고 나랑 같이 가자."

"아냐. 같이 가면 오히려 녀석을 더 자극할 수 있어."

"정말 괜찮겠어?"

"어. 나중에 통화해."

"조심해라. 무슨 일 있으면 바로 연락해."

"알았어."

택시를 잡기 위해 큰길로 뛰어가며 녀석에게 전화를 걸었다. 녀석에게 가는 내 마음이 너무나 복잡했다.

—*어.*

"어디 있니?"

—*집. 넌?*

"지금 볼 수 있어?"

—*왜?*

"할 얘기 있어."

—*몸 아프다더니 괜찮은 거야?*

"어. 내가 지금 집으로 갈게."

—*그래.*

아직 연락을 못 받았나?

평소와 다를 바 없는 음성에 안심되기보다 녀석을 또 속여야 한다는 데 머리가 빠개질 것 같았다.

첩첩산중이라더니, 이젠 또 녀석에게 뭐라고 둘러대지?

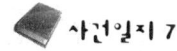

사건일지 7

놈 1 : 아무래도 이상해. 이혁이랑 차신비 말야.

놈 2 : 이혁이랑 차신비가 왜?

놈 1 : 혜정이한테 연락 왔는데 둘이서 자기 뒤를 일부러 밟은 거 같대.

놈 3 : 그게 무슨 말이야? 걔네들이 왜 혜정이 뒤를 밟아?

놈 1 : 술집에서 치음 보는 학생힌테 순순히 돈을 준 섯노 이상하고, 두 사람이 같이 있다가 혜정이 의붓아버지를 쫓아가서 잡은 것도 수상하지 않아?

놈 2 : 그러게. 둘이 같이 혜정이 뒤를 몰래 밟을 일이 뭐가 있어? 구린 냄새가 나. 이혁 그 새끼, 첫날부터 깝치는 폼이 예사롭지 않더니 혹시 짭새 아닐까?

놈 3 : 헉! 짭새가 학생으로 잠입했다고? 그게 말이 돼?

놈 2 : 그럴 수도 있지, 새끼야. 영화 못 봤어?

놈 3 : 그건 영화지, 새끼야. 말이 되는 얘길 해.

놈 1 : 아냐. 아주 일리없는 얘기도 아니지. 전에 마약 거래 장소 들통났을 때도 이상했다니까. 이혁이랑 차신비 잘 지켜. 형님들한텐 내가 얘기할 테니까 수상한 김새 보이면 바로바로 연락해. 알았나?

놈 2 : 그것들 정말 짭새면 어떡할 거냐?

놈 1 : 뭘 어떡해? 잡아다 족쳐 버려야지. 씨발.

놈 3 : 만약 두 사람이 진짜 짭새라면 신비를 좋아하는 짱은 어떻게 되는 거야?

놈 1 : 뭐가 어떻게 돼, 자식아? 태오만 엿 되는 거지. 큭!

놈 2 : 그럴 줄 알았으면 그때 산에서 확 따먹어 버릴걸.

놈 1 : 미친 새끼. 아직 확실치 않으니까 행여나 설레발 쳐서 밖으로 얘기 새나가는 일 없도록 조심해. 형님들이 태오 벼르고 있으니까 태오에겐 무조건 비밀이야, 알았어?

놈 2 : 이건 순전히 내 생각인데 두 사람이 짭새라면 태오가 처음부터 알지 않았을까?

놈 3 : 그, 그게 무슨 소리야? 짱이 알다니?

놈 2 : 그렇잖아. 내가 처음에 이혁을 태오에게 데려갔을 때도 태오 반응이 좀 심드렁했거든. 게다가 신비한테는 처음 만난 애인데도 태오답지 않게 너무 잘해주잖아. 왠지 두 사람을 보호하고 있다는 느낌이 드는데 니들 생각은 어때?

놈 1 : 우선 이혁과 차신비 정체가 뭔지 확인부터 하고 나서 그다음 일을 결정해도 해.

＊

여느 때처럼 직접 현관문을 열어주는 녀석의 얼굴은 천계천에게 얻어맞아 울긋불긋했다. 녀석이 민망한 듯 손으로 얼굴을 반쯤 가리며 피하기에 조금 안도감이 들었다. 아직까진 아무도 녀석에게 연락하지 않은 것 같았으니 말이다.

소파로 가서 앉은 녀석은 내가 급히 절 찾아온 이유를 물었다.

"무슨 일이야?"

무슨 일…… 이냐면 아주 중차대한 일이지.

나는 눈매를 가늘게 늘인 채 녀석을 심상하게 노려보았다.

'니가 정녕 동정이 아니렸다?'

녀석이 동정이든 말든 뭔가 억울히고 찝찝하고 약도 오르고 열도 받는 난 뭔가? 녀석이 마약 조직원이 아닐 가능성이 크다는 건 행복하지만, 녀석이 동정이 아니라는 사실은 불행하게 여겨지는 난 대체 어느 별에서 온 우주인일까. 남자들이 여자의 순결에 열광하듯 내가 남자의 동정이나 바라는 속물은 아닌데 왜 이렇게 기분이 거지 같은 것일까.

남자의 동정을 바라는 속물은 아니지만, 그렇다고 열아홉 살 사내 녀석이 동정이 아니라는 게 너그럽게 이해하고 넘어갈 일은 아니잖아? 그리고 녀석의 상대가 송혜정이라는 걸 내가 굳이 이해해야 할 일도 아니잖은가.

학교 짱이 동정이라는 게 어폐가 느껴지기도 하지만, 마태오가 동정이 아니라는 건 내겐 충격이며 불행이었다. 왜냐? 싫으니까.

그랬다. 나는 이 몹쓸 상황이 소름 끼치게 싫었다. 녀석이 혜정과 자꾸만 얽히는 게 싫었고, 녀석이 '온 세계파'와 얽히는 것도 싫었다. 녀석이 혜정과 잤다는 건 더더군다나 싫었다. 싫으니까 자꾸 화가 나는 것이다. 내가 원치 않는 상황에 자꾸 닥치니까 속이 상하는 거다.

양손을 허리에 척 걸친 채 밑도 끝도 없이 노려보고 서 있는 내게 녀석이 마뜩잖게 인상을 구겼다.

"나 다쳤다고 이러는 거냐? 도대체 누구야? 나 다쳤다고 너한테 얘기한 새끼가. 무암이야?"

누가 얘기한 게 문제야? 다치지 않겠다고 약속했잖아!

"누가 얘기했든 왜 다쳤어? 누구랑 싸운 거야?"

내가 쉼도 없이 다그치자 녀석이 길게 한숨을 내쉬더니 마지못해 입을 열었다.

"애들한테 조금 문제가 생겨서."

"애들?"

"누가 애들을 괴롭혀서 그거 막아주느라."

녀석은 애써 밝게 말했지만 산에서 혼자 구경꾼들에 빙 둘러싸여 온몸으로 천계천과 싸우던 녀석을 떠올리자 콧날이 시큰거렸다.

"누가 괴롭히는데? 왜 괴롭히는 건데? 그 사람들이 누구야?"

"별거 아냐."

"별거 아닌데 얼굴이 이래? 무슨 일인지 왜 나한테 자세히 말

안 해줘? 날 못 믿어서 그래?"

"다쳐서 미안한데 화 좀 내지 마."

녀석은 정말 미안한지 다른 때처럼 같이 소리도 안 지르고 날 달랬다. 속이 터질 것 같아 나는 불안하고 초조하게 거실을 서성였다. 녀석의 속을 확 까뒤집어 보면 좋겠건만, 무엇부터 어떻게 이야기를 꺼내야 할지 몰라 나는 전전긍긍했다.

"별거 아니라니까 왜 그래? 이리 와 앉아."

"태오, 너……."

소파 탁자에 두었던 녀석의 핸드폰이 울린 건 그때였다.

"잠깐만."

녀석이 손을 들어 내가 말하는 걸 중단시키고는 전화를 받았다. 나는 누구 전화일지 촉각을 곤두세우며 녀석의 표정을 세심하게 지켜보았다.

"어, 무암아. ……그게 정말이야? ……누가 그래? ……알았어. ……그 문제는 나중에 얘기하자."

올 게 왔구나.

드디어 무암에게 연락을 받은 녀석의 표정이 심상치 않았다. 딱딱하게 굳어지는 표정, 차갑게 돌변하는 눈빛, 서서히 끓어오르는 화(火). 그 모든 게 나를 향한 거였다.

허나 나도 녀석에게 할 말이 많기는 매한가지였다. 대관절 천계천과는 왜 싸운 것이며, 마약에 관련해 얼마나 알고 있는지, 그 밤엔 산에 왜 올라간 건지, 혜정이와는 19금으로 잤는지 안 잤는지 궁금증이 한 다발로 쌓여 있었다.

전화를 끊은 녀석이 심란한 표정으로 날 응시했다. 녀석 역시 무진장 할 말이 많은데 무엇부터 꺼내야 할지 모르는 표정이었다.

저럴 땐 무한정 인상이 더럽다. 꼭 활화산 끌어안고 있는 사람처럼.

인상을 북 그리던 녀석이 탁자 위에 있던 담배를 꺼내 입에 물고 라이터를 들어 딸각 불을 붙였다. 한숨처럼 녀석의 입에서 새어 나오는 연기가 또다시 몽롱한 안개가 되어 녀석과 나 사이를 가로막았다. 그 사이로 파고들 일체의 틈도 없이 침묵으로 일관하고 있는 녀석은 내가 결코 뚫을 수 없는 철옹성 같다.

그렇게 아무 말도 없이 녀석은 생각이 깊은 얼굴로 인상을 굳힌 채 담배만 피우고, 나는 나대로 입술을 자근자근 물어뜯으며 녀석이 무슨 말을 꺼낼지 인내심있게 기다렸다.

삭막하고도 음산한 분위기로 변한 녀석에게 쫄…… 줄 알지만, 난 절대 무섭지 않다! 그만큼 녀석의 베일에 가려진 생활에 잔뜩 화가 나고 지쳐 있는 상태였다.

너란 녀석은 뭐가 이리도 복잡하고 모호한 거냐!

이윽고 녀석이 축 까라진 음성으로 말했다.

"무암이 말이, 너랑 이혁이 혜정이 의붓아버지를 잡아갔다는데 어떻게 된 거야? 집에 갔던 게 아니었어?"

내가 염려한 대로 녀석은 나와 선배의 사이를 의심하는 투였다. 아마 내 정체까지도 의심하고 있으리라. 눈빛만 봐도 알 수 있었다. 대체 너 뭐 하는 인간이냐? 그렇게 묻고 있지 않은가.

이럴 땐 미적거려 더 큰 의심을 사기보다 대차고 당당하게 나가는 게 현명했다. 때론 뻔뻔함이 통할 수도 있는 것이다. 고로 녀석이 사악 모드로 나가겠다면, 난 에라 모르겠다 모드로 밀어붙이는 거다.

일명, 배 째라 작전.

"무암이 말이 맞아. 혁이랑 같이 있있어."

"같이 있었어?"

녀석의 입가가 어이없다는 듯 비틀려 올라가는 걸 보며 나도 화가 부글부글 끓었다. 자기는 혜정이와 염문 뿌려도 되고, 난 왜 안 되는데? 예뻐도 내가 혜정이보다 독도만큼은 더 예쁘고 잘나도 내가 훨씬 잘났다. 경찰청에도 나 좋다는 남자 많다 이거야, 왜 이래?

나는 도도하게 고개를 치켜들었다.

"왜?"

그렇게 묻는 녀석의 눈가가 흐릿해졌다. 눈빛 속에 어리는 강한 배신감에 나도 모르게 움찔했다.

저 녀석 눈빛이 너무 슬프지 않나. 왜 그런 눈으로 보는 거냐? 마음 약해지게시리.

'저 눈빛에 말려들면 안 돼.'

그렇다. 나는 녀석이 혜정과 과거에 어떤 관계였는지를 배제한 채 좀 더 침착하게 굴 필요가 있었다. 늘 강조했듯이 내가 조사할 건 마약 사건이지 녀석의 연애 사건은 아니었으니까. 녀석이 누구와 연애를 하든 나와는 상관이 없는 일이니까. 그러니 감정을 앞세우기보단 녀석이 여전히 나에 대해 안심하도록 해야만 했다. 괜한 걸로 들쑤셔 봐야 녀석과 나 사이에 좋을 일이 무엔가.

이럴 땐 그저 알고도 모르는 척하고 넘어가야 옳건만…….

화는 나는데 화를 삭여야 하니 더 돌겠다. 난 왜 마음 놓고 화도 못 내냐고.

"혜정인 지금 어디에 있대?"

"묻는 말에 대답부터 해."

"혁이랑 내가 몰래 들으니까 의붓아버지가 혜정일 엄청 괴롭히는 거 같던데 왜 그런 거야?"

내가 밀리지 않고 역습하듯 재빨리 질문하자 녀석이 약간 머뭇거리다가 대답했다.

"그 새끼가 혜정이한테 몹쓸 짓을 해서 내가 몇 번 도와준 적 있었어. 자, 이제 니가 설명할 차례야. 니가 그 시각에 이혁과 함께 혜정이 뒤를 쫓은 이유가 뭔지 얘기해. 내가 납득할 수 있도록."

담배 필터를 잇새로 짓이겨 버리는 녀석을 보며 나는 녀석이 최대한의 인내심을 발휘하고 있다는 걸 알았다. 알면서도 금방 대답할 수 없었다. 머릿속이 뒤죽박죽이라 언뜻 좋은 묘안이 떠오르지 않았기 때문이다. 대답하길 주저하며 입술을 깨무는 날 바라보는 녀석의 눈빛이 점점 짙은 안개에 휩싸이고 있었다.

"이혁이 혜정일 좋아한다고?"
녀석은 내가 지어낸 말에 어처구니없는 표정을 지었다. 너무 어처구니가 없는 나머지 뚝 떨어뜨릴 뻔한 담배를 황급히 추슬러 다시 입에 물었다.

내가 생각해도 그렇다. 선배가 알면 날 잡아먹으려 들 거다. 빈곤한 상상력에 묵념을. 쿨럭.

녀석은 내 말을 믿을까, 안 믿을까.

제발 믿어달라, 열사처럼 두 손 높이 치켜들고 외치고 싶지만 내가 생각해도 너무 빈약한 핑계에 힘이 쭉 빠졌다.

"어. 혁이 겉보기와 다르게 여자 앞에선 말을 못한다고 나더러 같이 좀 가달라고 부탁하잖아. 지난번에 모르는 문제 정리한 거 일부러 집까지 가져다준 것도 있고 해서 도와주러 갔다가……."

당황하면 나오는 장황한 설명에 녀석은 황당하게 코웃음을 치더니 반도 넘게 남은 담배를 재떨이에 비벼 껐다.

이젠 안 먹히는구나. 그래, 믿어주는 것도 한두 번이지. 바보도 아니고.

"그래서 몸도 아픈 애가 전력질주해서 놈을 잡았단 말야?"

녀석은 혁이 선배가 혜정을 좋아한다는 말보다 내가 전력질주해서 혜정의 의붓아버지를 잡았다는 걸 믿지 못하는 투였다. 녀석의 눈엔 나란 애가 마냥 순하고 연약하고 야리야리한 소녀인 게다. 내가 어딜 봐서 순하고 연약하고 야리야리한지 참으로 미스터리하지만, 그렇게 믿겠다니 나야 고마운 일이었다.

눈치를 보다가 녀석의 곁으로 다가가 사부자기 엉덩이를 붙였다.

"내가 원래 의협심이 강해. 괜히 법조계에 종사하고 싶겠니?"

내 너스레에 녀석의 눈빛이 조금 풀어졌다.

통했느냐?

눈빛을 보아하니…… 통했구나.

그걸 또 정말 믿을 줄은 몰랐다.

단순하다 못해 머리가 어떻게 된 건 아닌지 의심스럽다. 내가 팥으로 메주를 쑨대도 믿을 것 같다. 그건 그렇고, 선배가 혜정일 좋아한다는 말은 어쩔 건가?

내 말을 곧이곧대로 믿는 녀석 때문에 속으로 휴우 안도하며 좋아라 입이 헤벌어지다가 선배 생각에 금방 의기소침해졌다. 갈수록 이상하게 꼬여가는 작전에, 이 작전의 끝이 과연 어디일지 암울할 따름이었다.

빙글 웃던 녀석이 내 허리에 손을 감아 제 다리 사이로 들였다.

아, 이놈의 시도 때도 없는 스킨십.

얘가 또 은근히 야하다. 그때 보건실에서도 나한테 키스한 게 비단 꿈은 아닐 터.

이제 봤더니 선수네, 선수.

선수면 혜정이와 잔 게 맞을지도…….

절로 눈에 비디오가 켜지는데…… 헐벗은 녀석과 혜정의 모습을 상상하는 것만으로 아주 돌아버릴 지경이었다.

내 번민을 알 리 없는 녀석이 내 이마에 입술을 댄 체로 나직이 속삭였다.

"다시는 내 허락 없이 혁이랑 같이 다니지 마."

"태오야."

"그런다고 대답해. 누구든 니가 나 아닌 다른 놈들이랑 있는 거 싫으니까."

"말했잖아. 혁인 혜정일 좋아한대도."

선배, 미안.

녀석이 내 이마에서 입술을 떼고는 꽃잎처럼 부드럽게 콧날을 타고 내려와 입술을 찾아 살며시 입에 물었다. 뜨거운 숨결이 입술을 타고 흐르자 금방이라도 숨이 넘어갈 것처럼 빠른 템포로 호흡이 딱딱 끊어졌다. 녀석의 혀가 내 입술을 간질이듯 살살 쓸고 있었다. 달달한 입맞춤에 등줄기에 자잘한 소름이 돋았다. 허나, 기분이 나쁘지 않았다. 아니, 오히려 노글노글 녹는 것처럼 내 의도와는 상관없이 몸이 자꾸 축축 늘어졌다.

아아! 정말 미치지 않고서야 녀석이 내게 키스하는 게 이토록 좋을 순 없는 것이다. 지금이 녀석과 키스하며 온정을 나눌 때냐고!

스톱!

"태오야, 잠깐만……."

양심에 찔려 사정하며 녀석의 가슴을 손바닥으로 밀쳐 냈지만, 녀석은 도리어 내 손목을 잡아 자신의 허리 뒤로 돌리고 날 더욱 바짝 끌어안았다.

녀석의 주체할 수 없는 박력에 심장이 전속력으로 뛰기 시작했다. 뛰는 가슴을 추스를 새도 없이 녀석이 깊숙이 혀를 내밀어 격렬하게 내 혀를 휘어 감았다.

추릅, 춥, 춥! 쭈웁! 찹, 찹, 찹! 차르릅!

아예 먹는 건지 키스를 하는 건지 모르겠다만, 그 소리 한 번 요란도 하다.

듣기에도 부끄러운 뇌쇄적인 혀의 마찰음이 입가를 맴돌고 내 머릿속은 점차 백지상태로 뽀얗게 잠식되어 갔다. 눈을 감고 녀석이 내게 퍼붓는 키스를 음미했다. 녀석의 성급하고 집요한 키스는 나를 제 안에서 구속하고 싶은 욕망일 터였다. 질투와 소유욕이 한데 버무려진 녀석의 키스에 나는 짓이겨지는 꽃물처럼 붉게 물들어가는 느낌이었다.

잠시 입술을 뗀 녀석의 황홀하고도 뜨거운 시선이 내 눈 속에 온전히 담겼다. 녀석이 어떤 사람이건 그 순간만큼은 완전한 나의 것, 내가 좋아하고 끝까지 믿고 싶은…… 나만의 아가, 내 하나뿐인 남자친구였다.

속에서 안타까움이 치솟아 눈시울이 붉어졌다. 그리고 그 안타까움을 담아 녀석의 울긋불긋한 뺨을 손으로 어루만졌다.

"왜 자꾸 다쳐? 속상하게."

"미안해."

녀석이 놓칠세라 와락 나를 끌어안았다. 정염에 들끓어 또다시 탐욕스럽게 내 입술을 깨물고 혀끝으로 치열을 훑으며 아프도록 혀를 빨아들이는 녀석을 보면서 나는 점점 알 수 없는 수렁 속으로 빠져들고 있었다.

녀석이 집 앞까지 데려다 주고 돌아간 뒤 녀석의 모습이 사라지길 기다렸다가 혁이 선배에게 전화를 걸었다. 전화를 받는 그의 목소리가 오랜 기다림으로 다소 지쳐 있었다.

"혜정인?"

—아직. 넌 어디야? 태오는 만나봤어? 뭐래? 눈치 채지 않았어?

빠른 질문 속에 더욱 머리가 복잡해진 나는 뻐근한 목을 뒤로 젖히고 검은 하늘에다 마른 한숨을 토해냈다. 녀석의 집착 어린 키스에 입술은 또다시 발갛게 부어버렸고, 가슴은 녹을 대로 녹아버렸다. 녀석을 설득해야 하는데 마치 내가 녀석에게 설득을 당해 버린 것처럼 몸도 마음도 내 것 같지가 않았다. 노곤하고 나른하다.

"선배, 큰일 났어."

─왜? 태오가 드디어 우리가 경찰이란 거 눈치 챘구나?

"그게 아니라…… 선배랑 왜 그 시각에 같이 있었냐고 묻길래 선배가 혜정일 좋아해서 얘기해 주러 같이 간 거라고 해버렸어."

─뭣이? 너 미쳤냐?

"그럼 어떡해? 둘러댈 말이 없는걸."

─야, 차신비! 내가 너 때문에 미치겠다. 내가 어딜 봐서 혜정이 같은 앨 좋아하게 생겼냐?

기막혀라. 지금 그게 문제야? 그래도 들키지 않았으니 얼마나 다행인가를 생각해!

"상황이 상황인지라 내가 선배 개인 취향까지 생각해 줄 여력이 없었어. 미안해."

─미안하다면 다야? 근데 태오 그놈은 그 말을 믿어?

"어. 믿던데."

전화기 안에서 헉! 숨을 들이켜는 소리가 귀에 생생하게 들려왔다.

―그 자식, 돌대가리 아냐? 어떻게 그 말을 믿을 수가 있지?

걔가 원체 날 좋아하잖아. 나한테 완전히 빠졌다니까.

"믿어준 걸 고맙다고는 못할망정 돌대가리라니 너무하는 거 아냐?"

―누가 너무하는데? 진짜 어이없네. 거기다 왜 날 팔아?

그럼 같은 팀원을 팔지 누굴 팔아?

다른 때 같으면 쿨하게 넘어갔을 선배가 진심으로 펄쩍 뛰는 걸 보니, 혜정일 질색하긴 하는 모양이었다.

하긴, 내가 남자라도 그리 억센 애는 한 다스에다 보너스로 얹어 순다고 해도 싫겠다. 수틀리면 머리채 잡아 흔들고 귀싸대기 날리는 건 기본일 거 아냐? 게다가 친구들 시켜 서슴없이 폭력 행사를 하는 애인데, 누가 그런 무서운 애를 좋아할까 보냐.

"미안하다고. 작전 수행하다 보면 변수도 있는 거잖아. 별것도 아닌 일로 왜 열을 내?"

―내가 열 안 내게 생겼냐? 태오 그놈이 날 얼마나 우습게 보겠어!

"태오가 왜 선배를 우습게 봐?"

―여자 보는 눈이 형편없는데 우습게 안 보겠어? 그놈은 지가 최고인 줄 아는 놈인데, 내 취향이 기껏 혜정이라고 해봐. 너 같으면 한심스럽지 않겠어?

얼씨구나! 이 무슨 고삐리 같은 발상인가.

그에게 미안하던 마음이 그만 연기처럼 사라졌다.

"정말로 좋아하는 것도 아닌데 선배 되게 웃긴다."

—신비 너야말로 무지하게 수상해.

이 인간이 왜 날 물고 늘어지나?

"뭐가?"

—왜 계속 태오를 감싸고도는 건데?

"내 남자친구잖아."

—장난치지 말고, 인마!

"성질은. 어쨌든 수고해. 내일부턴 정말 몸 사려야 해."

—철수 안 하고 계속 학생 행세할 거야? 난 불안한데.

아깐 잘될 거라고 믿는다며? 남자가 좀 줏대가 있어봐라.

"여기서 철수하면 우리가 경찰이란 거 놈들에게 공표하는 거나 마찬가지야. 의심받을 때 받더라도 끝까지 버텨봐야지. 일단 태오는 따돌렸으니까 다른 놈들도 우릴 의심하진 못할 거야."

놈들이 아무리 우릴 의심하며 지랄을 떨어도 녀석이 한 번 아니라면 아닌 거다. 내가 제일 먼저 녀석을 만나 연막을 친 것도 그런 이유였다. 이 학교는 녀석의 왕국이고, 녀석을 따르는 놈들이 '왕의 법'에 따르는 건 당연한 일이었다. 괜히 악법도 법이란 소리가 나왔겠는가.

—마지노선은?

"물론 우리 목숨이 끊어지는 순간까지지."

―젠장. 파트너 잘못 만나서 이게 무슨 개고생이냐?

이 작전, 괜찮다고 부추긴 사람이 누군데? 흥이다!

나는 고소하게 웃었다.

"후후. 우리 마약수사대 지원하면서 한 약속 잊지 않았지?"

―누가 먼저 죽더라도 끝까지 마약수사대에서 일하기로 한 거?

"그래. 그 말, 선배가 나한테 먼저 했었어. 그래서 나도 용기 내서 마약수사대에 지원했던 거고. 난 항상 선배가 있어서 마음이 든든해."

남자란 단순한 동물인지라 잘한다, 잘한다 부추기면 정말로 자기가 잘하는 줄 알고 없는 에너지까지 끌어 모아 발산한다지 않던가.

아니나 달라, 선배의 목소리가 맥없이 한풀 꺾였다.

―얘가 또 말로 은근슬쩍 넘어가려고 드네.

선배도 참.

"미안해. 대신 오늘 내기에서 진 거 없던 일로 해줄게."

―엄청 고맙네요. 쳇!

"혜정이 찾는 일은 다른 사람들한테 맡기고 선배는 그만 들어가. 팀장님이 교대하라고 하셨어."

―알았다. 너도 얼른 들어가 쉬어. 내일 학교에서 보자. 아, 이거 제대로 되어가고 있는 거 맞아?

"어. 제대로 되어가고 있는 거 맞아."

전화를 끊고 밤하늘을 올려다보니 어둑한 하늘엔 별조차 보이지 않았다. 집으로 걸어 올라가며 나는 녀석과 한 키스를 다시금 음미했다. 녀석과의 시간이 늘어갈수록 점점 나 자신이 두려워지는 건 어째서일까. 녀석에게 더 빠지기 전에 이 작전도 막을 내려야 할 텐데 걱정이다.

「학교를 접수하라!」 To be continued…